天觀雙俠

—鄭丰作品集—

目錄

第六部■傲視天下　665

第三部 青幫新秀（續）

第四十章 北上天津

卻說趙觀隨李四標回到杭州後，李四標便讓他去天津拜訪年大偉。趙觀先寫了一封信，自言新任辛武壇主，盼能拜見年壇主，向其請教云云，實際是去試探年大偉的意向。

青幫乃以河運起家，自明永樂帝注重水運、大力通濬河道後，國內航運繁忙，各港口互通聲氣，青幫隨之盛興。數十年來，青幫勢力漸大，總攬黃河長江水運，成爲航運界的龍頭。幫中各壇皆設於船運大鎭，丙武壇所在之天津乃海運大港，許多貨船都以此爲起點，雖不如蘇杭的富饒，也和泉州、廣州並列爲國內數一數二的海運重鎭。

趙觀臨行前，與李四標父女商討勸服年大偉的策略。李四標道：「年大偉是幫中已故大老年效舜的兒子，年家掌握天津多年，勢力龐大，幫主向來讓他們三分。這年大偉是個徹頭徹尾的商人，沒什麼武林道義，唯有以利害相勸，才能說服得了他。」

李畫眉道：「林伯超掌握河南鄭州，年大偉控制渤海灣，兩人合作甚多，關係密切，年大偉肯定知道林伯超懷有異志。但我聽說林年二人也常爲了運費分攤而起衝突，要勸得他不跟隨林伯超造反，須得讓他清楚總壇的實力，恩威並施。」

趙觀點頭道：「我明白了。要先嚇得他不敢動彈，再跟他說不反的好處。最好總壇可以多給他一些甜頭之類，讓他安心。」

李四標道：「幫主說過，要多分些利益給年家，絕不是問題。只要他不跟著林伯超造反生事，幫中平穩，何愁無財源？幫中財物原是兄弟大家分享，年家入幣多，手下人也多，自該多留一些。」趙觀點頭稱是，又問：「這人有什麼把柄沒有？」

李四標道：「年家在天津是有家有業的大戶，跟官場的關係定然很好。這等人便有把柄，也多半有法子讓官家替他遮掩。」趙觀側頭凝思，說道：「待我到了天津再暗中探訪，隨機應變罷了。」

隔日趙觀便讓丁香扮成男子，帶了她和辛武壇方平等十多個兄弟啓程去往天津。不一日，一行人來到天津，趙觀依幫中晚輩覲見前輩的規矩，派人去丙武壇投名帖求見。過了七八日，年大偉才回帖，請他次日下午來壇中相見。這幾日中，趙觀日日帶著丁香和辛武壇兄弟上天津的煙花街巷宴飲賭博，出手豪闊，恣意揮霍，引得路人側目，街坊議論。辛武壇兄弟見壇主出手大方，都樂得跟著他吃喝玩樂。只有方平心細，猜想趙觀一到天津便擺出富家公子的氣派，多半別有用心。

次日晚間，趙觀帶了辛武兄弟來到丙武壇。但見那是好大一座屋宇，雕樑畫棟，極爲華麗，心想：「這丙武壇當眞有錢，房高屋廣，便如大富人家一般。我辛武壇相形之下就顯得寒酸了。」

一個丙武壇香主出來接待，請眾兄弟在外廳喝酒，獨領趙觀來到內廳，等候會見壇主。過了良久，趙觀正等得不耐煩時，才有個兄弟來請他到壇主書房相會。他跟著那人來到書房，卻見一個富態肥胖的中年人坐在一張大書桌後，身穿寶藍湘繡大褂，左手飛快地打著算盤，右手持著筆記帳。但見他右手拇指戴著一只燦爛耀眼的金剛鑽，左手指上戴著兩只翠玉扳指，色作碧綠，的是上品；胸前掛著一串百零八顆牙雕佛珠，乃是一百零八羅漢，雕工精細，甚是罕見。

趙觀上前行禮，說道：「年壇主，晚輩辛武壇江賀拜見。」年大偉點了點頭，又算了一陣子帳，才將算盤推開，闔上帳簿，抬起頭，擺手道：「江壇主不用多禮。江壇主年輕俊秀，後生可畏。請坐。」這幾句話說得平淡如水，有氣無力，毫無誠意。

趙觀心想：「這胖豬說話中氣不足，顯然沒什麼功夫。」他一看到年大偉，雖是從未見過，卻覺這人十分眼熟。他幼年在蘇州情風館曾見過不少富商巨賈，有的家裡富貴了數代，看上去便較有氣質涵養；大多卻是新富，喜愛炫耀家財，開口閉口不離錢字，更喜歡作威作福，小有不如意，便對下人呼喝斥罵，大發脾氣，是妓院中最難伺候的客人。趙觀幼時最恨這等人物，這年大偉顯然便是新貴一流，趙觀只覺他面目可憎，心想：「這頭胖豬須得好好嚇嚇，才會知道厲害。」當下口中說了好些客氣恭維之語。

年大偉靠在太師椅上，一手數著胸前的象牙念珠，一手把玩著一隻景泰藍鼻煙壺，雙目微閉而聽，微微點頭，鼻中哼哼數聲。趙觀最後道：「年壇主乃是幫中老前輩，資歷深厚，眾所敬仰。晚輩年輕識淺，新任壇主，對於如何整頓本壇，增進勢力，還想請前輩多多指點。」

年大偉咳了一聲，謙遜道：「我馬齒徒長，哪裡能夠指點你什麼？」趙觀心道：「胖豬還會掉書包。我說你是豬齒徒長。」口中說道：「貴壇在幫中實力雄厚，一向為其他九壇所敬仰。不知年壇主有什麼訣竅？」

年大偉笑了笑，說道：「什麼叫作實力？小伙子，我告訴你，有錢便是實力。我年輕時汲汲於學武，以爲只有武功過人，才能壓服別人。成年後我才明白，所謂『有錢能使鬼推磨，窮愁能令士喪志』，這話半點也沒錯。有了銀子，什麼都辦得到。別人花一兩銀子，派十個人去作，我花一百兩銀子，派一百個人去作，當然事事作得比別人好了。」他當下又舉了七八個例子，證明金錢便是力量，一派教訓後生的口吻，足足講了半個時辰，意猶未盡。

趙觀聽他說得高興，口中唯唯諾諾，心想：「胖豬當眞市儈得緊。」待他說得告一個段落，趁機插口道：「年壇主說得極是。晚輩素聞青幫中『甲武雄、乙人眾、丙財豐』的說法，不知貴壇的財力，當眞勝過了甲乙二壇麼？」

年大偉臉現得色，說道：「四爺的甲武壇也算是富有了，林七爺也不差。但眞格的比起來，嘿嘿，恐怕還是本壇稍勝一籌。」趙觀道：「那比起總壇呢？」年大偉笑了笑，說道：「江兄弟，你問這話，未免對總壇趙老幫主不敬了。」

趙觀笑道：「晚輩失言了。我聽說乙武的林壇主常向人誇耀，說他乙武壇比總壇還人多勢眾，因此很想知道丙武壇是否也自認比總壇更有財力。」

年大偉臉色微變，搖頭道：「本壇怎能跟總壇相比？」趙觀道：「既是如此，那是最好。不然的話，後果可是不堪設想。」年大偉原本似閉非閉的眼睛忽然睜大了些，望著趙觀，皺眉道：「江兄弟這話，我可不懂了。」

趙觀道：「晚輩的意思其實清楚得很。年壇主可知道訴訟麼？本朝刑法簡而嚴，但是舞弄文弊的官吏大有人在。一旦捲入訴訟，往往散盡家財還不得救，最後弄得身敗名裂，家破人亡。那時節，錢再多恐怕也沒法子。」

年大偉雙眉豎起，不悅道：「你來我壇內，對長輩說這等無禮不祥之言，是誰教你這般大膽的？」趙觀道：「晚輩不敢。請問年壇主，私吞公款是什麼罪名？」

年大偉聽見「私吞公款」四字，臉色一沉，側目向他瞪視，冷冷地道：「江兄弟，你膽子不小！今日你不把話說清楚，別想走出我丙武壇！」趙觀笑道：「年壇主既要我說清楚，那晚輩就放肆了。晚輩上個月在直隸某縣，聽到一件關於年壇主的事。晚輩只是從旁聽到幾句，是眞是假，就搞不清楚了。我聽說年壇主去年代收直隸十縣的糧稅，自己吞沒了一半。」

年大偉哈哈一笑，搖頭道：「一派胡言、一派胡言！這種謠傳，江兄弟怎能聽信？」趙觀道：「是、是。只不過那本收稅的帳簿，卻不知到了誰的手中？」

年大偉聽了這話，臉色陡然大變，乾笑一聲，說道：「那帳簿，自然是在我師爺手中了。」

趙觀道：「是麼？晚輩竊想，這本帳簿不知値多少銀子？徐大人恐怕沒看過吧？帳簿中記載盜吞糧稅的款項並未呈交給總壇，跟青幫搭不上干係。若被發現，年壇主的家財卻不免要充公了。」

年大偉左手加快撥動念珠，右手握緊了鼻煙壺，向趙觀凝視。忽然回頭叫道：「來人！」趙觀猜想他多半要叫打手進來威嚇自己，沒想到一個幫眾走進來後，年大偉吩咐道：「取三千兩銀子來。」趙觀一呆，忍不住哈哈大笑。

年大偉哼了一聲，說道：「江兄弟，這數字不夠麼？」趙觀道：「三千兩銀子比起年壇主的家財，不過滄海一粟，算得什麼？」年大偉道：「那麼，萬兩。」趙觀一笑，靠近前道：「閣下吞沒的銀子，晚輩粗略算了算，至少有二十萬兩。」

年大偉冷冷地道：「江兄弟，作人作事，不可欺人太甚。」趙觀點頭道：「正是，作人作事不可欺人太甚。年壇主吞沒人家糧稅，不抽個零頭，卻留下一半，這也算是欺人太甚吧？」

年大偉哼了一聲，說道：「既是如此，二十萬便二十萬！」趙觀見他眼中露出殺機，微笑道：「年壇主，你以爲兄弟眞是爲財而來麼？」

年大偉早已聽得手下報告，此人一進城便恣意揮霍，出手豪闊，顯是富家出身，恐怕眞不在乎這幾萬兩銀子，便道：「正要請教。」趙觀道：「閣下說有錢能使鬼推磨，但要讓好漢子折腰，銀子卻不見得有用。人命關天，年壇主可知道誤殺人命是什麼罪行？」

年大偉霍然站起身，臉上滿是驚怒之色，喝道：「你究竟知道什麼？」

趙觀道：「我也不知道什麼，只曉得金鶯院的小鳳姐上個月突然失蹤了。我聽人說，小鳳姐失蹤之前，有人見到她跟令長公子吵嘴。」

年大偉臉色難看已極。這件事情他只道已掩蓋得不留痕跡，這人才到天津幾日，怎會知道得這般清楚？他心中正轉著如何向徐按察使行賄遮掩的念頭，卻聽趙觀道：「所謂新官上任三把火，我聽說徐大人性子正直嚴厲，剛剛派任直隸按察使，一心想樹立官威，作事不免急了些。這種人跟他講不了道理的，你提銀子去求情，他立刻便讓小吏將你抓起，下牢審問你行賄的罪名。」

年大偉坐倒在椅上，態度全然變了，哀求道：「江兄弟，自家兄弟，我落個難看，對大家都沒好處。」

趙觀微笑道：「年壇主說得是。自家兄弟，還是以團結精誠爲重，相親相愛爲上。但是總壇若是不保，幫內大亂，大家都落個難看。」年大偉登時會意，說道：「林伯超陰懷異志，我絕不相幫便是。」他心中雪亮：「這小子是李四爺親信，自是替幫主來試探我的意向的了。四爺哪裡弄來這號厲害人物？」

趙觀笑道：「年壇主好聰明。晚輩有壇主這一句話，就放心了。」說完便告辭出來。方平等見趙觀與年壇主談了老半天才出來，連忙詢問究竟。

趙觀道：「今晚危險些，姓年的多半會派人來殺我。明兒一早，又會派人來求我。大家晚上小心些便是。」

他回到客店，丁香笑問道：「年大財主怎樣了，少爺沒將他嚇壞了吧？」趙觀笑道：「多虧木棉師姊偷到了那本帳簿。我一提帳簿的事，姓年的臉色馬上變了。」當下說了與年大偉對話的經過。

丁香聽了直笑，說道：「青竹姊當眞有遠見。她知道你要加入青幫，先就安排了人在年府裡，咱們辦起事來多麼方便。那年大少爺是個浪蕩子，咱們院子裡對他瞭若指掌。他失手誤殺小鳳姊的事，芍藥婆婆老早知道，惱怒他們多方遮掩，正想找年大少爺算帳哩。

門主若能逼他家拿出重金賠償，才好饒過了。」趙觀道：「這年大偉老奸巨猾，一毛不拔，我要他又失財，又乖乖聽話。」

卻說到了晚上，果然有三十餘個蒙面漢子闖入趙觀等下榻的客店，出手偷襲。趙觀早讓十多個辛武兄弟準備好兵器，聚在一起，一聽到有人闖入，便聯手抵擋。來人武功不弱，卻如何擋得住趙觀的快刀？偷襲不成，反被擒住了四人，餘下的趁黑逃跑了。

趙觀對那幾個被擒的漢子道：「咦，這不是丙武壇的兄弟麼？年壇主說晚上要來送我銀子，卻送了三十個大漢來，定是弄錯了。」當下解了四人綁縛，請他們喝酒吃宵夜，直到清晨，才讓方平送四人回丙武壇，說道：「四位請回去跟年壇主說，銀子他不肯給，我也不要了。此後他自己若有個什麼奇疾怪症，可別算在我頭上。」

那四人只被他弄得一頭霧水。丙武壇其他兄弟們聽說他們前去暗殺，失手被擒後竟還有酒菜宵夜可吃，都道是奇遇。年大偉果然立時叫了四人去他府裡，詢問情況。他聽了趙觀的傳話，冷笑道：「什麼奇疾怪症，胡說八道！」

話才說完，忽覺頭痛欲裂，全身發熱，呼吸困難。眾人見他臉色不對，忙上前攙扶，卻聽年壇主大喝一聲：「別碰我！」壇中兄弟都驚然退開，卻見他臉頰、雙手陡然腫了起來，隱隱透出黑色。眾人從未見過這般古怪的症狀，發作得又如此猛烈出奇，都相顧駭然。年大偉的家人連忙請了城裡最出名的五個大夫來診，都道是聞所未聞的惡疾，有的說是血瘤腫，有的說是異種傷寒，有的說是瘴氣毒，莫衷一是，問起解救之法，卻是誰也不會。到得午時，年大偉已是氣息奄奄，全身腫得如要爆裂一般，只好吩咐家丁快去請辛武壇江壇主。

趙觀正帶著手下在城裡的一間賭館豪賭，聽說年壇主的家人來請，歎道：「我今兒手氣背，盡輸錢。好在年壇主是城裡的大財主，我快去向他借點本錢是正經。」便跟著年大偉的家人來到年府。

年大偉的妻妾早已哭成一團，上來拉著他的衣袖道：「老爺快不行了！請江壇主快快救人。」趙觀奇道：「年老爺怎麼了？我昨日見到他時還好端端的。」帶著手下兄弟走進內室一瞧，但見年大偉全身發腫發黑，好似一個大氣球般。年大偉一看到他，便掙扎下床，跪下哀求道：「江兄弟，我知錯了，請你大人大量，高抬貴手，饒過我吧！」

趙觀假作驚訝，說道：「年壇主，我從未見過你這等怪病。但我曾聽家鄉長輩說起，這該是積德不夠之徵。我勸壇主該當好好布施行善，散盡不義之財，安守本分，才能得享天年啊。」年大偉到此地步，如何敢不聽從？滿口答應，立時依趙觀之意寫下字據，捐出二十萬兩銀子給州縣內善堂，濟助鰥寡孤獨、殘廢乞丐，又拿出五萬兩給小鳳姐的家人。

趙觀看著他寫好字據，甚是滿意，轉頭見他兒子站在一邊，便道：「年大少爺，請你幫我倒杯水來。」那少年便趕緊去倒了一杯水，雙手捧上，趙觀望了望那水，說道：「還不快拿去給你爹喝下？」少年拿去了，年大偉連忙接過喝下，忽覺一陣昏沉，倒在床上便昏睡了過去。他直睡了一天一夜，次日醒轉時，全身腫脹消失，身體恢復原狀，皮膚上連半點跡象也看不出。

年大偉只被唬得一愣一愣的，心下又驚又疑，不知這江賀究竟是何方神聖。他吞沒公款的帳簿半個月前突然不翼而飛，他只道是師爺糊塗弄丟了，直到聽江賀提起帳簿，才知道帳簿已落入他手中。自己病好當天，那帳簿卻又出現在書桌上，想來曾被江賀取去又送回，家中雖有數十個護院武師日夜看守，此人卻在自己家中出入自如，無人知覺，實在神通廣大。更奇的是他竟知道兒子失手殺人之事，這兩個把柄正是他的致命傷；加上自己昨日無緣無故身患奇病，痛苦不堪，這人一杯水便將病治好了，全然看不出下毒解毒的半絲跡象。年大偉心中雪亮：「這人若要取我性命，可是易如反掌！」想來委實令人毛骨悚然，不禁對這江賀尊敬若神、畏懼如鬼。

第四十一章　叛變密謀

次日年大偉便設宴獨請趙觀，神態恭敬客氣已極，說道：「江壇主還有什麼吩咐，老哥哥一定照辦不誤。」

趙觀笑道：「年壇主是遠近有名的大善人、大施主，人人敬重，晚輩怎敢有什麼吩咐？老實說，晚輩剛從武漢總壇回來，很多年壇主的事兒，都是在總壇聽見的。趙幫主對年壇主器重非常，說年壇主一向忠直重義，照顧兄弟，以後幫中分紅，理當多分給丙武一些。幫主並吩咐晚輩，若有機會來天津拜見年壇主，定要將這幾句話帶到。」

年大偉聽了，連連點頭，說道：「先父與趙幫主是拜把兄弟，數十年的交情。趙幫主算來是我的世伯，這分紅之事，我看在兩家世交分上，從來不去計較。但我壇中手下眾多，分紅不夠已是個大問題。我有時不得不走旁門多攢些收入，也是逼不得已。幫主既關心照顧本壇，還請他老人家考慮重新配紅之事。」

趙觀道：「幫主體貼手下，在配紅上自會多作考慮。幫主眼下有更大的擔憂，若解決了，再來談重新配紅的事也不遲。」年大偉點了點頭，說道：「是、是。」

趙觀見他神色有異，說道：「年壇主，說句實話，事情若是不能解決，對大家都沒好處。」年大偉微一遲疑，才壓低聲音道：「江壇主，我聽見一些傳聞，也不知是否眞確。有人說林家父子打算祕密率眾闖上總壇，逼迫幫主讓位。」

趙觀聞言一驚，林伯超居青幫乙武壇主數十年，手下兄弟多至五六千人，他若祕密攻上總壇，擊殺幫主，自立爲主，幫中再無人能制住他。他不動聲色，搖頭道：「所謂不知天高地厚，輕舉妄動，便是指林七爺這樣的人了。總壇防守嚴密，能人眾多，這般偷襲如何能成功？」年大偉聽了唯唯稱是，說道：「我也是這麼想。我聽人說他打算在五月初動手，最好他能誠心悔悟，懸崖勒馬，這事情便算過了。」

趙觀更驚，說道：「五月初，算來只有半個月的時間。唉，這會要去勸他，也已來不及了。年壇主，你想他們人已到了哪裡？」年大偉道：「據我猜想，可能已到了信陽。」

趙觀知道年大偉多半從頭到尾都參與叛變，此人被自己逼得拿出二十五萬兩銀子，定然肉痛得緊，他原本大抵答應資助林伯超父子，現在諒他也不敢跟著林伯超反叛，錢自也不會給出了。當下又問道：「那林小超呢？已從岳陽北上了吧？」年大偉道：「這我便不清楚了。聽說他先往北來，要跟他爹會合後，再一起南下。」

趙觀沉吟半晌，說道：「這事需得及早制止，才不致弄得不可收拾。請問年壇主有何對策？」年大偉苦笑道：「一切有李四爺和江壇主主持。我在天津路遠難及，加上家財空罄，本人年老力衰，只能早晚燒香，祝願幫主平安無事了。」

趙觀見他打算置身事外，兩不相幫，心想：「這人被我折磨得也夠了，不該逼人太甚。」便說道：「所謂有錢出錢，有力出力。年壇主既然不願出錢，那麼派幾個人去意思意思，也是好的。這就像作生意，你投下一筆小本金，風險麼並不很大，以後卻有大利滾滾而來，何樂而不為？晚輩想請令大少爺帶上一百兄弟，跟晚輩去武漢一趟。」

年大偉聽他要的人少，不好推託，雖不放心讓兒子跟了他去，但心中算盤一打，頗覺得合算，便叫了大兒子年海闊過來，吩咐他率領一百個壇中兄弟，跟著趙觀上路。

趙觀知道將年海闊帶在身邊，年大偉更加不敢輕舉妄動，甚是放心，當夜便寫了一封急信給李四標，告知林伯超的密謀。李四標接信大驚，立即親自率領甲武手下趕往武漢捍衛總壇，並回信讓趙觀與山東戊武壇吳長升會合，再去九江與張磊、李畫眉率領的甲武、辛武手下會合，齊赴總壇。

趙觀便帶著丁香、辛武壇兄弟和年海闊等南下山東。眾人在運河和黃河交口的陽谷縣等了數日，戊武壇的吳長升等都未出現。趙觀心中感到一陣不祥，忙派人去探查。一日後，派出去的探子回報道：「不好了，吳壇主已被人刺殺，林小超正率了三百人圍剿戊武壇！」

趙觀大驚，罵道：「又是他媽的林小超，什麼時候從岳陽趕到了山東？事不宜遲，我們快去支援戊武壇！」當下率領眾人向濟南趕去。路上又得到消息，說戊武壇兩百餘人已逃進了卓山谷，血戰三天三夜，全靠一個姓田的香主力撐抵抗。

趙觀沉吟道：「對方人多，須攻他們個出其不意。年大少爺，林小超多半還不知道令尊已棄暗投明，決定不跟他造反了吧？」年海闊原是個庸庸碌碌的少爺，答道：「爹沒交代，我不知道。」趙觀道：「你不知道？那最好了。請你帶十個手下，去幫大家打先鋒。」年海闊登時嚇得白了臉，忙道：「這個麼，我想林小超多半不知道我爹的事。」趙觀道：「好，那麼他仍會好好接待你。我要你帶五十個手下去投奔林小超陣營，說你爹派你來幫他。今夜子時，我率領其他兄弟攻入，你作內應引我們攻入，殺他們個措手不及。」

年海闊仍舊害怕，說道：「他若發現我去作內應，將我捉起來，可怎麼辦？」趙觀道：「他不敢殺你。你放心好了，我定會救你出來。我江賀什麼時候說話不算話了？」年海闊全身發抖，不敢反駁，心中卻想：「我才認識你沒幾天，怎知道你說話算不算話？」

趙觀見他害怕得狠了，搖頭道：「看你膽小成這樣，如何作眾兄弟的表率？這樣吧，我讓我的隨身侍衛跟了你去。這位丁兄弟會仙術，也會武功，我派他專職保護你，讓你半根毛髮也少不了。」當下讓丁香跟著年大少去，專責保護他。年海闊見這丁兄弟矮小瘦弱，更加沒有信心，但在趙觀威逼下，也只好硬著頭皮上陣。

卻說年海闊帶著五十個手下去卓山谷外找林小超，說父親派他前來相助，林小超果然沒有生疑，反而好生誇讚了他一番。到了子夜，趙觀率眾攻入，與年海闊和丁香等裡應外合，果然將林小超殺了個措手不及。趙觀知道己方人少，須得趁勢救出卓山谷中的戊武兄弟，便一股作氣殺出一條路來，向山谷內高聲叫道：「戊武壇兄弟，李四爺的救兵到了！在下辛武壇江賀，率領手下前來相救，快出來與兄弟們會合！」

過不多時，戊武壇人眾一齊殺出，為首的是個七尺大漢，手中單刀揮舞，獨鬥七八個對手，氣勢雄渾。趙觀心中一動：「這人好面熟。」但見那漢子又打殺了十多人，率領弟兄闖出山谷，與趙觀手下聯手向外衝殺。林小超的手下人數雖多，卻因全無準備，亂成一團，不多時便被殺散，林小超自己也趁亂逃去了。

此戰以少勝多，不但救出了戊武二百多兄弟，己方傷亡也甚少，眾人都極為振奮。年海闊武功平平，當時在丁香的督促保護下，大起膽子率領手下四處衝殺，威風八面，自己也很覺得意，不斷向丙武壇兄弟吹噓，只說得口沫橫飛。

戊武壇的田香主過來向趙觀道謝，說道：「屬下戊武壇田忠，多謝江壇主前來解圍相救！」趙觀喜道：「田大哥，真是你麼？」

田忠望向他的臉，也是一呆，驚喜道：「趙小兄弟！沒想到老哥哥又被你救了一次，我二人的緣分真正不淺！」

這田忠乃是老相識，趙觀幼年便曾坐他的糧船北上京城，又曾在西湖上見他受官兵追殺，出手相救，不意今日在此重逢。田忠聽說趙觀也入了青幫，並作了辛武壇主，驚喜交集，兩人雙手互握，都極是歡喜。二人談起近況，原來田忠當年被追捕得緊，逃離杭州，潛回家鄉山東。他勇武尚義，幾年來積功成為戊武壇的香主。前不久林小超來山東勸戊武壇主吳長升跟隨反叛，吳長升不從，林小超便出手偷襲，殺了吳長升，之後派手下圍剿戊武幫眾。田忠率領兄弟逃出戊武壇，退到卓山谷躲避，眾人苦戰數日，又無糧食，幾乎便要撐不下去了。

田忠咬牙道：「林小超那夜突然率人偷襲，我們猝不及防，只恨吳壇主已被這奸賊刺殺了。」趙觀歎道：「可惜吳大哥不幸喪命。我們得到訊息，也只是兩天前的事，匆匆趕來，幸而戊武兄弟在田大哥率領下，大都無恙。此刻林伯超多半已接近武漢，我們得盡快趕去保衛總壇。」田忠道：「正是。幫主仁厚，萬不能讓他老人家著了林伯超這老賊的道兒！此刻幫中生變，正是大夥報效幫主的時機。」

眾人在荒野中休息了一夜，次日便起程趕向九江。眾人從運河南下，轉溯長江，日夜兼程，五日後便來到九江。張磊和李畫眉率領甲武一百五十名兄弟和辛武三百名兄弟在九江等候，一行人會合後，都是士氣大振。

李畫眉道：「爹爹已趕到武漢總壇，與林伯超交了一次手。林小超的人馬從陸路趕到了羅田，丁武壇主牛十七帶了好幾百人，從陝西到了孝感。己武壇的王北征率領手下由四川經水路下長江，逼近武漢。這人是林家的親信，顯是來幫他們的。」

趙觀道：「四爺要我們入城麼？」李畫眉道：「爹要我們在此與你會合，聽你指令。」趙觀點了點頭，心想：「四爺在總壇人力應已足夠，他不讓張磊他們直接進城，想是要我們在城外護衛，最好能解決了林家在外的幫手。」

當下找了田忠、年海闊，與張磊、李畫眉等一起商討，定下計策。趙觀令田忠率領戊武兄弟上長江，截住王北征的人馬；令張磊率領甲武壇手下和年海闊的丙武壇手下進守黃岡，擋住林小超的人馬；若總壇傳警，也可立時入武漢相助。他自己則帶辛武壇手下前去孝感，對付牛十七。

眾人計議已定，便一起北上黃岡。這夜眾人在黃岡分壇歇腳，趙觀想找李畫眉探問牛十七的個性實力，來到她房外，丫鬟卻道：「張香主剛才來過，請大小姐出去了。」趙觀問道：「他們去了哪裡？」丫鬟道：「我也不知道，可能在後院吧？」

趙觀心想：「原來她正和師兄幽會，不好意思打擾他們。但我明日便啓程去孝感，定得跟李姑娘說到話才成。」便走進後院找人。

他來到花園內，果聽得不遠處傳來說話聲，聲音雖低，卻似乎十分激動。趙觀走上前去，隱身樹後，見說話的正是張磊和李畫眉。卻聽張磊道：「妳說他降服了年大偉，怎麼只帶了年海闊那沒用的傢伙和一百個人來？」

李畫眉道：「丙武壇不參戰，對我們已大大有利。怎麼，若換了你去，你能降服年大偉，要他不幫林伯超麼？你能以寡擊眾，打退林小超，救出戊武的兄弟麼？你不過是嫉妒他的功勞罷了！」張磊怒道：「不錯，他可懂得搶立功勞。哼，他派田忠去打王北征，自己去打牛十七，卻要我等在黃岡，不是存心把我冷落一邊麼？」

李畫眉搖頭道：「師哥，你怎地這般糊塗？守在黃岡可不容易，又要防備林小超，又要隨時救援總壇，江大哥定是因爲你和爹爹有默契，加上甲武人手最多，才讓你作這最艱難的工作。你怎麼不懂，還要埋怨？」

張磊怒氣更熾，大聲道：「不錯，我就是要埋怨！師父聽說他立了這許多功勞，定要高興得了不得。這人以後在幫中平步青雲，妳們父女更要牢牢攀附住他了！」

李畫眉怒道：「師哥，你在背後這麼說我爹爹，還有半點恭敬之心麼？」張磊道：「我怎敢不尊敬師父？我只惱他不顧女兒的幸福，容妳愛上這麼一個渾蛋！」

李畫眉哼了一聲，說道：「我問過爹了，他從未跟你家人談過親事，上回你說爹已將我許配給你，全是你一廂情願、胡亂編造。爹既沒將我許配給誰，我要嫁誰也不干你的事。我們不過是師兄妹一場，你再胡鬧下去，事情弄得難看了，以後怕連相見的餘地都沒有了！」

張磊靜了一陣，終於改變語氣，哀求道：「師妹，我對妳一片眞心，難道妳都看不出麼？我會一輩子好好待妳。那小子不是好人，花心好色，不會珍惜妳的。妳不要將自己弄得低賤了，去跟那樣一個人！」李畫眉怒道：「大敵當前，誰不想著盡力一戰，保衛總壇？你卻在這兒跟我說這些瘋話！你自己不慚愧，我都替你臉紅！」回身快步走出後院。

趙觀忙躲在一邊，但見張磊並未追上，只恨恨地跺腳咒罵。趙觀不用聽也知道他是在咒罵自己，心想：「我啥也沒作，便招惹了這人如此恨我，眞是晦氣。」他二度聽他師兄妹口角，竟然又是爲了自己，暗道：「李姑娘不愛師兄，原本不干我的事。但聽她處處對我回護，果然眞對我有情。」

趙觀來到李畫眉門外，隱隱聽得門內傳來啜泣之聲，心想：「她平日率領幫眾，氣勢不讓鬚眉，卻終究是個姑娘家，跟師兄鬧個彆扭就掉淚了。」

忽聽李畫眉喝道：「誰？」接著一聲悶哼，似乎被捂住了口。

趙觀一驚，推門闖入，卻見李畫眉坐在床邊，背對著門口。他低聲問道：「李姑娘，妳沒事麼？」

忽見眼前銀光閃動，四枚暗器迎面飛來，趙觀連忙閃身躲避，但覺左臂一痛，終有一枚未能避開。便在此時，燭火熄滅，趙觀在火熄前看清了，李畫眉床上躲著一人，一手持刀抵在李畫眉頸中，挾持著她往窗口奔去。趙觀急追上前，拔刀砍向刺客背心。刺客側身避開，揮掌打落窗櫺，湧身往外跳去。趙觀爲防他窗外布有幫手，又怕他傷害李畫眉，只能當機立斷，狠下殺手，左手揮出蠍尾鞭，啪一聲，正中那人右腕。刺客慘叫一聲，匆匆放開李畫眉，跳窗而出。

趙觀忙伸手扶住李畫眉，問道：「李姑娘，他傷到妳了麼？」

便在此時，張磊和五六名幫眾聞聲奔來，見房中黑暗，忙打起燈籠。他見趙觀站在房中，懷中摟著的正是自己的師妹，心中暴怒，喝道：「不要臉的小子，你半夜進我師妹的房間幹什麼？」不由分說，便向趙觀射出三柄飛刀。趙觀揮刀打下，欺上前又打落張磊手中三柄飛刀，單刀直指他胸口，罵道：「他媽的，還不給我住手！有刺客來綁架你師妹，你向我射飛刀作啥？」

張磊大驚，轉頭望向李畫眉，問道：「師妹，妳沒事麼？」李畫眉驚魂略定，說道：「我沒事。江大哥，你受傷了？」

趙觀一摸左臂，知道中了一枚銀鏢，幸而他及時側身躲避，刺入不深。他伸手拔出銀鏢，登時鮮血迸流。李畫眉驚道：「快坐下，讓我替你瞧瞧。」趙觀道：「不礙事。」李畫眉急忙取出布條傷藥替他包紮。

張磊眼睜睜地看著師妹為情敵治傷，心中滿不是滋味，回頭對手下喝道：「還不快去追刺客？」趙觀倏然抬頭，喝道：「不准追！」

張磊一愣，趙觀已站起身來，說道：「這人很不好對付，我自己去追。張香主，請你率領弟兄留下防守。」

張磊雖非趙觀手下，但趙觀以壇主身分下令，張磊對他雖惱恨已極，卻不得不遵從，當下出屋大聲呼喊，命令手下嚴加防守。

趙觀當時生怕那刺客傷了李畫眉，一出手便用了百花門的獨門兵器：餵了劇毒的蠍尾鞭。他不願青幫中人發現他用此劇毒，才親自前去追蹤刺客。趙觀奔出後門，俯身查看那人的足跡，並留心味道。這蠍尾鞭毒性極強，入肌蝕骨，傷處立即發出焦臭之味；他循著味道追上，往西方奔出十多里，來到一條小溪前。但見溪前跪了一個人影，趙觀停下步，冷冷地道：「這毒是洗不掉的，你只有半個時辰的性命了，好好念佛歸西吧。」

那人全身一震，從溪旁站起來，向他瞪視，說道：「是蛛仙派的人麼？」趙觀哈哈大笑，說道：「蛛仙派算什麼？」那人道：「是五毒島梁島主座下麼？」趙觀道：「五毒島是什麼東西？」那人一呆，啊了一聲，顫聲道：「是……是仙容神卉座下？」

趙觀冷笑道：「你倒知道上官門主的名頭，算你有點見識。你若不想半個時辰後全身潰爛而死，便報上名來。」那人慘叫一聲，臉色灰白，過了半晌，忽然舉刀斬向自己右腕。趙觀搶上前握住他的左腕，冷冷地道：「斬了手腕，照樣送命。我有解藥，你先報上名來，免得待會死得慘不堪言。」

那人全身抖得如要散開，喘息道：「我……姓孫名三，牛壇主派我來綁架李大小姐。請……請您給我解藥。」

趙觀從懷中取出一個小盒扔去，說道：「擦在傷口上。」孫三連忙接過，將藥膏擦在手腕上，傷口萬蟲咬嚙的劇痛登時消失，他低聲道：「多謝閣下相饒。」

趙觀問道：「牛十七現在何處？」孫三道：「他在孝感，即日便要進入武漢。」趙觀道：「還有誰和他一道？」孫三道：「還有十多個幫派。川西大刀會、嶺南苗家、崑崙神劍等等，我一時也記不清了。」趙觀道：「牛十七的幫手倒是挺多的啊？」忽聽腳下有異聲，單刀出鞘，斬向地上，三刀落地，砍死了三條青蛇。

孫三臉色一變，轉身便逃，忽覺腿上一緊，已被繩索纏住，正是趙觀的蜈蚣索。趙觀俯身揀起半截青蛇，走上前來，冷冷地道：「你還漏說了一個。你是青蛇洞赤練客的弟子吧？」

孫三嚇得臉色蒼白，想開口求饒，卻已說不出半個字來。趙觀道：「手段狠辣，恩將仇報，跟你師父一模一樣。我給你解藥，卻換來三條毒蛇。哼，你膽子當眞不小，知道我的來歷，還敢用這種小把戲對付我？」

孫三聽他自承是百花門中的人物，自知逃不了一死，問道：「你究竟是誰？」趙觀微笑道：「咦，你剛才不是叫出了我的名號麼？」

孫三一呆，驚道：「你……你便是……」趙觀道：「不錯。你既頗有見識，我也該讓你少吃些苦頭。」手起刀落，孫三登時斃命。

趙觀殺了他滅口，忽聽身後草叢中傳來細細的呼吸聲，他陡然向後縱出，單刀揮出，已抵在那人頸中。那人低呼一聲，竟是女子的聲音，趙觀連忙撤刀，說道：「李姑娘？」

那人果然便是李畫眉。她擔心趙觀孤身出來追敵，便隨後跟了上來，聽得趙觀說話的聲音，便從後掩上，卻被趙觀發現。她問道：「江大哥，你沒事吧？」趙觀在月光下望著她的臉，搖了搖頭，並不答話，心想：「她剛才聽到了多少？」

李畫眉又問：「那人呢？」趙觀道：「被我殺了。」李畫眉點點頭，說道：「探到了什麼？」趙觀說出孫三透露的消息。李畫眉極爲擔心，說道：「牛十七竟然找了這麼多旁門左道來幫手，可不好對付。牛十七本人以奸詐多計著稱，此刻多半已派人去總壇暗殺幫主了！」

趙觀見她神色，應當並未聽到自己說出來歷，微微放心。二人並肩走回分壇，趙觀問起牛十七的性情、實力、底細，李畫眉一一說了，將近分壇時，趙觀已有計較，停步望向李畫眉，說道：「李姑娘，請妳派人去向總壇通報，讓四爺留意牛十七派出的殺手。我明日帶十個兄弟趕去武漢，降服那姓牛的傢伙。」李畫眉驚道：「你只帶十個人去？不行，這太過凶險。」

趙觀微笑道：「有妳掛念著我，所有的危險都逢凶化吉了。」李畫眉臉上一紅，說道：「江大哥，我跟你同去。」趙觀道：「妳千金之體，怎能跟著我去涉險？」李畫眉緩緩搖頭，說道：「我熟知牛十七的爲人，或可幫得上忙。再說，這番叛變若成，爹爹也免不了禍害。我哪裡還顧得到自己？」

趙觀沉吟道：「妳要跟我去，那也不妨。但妳不怕妳師兄生氣麼？」李畫眉皺眉道：「這緊急關頭，誰有功夫理會他？」趙觀微笑道：「好吧。妳要跟我去，可得聽我的話。」李畫眉道：「這個自然。」

趙觀一笑，忽然低下頭，在她頰上親了一下。李畫眉一驚，啪一聲，清清脆脆地打了他一個耳光。

趙觀笑道：「打得好！好香！」李畫眉滿臉通紅，又惱他輕薄，又覺過意不去，半晌才道：「多謝你今夜出手救我。」轉身快步走回屋內。

趙觀望見她輕瞋薄怒的嬌美模樣，心中暗想：「李姑娘這般的美人兒，若嫁給她師哥，豈不是一朵鮮花插在牛糞上？」

第四十二章　奇計制敵

次日趙觀便帶了李畫眉、丁香和十個辛武壇武功較強的手下，騎快馬趕入武漢。趙觀知道牛十七招了這些黑道邪幫相助，自己多帶人手也沒用，因此只帶了少數幾人，同時傳令給小菊，請她帶二十個百花門人趕去武漢與自己會合。

眾人急行一日，趕在牛十七頭裡，先入武漢。入城後，趙觀便率領手下兄弟守在入城要道，派方平去總壇向四爺示警。過不多時，方平回來報道：「已通知了總壇，幫主將派人嚴密守護。李四爺人卻不在總壇；乙武說要和甲武談判，邀了四爺去城外的武丈原見面。」

李畫眉聽了，心中一凜，說道：「這定是調虎離山之計。他們讓爹爹離開總壇，再派牛十七來偷襲！」趙觀點頭道：「正是。方兄弟，雙方情勢如何？」

方平道：「看來勢力相當。林伯超偷襲不成，已成公開對峙的局面；叛方有乙武、庚武，總壇則有甲武、辛武，再加上丁武牛十七在旁掣肘，勝敗還是未知之數。」趙觀聽了皺起眉頭。

方平又道：「好消息是，戊武壇田忠已打敗了己武的王北征，正趕往總壇守護。張磊香主和林小超交了一次鋒，卻被林小超避開了。幫主說現在最擔心丁武牛十七的人馬，問我們人手夠不夠，能否擋得住。」

趙點了點頭，說道：「我們在城外接戰，不讓他們進城便是。人手麼，再多也不夠。方兄弟，請你讓人傳話給郭二哥，要他帶辛武壇手下悄悄趕去武丈原，與四爺會合。再要張師兄帶人進守總壇。」

方平奇道：「武丈原不是調虎離山之計麼？我們為何還要送人出城？」趙觀道：「這是將計就計。他們以為把四爺調走，便可讓牛十七來偷襲。我們待會打退牛十七，他一定會往武丈原逃跑。我們便在武丈原上跟姓林的大戰一場，他們定然不會料到。」

方平點頭稱是，心中卻不禁懷疑，忍不住問道：「壇主，牛十七手下有五六百人，再加上那些黑幫邪派，總有八百多人。我們這邊不過十來人，怎能打退他？」

趙觀道：「牛十七想來偷襲，定會讓手下分批進城，不會大舉入襲。我們一次收拾二十個，四十次也就收拾完了。」方平看他胸有成竹，不敢再多說，忙讓兩個兄弟去傳令。

李畫眉道：「江大哥，咱們眞能對付牛十七麼？」趙觀低頭凝思，說道：「這場仗不好打，但只有這個打法。這就像下象棋，我們得好好守住老將。老將若被吃掉，咱們這邊就算玩完了。」李畫眉點頭道：「正是。林伯超是幫內最有勢力的人物，他們只要除去趙幫主，青幫便是他們的天下了。」趙觀道：「因此我們這邊的戰略只能先守住老將，再出奇計去吃掉對方的帥。對方的帥不死，我們這仗還得打下去。」

正此時，丁香走過來，向趙觀使個眼色。趙觀走開幾步，丁香低聲道：「菊師姊來了。」趙觀點點頭，說道：「我去見她。」

走出數十丈，便見小菊帶了二十個手下在樹林中相候，見到門主，一起行禮。趙觀道：「辛苦各位姊姊了。青幫中生變，這次事情有些棘手，不得不麻煩門中姊妹，還請各位姊姊見諒。牛十七找了十多個黑幫邪教，有青蛇洞、川西大刀會、嶺南苗家、崑崙神劍等。我想請眾位姊姊出面，令這些狐群狗黨全散去了。」

小菊道：「我們聽聞除這四幫之外，還有八九個幫會，不過他們大多曾臣服於百花門，我去叫他們全數滾蛋，諒他們不敢不聽。」

趙觀見小菊年紀已近五旬，霸氣卻半點不減，不由得好笑，說道：「如此便麻煩菊師姊了。」小菊笑道：「小事一樁。我道門主還有什麼更難的事哩。」當下率領百花門人出城去。

趙觀甚是放心，回到辛武眾人聚集處。過不多時，便見大道上走來十多個漢子，雖經過裝扮，仍看得出是江湖中人，大約便是丁武門下。趙觀向手下道：「將這些人拿下了。」

丁香和八個辛武兄弟一起躍出，持兵刃砍向那些漢子。丁武眾人猝不及防，不多時便被打倒在地，丁香點了眾人穴道，辛武兄弟將人拖回草叢。丁香道：「這五個像是丁武壇的，那邊幾個好像是川西大刀會的人物。」趙觀點點頭，說道：「都綁住了。丁香，妳讓他們多睡一會兒。」丁香道：「是。」在各人鼻前灑上迷藥。趙觀事先已吩咐她隱瞞百花門人身分，因此她這時使的是江湖上常見的尋常迷藥。

李畫眉早知丁香是趙觀的親近侍婢，見她俏美可喜，身手不凡，心想：「江大哥身邊一個丫鬟，也不是簡單的人物。」

過不多時，又有幾批丁武手下到來，果如趙觀所料，每次人數都不多，趙觀等輕易便收拾下了，不多時便抓住了五十來人。

將近午時，趙觀知道牛十七自己便將進城，說道：「辛武幾位兄弟請守在這裡，看到丁武的人來，人多便不管，人少便出手解決了。丁香，妳跟幾位大哥留下。」丁香應了。

趙觀轉向李畫眉道：「李姑娘，我有個計策，想請妳勉爲其難，答應相助。」李畫眉道：「我既跟了你來，一切聽你吩咐便是。」趙觀道：「我想請妳裝成俘虜，跟我去見牛十七。」李畫眉點頭道：「此計甚妙，好！我跟你去。」

趙觀見她對自己如此信任，不禁甚覺感動，心想：「我自己都不怎麼相信自己，她對我卻這般有信心。」當下向丁香和辛武眾手下道：「我假裝擒住了李大小姐，帶她去見牛十七。你們在這裡守著，若有人來探，便說他們的手下已被江賀捉住，要用五十個丁武手下換回李大小姐。你們守到申時，便去武丈原與其他辛武兄弟會合。」眾人應了，趙觀便與李畫眉相偕離去。

趙觀和李畫眉來到一條溪邊，趙觀道：「李姑娘，請等一下。」從包袱中取出幾樣事物，蹲在溪水邊一陣。過不多時，李畫眉聽身後一人道：「李大小姐，請妳跟我走吧？」李畫眉一驚回頭，但見身後站著一個高瘦漢子，額寬眼細，留著兩撇鬍鬚，依稀便是那夜來綁架自己的刺客。她一驚，抽出飛刀便要射出，那人已伸手握住她的手腕，笑道：「李姑娘，是我。咱們走吧。」李畫眉聽出是趙觀的聲音，愕然望向他，仍舊難以相信，說道：「江大哥，是你？」

趙觀道：「是我。不扮成這樣，如何去見牛十七？李姑娘，請妳將手背在身後，我替妳綁上活結。待會聽我號令，妳便可掙開綁縛，射飛刀偷襲。」便將她的雙手綁住。李畫眉試著一掙，無法掙開，說道：「我掙不開啊？」

趙觀笑道：「妳中了我的計啦！」忽然伸臂將她摟住，低頭往她頰上吻去。李畫眉大驚，叫道：「你幹什麼？」奮力掙扎，趙觀卻抱得甚緊，在她頰上連親兩下。她心中又驚又悔：「這人輕薄無行，我怎能這麼輕易便上了他的當？」淚水湧上眼眶，便要哭出。

趙觀放開了手，笑道：「得罪啦。我跟妳開開玩笑罷了，若不如此，妳頭髮整齊，神態安適，哪有半分像被綁架的俘虜？」便替她鬆綁，重新綁上了活結。李畫眉向他瞪視，心中又是惱怒，又是寬懷，問道：「你到底打算如何？」

趙觀道：「我帶妳去交給牛十七，他必定很歡喜。我打算趁機接近姓牛的，將他擒住。妳須得裝得似模似樣，我才好接近他。牛十七招來的邪門外道此時應已被我手下驅散了，只要能抓住牛十七，便不怕他丁武的人繼續造反。我待會仰天大笑，妳就掙脫綁縛，發飛刀向牛十七射去，行麼？」李畫眉點頭答應。

趙觀便押著李畫眉出城，往西北行去。不多時遇上一群人，看來便是牛十七的人馬了。趙觀迎上前道：「在下青蛇洞孫三，抓到了李大小姐，快引我去見牛壇主！」便有人趕去通報。一個幫眾側目而視，說道：「李大小姐的飛刀好生厲害，孫兄擒住了她，可不容易。」另一人笑道：「嘖嘖，南國初春李大小姐，果然是個大美人兒。」眾人爭相上前觀看李畫眉。趙觀揮手驅散眾人，板著臉喝道：「人是我捉到的，你們這些小子想來爭功邀賞，門都沒有！」眾人才收斂了些。

不多時，一個幫眾領二人來到牛十七面前。趙觀躬身道：「牛壇主，兄弟抓到了李大小姐，特來交給牛壇主。」牛十七大喜，說道：「孫兄弟，大功一件！」向李畫眉望去，笑道：「李大小姐，這可得罪啦。」

李畫眉假作惱怒，說道：「使出這等下賤手段，我就知道是你指使！」牛十七笑道：「兵不厭詐，使一點兒手段，又算得什麼？」

趙觀見牛十七高額下一對三角眼，眉疏唇薄，眼中透出精光，心想：「這人自命奸詐多謀，我這是以毒攻毒。」當下問道：「牛壇主，我青蛇洞的兄弟呢？」牛十七皺眉道：「他們落後了一段，應該就快到了。孫兄弟，你是在何處擒到李大小姐的？」

趙觀道：「就在武漢城外。她似乎跟情漢子吵了架還是怎地，一個人氣鼓鼓地走在路上，正好被兄弟手到擒來。」牛十七哈哈一笑，問道：「你去擒李大小姐時，可和江賀打過照面？」趙觀道：「壇主是說辛武壇的江賀麼？我抓住李大小姐後，這人追趕上來，想要救人，但他武功平平，被兄弟回身一刀，砍傷了胳膊。」牛十七道：「是麼？我聽人說他武功詭異，機智多計，原來不過如此。」趙觀道：「正是。想來是名過其實。」

牛十七又問：「你從前面來，可見到丁武的兄弟麼？我們派出了幾十人，卻都沒了音訊，不知進城了沒有？」趙觀道：「這我就不知道了。」

便在此時，聽得身後人聲響動，牛十七回過頭，卻見自己找來幫忙的十幾個門派的首腦一起乘馬過來，遠遠便停下了，臉色都十分古怪，川西大刀會的白岷上前道：「牛壇主，我等不能繼續相助了，還請恕罪！」

牛十七大驚，說道：「是我禮數不夠周到麼？各位如何突然改變心意？」

白岷等首領互相望望，都不說話。苗家的家長苗廣開口道：「我等自有不可告人的苦衷，還請牛壇主不要多問。」白岷道：「不瞞牛壇主，我們剛剛派出去的人馬，已全被抓了起來。對頭十分厲害，我勸牛壇主還是快快回頭爲妙。」青蛇洞洞主赤練客道：「白大哥不用多說了。牛壇主好自爲之，我們就此告辭。孫三，咱們走吧。」

趙觀見這些門派已被小菊降服，甚是高興，但聽赤練客喚自己去，心想自己才將李畫眉交到牛十七手中，決不能就此離去，正想找個藉口留下，卻聽牛十七道：「孫兄弟，你替我擒住李大小姐，我一定重重有賞。請你千萬留下，好助我一臂之力。」

趙觀大喜，心想：「自己請內奸留下，你牛十七怕是古往今來第一人。」便向赤練客道：「師父，我跟隨牛壇主去，回頭便追上你老人家。」赤練客怒道：「你竟敢不聽師父的話？」趙觀轉過頭不答。白岷道：「咱們快走吧，自有人收拾他。」十多個首領便各率手下離去。

牛十七呆立片刻，實在猜想不透這些人爲何臨陣脫逃，難道對頭眞有這麼厲害？孫三擒俘李大小姐又怎會這般容易？自己派出的手下眞的全被捉住了麼？他一時想不明白，向手下道：「快派人去探，看先行進城的手下如何了。」

過不多時，一個手下回報道：「牛壇主，不好了！派出去的兄弟全被江賀抓起，他手下說要用五十個兄弟來換回李大小姐。」

牛十七臉色一變，罵道：「好傢伙。」沉吟片刻，問道：「見到對方有多少人？」探子道：「看來只有十幾個。」牛十七笑道：「這是空城計。江賀自以爲聰明，想誘我去攻打總壇，搶救幫眾，我偏不上這個當。」下令道：「大夥向西，我們趕去武丈原。」一名手下問道：「不去總壇了麼？」牛十七道：「咱們改變計畫。辛武的主力已集中在總壇，林七爺在武丈原對抗李四爺，我們既擒了李大小姐，現在趕去相助，定可將甲武一網打盡。」

趙觀聽了，心想：「李姑娘說這人自以爲聰明，好用計謀，眞是半點不錯。我小施伎倆，便讓他墮入我的彀中。他要趕去武丈原，正合我意。」當下不動聲色，跟著牛十七和丁武弟兄趕去武丈原。李畫眉見他不出手，猜知他是想到了武丈原後再發難，或能一舉擊殺林伯超，便也不出聲。她眼見丁武即使失去黑道邪幫的協助，仍舊人多勢眾，有備而來，知道一場大戰迫在眉睫，心中不由得怦怦而跳。

眾人將近武丈原，已見到前面黑壓壓的全是人。那武丈原是個極大的平野，東邊一排是甲武眾人，爲首的正是李四標；西邊則是乙武的人馬，爲首的正是林伯超。兩邊劍拔弩張，大戰一觸即發。

牛十七向趙觀道：「孫兄，帶上李大小姐，跟我來！」急忙趕到西首會見林伯超。趙觀跟在牛十七身後，但見林伯超銀髮銀鬚，身形高大，生得甚是威武。林伯超得知牛十七擒住了李畫眉，喜道：「你可抓到寶貝了！」伸手拉過李畫眉，策馬上前，朗聲道：「李四爺，瞧瞧是誰來了？」

李四標見愛女落入敵人手中，臉色大變。林伯超大笑道：「你若要她的命，便快快投降！」李四標怒道：「卑鄙無恥！我李四標豈是投降之人？」

牛十七笑道：「四爺，今日便不看在令嬡面上，你怕也不得不投降了！」指揮丁武手下圍上，在乙武眾人旁邊排開，人數比甲武多出了一倍不止。

便在此時，牛十七忽然低吼一聲，從馬上摔下，跌落在地。眾人一驚回頭，不知發生了什麼事。只有李畫眉看得清楚，出手偷襲牛十七的正是趙觀。他一舉得手，縱聲大笑，李畫眉會意，立時掙脫綁縛，銀光閃處，六柄飛刀連珠射向林伯超。林伯超急忙閃身躲避，但李畫眉離他不過數尺，猝不及防，噗噗兩聲，兩柄飛刀插入他的左肩和右脅。趙觀更不稍待，猱身衝上前，單刀出鞘，攻向林伯超。

這一下變起倉促，李四標等尚未會過意來，只見林伯超慌忙避開那漢子的單刀，一躍下馬，拔刀和那漢子打鬥起來。兩人都是使刀，林伯超刀法沉厚雄渾，那漢子的刀卻極猛極快，如風若影，幾乎看不到刀刃。

與此同時，李畫眉已奪過一匹馬，縱馬衝上前，俯身拉起穴道被封的牛十七，向甲武陣營奔去。丁武眾人見牛十七落入她手中，都不敢亂發暗器攻擊，只能眼睜睜地看她縱馬回入甲武陣營。

李四標驚喜交集，連忙率眾上前接應，叫道：「畫眉，妳沒事麼？」李畫眉道：「我沒事。爹，我替您帶個禮物來啦。」

李四標接過牛十七，讓手下將他綁住，冷然道：「眼前報，還得快！」抬頭望向場中，見林伯超和那漢子仍纏鬥不止，問道：「那是什麼人？」李畫眉道：「那是江大哥假扮的。」便在這時，趙觀的三百辛武手下也已趕到武丈原支援，形勢強弱登時逆轉。

第四十三章　黃雀在後

李四標心中大喜，暗想：「江兄弟料事如神，竟想到將手下盡數調來此地增援！」轉頭去看場中相鬥，卻見林伯超雖已受傷，出刀仍舊猛烈強勁，二人打得難分難解。李四標凝目細看二人招式，忽然失聲道：「這刀法！他怎會這刀法？」

這時場邊三四千人盡皆注目於林伯超和那漢子的打鬥，終於有人脫口叫道：「這、這是……這是成大少爺的刀法！」眾人聞言皆驚呼連連，議論紛紛。

林伯超大吼一聲，持刀退開，喝道：「閣下何人？」

趙觀抹去臉上裝扮，笑道：「辛武壇主，姓江名賀的便是。」數千人環視下，但見一個長身玉立的青年站在場心，貌如潘安，顏若宋玉，當風而立，衣襟飄動，當眞瀟灑俊逸已極。

林伯超仰天大笑，說道：「好、好！我林伯超竟栽在一個後生手中！」陡然上步出刀，向趙觀斬去。趙觀展開飛天神遊輕功，斜斜地避了開去，單刀奇快，回刀砍向林伯超的腰間，兩人又鬥在一起。趙觀眼見林伯超功力深厚，刀法精深，自己只能纏住他，卻難以將他打倒。又過了四十多招，趙觀突然大喝一聲，使開披風快刀的最後一式，一柄刀使得潑水不入，快如閃電，眾人皆爲之目眩，甲武、辛武弟兄采聲如雷，乙武丁武的手下也不禁暗暗叫好。

這刀法一施動，林伯超年老受傷，自知不敵，向後連退三步，大喝一聲，揮刀當頭猛砍，趙觀揮刀抵禦，二刀相交，凝立不動，這便是比拚膂力內勁了。趙觀畢竟年輕力壯，力道較強，兩柄刀漸漸向林伯超這方移近，幾乎便要砍到他頭上。眾人驚呼聲中，林伯超陡然暴喝：「乙武兄弟聽令！進攻！」

乙武眾人喊聲震天，舉起刀棍向甲武陣營衝殺過去，李四標立時率眾迎擊。李畫眉見趙觀被人群隔開，心中大急，叫道：「江大哥！」立即一夾馬肚，衝入重圍，混亂中瞥見趙觀滾倒在地，林伯超單刀砍出，重重斬在他身旁地上，直斬得塵土飛揚。李畫眉忙發出三柄飛刀射向林伯超，林伯超揮刀擋開。趙觀趁機滾到一匹馬旁，翻身上馬，向李畫眉馳來。

林伯超喝道：「抓住了兩隻小狗！」便有十多個漢子衝上前攔阻二人。趙觀和李畫眉揮動單刀、射出飛刀，聯手衝殺出重圍。忽聽一聲悲鳴，卻是李畫眉的坐騎中刀倒下，趙觀連忙策馬奔近，拉住她的手臂，將她提過自己的馬上。此時甲武、乙武、丁武、辛武正打得激烈，一場混戰下，二人無法奔回甲武陣營，趙觀道：「往南邊去！」策馬向南突圍而去。

二人快馳出一陣，才甩脫了追兵，李畫眉回頭望向趙觀，見他半身染滿鮮血，驚道：「江大哥，你受傷了？」趙觀剛才打鬥時被林伯超砍傷了左肩，幸而入刀不深，卻流了不少血。李畫眉轉過身子，撕下裙襬替他包紮。趙觀搖頭道：「李姑娘，妳剛才不該闖回乙武陣營。我們險些便逃不出來了。」李畫眉心下激動，低聲道：「你一個人深陷敵營，我怎能棄你不顧？」

趙觀不禁好生感動，握住她的手，叫道：「畫眉！」李畫眉臉上通紅，抽開了手，轉回身去。

趙觀隱隱聽得身後馬蹄聲響，恐又有敵人追上，忙策馬再奔，不多時來到一個小市鎮上。那馬已十分疲累，口吐白沫。趙觀道：「咱們換馬再行。最好能繞道進武漢，和張師兄與總壇等人會合，回武丈原去相助四爺。」轉頭見路旁停了一輛馬車，便上前和車夫攀談，用三兩銀子買下了馬車，心念一動，又買下了車夫身上的衣服，套在自己身上，笑道：「李大小姐請上車，讓小的替妳趕一程路。」

李畫眉一笑，跨上馬車，說道：「好車夫，快快趕路，姑娘賞你銀子。」趙觀笑道：「我不要銀子，只要姑娘賞個親。」李畫眉微微皺眉，趙觀不等她出言斥責，便執起馬鞭，喝斥一聲，驅馬往西南邊的小路行去。

二人馳出數里，忽聽前面馬聲響動，竟有大批人馬迎面而來，趙觀一呆，卻見為首的中年人身穿長袍，正是林小超，想是趕來支援他父親的。林小超已看到車上的李畫眉，一愣之下，臉上露出喜色，指揮手下將馬車圍住。

李畫眉臉色微變，卻聽趙觀低聲道：「別跟我說話，引他近前。」她微微點頭，向林小超望去，說道：「林壇主，咱們狹路相逢，你總不至於趁我單身趕路，來欺負我一個孤弱女子吧？」

林小超微笑道：「我怎敢得罪李大小姐？但我們這回和令尊對上了，妳又自己送上門來，說不得，只好抓了妳作人質了。」李畫眉哼了一聲，罵道：「不要臉！」

林小超知她飛刀厲害，拔出匕首，親自出馬，說道：「李大小姐，妳還是乖乖束手就擒吧，免得刀劍不生眼睛，我可不想見妳臉上破相，身上掛彩。」

李畫眉揮手擲出三柄飛刀，林小超用匕首打下，罵道：「小娘皮，還凶？」大步上前，揮匕首刺向她肩頭。李畫眉又射出三柄飛刀，林小超往左避開，忽覺脅下一痛，竟被點中穴道，登時半身痠麻，卻聽一人笑道：「林壇主，你在我面前抓人，還將我江賀放在眼裡麼？」

林小超大驚，卻見出手的正是那車夫，他萬萬沒想到這土頭土腦的車夫竟是趙觀所扮，竟失手被他制住，後悔莫及。趙觀拔刀架在他頸中，大聲喝道：「若要你們壇主的命，通通給我退開！」林小超的手下見首領失手被擒，都是又驚又怒，只得退開。趙觀笑道：「林壇主，你要綁架李大小姐，沒料到螳螂捕蟬，黃雀在後，自己卻被我綁架了。」當下又令庚武幫眾送上三匹馬來，和李畫眉押著林小超向武漢疾馳而去。

李畫眉笑道：「江大哥，幸虧你有先見之明，預先扮成了車夫。」趙觀笑道：「他要抓妳去威脅妳爹，咱們依樣葫蘆，也抓了他去威脅他爹。」林小超只恨得牙癢癢地。

三人奔馳一陣，忽見迎面奔來六騎，其中三人身穿袈裟，卻是和尚。林小超見機甚快，一扭身，從馬背上跌落，大叫：「師父救命！我被強人綁架，請師父救我！」

那六人聞聲停馬，一個和尚道：「什麼人這般大膽，竟在光天化日之下擄人？」

趙觀將林小超拉回上馬，順手點了他的啞穴，說道：「這人是個偷兒，偷了我家的財寶，我正抓他回去算帳，沒什麼大事，眾位師父請繼續趕路。」側頭見其中一人身形高胖，不由得一怔：那人竟是老相識，少林派的俗家弟子熊靈智。熊靈智也認出了他，一怔之下，低頭向一個矮胖老僧說道：「師父，這小子名叫江賀，是青幫中的人物，為人奸詐，不可相信他的話。」

那矮胖老僧道：「阿彌陀佛，施主為何綁架這人，還請明說。」

趙觀暗罵：「干你老和尚屁事？」這六人顯然都是少林門下，除那老僧和熊靈智外，另有兩個年輕僧人和兩個俗家弟子。熊靈智的武功已自不弱，再加上他師父和四個師兄弟在旁，自己和李畫眉絕對不是敵手。

趙觀心知少林弟子自命俠義，決不會袖手旁觀，加上熊靈智在中挑撥，事情只怕不易善了，心中著急。李畫眉卻甚是沉穩，縱馬上前，行禮道：「請問這位是清德大師麼？」

那老僧回禮道：「正是老衲。請問女施主貴姓？」李畫眉道：「小女子姓李，家嚴便是青幫李四爺。」清德道：「原來是李四爺的千金。小女子久仰少林派行俠仗義，主持公道，一向好生欽佩。」清德道：「不敢。請問李大小姐為何擒擄此人？」李畫眉道：「不瞞大師，這人原是敝幫庚武壇主，因犯上作亂，小女子奉幫主之命前來擒拿。這是敝幫家務事，不敢有勞大師過問。」

清德道：「既是貴幫內務，老衲自是不便插手了。靈智、淨敏，我們走吧。」

忽聽林小超喉間發出怪聲，呼吸急促。趙觀回頭望去，見他雙眼翻白，口吐白沫，全身抽搐。

一個青年僧人道：「這人像是被錯點穴道，即刻就要斷氣。阿彌陀佛，小僧不能見死不救。」走上前扶住林小超，伸手去探他脈搏。

趙觀也不想見他死去，便道：「師父慈悲心腸，救活這人倒不妨。但我們費盡辛苦才抓到他，可別讓他跑了。」

那僧人名叫淨敏，點頭道：「我理會得。待我解開他穴道，施主再重新點上便是。」說著便將林小超抱下馬來，伸手替他解開穴道，卻見林小超蜷著身子縮成一團，狀甚奇怪，淨敏問道：「你沒事麼？」

忽地寒光一閃，淨敏低呼一聲，竟是林小超匕首突出，刺入了淨敏胸口。林小超隨即閃身躍上淨敏的馬，叫道：「我得手了！江兄弟、李姑娘，四爺的計策成了，你們也快走吧！」說著縱馬急馳而去。少林眾人大驚失色，兩個俗家弟子連忙掉馬向林小超追去，餘下三人便圍住了趙觀和李畫眉。

清德俯身探看淨敏，見那匕首直刺入心臟，已然氣絕。清德垂淚道：「淨敏已圓寂了。」熊靈智大罵：「好小子，你們聯手作戲詐人！淨惠師弟，我們拿下了這小子！」便和那僧人聯手攻向趙觀。

趙觀沒料到林小超詭詐如此，脫逃前還擺了自己一道，讓少林弟子圍攻自己，忙下馬拔刀抵擋，怒道：「是他殺人，你們向我動手幹麼？」熊靈智喝道：「奸詐小子，我早知你不是好人！」他生怕趙觀說出打敗自己的醜事，更怕師父會知道自己曾違犯門規使動天王開碑掌和他對敵，便想假藉因師兄之死而怒不可遏，趕緊殺了他滅口，出手直如狂風暴雨，逼得趙觀連連後退，再也無暇說話。

李畫眉也跳下馬來，叫道：「清德大師，那人名叫林小超，為了脫罪逃逸，竟狠心刺殺貴派師父，並血口誣陷我們。我和爹爹定要拿住他，綁上少林向大師謝罪。請大師明鑒！」

清德武功位望雖高，頭腦卻並不十分清楚，很多事情都讓弟子決定，這時見熊靈智和淨惠義憤填膺，聯手圍攻趙觀，自己也沒了主張，心想：「先拿住了這人，細細盤問，再作道理。」便道：「靈智、淨惠，先請江施主留步。」禪杖伸出，封了李畫眉腿上穴道。李畫眉如何避得開，輕呼一聲，伸手拉住馬韁，靠在馬上，才沒有跌倒在地。

趙觀怒道：「老和尚不講道理！」他在二人圍攻下，僅能自守，施展披風快刀將二人逼退數步，想找機會上馬逃走，但二人反應極快，立時搶上，截住了他的去路。那淨惠和尚專精掌法，掌力雄厚，熊靈智的少林虎拳也以雄渾勇猛著稱，二人的拳風掌風在趙觀身邊直劈橫砍而過，將他的刀都帶偏了。趙觀內力不深，自知無法對這等內功高手下毒，只能憑刀快，逼得二人無法近前，自己卻也無法脫身。如此打了一盞茶時分，熊靈智和淨惠二人內力漸強，將趙觀圍繞在中心，他只覺身周鼓蕩著對手的內力，衝擊不斷。趙觀學的是百花門內功，著重陰柔綿密，雖實若虛，正好以柔克剛，能在少林陽剛的內力下覓隙閃躲，卸開二人的內力，不致受傷；但他肩頭傷口陣陣作痛，顯然無法支撐太久。

如此鬥了一陣，卻聽馬蹄聲響，卻是去追林小超的兩個少林弟子縱馬馳回。原來林小超的手下四出尋他，正碰上他被少林弟子追趕，便上前掩護他逃走。那兩個弟子無功而回，還道這三人果然設有奸計，安排了接應的人手，但見趙觀和兩個師兄對敵不下，對望一眼，又見師父點了點頭，便亮出風魔棍和虎頭雙鉤，從趙觀身後掩上，兵刃陡出，眼見便要打上趙觀背心。

李畫眉見趙觀凝神對敵，不知背後偷襲，心中大急，叫道：「小心偷襲！」手臂用勁，翻身上馬，向著戰團馳去，揮手射出三柄飛刀，兩柄分打那兩個奔上的俗家弟子，一柄打向淨惠的背心。這時淨惠已使盡全力，內力激蕩身周，李畫眉的飛刀一來，登時被他震開。他感到背面受敵，不暇思索，回身反掌，砰的一聲，正打在李畫眉身上。

趙觀驚叫：「畫眉！」卻見她的身子從馬上飛出，忙施展輕功飛奔上前，接住她的身子，但見她口角流出一道鮮血，雙目緊閉，不知死活。

趙觀又驚又悲，抬頭向少林各人瞪視，怒道：「他媽的賊禿，出手打死一個小姑娘，這便是少林派的作風麼？」

淨惠出手時並不自覺，但見自己將李畫眉打成重傷，不禁好生惶恐，說道：「小僧並非有意傷人，李施主沒事麼？」趙觀罵道：「你他媽的沒事！你幹麼不打自己一掌試試？」

清德原也無意殺傷他們二人，眼見李畫眉受傷極重，走上幾步，伸手去搭她的脈搏，搖頭道：「淨惠，你出手太重，這位女施主只怕是……唉，只怕是……」

趙觀只覺一顆心直往下沉，緊緊抱著李畫眉的身子，低喚道：「畫眉？畫眉？」李畫眉卻已不省人事。

清德合十道：「這位施主，我弟子失手傷了李大小姐，我定當重重責罰於他。唉，貴幫林壇主殺了淨敏，淨惠又打傷貴幫中人，這便是因果報應吧。老衲有一顆續命靈藥，可爲李大小姐延續百日性命，算是我等略表歉意。」

趙觀聽他說因果報應，心中暗罵：「狗屁！殺那和尚的是林小超，這筆帳怎能算到我們頭上？」見他遞來一顆紅色藥丸，忙接過餵李畫眉服下，過了一陣，見她臉色由白轉紅，呼吸略爲粗重，才噓了一口氣，抬頭問道：「那她……一百日以後呢？」

清德歎道：「李大小姐心脈、肺脈受損，老衲所知有限，恐難醫治。天下善醫者，以虎山醫俠居首，或能救得她性命。但醫俠隱居已久，會否出手醫治，就要看她的機緣了。」

趙觀眼前如出現了一絲曙光，打定主意：「這裡離虎山不到一個月的路程，我即刻帶她上虎山去，求凌莊主救命。」抬頭向眾少林眾人環視一周，心想：「若治不好，我要你們一個個都替她償命！」

當下更不延誤，拉過坐騎，抱起李畫眉，一躍上馬，往北馳去。眾僧目送他快騎而去，自都不再阻攔。

第四十四章 中岳求醫

那日晚間，趙觀帶著李畫眉在一間客店下榻。李畫眉始終沒有清醒過來，趙觀見她神色痛苦，不由得憂心如焚，終夜守在她床邊，不斷替她擦拭額上汗水。過了半夜，他聽李畫眉低聲呻吟，忙問：「覺得怎樣？」

李畫眉皺起眉頭，低聲道：「身上難受得緊。」趙觀心中疼惜，安慰道：「妳好好躺著，忍耐一下，我這便帶妳去看大夫。」

他讓店主煮粥送來房間，親自餵李畫眉吃，她吃了兩口，便再也吃不下，再昏昏沉沉地睡了過去。趙觀望著她蒼白的臉頰，心中從未如此焦急難受，只盼受傷受苦的是自己，暗自起誓：「無論如何，我定要救回她性命。」

趙觀心想青幫內亂未定，一路上不敢動用青幫分壇，只靠百花門的手下提供住宿馬匹。李畫眉重傷之下不能趕路，趙觀帶著她緩緩往東北行去，直走了一個月多才到達山東境內。他聽聞江湖傳言，得知林氏父子在武丈原失利，士氣大受打擊，田忠和戊武壇手下已趕到總壇，與李四標、張磊和辛武眾人協力守護總壇，勝負之數甚明，才放下心來。

這夜李畫眉稍稍清醒，趙觀餵她吃了一碗粥，坐在她床邊，告知四爺和甲武眾人都平安，內亂已平等情，李畫眉甚是欣慰。趙觀又說了幾個笑話給她聽，李畫眉被他逗得笑個不停，一會兒又皺起眉頭，顯是內傷疼痛。趙觀看了不忍，他自幼學習毒術，粗通藥性，便配了止痛湯藥餵她服下。李畫眉因路途勞頓，傷勢加重，竟將湯藥都吐了出來。趙觀見她吐出之物混有鮮血，心下暗驚，擔憂去往虎嘯山莊的路還有好幾日，不知她能不能撐得住？

李畫眉也覺出自己命如懸絲，靠在床頭，忽然怔怔地流下淚來。趙觀見她這一月來都十分堅強，忍痛趕路，此時竟然流淚，忙伸臂將她摟在懷裡，柔聲道：「畫眉，妳再忍一忍，再幾天就到虎山了，凌莊主醫術超人，定能治好妳的傷。妳千萬別放棄，知道麼？」

李畫眉伏在他的懷中，輕輕抽泣，好一會才止，忽然低聲道：「江大哥，我問你一件事，好麼？」趙觀道：「妳說吧。」

李畫眉道：「我第一次見到你那夜，在劉府的後院中，出聲救我並將我抱回前院的人，就是你麼？」趙觀道：「不錯，是我。那夜對妳出手的是我的手下，我怕妳躺在外面久了會著涼，才將妳抱回前院。」

李畫眉點點頭，低聲道：「我知道是你。江大哥，你已救過我一次，這回我的傷若不能治好，你也……你也不用太過意不去。」

趙觀搖頭道：「傻丫頭，怎麼說出這等喪氣話來？妳這點內傷，醫俠舉手便治好了。」李畫眉道：「我跟醫俠無親無故，他又怎會爲我治傷？」趙觀笑道：「我說妳是傻丫頭，果眞不錯。妳不用擔心，凌莊主宅心仁厚，醫德深澤，有錢沒錢，皇帝乞丐，他都一視同仁，盡力爲人解除病苦。他見妳這麼一個聰明可愛、年輕美麗的小姑娘，當然會替妳治傷了。再說，我和凌莊主頗有些淵源，我去請求他，他一定會出手救妳的。」

李畫眉問道：「你識得醫俠麼？」趙觀道：「是。我少年時曾受他和他夫人照顧。」李畫眉抬頭望向他，忽道：「江大哥，你……我從來沒聽你說起你小時候的事情。你跟我說說，好麼？」

趙觀不知李畫眉能否撐過餘下的路程，也不知她的傷是否眞能治好，想起她是爲了救自己而受傷，對自己實是情深義重，歎了口氣，難以拒絕她的要求，卻不知該從何啓齒。

李畫眉見他遲疑，猜想他不願說，輕聲道：「你不想說，那就別說了。我……我這心早是你的了，不管你是什麼人，我的心都是一般，永遠都是如此。」

趙觀知她一向矜持，此時竟對自己坦露情意，顯是自知命不長久，才沒了顧忌。他心中激動，說道：「畫眉，妳對我的過去一無所知，便對我這般好，爲什麼？」

李畫眉將臉靠在他胸口，輕輕歎了口氣，說道：「我也不知道。江大哥，自我第一次見到你的面，便再也管不住自己了。後來你爲青幫作了這許多事，我……我對你只有更加傾心。這些日子來我雖受重傷，身上難受，但得日日與你相伴，我心裡還是……還是歡喜的。」

趙觀心中一酸，輕撫她背，柔聲道：「畫眉，妳是個好姑娘，我實在不配妳這樣對我。」李畫眉抬頭望著他，說道：「江大哥，你配的。」趙觀微笑道：「妳別叫我江大哥了。我不姓江。」李畫眉一呆，問道：「那你姓什麼？」

趙觀也是一呆，他近幾年很少去想這事，但他確實不知自己父親是誰，也不知自己姓什麼，便道：「我也不知道。我娘就叫我趙觀，我一直不知道自己的爹爹是誰。後來我娘被仇家殺害，我便再沒機會問她了。」

李畫眉低聲念道：「趙觀，趙觀。趙大哥，你是爲了逃避仇家，才隱姓埋名麼？」趙觀道：「是。我今日跟妳說了，妳可別不小心在人前叫我本名，那可要害死我啦。」李畫眉微笑道：「我怎麼會？我一定很小心，總是叫你江大哥。」

趙觀摟著她，待她沉沉睡去，才扶她躺下，自己抱膝坐在床尾。燭光下但見李畫眉原本豐腴紅潤的臉頰變得蒼白消瘦，心中又是難受，又是疼惜，想起自己未能保護她周全，竟讓她受傷如此，不禁愧疚無已。咀嚼她方才的言語，又覺一陣惶恐，暗想：「她對我這般有情有義，我趙觀是什麼東西，萬萬不配作她心目中的好情郎。唉，我今生注定是要對不起她的了。」

又行數日，二人終於來到虎山腳下。李畫眉身體愈來愈虛弱，往往整日昏迷不醒。趙觀心中焦急，背負著她穿林涉溪，往虎山後的深山密林走去，憑著記憶尋找去往虎嘯山莊的路徑。走了半日，來到一個懸崖旁，卻見崖上一株崎嶇老松，一個綠衣少女倚松獨立，怔然眺望遠處白雲，神情落寞，似乎心中憂愁深積，無法排遣。

趙觀走上前，想向那少女問路，那少女已聽到他的腳步聲，回過頭來，卻見她杏眼彎眉，容色俏麗，望見趙觀背上的女子，先是啊了一聲，問道：「這位姑娘怎麼了？」又向趙觀凝視一陣，臉上露出驚喜之色，笑道：「趙家哥哥，你回來啦！」

趙觀也已認出了她，喜道：「寶安！」

那少女正是鄭寶安。她迎上前去，伸手搭上李畫眉的脈搏，皺眉道：「這位姑娘受傷不輕，你快跟我去莊裡。」趙觀問道：「凌莊主和尊師都好麼？凌大哥、凌二哥在山上麼？」

鄭寶安在前領路，輕歎一聲，說道：「家裡出了一些事，義父和師父都下山去了。大哥二哥也不在。」趙觀心中一涼，問道：「那……那山上有人能救得她麼？」鄭寶安道：「我立即去請二師叔和師姑來替她看看。二師叔跟隨義父日久，醫術精湛，他多半有辦法的。」趙觀才放下心。

三人來到虎嘯山莊，鄭寶安連忙請劉一彪夫婦來替李畫眉診治。劉一彪替她搭了脈，皺起眉頭，說道：「趙小兄弟，這位姑娘是受了少林掌力麼？」趙觀道：「正是。」劉一彪轉頭向妻子道：「娘子，請妳查看她胸口傷處，看看筋骨有無損傷。」柳鶯道：「是，待我瞧瞧。」

劉一彪便與趙觀走出屋去，趙觀見他神色凝重，問道：「劉大叔，她的傷有救麼？」劉一彪抬頭凝思，過了良久，才道：「趙小兄弟，我知道有方法救，但爲兄慚愧，無力替她施爲。」趙觀忙問：「什麼方法？」劉一彪道：「她的內傷甚重，須以上乘內力截斷心肺二脈，再重新接續。爲兄內力不足，不敢妄加施爲，恐會害她性命。」趙觀大急，問道：「那麼誰能救她？」

此時柳鶯也從門中走出，愁眉深鎖，向劉一彪道：「她外傷較輕，應是無礙。但我瞧她除了心脈、肺脈外，脾胃脈也受損，這傷只能以高深內力救治。唉，若是大師兄或師嫂在山上就好了。」夫妻又討論了一陣治療之法，劉一彪滿面歉意，向趙觀道：「趙小兄弟，我們只能以藥物助她吊住一口氣，要治癒她的傷，卻是力有不逮。師兄師嫂才下山不久，總要幾個月才會回來。這位姑娘恐怕……恐怕不能等上這些時候。」

趙觀見二人神色沉重，已知李畫眉的病勢很不樂觀，聽到這幾句話，頓時全身冰涼，點了點頭，走回屋中，望向榻上的李畫眉，再也難以壓抑，伏床大哭。

正哭得傷心時，忽見一滴眼淚落在身旁榻上，趙觀回頭看去，卻是鄭寶安站在自己身邊，也在流淚。

趙觀奇道：「寶安，妳哭什麼？」鄭寶安抹淚道：「我見你傷心，也覺得難過。」她在床邊坐下，輕輕執起李畫眉的手，說道：「趙家哥哥，她一定是位很好的姑娘，你這般費心帶她上虎山來，我們竟不能醫治她，我眞覺過意不去。」

趙觀搖頭道：「她傷得很重，我原也不知能否得救。天意如此，那是誰也沒有法子。」鄭寶安歎道：「眞是不巧，大哥、二哥、小三都下山去了。他們內力都很深厚，尤其是小三，近日內力突飛猛進，或許能救得她的性命。」忽然眼睛一亮，伸手抓住趙觀的手，說道：「趙家哥哥，我想到一個人能救命。有位常清風老爺爺，原本隱居華山，近年客居泰山，離此不遠。他內功深厚無比，一定可以治癒她的傷！」

趙觀眼前頓時出現一絲光明，跳起來道：「妳快說，我該怎樣去找他？」鄭寶安道：「我帶你去。」起身出屋，向劉一彪和柳鶯說起此事。劉一彪拍手道：「好主意，我怎地沒想到？常老前輩心地仁善，一定會出手相救。我這就將醫治之法寫下，常老前輩見了，定能依法救治。」當下伏案寫下救治方法，柳鶯則去配製保命藥丸。

鄭寶安匆匆收拾好行囊，來到藥房看柳鶯配藥。柳鶯見她進來，低聲問道：「寶安，妳眞要去麼？妳若想留下，我可以陪趙小兄弟走一趟泰山。」

鄭寶安搖頭道：「我和趙家哥哥是自幼相熟的友伴，陪他走一趟是應該的。」頓了頓，又道：「我沒事的，師姑不用擔心。」柳鶯凝望著她，說道：「寶安，這陣子發生了這麼多事，妳可要自己保重。」鄭寶安低下頭，說道：「我理會得。泰山離家不遠，我很快就回。」

柳鶯拉起她的手，說道：「妳心裡有事，可以跟師姑說說，不要自己悶著，知道麼？」鄭寶安點點頭，說道：「謝謝師姑關心。我在路上好好想想，回來再跟師姑談吧。」

柳鶯點了點頭，將製好的藥丸交給寶安，囑咐她各種藥的用法用量，鄭寶安一一記下，便和趙觀、李畫眉上路往泰山去。

鄭寶安生長於虎嘯山莊，自也通解藥性，一路上對李畫眉細心照拂，親侍湯藥，並百般安慰鼓勵。李畫眉受傷雖重，但有虎山的靈藥吊住一口氣，加上鄭寶安的陪伴照顧，心境開朗了許多，二女言笑晏晏，親勝姊妹。趙觀心中暗暗感激，心想：「天下溫柔善良的姑娘，沒有比得上寶安的了。」他四年前曾與鄭寶安跟隨燕龍從泰山行至虎山，此番走回頭路，情境已大爲不同，鄭寶安的親厚可喜卻半點沒變。

不一日來到泰山，鄭寶安在前領路，翻過兩個山頭，來到了一片峭壁下。鄭寶安道：「從這兒開始要爬山了，趙家哥哥，你揹著李姊姊行麼？」

趙觀抬頭望去，見那山崖筆直向上，不禁吐了吐舌頭，說道：「常老爺爺住在這上面？」鄭寶安道：「是啊。我眞不知江家兩個哥哥怎麼受得了，每天要上下山幾十次。師父說常爺爺是讓他們藉此練功。」話才說完，便聽身後一人笑道：「師父教我們練功的法子，還不只是爬這山壁呢。」

趙觀和鄭寶安回過頭，卻見兩個漢子從樹林中走出，約莫二十八九歲，一個背上揹著一大捆柴，一個扛著一大袋米，二人衣著都極樸素，卻都洗得一塵不染，面貌清俊出奇，不似常人。

鄭寶安笑道：「你們兩個躲在後面偷聽人家說話，好不害羞？江大哥、江二哥，常老爺爺在麼？」

揹柴的青年道：「師父在。寶安，妳找師父有什麼事？」鄭寶安道：「這位李姑娘受了內傷，趙家哥哥帶她來虎山求醫，不巧師父、義父、大哥、二哥、小三都不在山上，沒人能以內力替她醫治，我便來求常老爺爺救命。」當下引趙觀見了，那兩個漢子乃是兄弟，是常清風的關門弟子，哥哥叫江晉，弟弟叫江明夷。

江明夷皺起眉頭，說道：「寶安，師父這幾年不喜歡見外人，妳又不是不知道，怎麼還帶外人上山來？」鄭寶安道：「救命要緊，常老爺爺最仁慈了，一定肯出手相救的。不信你帶我去見他，讓我親自問他老人家。」

江晉翻眼道：「啊喲，妳別跟我賴皮了。師父最怕妳撒嬌，妳一求他，他什麼都會答應的。」鄭寶安笑道：「你既然知道，還不快帶我去見他？」江晉一跺腳，說道：「我不來，妳逼我帶妳去，我偏不帶！」

趙觀聽他二人說話的神態，不由得感到一陣肉麻，心想：「這兩位江兄弟都生得高大挺拔，說起話卻像小姑娘一般，又嬌又嗲。」

鄭寶安似乎司空見慣，並不以爲奇，笑著道：「不帶就不帶，有什麼了不起的？我自己去。趙家哥哥，咱們走！」

第四十五章 清風老人

江明夷卻伸手攔住了她，臉上神情似笑非笑，說道：「寶安妹妹，妳愈來愈大膽了，是不是知道要作凌大嫂了，就開始蠻橫了，不將別人放在眼裡啦？」

鄭寶安臉上一紅，說道：「你胡說什麼？誰跟你說的？」

趙觀聽了也是一呆，心想：「寶安要嫁給凌大哥？她怎麼半句也沒提？」

江明夷道：「我兄弟一向傾慕凌大哥，他要成婚的消息，我們怎會不知道？」江晉道：「是啊，他連雲非凡那樣的美女都不放在眼裡，想必將妳寶安妹妹看得很高了。」江明夷道：「妳不自己找上門，我們還想去找妳，質問妳這娃兒究竟施了什麼法術，勾去了凌大哥的魂呢。」江晉道：「我們若去江湖上散布消息，保管打翻一片醋罈子，不知多少女子要闖上虎山去，見識一下鄭女俠的風範哩。」

鄭寶安聽他兄弟你一言我一語，只急得滿臉通紅，連聲道：「你們不要胡說，沒有的事啊！」

趙觀忽然插口道：「兩位中意凌大哥，眞巧，我也中意凌大哥。看來我們三個都是寶安的情敵，所謂敵人的敵人便是朋友，我們也可算是朋友了。」

江晉和江明夷一齊望向他，向他上下打量，江晉微笑道：「原來閣下也是同好。趙兄弟，請問你是如何識得凌大哥的？」趙觀道：「幾年之前，凌大哥伴我從虎山一路行至浙西。我得與凌大哥朝夕相處數月，那可是我一生中最快活的時光。」

江明夷露出艷羨的神色，說道：「凌大哥英雄豪邁，眞是世間少有。我在山西見過他幾次，此後就再也忘不了他。」江晉也歎道：「你得以和凌大哥相處數月，眞是運氣。大哥對我們雖好，卻終究不過當我們是朋友。對你的情分，想必不同。」

趙觀忍住笑，說道：「那也不至於，他當我是小兄弟罷了。兩位與在下既是朋友，在下這位朋友命在垂危，還請兩位大哥仗義相助，准許我二人去拜見尊師。」

江晉望向李畫眉，起了疑心，問道：「她是你什麼人？」趙觀忙道：「她是我一個好兄弟的女兒，跟兄弟沒什麼瓜葛。」江明夷道：「既是如此，我兄弟定會幫你的忙。但你說，你要怎樣報答我們啊？」說著走向趙觀，伸手去拉他的手臂。

趙觀嚇了一跳，忙將手抽開，再也忍耐不住，哈哈大笑起來。江明夷愕然道：「怎麼？」趙觀搖頭道：「對不住，兄弟沒有此癖，沒辦法，裝也裝不來。」江明夷臉色一變，惱道：「你是消遣我兄弟來了？」趙觀掌不住，只笑個不止。

江晉和江明夷對望一眼，神色極爲惱怒，江晉冷冷地道：「誰敢消遣我兄弟？寶安，妳將這姑娘接過去了。姓趙的，你膽子不小，這便劃下道來！」

鄭寶安見他動了眞怒，便從趙觀背上接過李畫眉，低聲道：「可激怒人家啦！這兩個哥哥聯手，不好對付，你小心。」

趙觀低聲道：「我纏住他們，妳先上去。」當即大步走上前，說道：「不是兄弟故意要得罪兩位，實在是這位姑娘因救我而受傷，對我有情有義，我若不治好了她，豈不少了一個老婆？」

江晉見他嘻皮笑臉，怒道：「小子說話油腔滑調，不懷好意。寶安，妳瞧妳帶了什麼好人上山來了？」

鄭寶安作個鬼臉，笑道：「趙家哥哥是江湖上有名的玉面英雄、英俊少年，我說你們別只記掛著凌大哥了，趙家哥哥也不錯啊。」

江晉雙眉豎起，從背後抽出兩枝柴枝，將一枝交給兄弟，二人在趙觀左右站定，柴枝直指趙觀身上要害。

趙觀在路上曾聽鄭寶安說起常清風所創風流掌、風流劍等絕技，此時被兩個常清風的弟子圍住，也不由得手心出汗，暗想：「這兩個娘娘腔可不是易與之輩。我該使毒呢，還是不該？我們是來求醫的，若傷了常老的弟子，未免說不過去。」當下說道：「兩位江兄要考較兄弟武功，兄弟雙拳敵不過四手，可要使兵刃了。」江晉道：「你拔刀吧。」

趙觀見他二人凝視著自己，柴枝竟不稍動，功力顯然甚深，當下拔出單刀，在身前一劃，才擺好守勢，便聽江晉、江明夷同時低喝一聲，兩根柴枝陡然搶上，直攻他胸口和背心。趙觀見他們說動手便動手，出招狠辣，忙使開披風快刀，前後左右各劈一刀，將兩條柴枝擋回，並向二人各攻一招。

江氏兄弟兩條柴枝有如矯龍騰躍，不斷指向他身上要穴。趙觀展開輕功遊走，江氏兄弟的柴枝卻如影隨形，不離他的身周一尺。趙觀心中驚駭，他藝成後曾與黑幫中人、熊靈智、林伯超和少林弟子動過手，武功雖未臻一流，卻總能憑著機智取勝。此時在這兄弟二人手下卻左支右絀，難以抵擋，不多時身上便中了好幾柴。幸而他二人無意取他性命，打在身上雖痛，卻不致受傷致命。

趙觀吸了一口氣，心想：「我原想輸給他們，讓他們出出氣便罷，但看他二人的樣子，多半不會輕易饒過我。三十六計，走為上策。」當即轉身往林中奔去。

江晉、江明夷見趙觀逃跑，當即隨後跟上，三人追追打打，直奔入密林深處。趙觀向成達學的輕功著重進退趨避靈巧如風，凌比翼所教的飛天神遊輕功則著重身形快捷，他此時仗著樹林為屏障，較易躲避攻招，占了便宜，再也沒被柴枝打中。但他單刀雖快，卻連二人手中的柴枝也砍不到，更加攻不到二江身上。

又撐了數十招，趙觀心知鄭寶安多半已揹著李畫眉爬上山崖，正要停手道歉言好，忽覺右肩一痛，中了一柴，痛徹骨髓，單刀脫手。他一驚，暗罵：「娘娘腔下手這般重！」連忙回身奔逃。

江氏兄弟齊聲喝道：「往哪裡跑？」

趙觀奔出數十步，此時腳邊全是半人高的雜草，前面隱隱傳來水聲。他忽覺腳下一鬆，連忙伸足點上旁邊一塊大石，向上縱起，抓住了一根橫出的樹枝。他翻身站上那樹枝，低頭望去，腳下竟是一個數十丈深的斷澗，遠遠可見水花噴濺，水勢湍急。他心中怦怦亂跳，心想：「方才若摔將下去，一條命便送在這裡了。」

正想時，江明夷已追了上來，他見趙觀站在樹上，便提氣躍起，揮柴向他打去。趙觀側身避開，大驚叫道：「小心摔下去！」江明夷躍起時全沒注意腳下，落下時已無可藉力處，驚叫一聲，直向山澗落下。

趙觀心念電轉，立時從袖中揮出蜈蚣索，喝道：「抓住了！」江明夷忙伸手抓住索的一端，但他下墜之勢甚急，趙觀受他一扯，險些被扯下樹去，忙伸左手抱住樹幹，才穩住了身子。

江晉也已趕上，見兄弟懸吊在半空中，驚叫：「兄弟！」

趙觀所立樹枝搖搖欲斷，手中細索也不牢固，江明夷一條命當眞便在呼吸之間。趙觀吸了口氣，叫道：「抓緊了，我蕩你回來。」手上用勁，將索甩出，將江明夷蕩出數丈，又蕩回崖邊，江晉忙伸手接住了兄弟。江明夷死裡逃生，只嚇得臉色雪白，兄弟倆相擁在一起，更說不出話來。

便在此時，趙觀身下的樹枝再也支撐不住，喀啦一聲折斷，向下落去。江氏兄弟齊聲驚叫，同時搶上，卻見趙觀長索揮出，捲上樹幹，藉勢躍起，翻身站上一塊大石。

江晉忙迎上前，抱拳道：「多謝閣下相救，我兄弟感激不盡！」

趙觀全身出滿冷汗，定了定神，才收起蜈蚣索，跳下大石，猶覺雙腿痠軟。經過這番驚險，江氏兄弟得他出手救命，自然再也不提起他出言取笑之事。趙觀見無意中化敵爲友，也鬆了口氣。

三人相偕走回，趙觀揀起單刀，笑道：「兩位武功精湛，再打下去，我也只有抱頭鼠竄的分。」江晉笑道：「你逃跑的功夫當眞不壞，我們兄弟聯手對付人，還沒人能躲過這麼久的。」江明夷則道：「若非趙兄弟機靈智巧，又怎能在千鈞一髮時揮出繩索，救我一命？」三人相對大笑。

三人回到崖壁下，趙觀道：「寶安想必已先上山去找令師了。」江晉道：「這小丫頭當眞機伶。」便一起攀爬上崖。二江身手敏捷，雖揹負了柴袋、米袋，卻似毫不費力，三兩下便到了崖頂。趙觀從沒爬過這般陡峭的山崖，在後緩緩跟上，爬得甚是艱辛。將近頂時，江明夷垂下繩索接他，才來到崖頂。

卻見崖頂上雲霧繚繞，有似仙境。趙觀跟著二江來到一間木屋前，鄭寶安迎將出來，笑道：「打完啦？沒將趙家哥哥打得太慘吧？」

趙觀笑道：「託兩位江兄的福，我一條小命還在。」江明夷道：「趙兄弟說哪裡話？我才是託你的福，留下一條命。」

鄭寶安聽江明夷說了險些跌下山澗的經過，連連拍胸道：「好險、好險！」見他們化敵爲友，也甚是歡喜，說道：「常老爺爺已答應替李姑娘治病，正在閱讀師叔寫的治療法門。」

江晉瞪了她一眼，說道：「師父年紀這麼大了，妳還來煩擾他老人家耗費內力，也不慚愧？」便在這時，一個高大老翁走出屋來，說道：「晉兒、夷兒，師父平日怎麼教你們的？救人性命乃是大事，豈可推託？老子云：『既以爲人己愈有，既以與人己愈多。』你們兩個便是失之小氣。」江晉、江明夷躬身道：「弟子受教。」

趙觀見那老人已有八十來歲，白髮長鬚，精神矍鑠，紅光滿面，確然像個道家神仙一般的人物。鄭寶安道：「趙家哥哥，這位便是常清風常老爺爺。」趙觀忙向他跪下磕頭，說道：「常老前輩願意出手救治晚輩的朋友，大恩大德，晚輩終身難忘。」

常清風扶他起來，笑道：「不用客氣，我想你也要終身難忘，這位姑娘以後自要作你的老婆了。」趙觀臉上一紅，說道：「前輩取笑了。」

當日晚間，常清風便開始替李畫眉治傷。劉一彪所寫治法十分繁複，前後共十八日，每日八柱香時間，以上乘內力爲李畫眉重整心肺諸脈。每日常清風運功爲李畫眉治傷時，趙觀和鄭寶安便坐在室中伺候，但見李畫眉頭三日神色痛苦，第四日上才略有好轉。

到了第九日，乃是替李畫眉截斷心脈肺脈並重新接續的重大日子，常清風命兩個弟子守在門外，不讓任何人近前干擾，趙觀和鄭寶安則在室中守護。常清風凝神運功，忽然站起，伸掌在李畫眉頭上連拍三下，李畫眉便即俯身倒下，似已死去。常清風隨即展開風流掌法，在她身周繞行，不時出掌打向她身上各大要穴，出手快如閃電，趙觀幾乎看不清楚他出掌、收掌的交際，心下驚歎：「世上竟有這等高人！我以前眞是如井底之蛙了。」

一柱香將盡，李畫眉才又坐直身，呼吸如常，臉色雖仍蒼白，已能隱隱見到血色。常清風在她身後坐下，以掌抵她背心，助她調順內息。趙觀見二人臉色平和，心中喜慰，知道畫眉一條命是揀回來了。

當夜鄭寶安和趙觀來到室中探望李畫眉，見她身體雖仍虛弱，但中氣充足，氣色較一日前已全然不同。三人說笑一陣，待李畫眉沉沉睡去，趙觀和鄭寶安才出屋去。

趙觀走到山崖邊，深深地吸了一口氣，舒展四肢，感到分外輕鬆，笑道：「寶安，多謝妳啦。多虧妳想到常老前輩，又帶我們上泰山來，李姑娘的命才得保住。」鄭寶安微笑道：「你跟我還客氣什麼？我見李家姊姊身體恢復過來，心裡也很高興。再說，我近日在虎山上悶得慌，出來走走散散心，也是好的。」

趙觀望向她，說道：「我見妳心中一直有事，可有我能幫得上忙的麼？」

鄭寶安歎了口氣，搖頭道：「這是我自己的事，誰都幫不上忙的。趙家哥哥，我心裡亂得很，眞不知該從何說起？」趙觀一笑，拉著她坐下，說道：「妳慢慢說，我在這裡聽著。」

鄭寶安抬起頭，緩緩說出過去幾個月發生的事。

第四十六章　當局者迷

原來這幾年間，凌比翼多遊走江湖，凌雙飛卻常住龍宮，成爲雲龍英的左右手。去年初春，凌雙飛寫了封信給兄長，質問凌比翼爲何尚未迎娶雲姑娘。凌比翼收到兄弟的信，甚是苦惱，便回信向兄弟述說苦衷。原來他少年時和雲非凡結識，雖知雲非凡容色武功、家世人品都是上上之選，卻總無法眞心喜歡她。其後兩家訂下了親事，凌比翼不願違抗父母之命，只好盡量逃避，幾年來都不肯提迎娶雲非凡之事。這幾年間他更發現自己其實鍾情於另一個姑娘，更加不願與雲非凡完婚，便回信向兄弟坦述情懷，問他有何解決之法。

凌雙飛接信後極爲不悅，以爲兄長拖拖拉拉，遲遲不肯履行承諾，也不肯下個決斷，徒然延誤雲非凡的青春。他和雲非凡相處日久，對她不知不覺生了感情，又惱兄長對不起她，便在那年秋天向她吐露情衷。

雲非凡大爲驚訝，斥責他怎可背著兄長作出這等事情。凌雙飛激動之下，取出兄長的信給雲非凡看，雲非凡發現未婚夫竟然別有他戀，震驚心痛已極，整日以淚洗面，消瘦了一圈。她傷痛之下，便去請父親向凌家退婚。雲龍英不明情況，只道女兒是等得心急了，便寫信去給凌霄夫婦，催他們早日訂下婚期。

這些事情發生之時，鄭寶安和凌昊天兩個都只約略聽聞，並不清楚細節。當時二人在後山爲燕龍守關，偶爾回家，凌昊天偷看到二哥寫回來給大哥的信，才知道大哥有意退婚，便繪聲繪影地向寶安說了。鄭寶安極爲驚訝，說道：「大哥和非凡姊訂婚多年，怎會發生這等變故？」

凌昊天道：「他們幾年沒見面了，雙方改變心意，那也是有的。加上二哥整日在龍宮出沒，所謂近水樓臺先得月，搞不好二哥會和非凡姊成婚也說不定。」鄭寶安不信，笑道：「你就愛異想天開，胡亂猜測。」

卻不知這番竟讓凌昊天猜個正著。這期間凌雙飛對雲非凡百般安慰體貼，雲非凡甚是感動，一番柔情便轉移在凌雙飛身上。凌雙飛此時已是雲龍英的得力助手，在得到雲非凡的許諾後，便鼓起勇氣，向雲龍英提出求婚之意。

雲龍英聽了，又是驚詫，又是糊塗，說道：「究竟是你哥哥要娶非凡，還是你要娶？」便又寫信去向凌霄夫婦詢問此事。

當時燕龍正在閉關練功，凌霄接信後，大為驚訝，不知道兩個兒子在搞什麼鬼，忙要人下山去找凌比翼回家。凌比翼回家後，眼見事情爆發，只好老實說出自己無意迎娶雲非凡，又說弟弟若想娶她，那是最好。凌霄見雲家催得急，不及與妻子商量，便回信說希望能為比翼解除婚約，至於雙飛向雲非凡求婚之事，還請雲龍英首肯云云。

事情演變至此，凌昊天在旁看了，只覺十分有趣，向鄭寶安道：「妳瞧，我猜得沒錯吧？現在成了二哥要娶非凡姊，不管怎樣，準嫂子還是準嫂子。」鄭寶安卻很為大哥擔心，說道：「不知道大哥為什麼不愛非凡姊了？他們自幼相識，感情該是很好才對啊。」凌昊天事不關己，隨口道：「誰曉得呢。」

那天晚上，鄭寶安回到莊上替師父取飲食衣物，正巧見到凌比翼獨自在院中徘徊，心想：「大哥此刻一定滿懷心事。」便走上前，輕喚道：「大哥？」

凌比翼回頭見到她，全身一震，脫口道：「寶安，是妳？」

鄭寶安見他神色古怪，說道：「大哥，我聽說了雲家姊姊的事。你……你還好麼？」

凌比翼歎了口氣，說道：「我真對不起她。」鄭寶安心中好奇，忍不住問道：「大哥，你究竟爲什麼要解除婚約？」

凌比翼望向她，好一陣才道：「寶安，妳能明白麼？非凡是個極好的姑娘，但不知如何，我對她便是沒有那分感情。」鄭寶安點了點頭，說道：「我明白。大哥，你不用自責，有些事情是勉強不來的。」凌比翼長歎了一聲。

鄭寶安見他神色憂鬱，便拉著他手，並肩在石椅上坐下，說道：「大哥，你心裡有事，跟我說一說，或許會覺得好過些。」

凌比翼點了點頭，緩緩說出退婚前後、雙飛向雲非凡求婚等情。鄭寶安聽完，輕輕歎了口氣，說道：「大哥，我明白你的心事。有時你喜歡上一個人，不管怎樣都是喜歡他，不喜歡時卻怎樣也勉強不來。」

凌比翼微笑道：「妳小小年紀，怎麼懂得這許多？」鄭寶安笑道：「我是姑娘家，當然懂得啦。大哥，你心中是不是喜歡上別人了？」

凌比翼靜了一陣，才道：「是。」

鄭寶安更加好奇，問道：「是誰？快跟我說。」凌比翼不答。鄭寶安笑道：「那讓我來猜猜看吧。」心中細數江湖上對凌比翼傾心的姑娘，總有十七八個不止，一個個想去，又覺比翼不會看上她們，便問道：「是杭州梅家的兩位小姐麼？」凌比翼搖搖頭。鄭寶安又猜：「是陳家姊妹麼？二姑娘近年出落得愈發嬌美了，江湖上傾慕她的人著實不少呢。」凌比翼又搖頭。鄭寶安問道：「是雪族裡的姑娘麼？文綽約姊姊的姿色武功在武林中可是數一數二的，你定是鍾情她了。」凌比翼仍舊搖頭。鄭寶安又猜了五六個都不中，笑道：

「我想不出啦。大哥你別賣關子了，快跟我說吧。」

凌比翼遲疑良久，在月光下望向她的臉，欲言又止。

鄭寶安微笑道：「你喜歡上一個人，往往是沒有道理的。你不用擔心，你跟我說，我一定不會告訴別人的。」

凌比翼忽然伸出右手，輕觸她的臉頰，低聲道：「寶安，不要再猜了。」

鄭寶安全身一震，陡然明白了他的意思，伸手掩口，怔然望向他。

凌比翼凝望著她，顫聲道：「寶安，我行走江湖這麼多年，見過了許多許多的人，回頭才知道世上最好的姑娘，就在我身邊。我一直不敢向妳吐露心意，只因我和非凡的婚事還掛在那兒。如今我不再有此牽絆，才敢……才敢跟妳說出心事。」

鄭寶安望著他英俊的臉龐，一時有如置身夢中。她自幼仰慕這個大哥，但因早知他和雲非凡已有婚約，對他素來只有對兄長的敬仰欽佩、親近愛慕，並無男女之想。這時聽聞這個傲視江湖、橫行武林的英俠竟對自己吐露情意，一時只覺受寵若驚，不知所措。

凌比翼仍舊凝望著她，輕歎道：「寶安，我不敢求妳對我有所回應，只盼……只盼妳能明白……明白我對妳的心意。」

鄭寶安呆了一陣，才搖頭道：「大哥，我不明白。我什麼地方都比不上非凡姊，只是個不懂事的小丫頭，你為何……」

凌比翼柔聲道：「寶安，別這麼妄自菲薄。妳是世上最溫柔、最善良的姑娘，我走遍大江南北，從未遇上比妳更好的姑娘。我這幾年雖四處遊走，心中卻只記掛著妳一個人，記著妳跟我說的每一句話，妳的笑容，妳被娘責罵時淚眼濛濛的模樣。我知道自己再也放不下妳，卻總不敢說出心底話。寶安，妳能明白我的心麼？」

鄭寶安聽著他深情款款的傾訴，心中激動難已，垂首不語，良久才低聲道：「大哥，我能明白。我……我只怕自己承受不起。」

凌比翼心中充滿狂喜，伸手握住她的手，微笑道：「寶安，妳能明白我的心意，我好歡喜！我這一生若得與妳相守，別無他求。」

鄭寶安不答，心中一陣激動，不知如何淚水湧上眼眶，轉過頭去抽抽噎噎地哭了起來。

當夜鄭寶安回到師父的關房外，見凌昊天早已睡著，便自回房躺下，望向窗外明月，心中喜憂交雜，有滿腔心事想要吐訴，只想搖醒小三要他陪自己說話，又覺不妥。輾轉半夜，思前想後，哪裡能入眠？

次日清晨，鄭寶安一如往常，天未亮便起身練劍。她剛學完師父所傳的飛雪劍，與凌昊天對招。凌昊天原本劍法和她不相上下，這日鄭寶安心神不寧，竟被凌昊天打得不能還手。凌昊天又是得意，又是奇怪，一劍刺出，劃過鄭寶安的鬢邊，削下了她幾莖秀髮。鄭寶安漲紅了臉，持劍退開。

忽聽一人說道：「寶兒，怎麼了，這般心神不屬？」卻是燕龍閉關完畢，出得關房，在旁觀看弟子練劍。

鄭寶安臉上一陣紅一陣白，上前向師父行禮，說道：「師父，恭喜您功德圓滿。」燕龍點點頭，見她神色有異，拉起她的手，說道：「妳昨夜沒有睡好吧？發生了什麼事？小三欺負妳了麼？」

凌昊天在旁聽了，立時抗議道：「我啥也沒作，怎麼又怪到我頭上？」

鄭寶安咬著嘴唇，說道：「師父，昨晚……昨晚大哥跟我說了一些話。他說……他說……」燕龍道：「說什麼？」鄭寶安雙眉微蹙，低聲道：「說他想與我成婚。」

卻聽喀啦一聲，卻是凌昊天還劍入鞘。

燕龍不禁一怔，說道：「翼兒怎會……他不是就將迎娶雲家姑娘麼？」鄭寶安低聲道：「師父，您在閉關時，大哥和雲家姊姊已解除了婚約，二哥卻向雲家姊姊求婚了。」

燕龍又是一呆，她這幾個月來閉關修練，全不知曉兩個兒子爲了雲非凡的事鬧得天翻地覆。她皺起眉頭，心想：「霄哥定是怕我分心，才沒來跟我說。兩個大的我道已自有分寸，怎會鬧出這事？又怎會將寶兒捲進來？」問道：「妳說翼兒昨晚向妳求親？」

鄭寶安心下一片混亂，又是歡喜，又是徬徨，又是興奮，又是害怕，點了點頭。燕龍問道：「妳答應了麼？」

鄭寶安咬著嘴唇，沒有回答。燕龍一向將這弟子當親生女兒般疼愛，也知比翼是少一輩中數一數二的人物，二人自幼相熟，若能結爲連理，自也甚佳，可心中不知爲何卻感到有些不妥。她伸手握住她的雙手，說道：「翼兒是我的兒子，我作母親的卻也不明白他的心思。寶兒，妳自己好好想想吧，也不用急著作決定。」寶安滿臉通紅，沒有答話。

燕龍輕拍她肩，說道：「妳先回莊上，跟義父說我已出關，我一會就回去。」鄭寶安答應了，收起長劍，向師父行禮，快步向莊子走去。

燕龍在關房外呆立一陣，才道：「小三兒，你過來。」

凌昊天並不移步，只嗯了一聲。燕龍望向兒子，見他抬頭望向遠處山際，神色間又是迷惑，又是茫然，又帶著幾分震驚。燕龍走到他身前，低聲問道：「你沒事麼？」凌昊天沒有回答，也沒有望向母親，好似全未聽見。

燕龍搖了搖頭，輕歎道：「都是我自己的兒子，我卻不明白你們的心。小三，你若要下山，別去太久，讓你爹擔心。」

凌昊天又嗯了一聲。燕龍向兒子凝望了一陣，才舉步向山莊走去。凌昊天聽著母親漸漸遠去的腳步聲，低下頭來，緩緩將長劍放在地上，向山下走去。

燕龍回到莊上，向凌霄問起情況，才弄清楚事情的前因後果。夫婦倆見兩個兒子鬧得不成話，便決定帶比翼去龍宮一趟，正式退婚，並爲雙飛求親，將事情弄個明白，也向雲家道歉。趙觀帶李畫眉上虎山時，正逢凌霄夫婦等剛下山去，因此山上才無人能替李畫眉治傷。

趙觀聽完鄭寶安的敘述，心中不由得好奇，問道：「凌大哥向妳求婚，妳該高興才是，幹麼滿腹心事？」鄭寶安搖頭道：「我也不知道。我總覺得有些不對。哪兒不對，我卻也說不上來。」

趙觀道：「有時妳喜歡上一個人，不管怎樣都是喜歡他，不喜歡時卻怎樣也勉強不來。」鄭寶安聽他重複自己曾對大哥說過的話，怔然一陣，才道：「我不是不喜歡大哥。」

趙觀微笑道：「說句實話，我若是女子，九成九也會喜歡上凌大哥。他英俊瀟灑，溫柔爽朗，誰能不喜歡他？妳瞧那兩位江大哥，也對凌大哥傾心得很。」鄭寶安噗嗤一笑，說道：「那兩位大哥有斷袖之癖，你別開他們的玩笑。」趙觀道：「好吧，那我們言歸正傳。妳到底在擔心什麼？妳對凌大哥就是沒有那分感情，是不是？」

鄭寶安搖頭道：「也不是。我一向欽佩敬愛大哥，若能作他的妻子，讓他一世歡喜快樂，我怎會不願意？我……唉，我只怕自己擔當不起，會讓他失望。我什麼也不懂，怎配作他的妻子？」

趙觀搖頭道：「寶安，妳不用這麼看輕自己。妳是個又聰明又可愛、又溫柔又善體人意的好姑娘，誰認識妳多些，都會喜歡上妳的。」鄭寶安歎道：「我哪有這般好？趙家哥哥，大概事情發生得太快，我一時沒法回應過來。唉，加上小三兒又跑下山去，眞讓人擔心得緊。」

趙觀點點頭，問道：「妳可知他爲什麼下山？」鄭寶安道：「我不知道。師父說他不久就會回來。我在山上悶得慌，很想跟他談談，誰知他一聲不響就下山去了。」

趙觀是局外者清，心想：「看來小三兒也鍾情於寶安，聽說她要和大哥成婚，受不了打擊，才跑下山去。我早知凌大哥對非凡姊沒什麼感情，沒想到他卻愛上了寶安。凌大哥眼光畢竟不錯，若要我選，我大概也會選活潑可親的寶安作伴，而不要我那傲骨冰霜的非凡姊。但非凡姊美貌得緊，棄之可惜，不如兩個都娶。」

正要說話，卻見江晉和江明夷兄弟並肩走了過來，江晉笑道：「你們兩個坐在那兒偷偷摸摸的說什麼情話？我要去告訴凌大哥知道。」趙觀板起臉道：「我們在討論嚴肅的事兒，閒雜人等不得插嘴。」

江明夷笑道：「不得插嘴？我兄弟下山去聽到重大的消息，跟你和李姑娘有關的，你要不要知道？」趙觀忙問：「什麼消息？江二哥請快說。」

江明夷道：「我們聽說青幫打跑了反賊，姓林的自殺，他兒子還在逃亡。李四標到處在找你和他的女兒，嘻嘻，我想他定是懷疑你拐了他的寶貝女兒私奔去了。」趙觀臉上不禁一紅。

江晉道：「說正經的，青幫趙幫主廣令尋找一個叫江賀的傢伙，說有重大干係，誰找到了便急速通報總壇，大大有賞。我兄弟猜想那什麼江賀的就是你了。你弄個假名，竟然跟我兄弟同姓，眞是巧了。」

趙觀心想李四標一定萬分擔心女兒的下落，趙幫主也定也急於尋找自己，心想：「畫眉命已保住，我該去看看幫中事情如何了。」便聽鄭寶安道：「趙家哥哥，你放心下山去吧。李家姊姊傷勢已無大礙，我在這裡陪著她就是。待她傷好，我送她回杭州去。」

趙觀心中感激，暗想：「寶安總知道別人在想什麼，這般體貼的姑娘實在少見，難怪凌大哥要愛上她！」說道：「多謝妳啦。我下山後便請四爺派人來接李姑娘回家，倒不用煩勞妳送她了。妳早些回虎山去，準備作新娘子吧！」

鄭寶安臉上一紅，生怕江晉、江明夷又要揶揄自己，忙轉身回入屋中。

趙觀當晚陪伴李畫眉時，便婉轉告知自己想先下山去。李畫眉很想跟他一道走，無奈身子尚未恢復，不宜奔波，只好請趙觀代向父親報個平安。趙觀答應了，次日便拜別常清風，與鄭寶安和江氏兄弟道別，下山而去。

第四部

虎子出山

第四十七章 荒郊夜戰

卻說凌昊天那日聽聞寶安說大哥向她求婚，驚詫之餘，不知為何心頭激動莫名，情緒翻騰如海，腦中一片混亂。他不敢多想，只覺需要盡快離開此處，才不會發瘋失態，耳中聽得母親囑咐要他不要離去太久，他隨口答應了，便大步下山而去。

凌昊天在路上獨行數日，離開山東，來到河南一個大城。他上酒樓自斟自飲，只覺酒入愁腸愁更愁，不由得對自己懊惱起來，心想：「我是怎麼搞的，不去恭喜大哥，卻要逃下山來？」他下山後腦中渾渾噩噩，此時幾杯烈酒下肚，才終於明白過來，這是嫉妒在作祟。他長年與寶安一起練武玩耍，朝夕相處，一向當她是自己最親厚信任的友伴，其實早在不知不覺中，已深深地愛上了她。

他想明白了，心中卻只有更加煩悶痛苦，暗思：「我怎地這般器量狹窄？大哥是天下英雄，寶安嫁給他再適合不過，我該替他們高興才是。難道寶安會喜歡你這個任性胡鬧的小三兒？你什麼地方比得上大哥了？」但卻愈想愈難過，忍不住伏在桌上痛哭起來。

忽聽一人笑道：「小伙子，老婆跟人跑了麼，哭成這樣？」

凌昊天抹淚抬頭，卻見桌邊站了一個衣著襤褸的老丐，雙目黯淡，顯然已瞎，右手拄著一枝枴杖，左手托著一隻破碗。凌昊天正自傷心，見這老丐情狀悲慘，不由得起了同病相憐之心，說道：「老先生，你請坐下，我請你喝酒吃菜。」

那瞎丐也不客氣，摸著椅子坐下了。凌昊天道：「老先生想吃什麼，儘管叫，都算在我帳上。」當下喚了店小二過來，那瞎丐竟毫不客氣，開口道：「來一桶飯，烤乳豬整隻，烤鴨五隻，牛筋燴麵八碗，還有紅燒蹄膀也要五個。嗯，再要兩個素什錦。份量多些。快點上啊。」

店小二只聽得吐出了舌頭。凌昊天抬頭向那小二瞪視，說道：「怎麼，怕我付不起麼？」從懷中取出一錠金子放在桌上。那店小二見了忙道：「不敢、不敢。我這就去吩咐廚下快快準備。」

不多久飯菜便陸續上來，那瞎丐似乎已餓了很久，抓起筷子大口扒飯，大塊吃肉。凌昊天自己飯量也大，不斷叫小二添飯來，不多時二人便吃得杯盤狼藉。瞎丐將剩菜剩飯裝在布袋裡，拄著杖走到門外，散給其他乞丐分食。他走回坐位，拍拍肚子，笑道：「小兄弟，多謝你慷慨賜飯，老頭子的肚皮很少這麼充實過。」

凌昊天道：「同是天涯淪落人，相逢何必曾相識？老先生，我敬你一杯。」替他倒了一滿杯酒，兩人便對飲起來。瞎丐喝了兩杯酒，搖頭道：「你正當青春年少，不愁吃穿，本該心胸寬闊，及時行樂才是，如何在此獨自痛哭流涕？」凌昊天哈哈一笑，說道：「老前輩教訓得是。小子便是因爲心胸不夠寬廣，事情想不開，才這般哭哭啼啼的。」

瞎丐道：「自古少年多爲情困。若是關於女人的事，那全靠天命緣分，是勉強不來的。多想無益，快快割捨放下爲妙。」凌昊天道：「前輩說得是。」但要他割捨對寶安的情，放下對寶安的癡，忘卻心上人即將成爲嫂子的椎心之痛，卻談何容易？

瞎丐也不再勸，又喝了幾杯酒，抹抹嘴巴，起身說道：「小伙子，多謝了。就此別過。」一拱手，出門而去。

凌昊天見他一踏出門外，便有十多個乞丐圍上來跟在他身後，身上都帶著棍棒，神情謹肅，似乎要去跟什麼人打鬥。凌昊天心想：「這瞎眼丐絕非常人，多半是丐幫中的人物。」他寂寞無聊，見到丐幫人似乎有事，便隨後跟上。

但見一眾乞丐快步向東行去，出城後仍不停步，在荒野中急行，如在行軍一般。凌昊天遠遠跟著，群丐似乎知道他跟在後面，卻也沒有理會。走了兩個多時辰，日已將暮，乞丐們才在一片荒郊處停下。凌昊天見群丐各自坐下，便都不動了，看似散亂而坐，卻隱含陣勢，像是在等待敵人。

凌昊天也坐了下來。忽聽瞎丐揚聲叫道：「跟在後面的小朋友，請過來。」

凌昊天走了過去，瞎丐問道：「請問大名？」凌昊天道：「我叫小三兒。」瞎丐又問：「你跟來作什麼？」凌昊天道：「我沒有別的事作，跟來瞧瞧熱鬧。」

瞎丐嘿了一聲，說道：「你坐下。」凌昊天便在他身邊坐下。瞎丐從懷中取出一個葫蘆，對嘴喝了一口，交給凌昊天。凌昊天早已聞到葫蘆中的酒香，微微一笑，接過喝了一口，忽覺腦中一陣昏沉，向後躺下，枕著雙臂睡了過去。

日落以後，天色全黑，一彎弦月掛在天邊，群丐肅靜等待，對頭卻始終沒有出現。直到接近戌時，忽聽蹄聲響動，一群六人縱馬而來，月色中但見那六人身披黑色斗篷，帽簷低垂，高矮胖瘦都有。六人在野外停下，當先一人陰森森地道：「朋友有膽量定此約會，我修羅會依約來了。乞丐們現身吧！」

瞎丐站起身，朗聲道：「丐幫明眼神，在此相候多時。」

當先的黑衣人跳下馬來，但見他身形高大，步履穩健，緩緩走近，將到明眼神身前時，忽然拔劍往身旁草堆砍去，噹的一聲，隱藏在草中的乞丐揮棍擋住，轉眼間十個乞丐同時站起，口中齊聲吟唱：「叫化沿街討殘羹，齊將惡狗打落坑！」腳步移動，團團將那人圍住。

那黑衣人冷笑一聲，說道：「丐幫打狗陣，以多勝少，好不要臉！」

明眼神森然道：「你修羅會濫殺無辜，難道就要臉了？王家十八口的血債，須用血還！」黑衣人傲然道：「你若打得過在下，再口出大言不遲。此刻修羅會六位使者一齊出馬，諒你也討不了好去！」

明眼神側頭而聽，忽然歎道：「近幾年武林門派衰落，許多名門正派的武林人物都投入幫會。老夫若沒有看走眼，閣下當是雪峰門人。」那人臉色一變，並不回答，只重重地哼了一聲。

明眼神緩緩地道：「當年司馬長勝和司馬諒父子在南昌身亡，雪峰從此無主。二弟子白訓、三弟子曲詳、五弟子孟誠互相殘殺，爭奪掌門之位，最後還是白訓手段最狠，殺了曲詳和孟誠，自己作了掌門。但雪峰弟子不服，離門出走的很多，閣下想必就是其中一位。」

那人嘿嘿一笑，說道：「久聞明眼神機敏多聞，只靠耳朵便猜出了在下的出身。不錯，在下賈誌，曾是雪峰司馬座下第六弟子。」明眼神歎道：「可惜一個名門弟子，卻投入了黑幫，學了一身武功，卻淨幹爲非作歹、下三濫的勾當！」

賈誌雙眉倒豎，喝道：「我修羅會高手如雲，不容你隨口污衊！」長劍陡然出鞘，銀光閃動，向明眼神砍去。明眼神舉起枴杖噹的一聲擋開了，那枴杖顯是精鐵所鑄。此時天色黑暗，明眼神慣於以耳代眼、聽風辨物，自是占了便宜；賈誌使出雪花劍法，劍光在黑夜中閃動，原本足以擾人心神，但明眼神雙目失明，對他卻毫無效用。但見明眼神手中鐵枴靈動非常，漸漸將對方長劍封死了。數十招過後，明眼神枴杖急出，點在賈誌的胸口膻中穴上，賈誌高呼一聲，向後倒下，這一下點得甚重，不死也得落個重傷。

其餘五人不料他這麼快便失手受傷，一齊飛身過來，向明眼神圍攻。那十個結成打狗陣的丐幫弟子大聲呼喝，持鐵棍圍將上來。明眼神接過了當先兩個使刀和使劍的黑衣人的招數，喝道：「兩位何人？報上名來！」那兩人卻悶聲打鬥，全不回答。餘下三個黑衣人被十名乞丐組成的打狗陣圍住，各自揮動兵刃試圖突圍，雙方相持不下。

戰局之旁的草叢中，忽有一人坐了起來，正是凌昊天。他喝了明眼神的藥酒，原本要昏睡七八個時辰才能醒來，但他畢竟是醫俠的兒子，一聞那酒便知其中有鬼，這等尋常麻藥自然奈何不了他，他不想讓明眼神分心，才裝作昏睡過去。此時他坐在一旁悄然觀戰，心想：「丐幫臥虎藏龍，高人不少。這位老丐雙目失明，武功竟如此高強。」

轉眼丐幫眾人以打狗陣困殺了一個黑衣人，己方也有三人受傷。明眼神和武功最高的兩名黑衣人一棍一劍一刀，仍舊激戰不止。明眼神見這二人招數精妙，心中暗暗驚詫，沒想到敵人中竟有如此好手，自己若單打獨鬥，多半可勝，但要贏過這二人聯手卻極不容易。此時月光乍現，那二人能看清楚他的身影，陡然搶攻。

明眼神被二人逼得不斷後退，形勢甚危，忽然腳下一絆，對手趁他一個疏忽，長劍單刀齊出，刺上他的雙肩。明眼神大吼一聲，忽覺身子向後飛出，原本將對穿而過的刀劍只刺入了半寸，卻是有人抓住自己的背心向後扯去，才避免了重傷之厄。他還未回過神來，便覺身旁風聲響動，卻是身後那人出掌向對頭打去。使刀劍的二人叫道：「好奸賊，還有埋伏！」話聲未了，手中刀劍脫手，身子不自由主地往後跌去。

出手相救的正是凌昊天。他將明眼神向後拉退，左手使出風流掌法中的「盡興遊」，將二人逼退，又施展小擒拿手奪下二人刀劍。一來他出手極快極準，二來他忽然從黑暗中躍出，猝不及防，那二人竟同時失手。

便在此時，但聽噹的一響，一件金屬事物落在地上。月光下眾人都看清楚了，那是一面銀色的令牌，不過巴掌大小，上面似乎寫了許多文字。

那使刀者低呼一聲，連忙俯身去揀。使劍者跨上一步，手掌無聲無息地砍出，正中使刀者的後腦，那人哼也沒哼便倒了下去。使劍者冷冷地道：「原來是被你拿去了，該死叛徒！」正要伸手去揀那令牌，卻見那令牌已不在原地，他猛一抬頭，才見令牌已到了明眼神手中。他大驚叫道：「快還來！」

原來明眼神聽到金屬落地的聲響，鐵枴點處，便將那令牌吸了過來。他將令牌持在手上撫摸，冷笑道：「天風令！」

使劍者喝道：「將令還來！」明眼神冷冷地道：「你們爲非作歹，拿了令牌又有何用？不要癡心妄想了！」使劍者大吼一聲，和其餘兩名黑衣人一起向明眼神撲來，似乎對這令牌志在必得。明眼神雙肩中劍，傷雖不重，仍流了不少血，見來人攻勢凌厲，忙揮舞鐵枴守住門戶。其餘丐幫幫眾齊聲吶喊，結成陣勢圍住敵人，三人武功都自不弱，但此時少了那使刀的高手，在群丐打狗陣的圍攻下卻難以抵擋，轉眼又有二人倒地，只剩那使劍者猶自撐持。

明眼神喝道：「修羅會這次擺明栽了，還想如何？你在王家濫殺無辜，丐幫不會放過你的，快快自己作個了斷吧。」那使劍者冷笑道：「你丐幫想要留人，還沒這麼容易！」左手揮處，陡然射出一把銀光，眾丐紛紛驚叫，受傷倒地。使劍者趁隙跳出打狗陣，躍上坐騎，疾馳而去，遠遠叫道：「今日對決算是我們栽了。識相的及早交出那事物，不然修羅會絕不會跟你干休的！」

明眼神哼了一聲，叫道：「有本事便來取！明眼神恭候大駕。」

使劍者轉眼已馳出數十丈外。明眼神轉向弟子問道：「中了什麼暗器？多少人受傷？」一名弟子道：「是飛鏢。有七個兄弟受傷，幸而都不在要害。」

明眼神放下心，轉過身來，向凌昊天抱拳道：「多謝小兄弟高義相救。」

凌昊天道：「我剛剛睡醒，看到你們打架，就出手拉了你一把，那也沒什麼。你陪我吃飯，我幫你打架，禮尚往來，不必客氣。」一抱拳，回身便走。

明眼神忽道：「且慢！」凌昊天停下步來。

明眼神道：「小三兄弟，請問你師承何處？」

凌昊天道：「你問我讀書的師承，還是寫字作畫的師承？還是下棋彈琴、醫卜星相的師承？」

明眼神嘿的一聲，說道：「你既不願說，我也不多問。總之，老丐和本幫都很承你的情。」心下疑惑：「這孩子內力甚強，出手精準，像是名門子弟，不知為何不願說出師承？」又問道：「請問小三兄弟打算去往何處？」

凌昊天呆了一陣，說道：「天地茫茫，我也不知道要去哪裡？就四處亂走，隨心流浪吧。」

明眼神側過頭，一雙無神的眼睛對著他，似乎在推斷這少年究竟是什麼樣的人。過了半晌，才道：「我等正前往洛陽，參加本幫三年一度的大會。小三兄弟若沒有別的去處，不如跟我等作一道。到得洛陽，我可引你參見幫主。」須知丐幫幫主吳三石乃是武林中碩果僅存的元老之一，等閒人不得輕易拜見。明眼神為了報答他出手相救之恩，才提出代為引見，對一個無名少年而言，能見到丐幫幫主自是莫大的榮幸，若能對吳幫主自稱一聲晚輩，江湖上便再無人敢輕侮；若能向他學得一招半式，那更是足以橫行天下了。

不意這少年對參見幫主並不如何熱衷，只拱手道：「多謝好意。我自己到處走走便是，不用麻煩你們了。」說完便轉身離去。

明眼神呆立一陣，一名喚作小狗子的弟子開口問道：「長老，那少年究竟是什麼人？」明眼神搖頭道：「我也猜不出。」眾丐素知明眼神見識廣博，耳音極強，往往能在一兩招間聽出對手的武功門數、來歷出身，對這小孩兒竟然看不透，都是議論紛紛。

明眼神去探問幾個受傷的弟子，確定他們沒有大礙，才道：「大家休息吧。」

一眾乞丐便就地躺下休息，輪班守夜。次日清晨，眾丐起程向西行去，這荒郊野外中只有一條荒僻的小道，再無人家，直到傍晚才來到黃河邊的一個小鎮。

眾丐在鎮口的廟宇停下打尖，卻見廟前簷下坐著一個少年，靠在牆上正自打鼾，正是昨晚遇見過的小三兒。小狗子忍不住道：「長老，他也在這裡。」

明眼神點了點頭，沒有說什麼，只道：「準備吃飯吧。」

眾丐便在前院埋鍋造飯。過了半刻，明眼神忽然站起身，揮手喝道：「有人來了，擺打狗陣！」眾弟子訓練有素，立時放下手邊工作，在廟口各自就位。又過了半晌，才聽蹄聲響動，數十騎從四面八方奔來，手持火把，將廟包圍住。

第四十八章　天風令牌

明眼神走到廟門口，問身邊弟子道：「來人如何？」弟子小癩子道：「有二十多人，都穿黑衣，跟昨晚上修羅會的人同樣裝束。」明眼神點點頭，冷笑道：「是來討令的。」

走出廟門，朗聲道：「天風令在老丐手中。誰有本領贏過老丐的鐵枴，自當奉上！」

一個黑衣人當先走出，手中拿著一對小陰陽三叉，臉上帶笑，說道：「久仰明眼神丐威名。這天風令原是本會所有，還請前輩賜還。前輩若堅持要動手，我只好斗膽向前輩討教一二了。請前輩慷慨賜教。」

明眼神聽他說得客氣，問道：「閣下何人？」那人笑道：「區區賤名，不足前輩掛齒。哈哈，哈哈。」明眼神冷然道：「想來閣下的匪號太過難聽，因此不肯說出，那也是情有可原。」

那人似乎全不在意，笑道：「前輩取笑了。在下的名號麼，前輩想是早已猜了個八九不離十，我又何必說出？」明眼神輕哼一聲，說道：「原來閣下想考較老丐來著。」小癩子在旁說道：「他手上拿著兩枝武器，棍頭是一個尖叉，其下左右各有一短叉，一向上，一向下。」

明眼神道：「那是小陰陽三叉。江湖上使這兵器的人不多，會加入修羅會的更少。閣下莫非是哭笑不得陰陽生？」

那人哈哈大笑，說道：「前輩只憑在下手中武器就道出我的來歷，果然不同凡響。」笑聲未絕，忽然向前縱出，雙叉輕飄飄地刺出，顯然想欺負明眼神眼盲，讓他聽不見出手的風聲。不料明眼神耳音敏銳，已然察覺，鐵枴點出，直向陰陽生的面門刺去，又狠又快。陰陽生一驚後退，臉上笑容收斂，雙叉交替揮舞，向明眼神攻去，都是輕飄飄的招數，讓對手難以聽見。

廟口石階上，凌昊天伸了個懶腰，坐直身子觀鬥。他看了數招後，心中不由得暗暗惱怒：「這使叉小子不是東西，對瞎眼人用這般手段。」當下從地上拾起幾粒小石子，拿在手中拋玩，眼光不離陰陽生身上穴道。

但見兩人交手愈來愈快，明眼神略占上風。陡然間陰陽生將雙叉齊交左手，右掌緩緩拍出，將近明眼神胸口時才猛然用勁擊出，竟是極爲剛強的掌力。明眼神感覺勁力襲體，危急中側身後退，鐵枴向對手手腕砸下。陰陽生哼了一聲，收回手來，向後倒縱出去，臉上露出冷笑。

明眼神險險避過了這掌，背上已滿是冷汗，怒道：「你不是陰陽生！你是河間雙煞之一的摧花手梁剛，江湖上有名的淫賊！」

梁剛哈哈大笑，說道：「在下正是梁剛！我身家清白，行止端正，如何擔得淫賊的惡名？原來明眼神好大的名氣，卻只會指鹿爲馬，造些無中生有的謠言！」

明眼神怒吼一聲，喝道：「果然是你這賊子！我早想殺你，爲天下女子除害，今日你自己送上門來，可別怪老丐手下不留情。」跨上兩步，揮杖直擊，兩人又交起手來。

凌昊天在旁觀看，聽梁剛說到「無中生有」，腦中忽然想起幾句話來：「無中生有，有中藏無。神乎妙有，在於一心。」他呆了一下，只道這幾句是出於玉衣老和尚教過他的佛經，卻想不出是出於哪一部經典。又過半晌，他腦中又記起幾句：「無無之源，在於本心。本心何住？咸存無中。」這才想起這些語句的出處。

那是好多年前的事了。那時他大約十歲，一天他溜進寶安的房間，也不記得是爲了什麼，可能是想躲在衣櫃裡嚇她一跳，也可能是想拉她去後山玩兒，正逢她不在屋裡。那時寶安上山已有三年，仍有幾分害羞怕生，除了在師父面前較爲大方之外，見到大哥二哥時都還有幾分靦腆。當時凌昊天尚未認眞學武學醫，仍是家中的搗蛋鬼，寶安剛來不久就被他弄哭了幾次。凌昊天平日在家裡鬧得天翻地覆，卻從來沒有將人惹哭過，見這小姑娘流淚，反倒嚇了一跳，此後便對她十分體貼照顧，兩個孩子終於成爲好友。

卻說那天他跑到寶安房中，看到她桌上放著幾本書，有《詩經》、《四書集注》、《唐詩三百首》等，還有幾本當時流行的通俗小說。他等得無聊，便一本本拿起來看。看到最後，發現最下一本書用塊絲帕包起，上面還打了個繩結，顯然是寶安十分珍重的事物。他心中好奇，不知道裡面藏著什麼書，極想打開來看，又怕寶安會不高興。正猶疑時，寶安剛好回到房中，凌昊天便問她絲帕中包著的是什麼，寶安道：「那是我爹爹留給我的遺物，我也不知是什麼，他說我要到二十歲以後才能看。」

凌昊天耐不住好奇，慫恿她打開絲帕看看，寶安禁不住他的催促，便打開了絲帕，兩人見到絲帕中的書，都是一呆。那書的封面色作深藍，已然發黃，顯得甚是陳舊，但頁面乾乾淨淨，不但沒有字，連半點污漬都沒有。凌昊天伸手小心地翻了幾頁，但見書內也是一般的發黃舊紙，卻也沒有半個字，一疊三十多頁都空白無物。

凌昊天失笑道：「啊，我知道了，這定是無字天書！」

寶安也笑了，又皺眉道：「爹在危難中託人將書轉交給我，我只知道這定是極重要的事物，怎會是空白的？」又一頁頁細翻，仍舊沒找到半個字。

凌昊天道：「說不定這書被人掉過包，原來的那本已給人偷走了。」寶安側頭沉思，也想不透，便將書包回絲帕裡，兩個孩子也沒有將這事放在心上。

過了月餘，到了夏季，凌昊天又來到寶安房中，見那無字天書放在桌上，調皮心起：「我若在裡面畫點東西，定能嚇寶安一跳。」於是興沖沖地磨好了墨，取出天書，正準備在裡面塗鴉時，忽見封面下的第一頁中竟赫然有字。

他愣了一下，將書拿到陽光下看清了，卻見那是用古篆寫的「無無」兩個大字。他心中大奇，上次看時書中一個字也沒有，這兩個字卻是從哪裡來的？他翻過那頁，便見滿頁的工整小楷，字跡甚淡，卻甚是清楚。第一頁上寫道：「無無乃生，空空乃有，反反乃正。無字之書，天下大奇，妙不可言，名之無無。無無之源，在於本心。本心何住？咸存無中。無無之用，在於一心。一心何來？空澄寂靜。」

他一頁一頁看下去，見其中文字愈來愈深奧古怪，又似道書，又似佛典，之後又有許多古怪的名稱，如四白、天鼎、二間、魚際、風池、中極等等，他當時完全不懂，只覺得有趣，忙找了寶安來看。

不料待他拉了寶安回房翻看時，那書竟又一字也無。寶安笑道：「小三，你訛我麼？」凌昊天驚得呆了，將書翻來覆去地檢視，紙上竟連一點痕跡都沒有，哪裡有半個字？他急道：「剛才還有的，我眞的看到了。我還記得幾句呢。」當下背出第一頁中的幾句，寶安卻認定他是在搗蛋，只不相信。

凌昊天不肯放棄，此後每日都去翻那書，終於發現只有在正午的半晌時光書上會浮現字句，其他時候都沒有。他大爲興奮，拉著寶安去看，寶安卻道：「我爹說我二十歲前不能讀這書，我不要看。」

凌昊天眼睛一轉，說道：「妳自己不看，我背給妳聽怎麼樣？」寶安仍舊不肯。

凌昊天不理她，每日正午都去讀幾頁天書，不知不覺間已將那天書背得爛熟。他偶爾隨口背一段給寶安聽，寶安一聽他說無無什麼，就趕忙掩住耳朵。凌昊天調皮心性，故意要惱她，常常趁她不注意時念出其中一兩句，讓她記在心裡。久而久之，兩人雖不懂其中意義，卻都記得了不少語句。幾個月過去，凌昊天興致過了，便將天書擱在一邊，再沒去碰，這件小事便成爲兩人之間的一個小祕密。

凌昊天想著這些往事，心中又是溫暖，又是傷感。他從未嘗過相思的滋味，這時想到寶安時而俏皮可喜、時而溫柔可親的神態，才明白自己對她的依戀已然到了無可抑止的地步。

他沉浸於回憶之中，對眼前的打鬥渾如不見。忽聽明眼神暴吼一聲：「奸賊！」凌昊天一驚，這才從回憶中跳出，抬頭望去，但見梁剛擲出左手的小陰陽三叉，劃過明眼神的脅下，登時鮮血長流。凌昊天握緊手中小石準備擲出，卻見明眼神極爲神勇，全然不顧身上受傷，鐵枴揮舞如風，逼得梁剛連退三步。其餘黑衣人見梁剛勢危，想衝上解救，卻被群丐結成陣勢擋住。

又過五六招，明眼神鐵枴啪一聲打中梁剛大腿，他悶哼一聲，跌倒在地。明眼神鐵枴向他當頭打下，眼見便要將他立斃杖下。忽然一個黑衣人躍眾而出，一把抱住了梁剛，向旁一滾，躲開了這一擊。卻見這人光著頭，是個和尚。明眼神不知對頭虛實，不敢跨上攻擊，喝問：「什麼人？」那和尚哼了一聲，說道：「俺是花和尚武如香。老乞丐少得意，今日之仇，我兄弟定要討還！」

明眼神冷笑道：「河間雙煞，兩隻淫賊！修羅會就只有你們這般的人物麼？」梁剛和武如香不答，揮手率其餘會眾退去，轉眼間二十多人走得乾淨。

明眼神哈哈大笑，傲然而立，弟子忙奔上來替他包紮傷口。待得敵人的蹄聲再也聽不到了，明眼神才道：「大家吃飯吧！」

眾丐幫弟子作好了飯，明眼神忽道：「小三兄弟，你上回請老丐吃飯，今晚讓我回請你一頓如何？」凌昊天肚子正餓，便道：「多謝了。」上前盛了一碗飯，走到旁邊坐下吃了。

十餘名丐幫弟子便圍坐而食。一個弟子爛眼阿七問道：「長老，他們這般重視這天風令，這令究竟有什麼緊要？」

明眼神從懷中掏出那塊銀色令牌，伸手撫摸牌上的花紋字跡，遞給爛眼阿七，讓眾弟子傳閱，說道：「你們看這上面刻著什麼？」這些乞丐大都不識字，一個中年乞丐喚作貓耳朵的，讀過一點書，接過看了，說道：「上面刻著『持此令者，天風齊護』。請問長老，那是什麼意思？」

明眼神道：「這令牌原是江湖上的一個傳說，我也是第一次見到這天風令。」眾丐都極爲好奇，同聲追問。

明眼神抬起頭，緩緩說道：「天風令傳說是武林異人『天外一陣風』天風老人所製。天風老人於八十多年前橫行江湖，輕功絕佳，來去如風，猶如神龍見首不見尾，當年江湖上公認他輕功天下第一，不但前無古人，更可能是後無來者。傳說天風老人年輕時曾爲人所救，爲報答恩情，便鑄造了兩塊天風令送給恩人作爲信物。江湖中人看到此令，都知道持令者受到天風老人的保護，便不敢加害。天風老人並說他百年以後，天風傳人仍會極力保護持令之人，這令上刻的八個字，就是說任何人持有此令，天風門人都將保護他周全。」

眾丐聽了，都嘖嘖稱奇，小癩子道：「這令看來這麼舊了，大概早已失效了吧？這會兒令在長老手上，怎麼不見天風門人出手保護我們？」

明眼神笑道：「天風門人什麼的，自然只是傳說而已。這麼多年過去了，世上哪裡還有天風傳人？我猜想修羅會的人爭奪此令，定是另有原因。有人說天風老人收藏了很多珍貴的武學書譜，修羅會的人或許是想藉這天風令找出天風老人的珍貴藏書。」頓了頓，又道：「修羅會既已知道我們的行蹤，今晚又不易趕到下個市鎮，我們便在此休息一夜，明晨再行吧。」

眾丐齊聲答應，便在廟宇中鋪了地鋪，讓明眼神躺下休息。他脅下受傷不輕，原也不能再跋涉，便自運氣養神。

凌昊天坐在廟門口，群丐的說話他似乎聽見了，又似全然不聞。他心裡只反反覆覆地想著寶安，和那許多日子裡與她朝夕相處的點點滴滴，愈想愈覺心酸，只想找個無人處大哭一場。但他卻只一直抱膝坐在廟門口，始終沒有離開。

直到天色全黑，淩昊天才走回簷下，靠著牆腳歇息。他耳中聽得眾丐在廟內的呼吸聲，心中也是思潮起伏。靜夜之中，他留意到一人的呼吸粗重，似乎便是明眼神，想來他傷口疼痛，難以入睡。淩昊天起身走入廟內，來到明眼神身旁，低聲道：「我有靈藥，替你換上。」

明眼神微微一呆，隨即點了點頭。淩昊天解開他的包紮，在他脅下傷口敷上了虎山神膏，又餵他吃下止痛藥。

淩昊天正要走開，明眼神忽道：「小三兄弟，且莫便走。」淩昊天嗯了一聲，重又在他身邊坐下。明眼神道：「多虧有你在廟裡，我早先對敵時才沒了顧忌。」淩昊天道：「多虧有你們在廟裡，我今晚才沒有餓著肚子。」明眼神微微一笑，兩人都沒有再說話，只靜靜地聽著窗外蟲鳴。過了一陣，淩昊天才道：「我出去了。」起身走開。

他回到簷下，盤膝而坐。他不敢再多想寶安，胡思亂想一陣，又想起了那無字天書，書中文字忽然一句句的回入腦中，清晰如流。有些東西小時候背熟了，到老了也不會忘記，那無字天書也是這般，淩昊天幾年沒有去想，書中的字句竟仍記得清清楚楚。他跟父親學了幾年醫道，已知道書中提到的四白、天鼎等乃是穴道名稱，以前不懂的地方都豁然貫通。他長夜無聊，便將天書從頭到尾想了一遍，不自由主地依照書中所教方法息慮凝神，心思空明，內息自然在體內的穴道間遊走，沛然莫止。運了一個多時辰，只覺全身舒暢難言，如在雲端，受用之極，便又繼續運功。他睜開眼時，天已微亮，三個時辰似乎眨眼便過，雖然一夜未眠，精神體力卻只覺更加充足。

凌昊天起身活動筋骨，去廟後水缸旁洗了臉，回頭見明眼神已站在院裡，遠遠地面向著自己。凌昊天道：「你早。」

明眼神點了點頭，說道：「小兄弟早。昨夜睡得好麼？」凌昊天道：「我在練功，好像一點也沒睡。」明眼神臉上露出微笑，說道：「我還怕你睡得不夠，原來你在練功。」

凌昊天問道：「你傷口如何？」明眼神道：「好多了。那藥很靈，世間少見。」凌昊天一笑，不再說話。

眾丐用過早飯，又向西行。凌昊天跟著眾丐一起上路，明眼神似乎早知道他會跟來，什麼話都沒有說。此時丐幫幫規較鬆，不少丐幫弟子並不行乞，甚至家財富厚。明眼神乃是幫中地位甚高的長老，所經之處多有幫眾接待，一行人吃食雖粗簡，卻也沒餓著了。一路上凌昊天跟著眾丐一起吃狗肉，喝劣酒，卻往往整天不說一個字。眾丐雖覺得他孤僻古怪，卻也都將他當成了自己人，對他甚是照顧。

第四十九章　斷魂劍客

一行人走了三四日，修羅會的人卻並沒有再出現。凌昊天白日跟著眾丐行路，每夜想起寶安，都不免一番苦惱傷心，只能盡量轉開念頭，去修練天書中所載的內功，才不致輾轉反側，整夜難眠。卻不知這「無無神功」正是一套極爲高深的內功，創者乃是數百年前一位兼通道法禪理的武林高人。他老年時頓悟由空無中滋生培養內息的妙理，寫下這「無無書」傳世。他並無弟子，這書一直收藏在一間寺廟中，幾經流傳，才到了寶安父親鄭寒卿手裡。

那位高人創下此功時本身內力已極爲深厚，胸襟豁達坦蕩，已到了心無罣礙的境界。因此後人要練此功，除了得有機緣讀到天書中的文字外，還須具備兩個先決條件：一爲內力深厚，二爲無心隨意。凌昊天自幼隨父親練內功，根基極爲紮實，十五歲後更是突飛猛進，幾乎已能與凌霄壯年時相比，算是符合了第一個條件；加上他原本無心修習這內功，只因近日爲相思所苦，才無心練了起來，想到便練，沒想到便放下，也從未照著書中所述順序修習，想到記得什麼段落便自練去，實是無心隨意已極。這許多條件恰巧成熟，凌昊天竟在不知不覺中練起這天下第一奇妙高奧的內功。

又行數日，一行人離洛陽已不過一日的路程。這日群丐走在城外道上，忽見一個高瘦漢子盤膝坐在路中，見到眾丐前來，霍然站起，右手扶著劍柄，臉上寒意逼人，雙目盯著明眼神的臉，竟不稍瞬。

明眼神停下步來，低喝道：「大家後退！」他雖失明，卻能感受前路有人阻攔，殺氣極重，雙手握緊了鐵枴，沉聲道：「閣下何人，報上名來。」

那高瘦漢子道：「交出天風令，我斷魂劍便留下你一十八人的性命。」他說話語氣寒冷如冰，眾人聽了都不由得背上發涼。

明眼神微微點頭，說道：「斷魂劍程無垠，號稱『一劍殺一人，三招必斷魂』，江湖上好大的名聲，竟也自甘下流，爲修羅會效命麼？」

程無垠冷笑道：「修羅會是什麼東西？」明眼神啊了一聲，一陣風吹過，鼻中聞到一股強烈的血腥味，恍然道：「難怪這幾日沒遇上修羅會的嘍囉，原來都被閣下解決了。」程無垠道：「不錯！若不是我，你們這段路如何能走得這麼平穩？嘿嘿，你們早死幾日和晚死幾日，其實也沒什麼分別。這天風令的主人，卻該換人了。」

明眼神緩緩舉起鐵枴，說道：「老丐領教斷魂劍的高招。」心知這個敵手比荒郊中遇到的修羅會高手、摧花手粱剛等都難對付十倍，但他身爲丐幫長老，絕不能未戰便即認輸，當下屏氣凝神，靜待對手出招。

程無垠的身體似乎半點也沒有動，眾人只覺眼前一亮，他的長劍已然出鞘，寒光閃動，指向明眼神。

明眼神讚道：「好劍！」程無垠冷峻的臉上露出微笑，說道：「我從未聽過瞎子稱讚我的劍。」明眼神道：「你手中這劍直長刃厚，應是西漢古劍。三國時代趙子龍善使此劍，因此又稱爲子龍劍。當今之世，唯有膂力強勁的劍客才敢使用這等古劍。使劍原以輕靈爲主，閣下使用這等厚劍，想來手下不乏威猛的招式。」

程無垠臉上露出詫異之色，脫口道：「你當眞是瞎子麼？」明眼神笑道：「老丐號稱明眼神，雖盲不瞎。你出招吧！」

程無垠清嘯一聲，長劍一抖，快若閃電地向明眼神刺去。明眼神舉杖擋住，程無垠的劍卻更快，繞過鐵枴，直刺明眼神的咽喉。明眼神感到喉頭一涼，連忙仰身倒去，雙足踢向對手手腕。程無垠見他竟能避開自己這一殺招，讚道：「好！」長劍圈轉，橫劈過去。明眼神不及站穩，只能揮杖擋住。不意他這劍勁力威猛，劍杖相交，明眼神虎口劇痛，竟無法拿捏住鐵枴。他驚呼一聲，鐵枴脫手飛出，感到對方長劍夾著勁風刺向自己胸口，心念一動：「我命休矣！」危急中奮力向後一縱，劍尖差了分毫便將入體，只覺心口一涼，竟是受到劍氣所襲，胸口穴道已被封住，仰天摔倒在地。

丐幫弟子不料明眼神在兩招間便落敗，連忙擺起打狗陣，程無垠卻不由他們列成陣勢，身形晃動，長劍到處，登時有兩名弟子咽喉中劍，斃命倒下。

其餘弟子不敢搶攻，圍在他身邊，一時不知該上前拚掉這條命，還是該撤退求援。這些弟子都已追隨明眼神多年，見他倒地後便不再動，只道他已死去，心中悲憤，有的便哭罵起來。

程無垠更不向丐幫弟子望上一眼，直向明眼神走去，長劍指著他的胸口，冷笑道：「在下用了兩招，便將你點倒，第三招殺你於劍下，也不辜負了在下『三招必斷魂』的渾號。」

忽聽一人叫道：「慢著！」程無垠回過頭，但見一個少年大步走上，手中持著明眼神的鐵枴，說道：「你要殺他，先殺了我！」

這人正是凌昊天。他跟著父母學武，未練劍先練掌，掌法較劍法精熟，是以雖學了數年劍術，身上卻從不帶劍。他在旁觀鬥，已看出程無垠劍術極高，似乎不在自己父母之下，但見明眼神中穴倒地，他更不多想，揀起明眼神的鐵枴，逕自上前挑戰。

程無垠瞥了他一眼，冷笑道：「你們反正沒有一個可以活著離開，何必急著送死？」凌昊天道：「我不是來急著送死，是來跟你打個賭。」程無垠道：「打賭？」凌昊天道：「不錯，就賭你三招內殺不了我。」程無垠向他打量去，冷笑道：「小子，天下或許有我三招內殺不了的人，嘿嘿，你小子再練三十年，也沒本領跟我賭！」

凌昊天笑道：「我卻非跟你賭不可。你若自認必贏，還有什麼好多說的？賭注很簡單，你贏了，我死在你劍下，那也沒話可說。我贏了，我向你要明眼神的命。一命換一命，公平吧？」

程無垠輕哼一聲，喝道：「行！」語畢倏然轉身，但見寒光閃動，第一劍已然遞出，直刺凌昊天咽喉，正是他方才對付明眼神的那招，當眞是快捷無倫，劍隨念轉，霎眼已刺到凌昊天咽喉前半寸處。凌昊天竟不閃避，鐵杖直出，點向對手左眼。這並非兩敗俱傷的打法，而是一死一傷的打法；劍入咽喉，凌昊天自會送命，杖點眼睛，程無垠卻最多失去一隻左眼。但須知一個劍客的功夫有七分是靠目力精準，失去一目便無法測度距離，劍術自會大大減退。凌昊天料想他不會用一隻眼睛來換一個無名少年的命，便在劍尖即將觸及他咽喉的那一剎那，程無垠果然變招，側身避開了杖尖，長劍圈轉，橫劈對手腰間。這招沉重而迅捷，砍的方位巧妙已極，讓人無法躍起或矮身相避，也不及後退閃開。

眼見劍將及體，凌昊天忽然向前跨出一步，欺到程無垠身前不到一尺處，將身子湊到劍柄上，險險避開了劍鋒，左掌一招逍遙掌中的「隨心欲」打向程無垠胸口。

程無垠一驚，沒想到這少年有膽量行此險招，以上步化解自己的橫劈，眼看這掌就將按上自己胸口，只得後退一步，長劍向對手左肩斜劈下去，勢道之猛，足可將人從左肩直劈到右腰。凌昊天此時離對手甚近，無處閃躲，大喝一聲，舉起鐵枴往劍身橫折。他修練無無神功初有小成，平時內力散入全身，丹田空空如也，但只要心思所到，內力便在彈指間凝聚於一點，力量因此較往常所能使出強大數倍。此時他鐵枴打上劍腰，力道取得剛好，竟將程無垠這石破天驚的一劍力道打偏了開去，直斬到地下，塵土飛揚。

凌昊天向後縱出數丈，穩穩站定。

程無垠見這少年竟然接下了自己的三招，心中驚異難言，呆了一陣，才問道：「小子，你是何人門下？」凌昊天不答，鐵枴一擺，笑道：「我贏了吧？」

程無垠微微點頭，又道：「你若不肯說，那也不要緊。小子，你想不想成爲天下第一劍客？」

凌昊天一呆，說道：「天下第一劍客？」

程無垠傲然道：「不錯。你若跟我學五年劍術，便能成爲天下第一劍客。」

凌昊天聽了，捧腹大笑，說道：「這是我今年聽到最好笑的話！天下第十八怎麼可能教出個天下第一？」

程無垠雙眉揚起，說道：「什麼天下第十八？」凌昊天道：「天下劍術比你高的人，我隨便就數出十七個，你當然是天下第十八了。」

程無垠哼了一聲，說道：「你倒說說看。說錯了一個，我絕不輕易饒你！」

凌昊天便笑嘻嘻地扳著指頭數將起來，說道：「常清風居士號稱武功天下第一，晚年自創春秋劍法，他的劍法你是比不過的了。」

程無垠默然。凌昊天又道：「武當掌門李乘風四象劍陰陽調和，已得前掌門王道長的眞傳，你也打不過他。」程無垠道：「這可難說。」

凌昊天道：「少林降龍堂主清召大師的達摩劍法雄渾博大，你也比不過。」不等他回答，逕自扳著指頭算了下去：「我已說了三個，還多著呢。虎俠傳人醫俠，雪艷凌夫人，這兩位你都是絕對打不過的。關中大俠陳近雲的霧中看花十七式練到絕頂，我看也比你高明得多。嗯，陳大俠比你強，他的師父文風流就更不用說了。點蒼離囂觀主許飛的古松劍法有數十年的功力，非你能敵。天龍劍客石昭然崛起於十餘年前，在太行山以西無有敵手，你定然及不上他。現在已有九個了。再說晚一輩的人物。常清風晚年收了兩個徒弟，江晉和江明夷，已得清風居士的眞傳，你也一定打不過。醫俠的兩個兒子劍術超卓，絕對不在你之下。你看，我隨便算算，你就已是天下第十四了，如何能教出天下第一？」

程無垠冷笑道：「這些人號稱劍術高超，但若眞和我比試，未必便能打倒我！」凌昊天道：「口說無憑，你若劍術當眞這麼高超，爲何不去向這些高手挑戰？」程無垠搖頭道：「這些人根本稱不上是劍客！他們學劍只是爲了自身，不是爲了劍術。我這一生都是爲劍而活，爲劍而死。這些人根本不配用劍，如何是我敵手？」

凌昊天道：「你自稱天下第一，怎麼我從來沒聽人說過你的劍法有多高明？」程無垠冷然道：「因爲所有看過我劍法的人都已死了。死人不會說話，因此江湖上沒有人知道我的劍法有多高明。」

凌昊天哈哈大笑，說道：「原來如此！我說你頭腦不怎麼好。要想出名，就得留下會說話的活人替你宣傳。好在你今日遇上了我，打賭輸了，今後明眼神便可去江湖上向人宣揚你的劍術有多麼高超了。這不是天大的喜事麼？你還不快感謝我？」

程無垠臉色一沉，他知道明眼神會向人述說的，定然不是斷魂劍如何在兩招內打倒他，而是這無名少年如何躲過了自己的三劍。他不願自毀諾言去殺明眼神，心中惱怒，就想遷怒於他人，轉頭望向其餘丐幫弟子，長劍微動，眼中露出殺機。凌昊天上前一步，擋在他身前。

程無垠喝道：「讓開！」凌昊天毫不畏懼，笑道：「第一，我不拜天下第十八爲師。第二，你要殺丐幫的人，就先殺了我！」

程無垠雙眉豎起，長劍抖動，對準凌昊天，似乎隨時都能刺入他的胸膛，冷然道：「你取巧躲過了我的三招，你道我眞殺不了你麼？」

凌昊天凝望著他的劍尖，笑道：「你自然殺得了我，十招內殺死一個無名小子，也算不錯了。但你的名號該改一下了，叫作『三劍殺不死，十招才斷魂』。」

程無垠眼中凶光一閃，長劍刺出，便要結束凌昊天的性命。凌昊天雙足一點，陡然向後躍出，避開了這一劍，但胸口衣衫碎裂，竟被劍氣劃破。程無垠讚道：「好輕功！」縱身追上，凌昊天展開身法，一路閃避。他家傳的雪上飄輕功獨步江湖，此時在荒野中閃避游鬥，程無垠一時竟追他不上。他心中焦躁，側頭見原本站在旁邊的丐幫弟子已跑走了幾個，喝道：「誰敢走？」閃身過去，便要殺死幾個丐幫弟子。

凌昊天回頭奔來，揮鐵枴刺向他後心，叫道：「我說你要殺丐幫的人，就先殺了我。你沒聽到麼？」

程無垠回劍反擊，凌昊天知道自己接不住他的攻招，便不去接，又躲了開去。程無垠見他使動鐵枴極爲靈動，當下停劍問道：「你學過劍麼？」凌昊天道：「學過。」程無垠道：「快拔劍！」

凌昊天道：「我身上沒帶劍，你沒看見麼？這兒的丐幫兄弟也不用劍，荒郊野外上哪兒找劍去？除非借你的劍一用。」程無垠哼了一聲，一時不知該如何對付這古怪的頑童，又捨不得殺他，心想：「先點倒了他，殺了這些乞丐，拿走令牌再說。這小子資質忒好，棄之可惜。待我抓他回去慢慢調教，不怕他不服我。」

當下突然搶攻，長劍如滿天花雨，刺向凌昊天周身大穴。凌昊天學過幾年石風雲水劍、雪族飛雪劍和父親的虎蹤劍法，但沒有趁手兵器，招式又不夠成熟老練，在程無垠剛猛的快劍下只能運起內力相抗，勉力招架，不出兩招，程無垠長劍陡出，噹一聲將他手中鐵杖打飛，劍尖點向他小腹穴道。

凌昊天閃避不及，眼見就要傷在對手劍下，危急中忽聽一人笑道：「大劍客對付小孩子，一共用了多少招啊？」一條鐵棍隨聲而到，砸向程無垠的長劍，將這劍擋了開去。

程無垠一驚，抬頭見來者衣著破爛，一張馬臉，正是丐幫長老一里馬。他身後站了三十多個丐幫弟子，已團團將程無垠圍住。小狗子叫道：「他已用了十八招了！」小癩子叫道：「他該改名叫『十八招還殺不死，一百招也難斷魂』才是！」程無垠只聽得臉上一陣青一陣白。

一里馬哈哈大笑，說道：「我一里馬不懂得使劍，只懂得用鐵棍。棍客打劍客，沒什麼看頭。閣下辣手殺傷我丐幫弟子，我丐幫只好以蓮花大陣伺候了。」

程無垠早聽過蓮花大陣的名頭，心中一凜：「一里馬在此，那三腿狗必也在附近。我被這小子纏住，竟沒想到幾個小渾蛋已跑去找來了厲害援手。犬馬雙丐已不容易對付了，莫要再失陷在蓮花大陣裡！」言念及此，當下冷笑道：「好！丐幫有本事！」忽然向旁衝出，瞬間奔出了數十丈，閃入草叢之中。

第五十章　洛陽大會

眾丐幫弟子大聲呼喝，搶著追上。一里馬知道丐幫弟子無人是他敵手，叫道：「大家回來，不用追了！」他上前探看明眼神的傷勢，問道：「明眼老兄，你沒事麼？」但見他只是穴道被點，受傷不重，才放下心，當下替他按摩經脈，解開胸口穴道。

一里馬轉頭望向凌昊天，但見他已過去揀起了明眼神的鐵枴，拿在手中檢視撫摸，微微皺眉，似乎對杖上被程無垠的劍砍出了幾個口子感到有些過意不去。一里馬向他望了一陣，忽然喜道：「小三兒，是你！你還記得我麼？」

凌昊天緩緩走近，將鐵枴交還給明眼神，微笑道：「怎麼不記得？你是偷喝我酒的兩個壞老頭之一！」

一里馬哈哈大笑，說道：「你這小娃子長大了這許多，一張嘴巴還是不饒人。」凌昊天道：「不錯，我十八歲啦。老馬兄，你幾歲了？」一里馬搔頭道：「我從來不知道自己幾歲。你問我歲數幹麼？」凌昊天道：「我想看看你有沒有長進，還是馬齒徒長，只知道騙小孩子的酒喝？」一里馬笑道：「你不放過我，好，我今兒便請你喝個夠。」

明眼神拄著杖站起身來，插口道：「老馬，哪裡輪到你請？」一里馬一呆，隨即笑道：「是，咱兄弟倆一起請這小子。」

凌昊天問道：「三腿狗老兄呢？」一里馬拍著頭道：「我倒忘了他。他人已在洛陽城裡了。我們現在趕入城去，正好跟他一起喝酒。城裡好酒不少，你可不許不來。」凌昊天笑道：「既然有好酒，我怎會不去？」

一里馬身任丐幫的戒律長老，在幫中地位僅次於幫主和三腿狗，他脾氣火暴，執法嚴峻，丐幫弟子對他一向尊敬如神，畏懼有加。眾弟子見凌昊天才從鬼門關回來，不但毫無驚慌之色，更對一里馬稱兄道弟，談笑自若，全無禮貌，放肆已極，都是面面相覷。

丐幫眾人掩埋了死難兄弟，便動身往洛陽去。凌昊天和一里馬當先行去，拉著手笑談往事，明眼神在弟子簇擁下，在後緩行。

明眼神望著凌昊天的背影，若有所思，自言自語道：「這程無垠是個聞名大江南北的劍客，他一向只找劍術高手挑戰，沒想到也會對這天風令有興趣。嘿嘿，這傢伙倒是個道地的劍客！」

小狗子問道：「劍客？那和俠客有什麼不同？」

明眼神道：「俠客和劍客，雖只一字之差，差別卻大了。俠客以俠義爲先，一個人即使不會武功，若是仗義守信，急人之難，也可稱爲俠客。劍客則不然；劍客以劍術爲先，這些人到處遊蕩，並不爲了行俠仗義，而只爲向劍術更高的人挑戰。贏了，他再找更強的對手；輸了，他或許丟命，或許回山磨練數年，再出來雪恥。所以一個人若是品德極差，毫無信義，但他若劍術極精，也可稱爲劍客。」

小狗子笑道：「我知道了。程無垠是個劍客，那小三兒便是個俠客了！」小癩子問道：「小三兒這點年紀，武功雖強，也能稱爲俠客麼？」

明眼神點頭道：「小狗子說得不錯，小三兒是個俠客。他年紀雖小，但你們須留心觀看他的行事，其中有你們學之不盡的東西。你們有沒有想過，他爲什麼起初不肯跟我們同行，後來又改變主意跟著我們一道？這是有緣故的。第一次在荒郊中我邀他同行，他未曾跟來，那是因爲他無意接受我的報答。之後我們在廟中又遇上他，我就知道他先我們一步到達，已察知修羅會將來圍攻，因此留下示警。其後他見我們受修羅會攻擊，我又受了傷，才決意留下守護。這就是爲什麼那天晚上他始終沒有離開廟門口，並且整夜未眠，代爲守夜，這都是他保衛我等的一番心意啊。次日他跟著我們上路，自是因爲他見我們前途危殆，不肯置身事外。他方才出手向程無垠挑戰，雖自知不敵，仍盡力與之周旋，連性命都可以豁出去。急人之難，又不居其功，好漢子該作的便作了，一句話也不用多說，這就是俠客之風啊！這跟他的年紀小不小有什麼關係呢！」

小狗子、小癩子、爛眼阿七和貓耳朵等弟子聽了，都睜大了眼睛，眾人原先只道小三兒不過是個跟著大家行路、性情古怪的少年，直到他出手對敵程無垠，又聽明眼神說出他行事背後的因由，才知道這少年不是個簡單的人物。

明眼神又道：「我原本猜不出他的來歷，見過他的武功後，也還沒有頭緒。但看他的行事作風，倒讓我想起了兩位隱居已久的高人。」小狗子等幾個十分好奇，互相望望，都想探問，明眼神卻抬頭凝思，不再說話。

凌昊天隨著丐幫等一行人進了洛陽城，便在一個丐幫弟子畢老五家中落腳。那畢老五乃是洛陽數一數二的大富，此番丐幫大會在洛陽舉行，任命他接待各方弟子，自是感到萬分榮幸，對諸位長老殷勤接待，對遠來的弟兄也招呼得周到之至。他家境富厚，住宅占地千頃，屋舍上百，便讓幾百個兄弟住下都不嫌擠。他特別爲幾個長老打掃出一間清靜的四合院子，讓他們歇宿。

當日晚間，凌昊天和一里馬、三腿狗、明眼神四人便在那四合院裡相聚喝酒，三個老丐的酒量加起來也及不上凌昊天，先後醉倒了。凌昊天喝得盡興了，才回房休息。

他小睡一陣，酒意過去後，便爬起身盤膝練無無神功。將近四更時，忽然隱約聽到極細的呼吸聲。他睜開眼往窗外望去，窗外對間便是明眼神住的屋子，他看了一陣，黑暗中更無動靜，呼吸聲也消失了。

他正要回去床上，忽見一個黑影在屋簷上微微動了一下。他凝目望去，才看出那是個人影，這人攀在屋頂上，竟然毫無聲響，若不是凌昊天剛才練功時耳目加倍靈敏，否則決不會覺察到這人。凌昊天心想：「這人輕功極佳，定然不只是個小偷。莫非他想加害明眼神？」當下伸手輕輕開了門閂，打算一見那人有所行動，便出聲喊破他的形跡，搶出門去攔阻。不料那人似乎已聽見了他開門閂的聲音，倏然沒入黑暗之中，像是鑽進了窗戶。

凌昊天一驚，推門奔出，還未奔到對間，便見到一個人影從窗戶中竄出，一晃眼便上了屋頂。凌昊天叫道：「明眼前輩，你沒事麼？」

明眼神這才驚覺，喝道：「屋頂上是誰？」凌昊天已跟著躍上屋頂，向那人影追去。但見那人在屋頂間幾個起落，便不見了影蹤，輕功之佳，憑著明眼神的見識淵博和凌昊天的多見高手，竟也是從所未聞。

此時丐幫其他人都已驚覺，一里馬從屋中奔出，問道：「怎麼回事？」凌昊天道：「我見一人偷進明眼長老的屋中，他輕功極佳，我沒能追趕上。」一里馬忙問道：「明眼老兄沒事麼？」

明眼神從房中走出，手中托著一張紙，說道：「那人輕功好生厲害，不但偷了天風令去，還留了張紙條。這上面寫著什麼？」一里馬接過了，又轉交給凌昊天，臉上微紅，說道：「我是個老粗，大字不識得幾個，跟明眼大哥也沒什麼兩樣。請小兄弟讀給我們聽。」

凌昊天向他一笑，接過白紙，讀道：「物歸原主，老丐勿怪。妙手風采拜上。」

兩個老丐聽了，都皺起眉頭，一里馬道：「妙手風呆？江湖上從沒聽過這號人物。」明眼神道：「這人輕功出神入化，似乎專為偷令而來，對咱們並無敵意。他剛才進我房中，若不是小三兄弟出聲叫破，我只怕全無知覺。」一里馬和凌昊天知道明眼神耳音極強，這人竟能潛入他房中偷東西留紙條而不被他發覺，輕功委實驚人。

凌昊天道：「他說物歸原主，難道他便是這天風令的主人？」明眼神搖頭道：「天風老人已去世幾十年了，來者自然不能是天風令的主人。」一里馬道：「這人卻有可能是天風老人的傳人。我聽說在浙省天風山間還有個天風堡，天風老人的子孫都住在那裡，但誰也沒有去過，天風門人也早已絕跡江湖。」

凌昊天沉吟道：「或許因為天風令出現了，天風傳人才重入江湖？天風令上不是說麼？『持此令者，天風齊護』。」

明眼神道：「這也有可能。但世間到底有沒有天風老人的傳人，誰也不知；這令的來處我們也不清楚，或許是修羅會從某人手中偷搶來的，現在又被那人取回，也說不定。」

三人討論不出頭緒，丐幫原本也不貪圖這天風令，兩個長老掛念著次日的丐幫大會，便也沒將這事放在心上。

次日清晨，犬馬雙丐和明眼神率領手下弟子，連同凌昊天，一起來到洛陽城外。但見一片空地上已搭起了好大一個平台，台上放了七個坐墊，當中一個最大，顯是幫主的座位；兩旁各有三個座位，是六大長老的席位。台下已擠滿了丐幫弟子，總有三四千之眾，畢老五率領家人弟子輪番供應酒菜，群丐席地而坐，喝酒吃肉，談笑猜拳，好不熱鬧。

三腿狗拉著凌昊天的手在人群中穿梭，向熟識的弟子招呼，並向他們介紹凌昊天，說這是好朋友小三兒。一里馬走在三腿狗身旁，神色嚴肅，見到認識的弟子也只點點頭，並不說話。明眼神受傷尚未全然恢復，只坐在地上，幫中受過他恩惠的人不少，不少弟子趨前來跟他請安敘舊。

走出一陣，三腿狗向一個穿著僧服的中年人招呼，笑道：「王七弟，好久不見了！」那僧服丐回過頭來，卻見他面貌甚是特異，臉闊而嘴寬，一張大嘴似乎裂到了耳邊，滿臉堆歡，呵呵笑道：「原來是三哥。三哥你氣色忒好，像又發福了不少？這幾年食運不壞吧！」

三腿狗笑道：「你這饞鬼，就記掛著吃食！」替凌昊天介紹道：「這位便是本幫掌缽長老王彌陀，專為大家籌吃食的。七弟，這是我的小朋友小三兒，你們見見。」

王彌陀笑道：「小朋友，你愛吃毛蟹麼？三哥才從海邊帶了一滿簍來，活鮮鮮的，待會咱們煮了一塊兒吃，啊？」凌昊天奇道：「你怎知道我愛吃毛蟹？」王彌陀瞇起眼睛笑道：「我會看相，你命中有食神，毛蟹這等天下美味，自是逃不過小兄弟的朵頤。」

忽聽背後一人笑道：「小兄弟，那毛蟹我昨日吃了一隻，也沒什麼特別處，可別期望過高了。」王彌陀瞪眼道：「九弟，你不懂得吃，便少插幾句嘴！」

卻見一個尖臉漢子走上前來，笑道：「三哥莫惱，小弟只是開個玩笑罷了。」說著深深地打了個揖。

三腿狗道：「小三兒，這位是本幫傳令長老賴孤九。九弟，這位是小三兄弟。」賴孤九向凌昊天望去，笑道：「英雄出少年，小三兄弟的英勇事跡，我早聽三哥和馬長老說過了，心中好生讚佩，恨不得一見。」

凌昊天見賴孤九眼中精光閃爍，顯是十分能幹精明的人物，這人不過三十來歲年紀，在眾長老中年歲最輕，想來必有過人之才。

賴孤九便與三腿狗、一里馬、王彌陀等攀談起來。他舉止彬彬有禮，吐言文雅，衣著鮮潔，除去衣服上揹了八隻布袋之外，實在看不出是丐幫中人，與三腿狗等的出言鄙俗、舉止粗率大異其趣。凌昊天心想：「早聽過丐幫六大長老各懷絕技，三腿狗、一里馬、明眼神都是武功高強、光明磊落的人物，這王彌陀外表癡憨，卻顯是外功高手，也非易與之輩。這賴孤九看來是個溫和君子，但心思深沉，眾長老中要數他最厲害。」

正自思索，忽聽遠處傳來一陣呼聲：「幫主來了！幫主來了！」霎時群丐歡呼聲如雷響起，不絕於耳，人人跳起身揮手高呼，爭著一睹幫主風采，興奮擁戴之情溢於言表。不多時，一個老者緩步走上台去，但見他向台下揮了揮手，便一屁股在當中的坐墊坐下，神態甚是悠遊自在。凌昊天從台下望去，這才看清那是一個白鬚白髮的老人，身形乾瘦，卻挺著一個大肚子，手中拿著一只破瓦碗，雙目炯炯，極有精神。

三腿狗、一里馬、明眼神、賴孤九、王彌陀五人先後走上台去，向老人行禮，口稱：「幫主！」

那老者自是丐幫幫主吳三石了。他向幾個長老拱拱手，便讓五人坐下，問道：「木瓜老頭呢？」王彌陀道：「他跟武當派的張御風有賭約，在武當山下比武。他讓屬下稟告幫主，說他盡量在今日內趕到，若有延遲，還請幫主勿怪。」

吳三石點了點頭，又道：「最近有些什麼事兒？快快說來。」五個長老當下先後報告了幫務情況，吳三石挖著耳朵聽著，微微點頭。這幾年來他已將幫務交由各長老依地區分領，自己甚少插手干預，但眾長老對他尊敬如昔，幫中大小事情仍依例向他稟報。

眾長老報告完後，明眼神道：「兄弟另有件特別的事，想向幫主稟告。屬下和弟子在赴洛陽路上，曾蒙一位小三兒兄弟捨命相救。這少年稟性俠義，世間少見，屬下特帶他來此，盼他能有機緣面見幫主。」吳三石點了點頭，問起經過，明眼神詳細說了。

三腿狗和一里馬也道：「這小兄弟我們幾年前也見過的。他曾相助我等從夜梟手中奪回絕寒劍，讓朱老丈和他在淨慈庵出家的女兒團圓。這孩子智勇雙全，甚是難能可貴。」

吳三石道：「這孩子入了幫麼？」明眼神道：「沒有。」吳三石道：「他姓什麼，叫什麼名字？」明眼神和犬馬雙丐都呆了一下，說道：「他不願說，只自稱小三兒。」吳三石一笑，說道：「聽來是個人物。快請這位小三兒兄弟過來見見。」

明眼神便讓小狗子去找小三兒來。過不多時，凌昊天來到台上，看到吳三石，拱手不拜，說道：「你想必便是吳老幫主了，我是小三兒。這幾個老丐說了我什麼好話壞話，你都不可相信。他們要騙我的酒喝，什麼話都說得出來。」

吳三石見這少年言行肆無忌憚，也不由得甚奇，睜眼向凌昊天打量去，忽然哈哈大笑，說道：「你們幾個老傢伙，可給我帶了一頭小虎回來！」犬馬雙丐和明眼神都是一呆，卻聽吳三石笑問道：「小三兒，你爹娘好麼？」

凌昊天瞪眼道：「你怎知我爹娘是誰？」吳三石笑道：「我認識你爹時，他還沒你大呢。跟著他兩位出生入死，從東南到西北，老丐都有一份。」話聲未了，手中青竹棒倏然伸出，快若閃電，在凌昊天額頭輕觸一下。凌昊天一驚，向後退出兩步，脫口道：「幹麼？」

吳三石大笑起來，說道：「好！你母親很守信用，至今沒將打狗棒法傳給別人，連寶貝兒子都不例外。」

凌昊天笑道：「我娘怎會使你這叫化子的棒法？」吳三石道：「你娘沒跟你說，多半怕你這小滑頭纏著她學。凌昊天，你不認得我，我卻認得你。」

凌昊天聽他叫出自己的名字，這才一呆，收斂了幾分，說道：「吳老幫主，你怎知道我的名字？」

吳三石笑道：「看你這身輕功，除了你娘還有誰教得出來？你這張臉，跟你爹一樣的眉毛一樣的眼，同一個鼻子同一張嘴，活脫一個模子打出來的，誰認不得？」

凌昊天這才服了，笑道：「我爹娘提起吳老爺爺，總是稱讚得很，我今天見到你面，才知他們說得確實不錯。」

明眼神插口問道：「小三兒，你果然便是凌家的三公子麼？」凌昊天笑道：「什麼三公子不三公子，你當我是朋友，叫我小三兒便是。」三腿狗和一里馬都笑了，說道：「小兄弟說得爽快。」

吳三石拉著凌昊天坐下，笑道：「難得見到故人之後，咱們該當多喝幾杯！」眾人便在台上圍坐喝酒，閒談江湖軼事，議論今昔人物，意興橫飛。眾丐幫弟子見凌昊天這少年不過十多歲年紀，竟和幫主長老同席共坐，都不由得嘖嘖稱奇，紛紛猜測他是什麼來頭。

眾丐吃喝得正高興，忽聽遠處傳來一陣騷動，賴孤九立即起身奔下台查看，問道：「怎麼回事？」卻見一群弟子擁著一台擔架過來，各人淚痕滿面，咬牙切齒。賴孤九搶上前去，卻見擔架上躺了一具屍首，雙目圓睜，鬚髯戟張，他臉色大變，驚叫道：「木瓜！是木瓜長老！」忙向那群弟子詢問前後。這時王彌陀也已奔近，他和木瓜一向交好，見他竟猝然身亡，忍不住伏在屍身上放聲大哭。

眾丐幫弟子都驚詫難已，愣然望著那擔架被抬上台去。吳三石臉色也自變了，向木瓜長老的屍首呆望一陣，才伸手替他闔上了眼瞼，流淚道：「好兄弟，誰有這膽子？」

賴孤九走回台上，說道：「啓稟幫主，木瓜長老的屍身是在武當山腳下找到的。據他手下幫眾說道，他獨自上武當赴王御風的比武之約，眾弟子等了半日，看見一群武當弟子仗劍經過，心中起疑，上前喝問，兩邊打了一架。再上山去找人時，便找到了木瓜長老的屍身。」

吳三石搖頭不語。三腿狗道：「瞧他身上傷口凌亂，顯是受人圍攻而死。武當怎能如此不顧武林規矩？」一里馬大聲道：「我丐幫絕不能容人這般欺上頭來！此仇不報，我丐幫以後還能在江湖上抬頭麼？」王彌陀也哭道：「好兄弟，作哥哥的定要替你踏平了武當山，爲你報仇！」

賴孤九眼望幫主，說道：「幫主，此事如何處置，請您示下。」

吳三石猛然抬頭，大聲道：「走！我們這就上武當山去，向五龍宮討個交代。武當如此不顧道義，我丐幫決不能讓人欺到頭上來，不思報仇！誰敢欺侮我丐幫弟子，定要叫他吃不了兜著走！」眾丐聽了，盡皆高聲大呼，義憤填膺，群情激動。

須知丐幫在江湖上以團結互助出名，人人都知丐幫弟子不是好欺侮的。丐幫在收錄弟子時十分嚴格，幫中極少奸邪不肖之徒；因此每當外人殺傷了丐幫弟子，丐幫總能理直氣壯地出面討回公道，即使被欺侮的是個輩分低微的沒袋弟子，丐幫一樣會拚命出頭維護。這回被殺的竟是丐幫六大長老之一，自是令全幫震驚憤怒已極。加上木瓜長老人緣一向甚好，幫中和他親厚的弟子著實不少，眾弟子紛紛上台來向他的遺體行禮，灑淚發誓要替他報仇。

一場喜慶熱鬧的洛陽大會竟以木瓜長老的死訊收場，眾人自都料想不到。吳三石氣憤之下，先派賴孤九上五龍宮向掌門人李乘風遞名帖拜山，自己則準備率領眾長老弟子上武當山興師問罪。

凌昊天見丐幫眾人氣勢洶洶地要去武當問罪，不想捲入是非，便向吳三石告辭。吳三石道：「我原想和小兄弟多聚聚，現下我幫中出事，只有改日再圖相聚了。你回去虎山，別忘了代我向你爹娘問好。」凌昊天答應了，便向三腿狗、一里馬、明眼神等告別，逕自去了。

他仍不想回去虎山，心想：「我四處遊蕩一陣，再作打算便了。」便隨意亂行，有店住店，沒店住廟，沒廟便睡在樹下。這日他來到黃河邊上的鞏縣，上酒樓叫了一壺五糧液，臨河獨飲，甚是暢快，正喝得醉意盎然時，心想：「一個人喝酒未免寂寞，這兒離嵩山不遠，素聞少林降龍堂主清召大師最愛喝酒，這朋友怎能不交？」當下興致沖沖地買了八罈五糧液，用扁擔挑了，便往少室山行去。

少林寺是千年古刹，禪宗聖地，終年香客遊人不絕，更有不少欽慕少林武功的武林中人前來拜山，向少林武僧切磋討教武學。淩昊天跟著朝山人潮往山上行去，來到半山腰時，在一處觀景涼亭停下休息。他抬頭往山上望去，卻見高處山道之上一群衣衫襤褸的叫化子正緩緩向少林寺行去。他仔細一看，竟然便是丐幫中人，賴孤九、三腿狗等都在其中。他心中又是驚訝，又是奇怪：「丐幫不是上武當去了麼，怎地也跑來了嵩山？看來我小三兒是交了乞丐運，躲也躲不掉了。」

這時正好有七八個落後的乞丐從他面前經過，淩昊天便上前探問。原來丐幫向武當遞上拜山帖，武當也向丐幫送了問罪帖，說道武當王御風死在武當山腳，疑是丐幫以蓮花大陣圍殺，武當因此大舉來向丐幫討回公道。丐幫幫主長老見雙方仇恨甚深，劍拔弩張，轉眼便是一場惡鬥，商議之下，遂決定向少林派投書，請少林方丈清聖大師主持公道。

第五十一章　竹林對質

少林向來為武林同道所重，眼見武當和丐幫兩大派爭持不下，自得出面調解。武當和丐幫因此相約同赴少林評理，這會武當眾道士已聚集在少室山上了。

凌昊天心想：「在這少室山上，又有清聖大師出面調解，武當和丐幫決不致大打出手。我還是快去找清召喝酒正經。」當下又擔起酒，繞路上山，來到少林寺側山門外，向一個知客僧求見清召大師。那知客僧甚是恭謹，合十道：「這位施主，小僧好生抱歉，本寺最近忙於俗事，清召大師怕沒空見客。請貴客留下大名，我一定代為通報，還請施主改日再來。」

凌昊天道：「貴寺忙於調解武當和丐幫的紛爭，這我是知道的。但這事找的也是方丈大師，降龍堂主總該得空吧。」

旁邊一個掃地小沙彌聽見了，插口笑道：「咳！武當和丐幫？那還是小事哩！」凌昊天不禁奇道：「小事？那什麼才是大事？」小沙彌道：「你不知道？再兩個月就是七年一度的正教天下英雄大會，便在咱們嵩山絕頂封禪台舉行。正教六十四派的掌門人都將聚集在此，怕沒有好幾千人來，可熱鬧啦。」

那知客僧向小沙彌瞪了一眼，說道：「你少說幾句。」小沙彌吐了吐舌頭，抓起掃把跑了開去。知客僧向凌昊天道：「施主請別見怪，這孩子就是調皮。方丈大師為了正教大會的事去了峨嵋，正與峨嵋首座正印大師共同籌劃，山上種種準備事宜都由降龍堂主一手負責。正是因為如此，清召大師才忙得無法抽身。」

凌昊天嗯了一聲，問道：「方丈若是不在，那丐幫和武當之事，卻由哪位大師來調解？」知客僧道：「這小僧就不知道了。清召大師若真忙不過來，大約便由清德大師主持吧。」凌昊天點了點頭，心想：「清召武功高強，清德德高望重，卻總比不上方丈大師的威望。但有這兩位大師在，武當和丐幫的事多半出不了岔子。他們不知進了少林寺沒有？若在寺外調解，我倒想去瞧瞧。」

那知客僧問起他姓名，凌昊天自稱小三兒，說既然清召大師事忙，當改日再來拜訪，便挑起酒擔子出了寺門。走出不遠，忽聽身後腳步聲響，一個稚嫩的聲音叫道：「施主、施主，請留步！」他停步回頭，卻見來者正是剛才在掃地的那個小沙彌。他跑得氣喘吁吁，一顆大頭前後擺動，圓圓的臉蛋熱得紅撲撲地，笑道：「施主，我師叔糊塗啦，忘了問你擔子裡挑了什麼禮物，要不要留下？」

凌昊天心想：「我挑酒來少林寺，雖說武僧不禁酒肉，總是不敬。」便道：「這是我帶給清召大師的一點小禮物，想拜見大師時當面呈上。」

那小沙彌甚是好奇，側頭道：「你告訴我擔子裡面有什麼好東西，我回頭跟清召師叔祖說，讓他心裡有個底，豈不是好？」

凌昊天搖頭道：「不用啦，這事物也不太重，我過幾天再挑上山來，當面交給清召大師便了。」

小沙彌見他愈不肯說，愈是好奇，求道：「你給我看一眼，我不會告訴別人的。」凌昊天看他急切的樣子，不由得好笑，便點了點頭。那小沙彌便掀起一個擔蓋，探頭看了一眼，忙又蓋上，皺著鼻子笑道：「啊喲，是酒嘛！我佛門清淨之地，豈容此造孽之物？罪過罪過！阿彌陀佛。」又眨眼道：「不過你放心，出家人不打誑語，我說過不會告訴別人，便一定不會告訴別人。我師叔祖最愛酒，禪床底下總藏了好幾罈，我也沒有告訴別人。」

凌昊天笑道：「看不出你小小年紀，竟這般不老實。你又怎知道師叔祖床底下藏了酒？」小沙彌道：「我自然知道。你別以爲我寺廟裡沒有酒，我便不認得。師叔祖常常在沒人的時候偷偷將酒倒在大茶壺裡。他要我倒茶，我一聞那味兒，就知道世上決沒有這般味道的茶。他喝呀喝的，一杯又一杯，讚歎不絕，天下又哪有人這麼喝茶的？他喝了半壺，口裡就開始胡言亂語；喝完了一整壺，就倒在地上呼呼大睡。我只聽過喝茶能提神醒腦，沒聽過喝茶會發瘋睡著的。有次我趁他醉倒後去偷看他床底下，將他那幾罈酒找個正著。後來我問他床底下那是什麼，他說：『那不是酒，是酒茶！』還要我不要告訴別人呢。」

凌昊天聽這小沙彌精靈古怪，想起自己幼年也是個不折不扣的調皮鬼，不由得笑了，問道：「小師父，你法號如何稱呼？」

小沙彌道：「我是通字輩的弟子，叫作通寶。」凌昊天笑道：「這名兒好。一個大明通寶，換一百文錢。」通寶道：「我是少林通寶，僅此一個，絕無仿造，值一百兩金子。」凌昊天笑道：「是了，『自性本空，清淨圓通』，你是少林第六十四代弟子。」

通寶瞪眼道：「你別瞧我現在是少林最低輩的弟子，再過八十年，就換我作少林最高輩的長老啦。」凌昊天笑道：「好大的口氣！通寶，你和清召大師差了三輩，說起他來卻沒幾分恭敬心。八十年後你作了長老，你的徒子徒孫徒曾孫說不定也不怎麼恭敬你。」通寶笑道：「誰說我不恭敬他？我跟清召師叔祖最親了，他還讓我嚐過一口他的酒茶呢。但那味兒又苦又辣，我半點也不喜歡。」凌昊天道：「他的酒茶不好，我擔子裡是上好的五糧液，香醇芬芳，你倒喝喝看。」通寶向那擔子望了幾眼，想試又不敢，笑道：「你要引我破戒，我才不上當呢。」

凌昊天笑道：「你不喝就算啦。我走了。」轉身就走。通寶又追上來道：「你去哪裡？什麼時候再上山來？」凌昊天道：「我想去看看丐幫和武當對質的事怎樣了。」

通寶道：「我今晨聽師兄們說，清召師叔祖去了山下未回，因此由伏虎堂主清德大師和般若堂主清顯大師兩位出面調解。聽說他們約了武當和丐幫的人午後在竹林院外對質。你知道竹林院怎樣走法麼？」

凌昊天搖頭道：「我不知道，請小師父指點。」通寶眼睛一轉，說道：「不如我帶你去吧。待會我師叔若問起，你就說是你要我帶你去的，好不？我掃了一個月的地了，都快悶死啦。」凌昊天一笑，說道：「好吧，就麻煩小師父領我走一趟。」

通寶將掃把一扔，興沖沖地領著凌昊天往後山走去。走出半個時辰，遠遠看到一片綠幽幽的竹林，竹林中冒出一座琉璃七層高塔。通寶指著那塔道：「竹林院就在那片竹林中間。你瞧見那寶塔麼？那是竹林院旁的舍利塔，我們少林派達摩祖師的舍利就是供奉在那塔裡的。」

通寶領著凌昊天沿小徑走入竹林，走出一陣，便見竹林圍繞之中有座小小的院舍，舍前好大一片石板地，鬧哄哄地全是人；東邊清一色都是道士，西邊黑壓壓的全是乞丐，當中站了兩個身穿大紅袈裟的老和尚，一個高瘦，一個矮胖，若不是剃了光頭，點了戒疤，倒像兩個說相聲的。一個相貌莊嚴的中年道士站在眾道士之前，正開口說話。乞丐叢中不時有人發出噓聲，道士群裡也斷斷續續傳來喝罵，叫乞丐噤聲。

卻聽那道士朗聲道：「清顯大師說得不錯，王御風師弟死得不明不白，自要向最可疑的凶手去想。王師弟身上受了多處棍傷，顯是受人圍攻而死。當時在我武當山腳的只有丐幫弟子，我不找丐幫算帳，卻找誰去？」此言一出，丐幫都大聲鼓譟起來，群情忿怒。矮小老和尚揮手讓大家安靜下來，卻無人理會。高瘦僧人臉上露出憂心的神色，垂目不語。

通寶低聲道：「那位矮些的老和尚，就是本寺伏虎堂主清德大師，高的是般若堂主清顯大師。清顯大師很少在山上，不是去雲遊，就是在閉關，這回是爲了正派大會的事才回來的。」凌昊天點了點頭。

吳三石揮了揮手，丐幫中人才靜了下來，他望向清德，說道：「清德大師，你身爲少林伏虎堂主，也該拿出一句話來。」

矮胖老僧清德嗯了一聲，皺眉不語，顯得十分難以委決，遲疑一陣，才道：「老衲也以爲清顯說得不錯。我認識李道長很多年了，他是個說話算話的人，應是可以信得過的。依我看，這事情兩方都不免有錯，也很可能是一場誤會，這個，依我說呢，丐幫便向武當賠個罪，武當嘛，也在木瓜長老靈前行個禮，就算公平了吧。」

凌昊天聽這老和尚說話天眞幼稚，直如三歲小兒，不由得暗暗搖頭。

吳三石冷笑道：「清德大師，你和李道長私交深厚，江湖上誰不知道？但我們是來少林討個公道，不是來看誰跟你的私交好些。李道長說話算話，我老叫化難道說話便是放屁？我木瓜兄弟死在武當山腳，我不找武當償命，卻找誰償命？」

清德被他一陣搶白，支支吾吾地說不出話來。高瘦老僧清顯搖了搖頭，開口道：「阿彌陀佛。吳幫主，我少林好心出面調解，你若對我師兄毫無尊重之意，又何苦上少林寺來？你若看不起我少林寺，對武當又能有幾分敬意呢。我和李掌門並無交情，今日一見之下，得知李掌門乃是玄門高士，並非蠻橫之人，只不過想查清楚王御風師兄的死因。丐幫若知道幾分眞相，便當說出幾分，對事情自有助益。」他說話帶著極重的京城腔，口氣平淡，但話聲蓋過一切雜音，在場各人聽得清清楚楚，顯出極深厚的內力，眾乞丐聽他以上乘內力貫注於言語中，臉色都不由得微變。

凌昊天心中一凜：「這人內力之深，世間少見，只怕不在爹爹之下。」卻見吳三石臉色甚是難看，瞪著清顯不語。賴孤九走上一步，大聲道：「清顯大師莫非想以少林武功威逼本幫？我道咱們上少林是來講理的，原來少林也只知憑武力解決，當眞笑煞天下之人！你要用強便用強，我丐幫又怎懼你？」丐幫弟子都大聲叫好。

清顯合十道：「賴長老請息怒。天下事原本抬不過一個理字。我少林只能居間調解，盡力而爲。貴幫木瓜長老之死，確實也十分令人起疑。吳幫主說得不錯，武當山腳下發生的事情，武當派該知道得最清楚。若是貴幫和武當確實已結下了深仇大恨，那麼因果報應總不會爽，雙方願意如何解決，那便不是我中間人所能置喙的了。」

凌昊天皺眉暗想：「這清顯老僧一副慈眉善目、憂心忡忡的模樣，卻說出這等話來，似乎唯恐天下不亂。」

吳三石嘿的一聲，高聲叫道：「李掌門，一命還一命，你交出殺死木瓜長老的凶手，我便放過你武當一派。你若不服，爽爽快快放馬過來，我們手底下見眞章！」

李乘風雙眉豎起，緩步上前，冷笑道：「丐幫在江湖上好不威風，卻還不配在我武當面前逞凶！」刷的一聲，長劍出鞘。

一里馬叫道：「幫主，讓我們來對付他！」和三腿狗一起搶了出去，鐵枴鐵棍指向李乘風身上要害。李乘風冷笑道：「丐幫最擅以多壓少，今日在大家面前特意示範麼？」三腿狗道：「我兄弟一向聯手對敵，李掌門不敢接招麼？」李乘風道：「我豈懼你？」長劍一閃，便向三腿狗刺去。

吳三石忽然喝道：「且慢！」竹棒點出，正壓在三腿狗和一里馬的鐵枴鐵棍上，說道：「武當掌門是何等人物，你們且退下，讓我來會會武當高招。」他見李乘風長劍微動，已知犬馬二丐無法擋住他的劍招，當下出聲喊住。賴孤九低聲道：「幫主，結蓮花大陣？」

吳三石搖了搖頭，說道：「要兄弟們擺打狗陣。」賴孤九臉色一變，叫道：「幫主！」他熟知打狗陣長於守勢，吳三石顯然想自己上場一拚，卻沒有十足把握，才要弟子結打狗陣，爲丐幫留下退路。王彌陀也知情勢危急，心中焦慮，跨上一步道：「幫主年高，豈能跟後輩動手？還是讓我等向李掌門討教吧。」

吳三石搖了搖頭，暗忖以功力而言，丐幫中只有自己能接住李乘風的長劍，當下擺手讓眾丐幫弟子退去，大步上前，盯著李乘風的劍尖，淡淡地道：「昔年我和令先師王道長也算有些交情，不料今日你小道士也敢向老丐拔劍。」

李乘風冷然道：「我敬你是年高長輩，本不想讓你難堪。你既有膽向武當掌門叫陣，我又怎能不討教丐幫的打狗棒法？」

吳三石哼了一聲，叫道：「接招！」綠影一閃，打狗棒向李乘風橫劈過去，招式既快且巧，是一招「好狗不擋路」。李乘風迴劍擋住，反攻回去，一劍一棒轉瞬間交了七八招，旁觀眾人屏息靜觀，手心都捏了把冷汗。須知吳三石出道六十餘年，仗著一枝打狗棒闖遍大江南北，未遇敵手；但他畢竟年歲已高，體力衰歇，更有十多年未曾出手對敵。李乘風卻正當壯年，他主掌武當十餘年，早已是武林公認的劍術大家，多年來無人敢向他挑戰；這番對敵前一輩的武林高人，他更是打起十二分的精神，一出手便是武當四象劍法中的高招。

二人各出絕招，鬥到第十招上，忽聽風聲響動，一物急速向場中飛去，李乘風和吳三石都是一怔，向旁讓開，那物匡噹一聲落在地下，砸得粉碎，汁水四濺，酒味濃厚，竟是一個酒罈子。二人攻勢只緩得一緩，便又鬥了起來。鬥不到兩招，又見三個酒罈先後飛入場中，似乎算準了二人打鬥的位置，恰恰封住長劍和竹棒的攻勢。到第五罈酒飛出時，吳三石和李乘風不得不罷手退開，李乘風喝道：「什麼人大膽搗亂？給我出來！」他只道是丐幫長老故意扔物擾亂他的心神，吳三石卻轉頭向清德和清顯望去，只道在場眾人中只有少林高僧能有這等手勁。

卻聽一人哈哈大笑，大步走了出來，口中叫道：「好酒、好酒！」

李乘風和吳三石一齊轉頭望去，卻見那是個二十不到的少年，一身布衣破破舊舊，顯得甚是落拓，正是凌昊天。

第五十二章　清召大師

李乘風望向他，冷冷地道：「哪裡來的野小子，竟敢插手搗亂？」

凌昊天道：「我不是來搗亂，是來請二位先別動手，聽我一言。」李乘風怒道：「你憑什麼？快讓開了！」凌昊天道：「就憑我忍痛扔出幾罈美酒，阻止這場無謂打鬥的誠意之上。」

吳三石嘿了一聲，說道：「小三兒，這事情我丐幫自會處理，你不必插手。」凌昊天搖頭道：「我不是來幫丐幫的忙的。」李乘風喝道：「原來你和丐幫熟識，串通好了來找麻煩的！」吳三石道：「什麼串通不串通？小三兒，你站到一邊去，看老丐對付這道士！」手中竹棒點出，指向李乘風的眼界，是一招「狗眼看人低」。李乘風長劍圈轉，斬向吳三石的手腕。

凌昊天見二人又打將起來，跨上一步，隔在二人中間，眼看長劍和竹棒便要招呼到他身上，李乘風和吳三石各自收手，李乘風叫道：「快讓開了！受了傷可是你自找的。」袖風揮處，便想將這少年震開。沒想到凌昊天穩立當地，並未受他袖風帶動。李乘風心中一凜，卻聽凌昊天叫道：「通寶，替我拿罈酒來！」

通寶這時正在場邊探頭探腦，聞言一呆，應了一聲，忙從擔子裡抱出一罈酒，跑到場中凌昊天面前，說道：「施主，酒來啦。」

凌昊天接過了，向李乘風和吳三石道：「我想請兩位坐下喝酒，大家平心靜氣地談論是非曲直。這樣吧，你們若能在我喝完這罈酒之前讓我移動一步，便不用聽我說話，繼續打個你死我活好了。」

吳三石皺起眉頭，心想這孩子未免太過狂妄，竟在兩大前輩高手面前出此大言。李乘風性子急躁，早已不耐煩，喝道：「快滾開了！」他不願無端殺傷晚輩，當下長劍斜向凌昊天的右臂指去，盼能刺傷了他，讓他識趣退開。凌昊天似乎全沒見到李乘風的劍，伸手將酒罈封泥拍開，正好躲過這一劍。李乘風微微一怔，長劍又刺向他手中酒罈。凌昊天不避不讓，舉起酒罈大口喝酒，李乘風這劍便又落空了。

李乘風見他輕易避過自己兩招，顯然對武當劍法頗爲熟悉，心中一凜，叫道：「好身手！」又舉劍向酒罈刺去。他身爲武當掌門，本不應和一個晚輩過不去，但見這少年身手出奇，忍不住想試試他究竟有多高明，當下舞動長劍，一心想打下他的酒罈。凌昊天雙足果然不動，雙手捧罈不斷喝酒，時而直立，時而彎腰，時而側身，身法靈巧已極，酒罈的方位拿捏得恰到好處，總能以罈底擋住李乘風的劍刃。李乘風連攻八招，竟都無法打下他的酒罈，不由得大笑起來，說道：「好小子！」收劍回鞘，算是認輸了。

旁觀眾人見這少年露出精妙武功，都轟然叫好。

吳三石微微一笑，說道：「小三兒，我要你不要插手，你竟不肯聽話麼？」手中竹棒揮出，向那酒罈挑去。這打狗棒法全講巧勁，他抓準凌昊天的動態，竹棒化作一團青影，將他全身罩住。凌昊天看不清竹棒的走勢，心中驚詫，更來不及閃躲，勉力避開了兩棒，只能盡快大口吞酒。第三棒上吳三石喊了一聲：「著！」已將酒罈挑了起來，向上飛起。凌昊天急中生智，順手將酒罈往空中扔出，仰天張口，罈中酒水未剩多少，從空中流下，都進了凌昊天的口中。

吳三石也不由得笑了，說道：「算你厲害！小三兒，你到底有什麼話要說？」

凌昊天伸手接住酒罈，拱手笑道：「多謝李道長手下留情，吳老幫主承讓。」他知自己能使巧躲過李乘風的長劍，總因李乘風自顧身分，未曾出劍攻他要害；吳三石也無心傷他，不然他如何能在這兩大高手手下撐上這許多招，將酒喝完？

李乘風點了點頭，問道：「這位小兄弟如何稱呼？」凌昊天道：「我姓凌，排行第三，人家叫我小三兒。」

李乘風呵呵一笑，說道：「我早該想到你是醫俠的兒子，你長得和你爹一個樣子。」

凌昊天一笑，說道：「兩位都是我爹爹的朋友，今日卻大打出手，依小子淺見，這根本是場誤會。兩位既已罷手，不如聽小三一言。」李乘風雙眉揚起，說道：「你倒說說看，此事有何誤會？」

凌昊天道：「丐幫和武當來此評理問罪，王道長和木瓜長老的遺體想必已帶上山來了。李道長，我想看一下王道長的遺體後，再作分說。」

李乘風此時對他已有幾分心服，便揮手道：「抬了上來！」幾個弟子便將王御風的棺木抬了上來。凌昊天又道：「木瓜長老的遺體我曾見過，爲取信於兩位，也請吳老幫主抬上來。」吳三石便要丐幫弟子將木瓜長老的棺木抬到場中。

凌昊天低頭觀看王御風的屍體，仔細檢查他身上傷口，看了一陣，抬頭說道：「李道長，王道長並非死於丐幫之手，而是有人故意栽贓。」

李乘風道：「何以得知？」凌昊天道：「你瞧王道長身上的傷痕，雖有許多棍傷，但眞正的致命傷卻是背後這一掌。這掌掌力陽剛凝聚，一掌震斷心脈，王道長定是當場斃命，他身上這些棍傷都是他死後才打的。你看他腿上這一棍，雖打斷了骨頭卻未瘀血，顯然是在王道長斷氣一陣後才打的。王道長若已死去，爲何還要加上這些棍傷？對頭自然是想造成假象，讓武當以爲王道長是死於丐幫的棍陣了。」

李乘風聽他說得有理，不禁點了點頭。凌昊天又道：「其實在我見到王道長的屍體之前，便猜想此事有詐。憑王道長的武功，丐幫的打狗陣並不能致他於死地，唯有蓮花大陣可能將他困住。這蓮花大陣需有三十六人才能成陣，而貴派弟子在武當山腳遇上的丐幫弟子只有二十人不到，並不能結成蓮花大陣。再說，如果丐幫眞要對付王道長，也定會派出兩個以上的高手圍攻，而當時丐幫其他長老都在洛陽聚會，在場的只有木瓜長老一位。木瓜長老的武功最多和王道長在伯仲之間，決不能這般一掌從背後將王道掌震死。殺死王道長的人武功顯然比他高上許多。」

李乘風漸漸相信，說道：「那你瞧他是誰殺的？」凌昊天道：「這人多半和王道長沒有什麼仇恨，只是想嫁禍於丐幫，很可能是丐幫的仇人。」

吳三石開口問道：「那麼木瓜又是死在誰的手上？」

凌昊天來到木瓜老頭的屍身旁，說道：「木瓜長老身上這許多劍傷也是假造的，致命傷是在胸口那一劍。瞧這傷口，應當是被武當佩劍所傷，能正面刺傷木瓜長老的，多半便是王道長了。二人決鬥，一方受傷落敗，這也是尋常事。不尋常的是木瓜長老身上還多了七八個不必要的劍傷，你瞧這幾劍切口的方向，都是木瓜長老躺在地上後才刺的，他若站著，劍決不會從這方位刺入。這人毀屍的目的，也是想造成假象，讓丐幫以為木瓜長老是受圍攻而死。」

吳三石和丐幫眾長老凝望著木瓜長老的屍體，都沉吟不語。

凌昊天又道：「依我推想，事情經過應是如此。王道長和木瓜老頭相約決鬥，木瓜長老胸口中劍落敗，王道長並無心取他性命，反而去替他包紮。你們看他傷口邊上曾有包紮和止血的痕跡，可見他當時並未立即斃命。很可能便在此時，王道長背後受到偷襲，中掌而死，木瓜長老也被來人刺死。兇手多半原本便知道王道長和木瓜長老之約，埋伏在旁窺伺，趁機出手殺人，毀屍嫁禍，想讓丐幫和武當生起誤會，互相仇視，拚個你死我活。兩位剛才一架打下來，若是其中一個死了傷了，這冤仇就結得更大啦。丐幫和武當此後你殺我，我殺你，腥風血雨，再也沒完沒了。」

李乘風和吳三石心中都是一凜，互相望望，又各自查看兩個屍體，過了一陣，李乘風才緩緩點頭，說道：「若非凌小俠代爲剖白，指出疑點，我等都教賊人欺耍了，還被蒙在鼓裡。」吳三石也道：「正是。木瓜之死，終歸怪不到武當頭上。即使他確是死於王道長劍下，也是公平決鬥結果，我幫無話可說。但是蓄意毀屍栽贓的賊人，我丐幫絕不會放過了他！」李乘風道：「我這就回山詳查，當時有什麼可疑人物在我武當山附近。吳老幫主，事情若有任何線索，我定當立時告知。」吳三石點了點頭，說道：「如此多謝了。」

忽聽竹林邊上傳來一聲佛號，一個中年僧人快步奔入竹林，身形高大，方臉黑鬚，神態惶急，遠遠便連聲叫道：「李道長、吳幫主，有話好說，切莫動手！」

他奔入竹林寺內，但見雙方各自站開，並未大動干戈，噓了一口長氣。通寶跑到僧人身邊，將凌昊天出面調解的前後說了。中年僧人不斷點頭，聽完之後，呵呵笑道：「原來李道長和吳老幫主之間的誤會業已解開了，好極、好極！貧僧聽聞兩位生隙，好生擔憂，忙從山下趕回，生怕遲了一步。多虧凌三公子觀察細微，推想合情入理，發人所未見，眞不愧是醫俠之子，貧僧衷心佩服。我少林忝爲主人，還須多謝凌三公子代爲出面調解，貧僧感激不盡。」說著上前向凌昊天一個問訊。

凌昊天見這僧人面貌忠厚，神態誠懇，還禮道：「不敢當。請問大師法號？」那僧人拍拍頭道：「啊，我竟忘了報名。貧僧清召。」凌昊天笑道：「原來你便是清召大師。」清召笑道：「大師二字是不敢當的。」轉向吳三石和李乘風道：「吳老幫主、李道長，兩位別來無恙？」

吳三石和李乘風識得他便是威名素著的少林降龍堂主，上前和他行禮相見。清召也向兩人問訊，說道：「吳老幫主、李道長，此刻方丈大師不在，我少林未能秉公調解貴幫派間的誤會，貧僧眞是萬分歉疚慚愧。看來此事背後另有主謀，此人蓄意挑起貴幫派間的爭端，其心可誅。我少林定當盡力協助找出此人，以還武林公道。」

武當和丐幫眾人聽清召說話平正公允，甚有擔當，心中都想：「這才是少林風範。」

清召當下請李乘風和吳三石入竹林院內奉茶詳談，討論如何著手探查此事，各方有何線索可循。少林派承諾將盡力協助找出眞凶，將奸人繩之以法。清召又勉勵武當丐幫與正派武林互通聲氣、互相協助，勿忘六十四派聯盟時立下的誓言，以維護武林正義爲首要之務。他並非伶牙俐齒之人，但每句話說出來卻都十分清楚鄭重，極有誠意，吳三石和李乘風心中都想：「降龍堂主在少林寺中地位僅次於方丈清聖，果然甚有才幹，修養風度也如一代高僧。」

凌昊天並未跟入竹林院，卻叫了通寶帶他到寺後去遊山玩水。通寶帶他來到少林寺後的頓悟崖上，兩人在崖邊的巨石上坐下，眺望對山。凌昊天見對面望去便是太室山麓，山勢崎嶇，古松聳立；雲霧繚繞之中，一道白練般的瀑布順著山壁直瀉而下，煞是奇景。往崖下望去，則見腳下千丘萬壑層疊起伏，雄麗奇奧，望去令人心胸大暢。

通寶對凌昊天萬分欽佩，繞著他前後觀看、上下打量，笑道：「凌施主，你年紀比我沒大上幾歲，武功卻這麼好！你是跟誰學的？」

凌昊天笑道：「我的武功是跟我爹媽學的。我武功也不算很好，只因我小時候調皮不肯用功，到今日才知後悔啦。」通寶道：「是麼？那你當年若用多一點功，豈不是更加厲害了？」凌昊天一笑，說道：「少林寺中臥虎藏龍，你若認眞學著，將來必是一代高手。」

通寶側過頭，似乎在凝思凌昊天說的話。凌昊天忽然伸手在他頭上打了個爆栗，通寶嚇了一跳，跳將起來。凌昊天笑道：「發什麼呆？你看這兒的山水多美，你住在山上，該要好好欣賞才是。」

通寶笑道：「山就是山，水就是水，有什麼稀奇？看久了來，也習慣啦。凌施主，你住在大城市裡，很少看見山麼？」凌昊天搖頭道：「不，我是在山裡長大的。」

通寶睜大眼道：「是麼？你不覺得山上很無趣麼？」凌昊天道：「山上有趣得很，怎會無趣？我們虎山沒有少室山這麼多景觀可瞧，但深山裡有猿猴老虎，還有山貓山豹等很多野獸，我小時候常和牠們玩在一塊兒。虎山裡還有古木參天的密林，碧綠清澈的小湖。每到秋天，山上的楓葉都會轉成紅色，你跑到山巔上往下看去，一整片都是紅色黃色的樹海，在陽光下映出一個個光圈兒，像是眞能跳下葉海裡痛痛快快地洗個澡似的。」他想起虎山上的景物，不禁滿心懷念，又說起童年時在山上調皮胡鬧的種種往事。通寶聽得極有興味，不停追問。

將近傍晚，凌昊天和通寶才回到竹林院。竹林院的管事僧過來道：「凌三公子回來啦。堂主不斷詢問凌三公子去了哪裡，正等您回來呢。」

凌昊天問起武當和丐幫眾人，管事僧道：「武當派的道爺已下山去了，丐幫眾位去了寺旁客房休息。通寶，你快帶凌施主去後院，堂主等著他一起吃晚飯呢。」

通寶便領凌昊天來到後院，果見清召獨自坐在臨院的禪室裡等候。通寶跑上前道：「師叔祖，您終於忙完啦。這位凌施主是專程上山來看您的，他還挑了一擔禮物給您呢。」湊近清召的耳朵，悄聲道：「是酒哩。」

清召一笑，說道：「通寶，煩勞你去跟廚房說，將晚飯開來此地。」又吩咐道：「多拿兩只碗來，一把大茶壺。要空的。」通寶笑著跑去了。

凌昊天上前向清召行禮，說道：「晚輩聽聞大師素來愛酒，特地挑了八罈五糧液上山，想跟大師交個朋友。可惜剛才打碎了五罈，我自己喝了一罈，只剩兩罈可以給大師品嘗了。」

清召笑道：「凌施主知我甚深，這樣的朋友我怎能不交？」當下與凌昊天共進晚餐，舉碗對飲，品評酒類，談古論今，好不暢快。凌昊天見清召平實中帶著幾分豪邁，雖是少林高僧，喝起酒來卻爽快得很，酒量驚人。一老一少惺惺相惜，都覺能結交爲友乃是世間一大快事。二人直喝到三更，才各醺醺入睡。通寶取出鋪墊棉被，讓二人在禪室裡睡了。

第五十三章　打狗棒法

次日早晨，凌昊天被通寶叫了起來，他道：「凌施主，太陽都曬到屁股啦，快起床吧，有人找你呢。」

凌昊天揉揉眼睛，坐起身來，見清召早已起身出房去了。他伸個懶腰，洗了臉，出得門去，卻見一個小乞丐等在門口，說道：「凌三公子，老幫主想請您過去一談。」

凌昊天點了點頭，便跟著小丐來到寺門口，吳三石已等在當地，見他過來，招手說道：「小三兒，你陪我上山走走可好？」凌昊天點頭說好，便跟著吳三石向寺後走去，來到昨日去過的頓悟崖上。

吳三石仰望天際浮雲，沉思一陣，才道：「小三兒，你昨日見我使打狗棒法，覺得這棒法如何？」凌昊天道：「高明如神，妙不可言。」

吳三石回過頭來望向他，說道：「我想將這打狗棒法傳了給你。」凌昊天一呆，搖頭道：「我聽聞這棒法向來只傳給幫主繼承人，我擔當不起，你也別傳給我。」吳三石道：「我傳你棒法，並不是想立你爲丐幫繼承人，而是想託你一件事。」

凌昊天聽他語氣鄭重，便問道：「什麼事？」

吳三石道：「我昨日見你出面調解武當和我幫之間的誤會，深深佩服你年紀雖輕，武功見識已遠勝許多武林前輩。我在江湖上混了這許多年，如你這般頭腦清醒、有膽有識的人物，我只見過一位，那便是你的母親。我想託你的這事關乎我幫興衰，我實在找不出更好的人選助我，因此想請小兄弟勉爲其難，應允相助，老夫終身感激不盡。」

凌昊天搖頭道：「你愈說我愈糊塗啦。你和我爹媽是老相識了，我和貴幫幾位長老也頗有交情，丐幫有何需要幫忙之處，我自當盡力相助。卻有什麼事是非得要我學會了打狗棒法才能作的？」

吳三石神色嚴肅，說道：「我想請你作的事，正是與我幫繼承權有關，因此你必得會使打狗棒法。我丐幫素來有六位長老，分為山東和山西兩派。你此時定已知曉，犬馬和明眼三個是山東派的，賴孤九、木瓜老頭和王彌陀是山西派的。這五人都有資格繼任幫主，我此刻已將棒法傳給了其中一位，為免引起爭議，尚未宣告全幫。我這幾年最擔心的事，就是我一命嗚呼以後，幫內會因立幫主之事而發生爭執，終告分裂。我今日傳你打狗棒法，便是希望在我選定的幫主繼位之時，若另一派不服，或幫中有人不服，你能助他一臂之力，從中調解。新任幫主繼位之後，若出手殘害其他長老，多行不義，你可替我收拾了他，另立幫主。小三兒，你年紀雖輕，但聰明正直，世上只怕再找不出更能勝任的人選。我知道你不是會貪圖幫主之位的人，因此才起念將這件大事託付給你。」

凌昊天沒想到吳三石想託付的事情竟如此重大，他望向吳三石衰老的臉龐，見到他眼中殷切的期盼之色，心中忽然生起一股悲哀淒涼之感，知道眼前這老人在世的時日已不多了，或許再三兩個月，或許再一年半載，他便將永歸黃土，自己若不能應允他的請託，他必要遺憾以終。凌昊天轉過頭去，放眼望向遠處的青山綠水，昨日自己稱賞讚歎的山水明媚依舊，看上去卻似乎不大一樣了。他靜了一陣，才開口問道：「你將打狗棒傳了給誰？」

吳三石反問道：「你以為呢？」

凌昊天道：「定是賴孤九。」吳三石笑了，說道：「不錯。你怎知道？」凌昊天道：「五位長老中，這人最有才幹，你對他也最信任。」吳三石點了點頭，說道：「你答應助我此事麼？」

凌昊天沉思一陣，才吸了口長氣，說道：「我答應你。我會盡力維護丐幫團結，但我會照自己的意思去作。」

吳三石凝望著他，點頭道：「好！小三兒，我相信你。」從腰間抽出一枝黃斑竹棒，交給凌昊天，說道：「這是丐幫信物殺賊棒。除打狗棒外，以此棒爲尊。」凌昊天恭敬接過，那竹棒不過數兩輕重，他拿在手中卻覺得分外沉重。

吳三石當下念出打狗棒的祕訣，讓凌昊天默記，之後又演練招式。凌昊天看了一遍後便已學會了七八分，吳三石再詳細講解其中精奧處。學畢，凌昊天在他面前演練了三遍，吳三石微笑道：「你跟你娘一般聰明。我這幾十年來，再未遇見天資這般聰穎的人物。」歎了口氣，又道：「我丐幫若有福氣得到這樣的人才，那才是大幸了。小三兒，你可願加入我丐幫麼？」

凌昊天笑道：「你先教我打狗棒法，再問我入不入幫，倒是大方得很。吳幫主，小三兒我行我素，無心加入什麼幫派，只有拂逆你的好意了。」

吳三石一笑，說道：「你既不願，我也不能勉強。我只想讓你知道，你隨時想入我丐幫，我們自是全心歡迎。」頓了頓，又問道：「我聽說你二哥將要娶龍幫雲幫主的獨生女兒爲妻，轉眼便是龍幫的繼承人。可是如此麼？」

凌昊天點頭道：「是的。」吳三石問道：「你大哥呢？」凌昊天道：「我大哥這陣子都留在虎山家裡。」

吳三石點了點頭，說道：「我沒見過你兩個哥哥，但聽說都是難得的人才。」凌昊天臉上露出微笑，說道：「我哥哥們的武功才智，樣樣比我高得多了。大哥豪爽任俠，我一向最敬愛他。二哥沉穩多智，有領袖之風，令人尊重信服。吳幫主，你不巧遇上了我，你若將事情託付給我哥哥，才能放一百個心。託付給我麼，你至多放七八十個心。」

吳三石一笑，說道：「小三兒，為人切不可妄自菲薄。你比你兩個哥哥都強。你大哥行俠仗義，是為了家譽；你二哥行俠仗義，是為了名聲。你作的事情卻是發自內心，自然而行，不為什麼，這是他們比不上的。」

不知為何，凌昊天腦中忽然浮起了寶安的面容，他心口一陣酸痛，忙轉過了頭去。吳三石拍了拍他的肩膀，拉著他手，向山下行去。

卻說當日吳三石便拜別少林，率眾下山而去。凌昊天和清召站在山門口目送丐幫眾人離去，感到心頭鬱鬱，覺得在寺院中待不下去，當日下午便也向清召告辭。清召道：「再兩個月便是正派大會，老哥哥忙得焦頭爛額，恕眼下不能多陪你了。到時山上熱鬧得緊，你若想來看看，我們自是再歡迎不過。」

凌昊天道：「我也不知自己兩個月後會身在何處。不如等大會過後，你清閒下來，我再來找你喝酒吧。」清召點頭稱好，凌昊天便向他告別，下山而去。

還未到山腳，便見迎面走來兩個青年，面貌英俊出奇，身穿青布長衫。兩人見到凌昊天，一起叫了起來：「小三兒，你怎麼在這兒？」凌昊天一呆，仔細看去，笑道：「原來是江家兩位哥哥，我看慣你們穿粗布衣衫，穿起這身華山道服，倒像哪家富貴人家少爺，人模人樣的，我竟認不出了。」

那二人果然便是江晉和江明夷兄弟。江明夷笑斥：「小子嘴巴不學好。我們看慣了你作小猴子小乞丐打扮，怎麼卻認得出你？」

三人相見之下，好生歡喜，便在山邊的茶棚坐下敘舊。凌昊天問起二人怎會離開泰山來此，江晉道：「還不是爲了正派大會？師父說這是七年一度的大事，我們華山派不能在天下英雄前失了面子，讓我們去問掌門人需要幫忙不要。掌門人便派我們先上嵩山跟少林寺通個消息，盡點禮數，我們便來了。」

凌昊天笑道：「恭喜恭喜！兩位劍術定然已有大成，常老爺爺才放你們下山來。我上次見到一個自稱大劍客的傢伙，叫作程無垠的，我說你們劍術比他高，可沒說錯。」

江晉搖頭道：「我聽說過這人。程無垠號稱『斷魂劍』，聽說劍術著實高明。我二人聯手應可勝他，單打獨鬥麼，就難講了。」凌昊天眨眼笑道：「多年不見，你們倆竟然學會了『謙虛』二字，常老爺爺可當眞花了不少心血啊。」

江明夷笑罵道：「多年不見，你卻還是老樣子，就會跟我們貧嘴貧舌！怎不向你大哥多學著點？」江晉道：「說起你大哥，我們最近倒是見到了你的準大嫂。她比丫頭時好看多了，難怪凌大哥會對她如此鍾情。」江明夷道：「可不是？她長高了許多，身材苗條下來，確實俏麗得很。」

凌昊天心中一震，脫口問道：「你們……你們怎會見到寶安？」

江氏兄弟便說起鄭寶安帶趙觀和李畫眉上泰山求醫的前後，又說起趙觀便是青幫江賀等情。江明夷道：「寶安正準備作新娘子，害羞得緊，明明心中很歡喜，卻不敢露出很歡喜的樣子。」

江晉歎道：「能嫁給凌大哥那樣的人，誰會不歡喜？」江明夷道：「凌二哥也快要娶雲家的姑娘了，我聽說兩件喜事本要一起辦的，但雲家比較心急，已經訂下了日期，你大哥的婚期倒還沒定。」江晉道：「小三兒，你們家雙喜臨門，可是大事啊。你怎麼還不快回家幫忙？」

凌昊天嗯了一聲，腦中已是一片混亂。他心底不知有多麼想回去再見寶安一面，像以往那般陪她說話，逗她開心。她此時一定很興奮很緊張，一定有很多話要對他說，但他怎有勇氣回去？見到她以後，他又怎捨得離開？

江氏兄弟並未注意他神情有異，又談笑了一陣，見天色已晚，說得在傍晚前抵達少林寺，才告辭離去。凌昊天恍惚下山，腦中怎也甩不去寶安的音容笑貌，胸中抑鬱難受，再也忍耐不住，跑到山間無人處大哭了一場。

哭過以後，心中略覺舒暢，便在荒野中睡了一夜。次日醒來時，感到頭暈目眩，身子沉重，知道自己昨夜露天而眠，未曾以內力抵禦，竟爾受了風寒。他甚是懊惱，心想：「我練了這麼多年武功，竟會受這點風寒所侵，眞是無用。」

他盤膝運了一陣無無神功，覺得好些了，才慢慢走下嵩山，來到山腳的市鎮。他想去買些風寒藥吃，來到一家藥舖前，才發現身上的銀子都拿去買了那八罈美酒，剩下只不到幾文。那伙計看他衣衫襤褸、風塵僕僕的模樣，又看他掏不出錢來，白眼一翻，將他轟了出去。

凌昊天無可奈何，信步走進巷內一間小酒舖子，叫了一壺薄酒。他獨飲一陣，感到頭上發熱，背上發涼，病況顯然更加重了。他伏在桌上，只想就此大睡一覺，迷迷糊糊中聽得隔壁傳來許多人的說話聲，原來酒舖後別有隔間，一群人似乎在內聚會。他聽得一人道：「近日在黑道之上，誰不聞百花而變色？她們行蹤隱祕，下手狠毒，不是容易對付的。」另一人道：「不過是些娘們，怕什麼？上面既已下令對付百花門，咱們總要讓那些賤人嘗嘗我修羅會的手段！」

凌昊天聽他們說起百花門，想起百花門主正是童年舊識趙觀，登時提起精神，側頭從板縫間張望去，但見隔間坐了一夥二十多人，都穿黑色氅篷，正是修羅會中人。又聽先前那人道：「幸而大哥已探出她們在此地的巢穴，就在下條巷子裡的聞香閣。我們得到密報，說上官千卉去了關中，不在此地，張老大已派人去追了。聞香閣中應沒有什麼高手，待會我們四面圍住了，一起闖入，看到女的就殺，下手切不可心軟。都聽清楚了麼？」眾人齊聲答應。

凌昊天聽到此處，熱血上湧，一拍桌子，大聲道：「誰敢找百花門的麻煩，我踢爛他的屁股！」

砰的一聲，板門打開，一個黃眼老者衝了出來，大聲道：「剛才是誰在放屁？」酒舖中坐的都是些潑皮粗漢，聽他吼叫，都靜了下來，互相張望。過了一陣，那老者又喝道：「有膽說話，沒膽承認麼？」凌昊天笑道：「好臭、好臭！」眾酒客鬨然大笑，門內修羅會眾一擁而出，圍在凌昊天身旁，向他怒目瞪視。當先那老者走上前來，喝道：「小子，你和百花門是何關係？」

凌昊天道：「我和百花門是何關係，干你何事？老子就是看你修羅會不順眼。有種的來跟你爺爺打架，誰敢去動百花門，我一把扭斷他的脖子！」

那老者聽他說得狂妄，但看他年輕落拓，不信他眞有什麼驚人藝業，問道：「你是何人？」凌昊天道：「我就是鼎鼎大名的小三兒，你沒聽說過麼？」

修羅會眾人哪裡聽過他的名頭，那老者怒喝：「小子大膽，竟敢出言戲弄你爺爺！」五指成爪，向凌昊天肩頭抓去。凌昊天側身避開，這爪便抓上了桌子，啪擦一聲截下一塊桌角。凌昊天笑道：「好硬的爪子！便烏鴉爪也沒有這麼硬的。」

那老者練的正是鷹爪功，聽他喚自己的絕技爲烏鴉爪，心下大怒，又伸手向他抓來。凌昊天想站起身躲避，卻覺頭重腳輕，全身痠疼，勉力向旁讓開幾寸，卻沒能避開那老者的一抓，肩頭登時鮮血淋漓。那老者冷笑道：「嘴巴硬，手上軟！」凌昊天笑道：「你是烏爪硬，別處軟。」老者暴喝一聲，雙手成爪，向他抓去。

凌昊天提了口氣，向後躍出，抓起一張凳子，便和修羅會眾廝打起來。修羅會眾總有二十來人，那老者的鷹爪功也非泛泛，若在平時，凌昊天自是不懼他們，但他此時病得甚重，功力大退，只能仗著一身狠勁和眾敵周旋。總算他武功根底極好，雖在病中，仍能使動無無神功內勁，一場混戰之下，他打倒了八人，踢飛了七個，自己身上卻也又受了三處爪傷刀傷。

那老者見他身手說厲害也不厲害，說平凡也不平凡，心中又怒又急，加緊攻勢，招招凌厲，往凌昊天身上抓去。凌昊天漸感招架不住，啪的一聲，老者將他手中凳子抓裂，猛然向他臉上抓去。凌昊天手中只剩一根凳腳，危急間持凳腳用力點出，正中那老者肩井穴，竟是打狗棒法中的招術。那老者大驚失色，退出一步，隨即又揮爪攻來。

凌昊天心中暗罵：「我眞是病得糊塗了，連剛學的打狗棒都忘了。」當下又使出「屠狗眞英雄」、「棒打癩皮狗」兩招，一招刺向老者後頸穴道，一招打向老者的臀部，兩招都是從全然意料不到的方位打去。那老者哪裡躲得開，後頸穴道被點，又被一棍打得飛出門去。他嚇得魂飛天外，不知對手竟用了什麼手法點中自己的穴道，半身痠痲，忙掙扎著爬起身。凌昊天更不停手，凳腳揮處，將剩下七八個修羅會眾也打出了門外。眾人見他棍法詭異莫測，哪裡還敢回進酒店來，扶起那黃眼老者匆匆奔去了。

凌昊天眼望眾人落荒而逃，哈哈大笑，搖搖擺擺地走回座旁，斟滿一碗薄酒，對空舉碗，喃喃道：「趙觀老兄，小三敬你一碗！」酒舖中其他酒客見他身上傷痕累累，神態若狂，都側目而視。

凌昊天仰頭喝乾了酒，只覺頭痛欲裂，全身上下無處不痛，幾個傷口更是有如火燒，他俯身趴在桌上，喃喃道：「趙觀，聽說你去了關中，也不知是不是？不管你現在何處，想來境況總比我好些。來，我再敬你一碗！」手一側，一碗酒都灑在了地上。

卻不知趙觀此時人確是在關中，境況卻只有比他更糟。他身受重傷，倒在一間黑暗的囚室中，餓痛交集，連呻吟的力氣都沒有了。

第五十四章　幫主之諾

卻說趙觀在泰山告別常清風、江氏兄弟和鄭寶安後，便匆匆趕回武漢總壇。到了總壇後，得知一場叛亂已然平息，李四標已率眾回返杭州，田忠也回轉山東，便逕去參見趙幫主。總壇那管事並不識他，待聽他自稱江賀，登時睜大了眼，一躬到地，連聲說道：「原來是江壇主！小人有眼無珠，竟當面不識，眞正失敬！小人這就去通報幫主，他老人家已經等候您多時了。」說著匆匆奔入。

不多時便有數十名幫眾群聚而來，人人搶著和他攀談廝見，稱讚恭維之聲不絕於口，當他是個大英雄一般。趙觀從未受過這般尊重禮遇，不由得有些窘，心想：「我不過替他們在打退叛賊上出了點力，何須這般大驚小怪？」卻不知青幫中人最重英雄，他那日獨闖敵營，計擒牛十七，並在武丈原上和林伯超鬥刀，膽識武功過人，替青幫平息了一場內亂，幫中兄弟自都對他萬分推崇，極爲敬佩。

不多時，趙幫主親自出迎，緊緊握住他的手，說道：「江兄弟，武丈原一役全靠了你，才得降服叛亂，老夫衷心感激！激戰後不見了你的人，老夫心下好生擔憂，生怕你和李姑娘失手於混亂之中，立即通令全幫全力尋找二位。這會見到你平安無事，老夫當眞好生欣慰。李姑娘可好麼？」

趙觀道：「李姑娘此刻已平安無恙。」便說起逃脫追兵、遇上林小超、李畫眉被少林僧人打傷、自己送她上泰山治傷等情。趙幫主忙讓人傳話給李四爺，告知愛女無恙，可速去泰山相接；又派人上少林寺，向少林方丈清聖禪師質問少林弟子失手打傷李畫眉之責。

當夜趙幫主設下大宴，推趙觀坐了上座，著實熱鬧了一番。飯後他請趙觀入內廳小酌，遣開了身邊的兩個姨娘。趙觀見他神色凝重，似乎有要緊話要說，便問道：「林伯超叛亂已平，不知幫主還有甚麼憂心之事？」

趙幫主呵呵一笑，說道：「我只憂心一件事。你替本幫立功太大，我真不知該如何獎賞你才是。」趙觀笑道：「這個容易。我也不要甚麼獎賞，只要回南昌去帶領我辛武壇兄弟，便心滿意足了。」

趙幫主搖頭道：「那怎麼成？江兄弟，我心中已有打算。林伯超叛亂伏誅，乙武此刻人心浮動，局勢不定，我想讓江兄弟兼任乙武壇壇主，替我穩定人心。」

趙觀一呆，搖頭道：「這個晚輩當不得。」趙幫主道：「你不須跟我客氣推辭。」趙觀只是不肯。

趙幫主望著他，問道：「小兄弟，莫非你心中有所顧忌？跟我直說不妨。」趙觀道：「晚輩在青幫任職，已是太過招搖。若再作乙武壇主，人人見我年輕識淺，絕不稱職，晚輩於心不安。」

趙幫主向他凝視一陣，緩緩說道：「江兄弟，四爺跟我說過，你入幫時曾要求幫內不要過問你的背景底細。老夫猜想你多半身負血海深仇，才如此隱姓埋名。你不願太過招搖，我也不便勉強。我並非對你起疑，也不想探問別人的隱私。但用人之際，老夫不能不留心。江兄弟，老夫前幾日見到了一個人，這人叫作張靖，是本幫屬下長靖幫的幫主。他提起好幾年前曾見過你。」

趙觀心中一震，緩緩放下茶碗，心中霎時轉過許多念頭：「我竟忘了張靖這人，眞是該死。如今幫主知道我出身蘇州情風館，是雲幫主的兒子，對我必已起疑。好在張靖並不知道我是百花門人，他們便知道了我和龍幫的關係，也不至於危害到門中眾姊妹。我卻該如何應對？」

卻聽趙幫主續道：「我聽說令堂死於火災，情況很有些可疑。江兄弟，你若是爲了報母仇而隱藏身分，我青幫一定傾全力助你報仇，義不容辭。至於你不願告知的往事，我的意思和四爺一樣，絕不過問。」

趙觀聞言，沉吟半晌。這些時日來他潛心思索，自情風館出事後，多年來敵人再未顯露任何形蹤，他逐漸感到自己在杭州隱姓埋名，如此空等下去，也不會等出個結果。他此時武功已成，百花門羽翼已豐，實力遠勝當年；如今之計，必得慢慢洩漏身分，引誘敵人找上門來。敵人一旦出手，他便有機會探明敵蹤並下手報仇。此時趙幫主既開口承諾相助，他心想：「幫主意思甚誠，我不如就此將話說清楚了，請他助我報仇。」當下說道：「幫主既已知曉兄弟的來歷，兄弟也不再隱瞞。我姓趙名觀，出身蘇州情風館。我母親確是爲仇家所殺，我至今不知仇家是誰，只猜想是火教餘孽。」當下說出情風館遭難的前後，他不願透露百花門的隱祕，只說自己在杭州定居乃是靠了母親留下的一大筆遺產云云。

趙幫主凝神靜聽，待他說完，問道：「你在武丈原使出的，可是披風快刀麼？」趙觀道：「正是。張靖定已和幫主說起，浪子成達大叔曾與我相處數月，這套刀法便是他老人家那時傳授給我的。」

趙幫主點頭道：「果然是成大少爺所傳。張靖說他曾送你和成大少爺一道上龍宮，你確是雲幫主的公子麼？卻爲何離開龍宮，反來加入青幫？」

趙觀歎了口氣，說道：「幫主，這事說來可笑，但我確然不知自己的生父是誰。」

趙幫主聽了一怔，隨即心想：「他的母親昔年是蘇州名妓，想來雲幫主曾和她有過一段。成少爺對他如此眷顧，多半也是看在和他母親的交情上。」不由得有些不好意思，說道：「江兄弟，我問得失禮了，請勿見怪。所謂英雄不怕出身低，江兄弟今日在江湖上揚眉吐氣，實不用在意出身這等小事。」

趙觀不禁苦笑，他知道母親乃是青樓中的奇女子，從未以母親是妓女爲恥，但聽趙幫主出言相慰，心下也不由得感慨；自己從一個妓院小廝成爲百花門主，繼而成爲青幫中的重要人物，全靠了母親自幼的嚴厲訓練和成達傳授的披風刀法。在他心中，誰是他的生身父親都已不重要，他早已將成達當成了自己的父親。

趙幫主又道：「火教餘孽之事我略有聽聞，卻不知有幾分可信。我將傳令各壇，若有任何關於火教的蛛絲馬跡，便立時通知你。你出手報仇時，幫中所有人力物力，全數供你驅使。」

趙觀站起身，向趙幫主長拜，說道：「幫主義氣深重，承諾相助兄弟爲母報仇。兄弟永感大德，不敢或忘！」

趙幫主連忙扶他起來，說道：「不用謝我。你既是我幫中兄弟，你的事便是大家的事。江兄弟，你的身世老夫只會告知李四爺，對餘人定當極力隱瞞，絕不外洩。我已嚴令張靖不可向任何人提起見過你之事。在報仇成功之前，你可繼續化名江賀，在幫中任職，一切如前。」他頓了頓，又道：「你既不願接掌乙武壇，老夫想請你接收林小超的庚武壇。庚武在岳陽，辛武在南昌，相距不遠，正是總壇的東西護衛，地位重要，實須大才之人方能兼任。」

趙觀見推辭不得，便應允拜謝了。趙幫主當即傳令命江賀接掌庚武壇，即日赴岳陽上任。

第五十五章　如真若夢

趙觀拜別趙幫主，出了青幫大門，牽馬逕往城門行去。他回頭望向青幫總壇的高牆飛簷，一時有如身在夢中。他在短短一年之間，從一個名不經傳的杭州紈褲子弟躍升爲江湖第一大幫青幫的兩壇壇主，在幫派中竄升之快，可說是絕無僅有。他心中倒並不覺得甚麼，只想：「如今我算是報答了李四爺的一番賞識，只是李大小姐的一番情意，可眞不知該如何回報啦。所幸她的命是保住了，哼，林小超那奸詐小子，我總有一天要找他算帳！」想起林小超，又不禁想起那端麗絕俗、高傲倔強的蘇州歌妓來：「不知方姑娘如何了？待我替娘報了仇後，定要回蘇州去尋她。」

便在此時，忽聽一聲歡呼，一個少女衝上前來，喜叫：「少爺，我可找到你啦。」卻是丁香。原來丁香和辛武壇兄弟數月來都在總壇附近尋找趙觀，聽總壇傳話說他無恙歸來，歡喜之極，連忙趕來總壇相見。趙觀見她容色憔悴，眼眶中蓄滿了淚水，想是這些日子爲自己擔足了心，心下感動，握住了她的手，說道：「我好端端的沒事，可讓妳擔心啦。」

丁香忍不住流下眼淚，哽聲道：「你沒事就好了。」忽然破涕一笑，說道：「少爺一去這麼久都沒有音訊，我猜想你定是拐了李大小姐私奔去啦。」

趙觀伸手摟住她，吻上她的眉心，笑道：「不錯，我正是私奔去了。後來李大小姐不要我了，我只好回來找我的親親丁香。」丁香滿臉通紅，啐道：「李大小姐不要你，我也不要你！」

趙觀帶了丁香和辛武壇手下南下岳陽，接收整頓林小超的舊部。一個月後，接收庚武的事宜盡皆就緒。這日百花門傳來密訊，說有人在武當山上見到兩個使彎刀的人。趙觀心中一動，暗想：「武林中使彎刀的人不多，莫非便是那年攻入幽微谷的人？」

他心想線索難得，決意親自去武當一探。他交代了辛武、庚武中事，便帶著丁香向湖北趕去。到了武當山腳，才知武當傾巢而出，上少林和丐幫對質去了。他在武當山附近搜尋數日，毫無所獲，不由得甚是懊惱。正打算回轉杭州時，百花門人又傳來消息，說見到幾個使彎刀的人數日前曾在湖北一間道觀出現，之後匆匆上路，似乎往陝西去了。趙觀便與丁香向北追去，行出數日，越過秦嶺，進入陝西境內，二人在一個市鎮歇腳。

次日清晨，趙觀與丁香出門吃早點，見街上有許多紅衣喇嘛來往，心中奇怪，便問小二道：「這附近有喇嘛廟麼？怎地這麼多喇嘛在街上逛？」

那小二悄聲道：「這些喇嘛爺是京城來的，凶悍得緊。前日他們在鳳陽酒樓醉酒大鬧，砸壞了好些桌椅杯盤。」趙觀奇道：「喇嘛老遠從北京來陝西喝酒，作什麼了？」小二更加壓低了聲音，說道：「這位爺快別多問啦。我聽說他們是來追捕朝廷要犯的，也不知道是不是？還有人說他們是東廠的手下。哎，這可不是我說的，若有人問起，客官可千萬別說是我說的啊。」便匆匆走開了。

趙觀哼了一聲。須知當年明成祖多疑忌刻，為監視控制朝野臣民，於永樂年間設立了東廠。其後東廠為朝中奸臣宦官所掌握，成為羅織罪名、對付異己的利器，惡名昭彰。憲宗成化年間又增設了西廠，兩廠更是變本加厲，摧殘朝中正直之士，魚肉平民百姓。趙觀聽說這些喇嘛是東廠的走狗，心中憎惡，暗想：「不知這些爪牙來抓什麼人？既被我遇上了，可不能坐視。」

早飯之後，眾喇嘛吃飽喝足，聚集在客店門口，總有一百多人，準備上路。趙觀瞥見街角站了兩個黑衣漢子，帽簷低垂，看不清面目。兩人向喇嘛觀望了一陣，便快步走開，行動甚是敏捷，趙觀暗暗留上了心。不多久眾喇嘛便分批上路，十人一組，騎馬往西馳去。趙觀和丁香結了帳，騎馬在後跟上。

出城不久，便聽身後蹄聲響動，趙觀回頭看去，但見兩騎急速奔來，馬上乘客全身黑衣，臉上蒙了黑布，似乎便是在城中見過的兩個黑衣人。兩人的坐騎都是通體漆黑，極爲神駿，八蹄翻飛，從趙觀和丁香身邊掠過，掀起一陣塵沙。

丁香道：「這兩匹馬跑得眞快。」趙觀道：「這兩個乘客多半身負武功。不知他們是不是衝著那些喇嘛來的？」

又行出十餘里，忽聞血腥撲鼻，二人策馬上前，但見地上血跡殷然，丁香下馬查看，見十個喇嘛都倒在草堆之中，竟已全數斃命。丁香沉吟道：「定是那兩個黑衣人幹的。」趙觀下馬檢視喇嘛身上傷痕，說道：「這兩人轉瞬間便殺了十個大喇嘛，武功甚是厲害，不知是什麼來頭？咱們快跟上去瞧瞧。」二人當下策馬快奔，想追上前看個究竟。

前面道路轉了個大彎，趙觀和丁香策馬轉過彎後，便見兩騎黑馬奔在前面道上，另一幫喇嘛更在前頭。趙觀和丁香對望一眼，卻見那兩匹黑馬忽然同時快奔起來，追上那幫喇嘛，銀光閃處，兩個黑衣人長劍出鞘，向眾喇嘛殺去。那十名喇嘛連忙取出兵刃抵擋，黑衣人長劍飄忽，招式凌厲，轉眼便殺死了五個喇嘛。便在此時，草叢中忽然傳出吶喊聲，一群喇嘛鑽了出來，總有八十多人，將那兩名黑衣人團團圍住，顯是預先設下的埋伏。一個高大喇嘛喝道：「兩位一路偷襲我師兄弟，究竟和我等有何冤仇？快快報上名來！」

兩個黑衣人不答，將馬靠在一起，忽然嬌斥一聲，縱馬向來路闖去。眾喇嘛各執兵刃攔阻，但那兩匹馬奔跑神速，一眨眼便衝出了重圍，正向著趙觀和丁香奔來。眾喇嘛紛紛上馬，隨後追上。

趙觀和丁香見數十個喇嘛縱馬齊向這邊衝來，聲勢驚人，連忙掉轉馬頭，讓在道旁。但見那兩匹黑馬快捷無倫地從身前掠過，不多時便奔得不見影蹤。眾喇嘛急馳追去，也消失在塵沙中。

丁香道：「是兩個姑娘。」趙觀點點頭，說道：「看來是俠客一流，出手懲殺這些無法無天的喇嘛。嘖嘖，那兩匹馬奔行神速，當眞不得了，搞不好是龍變的，那就是所謂的龍馬了。龍馬可是百年難得一見，我們該追上去看個清楚才是。」

丁香抿嘴笑道：「少爺想看人，又何必藉口說要看馬？」

趙觀笑道：「人若好看，便也看人。」

趙觀與丁香便策馬回頭，過不多時又回到鎮上。那群喇嘛顯然未能追上兩個黑衣人，在鎮上大呼小叫，四下搜索。到得午後，一群喇嘛重新整裝，再度上路，這回二十人一夥，又向西行去。

趙觀道：「那兩個黑衣人多半會繼續去找喇嘛的麻煩，我們跟上去便是。」便和丁香在後緩緩跟上。一直到了下個宿頭，兩個黑衣人卻都沒有再出現。眾喇嘛在酒店中大吃大喝，喧譁囂張，自稱是京城出來公幹的朝廷差人，飯後也不給錢，店東只嚇得唯唯諾諾，哪敢多說一句？一眾喇嘛吃飽喝醉了，便結夥到街上橫行，有的去賭博，有的上娼家，還有的看到路上姑娘長得好看的，便一把抓過來，逼她們服侍佛爺。

趙觀看了不禁惱怒：「這些喇嘛從京城出來，在地方上這般無法無天，眞不是東西。」向丁香道：「那幾個強抓民女的，去替我解決了。」丁香點點頭，走到街上那幾個喇嘛身旁，笑道：「幾位佛爺，這兩位姑娘哪有我們飄春閣的姑娘標致？你跟我來，讓我們姊妹招待各位佛爺。」

那四個喇嘛醉得眼睛乜斜，其中一個笑道：「小姑娘，佛爺不要別人陪，就要妳陪。」丁香笑道：「啊喲，我一個人，怎麼陪得了你們四個？」眾喇嘛見丁香伶俐可愛，便放過了那兩個民女。二女早嚇得臉色蒼白，見喇嘛放過自己，如獲大赦，忙不迭地逃去了。四個喇嘛圍住丁香，紛紛出口調笑，伸手亂扯。丁香格格嬌笑，說道：「大街上這麼不好看，我們去巷子裡。」便和四人拉拉扯扯地走入一條暗巷。

不多時，丁香走回酒樓，向趙觀道：「少爺，都解決啦。」趙觀微微點頭，說道：「很好。」

當夜二人找了間客店住下。飯後趙觀獨自去街上逛逛，喝了幾杯酒，注意路上行人。他只道那兩個黑衣人定會跟上，卻始終沒有見到她們的影蹤。天色全黑後，他回到客店，心中一動，信步來到客店後的馬廄，果見兩匹黑馬繫在廄中。趙觀心想：「原來她們也在這客店下榻，眞是踏破鐵鞋無覓處，得來全不費功夫。」在客店中走了一圈，聽得角落一間木屋傳來水聲，便躡手躡足地走上前，從壁縫中看去。

卻見木屋中蒸氣瀰漫，一個女子正坐在浴池中洗澡。趙觀望見她的背面，只見她體態豐腴，膚光如雪，一頭濃密烏亮的黑髮垂在白玉般的背脊上，顯然正當妙齡。趙觀不禁吸了一口長氣，目不轉睛地凝望，口中喃喃祝禱，期盼那女子轉過身來，讓自己看看她的臉容。正偷看得高興，忽覺背心一涼，一人低喝道：「你作什麼！」

屋中那女子也已聞聲驚覺，急忙抓起衣服披在身上，高聲道：「眞兒，是誰？」

趙觀偷看女人洗澡被人抓個正著，不由得滿臉通紅，小心翼翼地回過身來，卻見面前站了一個十五六歲的少女，手中長劍直指著自己的胸口。燈光下但見那少女持劍的小手纖白如玉，趙觀順著她的手抬頭望去，不由得呆了。但見她一張瓜子臉，雙目晶亮，艷美無方，年紀雖幼，已是個不折不扣的美人。那少女望向他，似乎也是一怔，手中長劍卻未放鬆半毫，仍舊定定地指著他的胸口。

屋中那女子又叫道：「眞兒，有人偷窺麼？」

那少女微一遲疑，答道：「沒有。是我看錯了。」

趙觀一怔，不知她爲何替自己遮掩，但見她目光嚴厲，便不敢輕舉妄動。那少女長劍一指，示意他向旁走去。趙觀走出十多步，心想：「她要殺了我麼？」

卻見她收起長劍，向自己又埋怨又責備地望了一眼，低聲道：「你好大的膽子，竟敢偷看我姊姊洗澡。她若發現了，定要挖出你的眼珠子來。快走開吧。」

趙觀微笑道：「妳姊姊這麼凶，妳卻這麼善良。」那少女瞪了他一眼，回身走開。趙觀在昏暗中看到她的眼神，忽覺十分熟悉，想起洗澡女子出聲叫過她名字，脫口叫道：「眞兒？」那少女回過頭，惱道：「我的名字，豈是你能亂叫的？」

趙觀跨上一步，問道：「請問姑娘是姓陳麼？」那少女一愕，奇道：「你怎知道？」

趙觀笑道：「眞兒、眞兒，妳長得這麼大了！妳小時候跟你爹娘去過蘇州，是麼？」

他這時已然猜到，眼前這個少女便是自己多年前從蘇州人口販子手中救出來的小女娃眞兒。那時她跟著父母來到蘇州，在鬧市中被人口販子陸老六拐去，關在太湖邊上的紅土窯裡。自己和小三兒聯手，冒險救了她出來，帶她躲入觀音廟的鐘樓之上，最後將她平安還給了父母。

眞兒聽了他的言語，滿面疑惑，一雙妙目凝望著他，靜了一陣，才問道：「你究竟是誰？」趙觀回想著往事，嘴角泛起微笑，說道：「太湖邊的紅土窯，觀音廟的鐘樓，樓上好多香灰，妳記得麼？」

那少女果然便是眞兒。她當年被人口販子拐去時只有六七歲年紀，但情況驚險，腦海中印象極爲深刻。她驟然聽趙觀說起鐘樓香灰，心中驚訝已極，終於認出眼前這人便是當年曾救過自己的那個男孩兒。她雙眼發光，小嘴露出微笑，正要開口說話，屋角陡然轉出一個人影，寒光一閃，一柄長劍直向趙觀面門刺去。

眞兒驚道：「姊姊，住手！」噹的一聲，拔劍擋開了那劍。趙觀回頭望去，卻見來人是個二十來歲的女子，長眉入鬢，杏眼含威，頭髮猶溼，正是剛才在洗澡的女子。趙觀心想：「沒想到眞兒的姊姊也這般美貌，可惜她洗澡時沒轉過身來。」

那女子瞪著趙觀，喝道：「剛才在屋外偷看的，就是你麼？眞兒，妳跟他說些什麼？這種人口中還有什麼好話！」

眞兒忙道：「姊姊，他沒有……沒有偷看妳洗澡。我只是在這兒碰見他，跟他說起話來。」眞兒的姊姊哼了一聲，問道：「這人叫什麼名字？」

真兒還未曾來得及請問他的姓名，漲紅了臉道：「我不知道？」真兒的姊姊搖頭道：「妹子，妳太過單純，哪裡知道人心險惡？半夜裡跟陌生人說什麼話？我們走。」

趙觀咳了一聲，拱手說道：「在下姓江名賀，早先未曾向姑娘通報姓名，還請恕罪。」

真兒道：「原來是江大哥。我是陳如真，這是我姊姊，陳若夢。」趙觀行禮道：「陳大姑娘，陳二姑娘。」

陳若夢冷冷地望著他，更不還禮，拉起妹子的手，說道：「誰要妳告訴他我的名字了？跟我走。」陳如真還想和趙觀說話，卻不敢不聽姊姊的話，回頭向趙觀望了一眼，才跟著姊姊去了。

趙觀走回房間，見丁香已睡著了，桌上還替他熱著一壺茶。他倒了一杯茶，坐在桌旁慢慢啜著，回想陳如真那雙好似能說千言萬語的妙目，心中感到一陣樂陶陶地，又想：「這兩位陳姑娘自然便是那黑馬的主人了。原來她們是關中大俠陳近雲的女兒，難怪劍術如此精湛。真沒想到當年那個可愛的小女娃，幾年不見，竟長成這麼個大美人兒。她姊姊也不錯，就是凶了點。」正胡思亂想時，忽聽窗上一響，他連忙起身開窗，卻見一個少女站在窗外向他招手，正是陳如真。

趙觀大喜，開門出去，陳如真作手勢要他跟上，趙觀便跟著她來到客店之後的小院子裡。陳如真回過身，抬頭望向他，微笑道：「江大哥，原來你就是當年在蘇州救了我的小哥哥，我真沒想到會再見到你！那是好多年前的事啦，我還常常想起那次被壞人抓去的驚險，心中對你好生感激。」

趙觀見她溫柔天眞，竟還記掛著自己相救的恩情，心中一陣溫暖，說道：「那沒有什麼。陳姑娘，我也沒想到會在此地遇見妳，眞是巧極了。」

陳如眞道：「這兒已是陝西境內，我家便在附近。倒是你，怎麼老遠從蘇州跑來這裡？」

趙觀搖了搖頭，苦笑道：「說來話長。我離開蘇州已有好多年了。」他解救眞兒之後的第二天晚上，情風館便遭屠殺，他孤身逃離蘇州，從此便再也沒有回去過。這幾年間經歷太多，自是一言難盡。他問道：「令尊令堂都好麼？」

陳如眞歎了口氣，說道：「爹媽這幾個月來操心得很。」趙觀忙問究竟。

陳如眞道：「今年年初，我在朝中作官的二伯上書彈劾奸臣嚴嵩專權亂政，被嚴嵩抓起下獄，說要處死。我爹媽聽說了，連忙趕去京城，從天牢中救出了二伯，送他去隱祕處躲藏。嚴嵩知道了，又下令逮捕在兩廣作布政使的大伯。爹媽只得再趕去救，打退官兵，安置大伯一家。嚴嵩手段狠毒，立刻又派了這些東廠喇嘛來關中抄我們本家，要逮捕爺爺。此刻爹媽正從兩廣趕回，尚未到家，我們得知抄家的訊息，便出來擋他們一陣，但盼爹爹媽媽能及時趕到才好。」

趙觀道：「原來妳們一路殺那些喇嘛，便是爲此。」陳如眞甚是驚訝，問道：「你見到了麼？」趙觀道：「我在前一個鎭上便注意到兩位，隨後跟上，見到妳們出手殺了十多個喇嘛。妳們的馬十分顯眼，我晚間在客店的馬廄中見到兩匹黑馬，便猜知今日出手的定是兩位。」

陳如眞道：「原來如此。你見過我姊姊了，她人很好的，剛才誤會了你，對你凶了些，請你別見怪。」趙觀微笑道：「不，我怎敢見怪？只求她別來挖我眼珠便是了。」

陳如眞一笑，說道：「江大哥會在陝西待幾日麼？我們明日趕著上路，待家裡事情安頓了，我再去找你，讓你見我爹媽，好麼？他們定要好好向你道謝。」

趙觀道：「道謝什麼的，倒是千萬不必。我年幼時曾受醫俠夫婦照顧，在虎山時便常聽聞關中陳大俠的事跡，一直十分仰慕。陳姑娘，妳家中既有危難，我雖不才，也願盡力相助。」

陳如眞道：「你有這番心意，我先多謝了。只是這些喇嘛武功挺厲害的，我怕你無端涉險，反受他們傷害。」趙觀道：「兩位姑娘都不怕，我又怎麼會怕這些喇嘛？東廠惡名昭彰，我早知他們出來是要逞惡，正該打殺了。陳姑娘，妳若不嫌棄，我明日便隨兩位上路，相助保護令祖。」陳如眞微笑道：「如此多謝你啦。但我得先去問問姊姊才行。」

次日清晨天還未亮，趙觀房外敲門之聲大作。丁香睡眼惺忪，過去開門，卻見一個女子站在門外，橫眉怒目，喝道：「姓江的小子呢？叫他出來！」丁香一呆，心想：「少爺昨夜不過出去蹓躂了一會，怎有功夫惹惱了這位大姑娘？」說道：「姑娘請等一下，我去喚他。」

趙觀早已聽得聲音，披衣起身，來到門口，見那女子正是陳若夢。她長劍閃出，指向趙觀胸口，冷冷地道：「姓江的小子，你好啊！你昨夜對我妹子說了些什麼，騙得她如此相信你？你給我聽好，你敢再跟我妹子說一句話，我割了你的舌頭！」

趙觀見到她凶狠的模樣，頓時清醒過來，說道：「陳大姑娘，我怎敢欺騙令妹？在下七年前確曾在蘇州見過令妹，也曾見過令尊令堂。」

陳若夢冷冷地道：「憑你這幾句空話，如何能叫我相信？你還牽扯上凌莊主夫婦，當眞不要臉！凌莊主隱居已久，你怎可能見到他們兩位？你是東廠的走狗吧？」

丁香插口道：「我家少爺是江湖上有名的英俠，怎會跟東廠有關？妳可不要胡說八道。」

陳若夢斜眼向她望去，冷笑道：「有名的英俠？江賀，江賀？沒聽過這號人物。」

趙觀忽然施展花蕊擒拿手，伸手扣住了陳若夢的手腕。陳若夢一驚，用力回奪，長劍圈轉，畫向趙觀腰間。趙觀左手跟上，已奪下了她的長劍。這一下出手既快又準，陳若夢被他攻個出其不意，竟然失手丟劍。她大驚後退，飄開數丈。卻見趙觀站在當地，並不追上攻擊，心想：「這人當眞沒有惡意麼？」

卻聽趙觀道：「陳大姑娘，在下確實不是東廠的人。在下跟令妹說過的話，句句千眞萬確。醫俠夫婦對我有恩，令尊是醫俠的結義兄弟，眼下貴府有事，我怎能袖手？妳便不領情，我也要盡力相助。」說著將長劍遞給丁香，示意她拿去還給陳若夢。

陳若夢伸手接過了長劍，仍舊猶疑不信，過了一陣，才道：「你要跟我們去關中，自也不妨。但我不准你跟我妹子多說話。」趙觀微笑道：「若是她來跟我說話呢？」

陳若夢正要回答，便聽腳步聲響，卻是陳如眞匆匆奔來，見姊姊站在趙觀門外，急道：「姊，妳沒傷了他吧？江大哥，你沒事吧？」趙觀忍不住露出微笑。

陳若夢哼了一聲，說道：「妹子，還不快去準備？我們得趕緊上路了。」陳如真望向趙觀，問道：「江公子跟我們一道麼？」陳若夢道：「隨便他。我怎麼管得著？」回身便走，陳如真也跟著去了。

趙觀回入房間，丁香服侍他洗臉換衣，搖頭道：「少爺，你當真神通廣大，昨晚出去沒多少時候，便讓一個姑娘這麼恨你，一個姑娘這麼關心你。」趙觀微笑道：「大姑娘凶了些，小姑娘倒很可愛。」丁香笑道：「啊，你果然看上了小姑娘。你對那大姑娘說話一本正經，我就知道你對她沒什麼意思。」

兩人一邊談笑，一邊匆匆收拾行囊，出門去牽馬。卻見陳氏姊妹已牽出了兩匹黑馬，準備上路。陳若夢對趙觀視如不見，毫不理睬，陳如真似乎受了姊姊的嚴訓，也不太敢跟趙觀說話。趙觀臉皮原本甚厚，也不在乎，帶著丁香與陳氏姊妹一起上路。

四人向西行走了半日，早上大家默默趕路，都不說話。中午打尖時分，丁香過去跟陳氏姊妹搭訕，兩姊妹見她和善可親，三個女子咭咭咯咯地說起話來，反將趙觀冷落在一旁。他坐在旁邊癡望著陳如真嬌美動人的容色，純眞可喜的神態，心中生起一股衝動，只想不顧一切地保護她，不讓她受到半點傷害，好似她仍是當年那個孤弱無助的小女娃一般，渾然忘了她此時已是學了一身武功、揮劍殺人毫不猶疑的大俠之女。

四人下午再行，陳如眞在丁香的穿引下，究竟又跟趙觀說起話來。趙觀一路上妙語如珠，只逗得丁香和陳如眞笑個不停。陳若夢好幾次開口呵斥，自己卻也忍俊不住，只得任由妹子跟趙觀說話了。

四人朝行夜宿，不一日來到了關中陳府。陳近雲夫婦尚未回家，陳氏姊妹連忙去見爺爺，告知喇嘛將來抄家之事，安排讓爺爺遷地避難。陳家乃是關中大族，世代爲官，向來受地方敬重，今日受奸臣迫害，不得不大舉離家逃難，家人扶老攜幼、收拾細軟、一片倉皇，趙觀看在眼中，也不由得感到一陣悲涼。

陳氏姊妹計算紅衣喇嘛的行程，猜想最快還有兩日才到，決定次日讓家人分批離開，到秦嶺深山中躲藏。

第五十六章　關中大俠

當夜趙觀和陳家的幾個武師坐在門口守夜，眾人正聊天時，趙觀忽聽得蹄聲響動，臉色一變，站起身來。餘人尚未察覺，問道：「怎麼了？」

趙觀道：「有人騎馬逼近，共有幾十人！大家快取兵刃，關上四門。」眾人一驚，知道來人很可能便是抄家的官兵，連忙四散奔去準備。趙觀心中焦急，他只道眾喇嘛不會這麼快趕來，並未請青幫中人前來相助。青幫丁武壇便設在咸陽，牛十七隨林柏超反叛，這壇主之位自被革職了，換了一個姓馬的香主擔任壇主。趙觀曾想過要請丁武壇援手，但他在內亂時和牛十七作對，與丁武壇爲敵，又不認識這馬壇主，便打消了念頭。沒想到敵人來得這麼快，陳家老幼未能離開，陳近雲夫婦未及趕回，府內會武的只有陳氏姊妹、八個武師和他及丁香十多人，對方若來幾十個會武的，大舉圍攻，情勢便危險之極。

他連忙喚來丁香，問她身上帶了多少迷魂香霧。丁香道：「對付十幾個人夠，要迷倒二三十人卻不夠了。」趙觀大急，他二人出門遠行，身上帶的藥物自都不足夠抵擋大量敵人。正思索間，陳氏姊妹已奔了出來，二人都是臉色雪白。此時屋外蹄聲甚響，屋瓦都爲之震動，四人對望一眼，心中都想：「怎麼辦？」

趙觀吸了一口氣，說道：「陳姑娘，請妳們一位趕緊保護令祖離開，一位跟我去外邊應敵。我們人數雖少，若是對方沒有高手，應能抵擋一陣。」陳如眞道：「姊，妳快帶爺爺逃走吧。」陳若夢搖頭道：「不，妹子，還是妳護送爺爺逃走，我留下來抵擋敵人。」陳如眞道：「保護爺爺要緊，我的劍法不如姊姊，還是該讓我留下。」陳若夢握住妹子的手，心中雖極爲不願不捨，卻知此刻不能再行拖延，她畢竟是大俠之女，當下一咬牙，說道：「好。妹子，妳小心。」正此時，一個白髮老人拄著龍頭杖從內堂走出，陳如眞驚道：「爺爺，您怎麼出來了？」

陳老丈此時已有八十來歲，因曾得凌霄傳授養生保健之道，多年來身體健康，雖老猶壯。他向大門外望去，神情激動，說道：「人來了麼？讓他們抓走我便是。我一個老頭子，諒他們也不能對我如何，最多是命一條罷了！」陳如眞走上前去，說道：「爺爺，您快跟姊姊先走一步，待我們打退了官兵，便去與你們會合。」

陳老丈長歎一聲，握住孫女的手，說道：「我一生爲官，不意到老還有這等折難！妳大伯二伯也是一般，作了這許多年的官，他要下你牢，殺你頭，抄你家，何其容易？孩子，我不要連累大家，讓他們帶我去便是！」

陳若夢搖頭道：「爺爺，您不知道這些人有多麼凶狠。他們抓了您去，照樣抄家抓人，還要挾持您讓爹媽也束手就擒。我們只有硬拚一場，大夥兒才有生機。」當下不由分說，揹起爺爺便往後門奔去，喚家丁牽出兩匹黑馬。她從後門縫向外探視，卻見已有五十多個喇嘛官兵守在後門之外，手中各持火把，彎弓搭箭，直指著後門。陳若夢又驚又急，知道無法硬闖出去，聽得前門人聲喧鬧，不知妹子是否已與來人交起手，忙要幾個武師護住爺爺，自己奔向前門。

這時趙觀和陳如眞等在前門口已看得清楚，來人共有兩百餘人，較在路上見到的還多出一倍，半數是喇嘛，半數是官兵。趙觀知道那些官兵不足慮，倒是喇嘛大多會武功，其中若有一兩個高手纏住自己和丁香、陳如眞等，餘人便可進屋燒殺，情況危急。他心中急速轉念，敵眾我寡，如何才能制勝？此時陳若夢已奔回前門，低聲道：「不好了，後門已被擋住，賊人用弓箭守著，無法闖出。」

趙觀皺眉道：「我們只能硬守了。」向丁香道：「妳快去各處門戶下『絕命紅』，讓對頭一時無法闖進來。」

正此時，一個身形高大的喇嘛走到門前，朗聲道：「東廠千戶格魯扎西，奉旨逮捕反賊陳哲思、陳伯章、陳仲淳、陳近雲及其眷屬三十五人，陳家老少，一律出門聽令受縛，違者格殺勿論。」

趙觀心想：「丁香布置未畢，須防他們此時進攻。」向陳氏姊妹道：「我出去應付一陣，讓他們不敢即刻動手。」陳氏姊妹點了點頭，趙觀便走出門去，拱手道：「大喇嘛在上，陳家諸位不巧全出門去了，草民代爲接旨。」快步上前，向那喇嘛跪下。格魯扎西甚是不耐，喝道：「快叫陳家各人出來，束手就擒。」

趙觀道：「是，是。」陡然揮出蜈蚣索，捲向格魯扎西頭頸。格魯扎西原是會武的，見他出其不意地突襲，連忙側頭避開，拉馬後退。趙觀蜈蚣索靈活之極，手腕抖處，索端已捲上格魯扎西的頸子，他用力一扯，趁勢跳上馬背，伸腳將格魯扎西踢下馬去，隨即策馬衝向一群喇嘛，蜈蚣索揮出，打中了七八人。眾人齊聲慘叫，紛紛跌下馬來。趙觀的蜈蚣索平時並不餵毒，此時對抗敵人，自己餵上劇毒，眾喇嘛被那索一沾身，即如被滾油炙傷般疼痛，隨即全身痲痹，倒在地上。

眾喇嘛見他乍然出手，一齊大聲呼喝，舉兵刃圍將上來，但見他長索厲害，也不敢太過逼近。趙觀正要圈轉馬頭回入陳府，忽聽腦後風聲響動，連忙低首回頭，卻見一枚二尺寬的金鈸旋轉破空飛來，勁道極強，他不敢拔刀擋架，忙翻身落到馬肚旁避開。轉頭望去，卻見一個身穿金袍的中年喇嘛騎在一匹白馬上，伸手在金鈸上一撥，那鈸便又回轉直向他飛來。趙觀看清那鈸的邊緣鋒銳，來勢勁急，連忙鬆手放韁，跌下馬來。卻聽噗的一聲，那鈸切入馬身，直沒入馬體，連邊緣也不見，鮮血四濺，那馬長聲慘嘶倒地。趙觀心中怦怦亂跳，卻聽呼呼風響不絕，又是兩枚金拔一左一右，向自己攻來。趙觀急忙滾地躲過一枚，拔出單刀，向另一枚砸去。但聽噹的一聲巨響，金鈸彈飛出去，趙觀手臂一陣痠麻，虎口流血，望向單刀時，刀口已被金鈸砸出一個缺口，心下震驚：「這人力道好強！」

便在此時，陳氏姊妹已雙雙騎著黑馬出來接應，陳若夢揮劍斬向圍攻而上的喇嘛，陳如眞策馬奔到趙觀身邊，伸手拉他上馬。兩匹黑馬一出現，一眾喇嘛立時看出是在道上殺人的二乘客，大聲呼喝鼓譟，衝上來圍攻。

那金衣喇嘛又飛出金鈸，攻向陳若夢。陳若夢聽得風聲，喝斥一聲，縱馬快奔，黑馬腳下極快，金鈸未及打中她，黑馬已載著她奔入大門之內。金衣喇嘛又擲飛鈸攻向陳如眞，陳如眞拉著馬轡，口中呵斥，那馬矯捷無比，趨避自如，金鈸竟無法打中牠。趙觀揮索纏住了四五個被他毒倒喇嘛的手腳，催馬一逕拖回陳家大門。

眾喇嘛跳下馬衝向大門，卻在門外幾步之處便紛紛倒下，一時間便死了十多人。眾人都叫：「邪門！」眾喇嘛商量一陣，聚在一起念了一段伏魔神咒，便又整頓隊伍，準備進攻。

原來趙觀和陳氏姊妹一入門，丁香便在門口布下了「絕命紅」，奔近前的喇嘛全數中毒而死。趙觀揮出蜈蚣索，將死在門口的喇嘛捲進門內，說道：「快，要妳祖父和家中男子換上這些喇嘛的衣服，裝作是喇嘛押了家中女子，趁暗從邊門闖出去。」

陳氏姊妹一愣，心想此計極妙也極險，此時別無他法，忙令家中武師將二十多個喇嘛拖進內室，替祖父和家中男子換上喇嘛僧服僧帽。趙觀守在門口，見眾喇嘛念完了咒語，似乎便要闖入，心想：「須得拖延一陣，陳家眾人才能走脫。」便開門出去，手持單刀，上前叫陣：「喂，會使飛鈸的喇嘛，有種的來跟老子大戰三百回合！」

那騎白馬的金衣喇嘛冷笑一聲，翻身下馬，摘下頭上高帽，向趙觀走來，但見他手中兩片金鈸在火把照映下森然生光，一張長方臉十分莊嚴，眼神中滿是高傲自得之色，直視著趙觀。一個喇嘛叫道：「師父，這人讓我們來收拾便是。」另一個叫道：「渾帳小子，這位是金吾卓察仁波切，還不快跪下磕頭？」

趙觀不知仁波切便是轉世活佛之義，笑道：「什麼人波切，鬼波切，你怎不來向老子磕頭？」心想：「這人在路上沒看到過，想是後來才到的。說是這些喇嘛的師父，武功果然不錯。」

金吾仁波切舉起右手，眾弟子便即靜下。他走上幾步，向趙觀打量去，心中對他的毒術也頗爲忌憚，開口說道：「閣下何人？我等奉御旨來抄陳家，無關人等快快避開，免得徒然送命。」趙觀道：「我怎是無關人等？老實告訴你吧，我是陳家的大女婿兼二女婿，姓王名三的便是。你能殺得了我，便來試試！」

金吾仁波切點頭道：「你既是陳家的人，也在擒拿人犯之中。貧僧只好不客氣了！」手中金鈸互撞，發出一陣嗡然沉鬱的聲響。趙觀笑道：「你憑著那兩塊破鈸，便想要抓我，只怕還須再練十年功夫。」

金吾仁波切輕哼一聲，左手揮處，金鈸急速飛出，在空中繞了半圈，攻向趙觀右側。趙觀早知自己擋不住他的飛鈸，出來叫陣不過是硬著頭皮拖延時間而已，當下展開輕功衝上前去，左手揮出蜈蚣索攻向對手。金吾仁波切不敢讓蜈蚣索沾身，向後退出數步，右手金鈸劃出，斬向蜈蚣索。趙觀還想欺進前，但見對手身後站滿了手持兵刃的喇嘛，自己若貿然深入敵陣，恐怕難以脫身。他不能欺近前去，便無法以毒術或單刀攻敵，心中一急，只聽得破空之聲縈耳，兩片飛鈸不斷在身周旋繞，只得展開輕功勉力閃避，到後來已無暇出索攻擊對手，只能在當地揮刀抵禦兩枚金鈸的飛繞攻擊。

他心中焦急：「她們怎麼還沒帶人逃走？」忽聽得丁香用百花門的暗語叫道：「我們要從西門衝出去了！少爺快回來。」趙觀也用暗語叫道：「妳們快走，我等下引他們進屋，趁亂逃走。」

丁香應了，不多時，趙觀聽得西門人聲響動，想來陳家各人已闖了出去。當時防守西門的多爲官兵，見到喇嘛押著女眷從屋中奔出，只道正門已被攻破，大喜衝入，準備好好劫掠一番。丁香出門後便在門口留下「蛛絲毒」，頭先進去的幾個官兵身上沾了毒絲，跑出十多步，便紛紛倒下死去。後來的人不見前人中毒，蜂擁而入，盡皆中毒。

陳氏姊妹和丁香護衛著陳家老幼，奪了官兵的馬，趁夜衝出，逃入山林之中。有幾個喇嘛發現了追上查問，都被陳家姊妹的長劍解決了。

趙觀還在前門抵擋金吾仁波切的飛鈸，正覺支持不住打算開溜時，忽聽蹄聲響起，遠遠但見一黑一白兩騎飛馳而來，數十名喇嘛大聲喝問，上前攔阻，那兩人一刀一劍，如砍瓜切菜般，當者披靡，直衝向前來。趙觀看清了，馬上乘客正是多年前曾在蘇州見過的陳近雲夫婦。

陳近雲和妻子奔近前來，但見一個不相識的青年在自家門前和一群喇嘛廝打，家門緊閉，對望一眼，不知是吉是凶。陳近雲拍馬上前，喝道：「關中陳近雲來也，東廠走狗，有種的便放馬過來！」

眾喇嘛齊聲大喊，向他夫妻攻來。金吾仁波切喝道：「我先收拾下你女婿，再來收拾你們！」飛鈸奇快，在趙觀身邊橫飛直削，趙觀不得不用單刀去擋，擋了三四次，單刀竟從中斷折，他手臂一麻，知道這金吾仁波切內力強勁，自己無法硬接。便在此時，陳夫人縱馬過來，柳葉刀揮處，替他擋下了一枚金鈸，叫道：「小兄弟，多謝相助。這喇嘛讓我來對付。」

趙觀喘了口氣，抬頭見陳夫人騎在馬上，英姿颯爽，手中柳葉刀快如閃電，左手兩指套了尺許長的尖刺，閃閃發光，看來也是十分厲害的武器。她縱馬向金吾仁波切衝去，居高臨下，兩人交起手來。趙觀見她一時不會落敗，伸手揪下旁邊一個喇嘛，奪過他的單刀，跨上馬背，四處衝殺，來到陳近雲身邊，與他並肩對敵。

陳近雲見這青年刀法快捷狠辣，不知他是什麼來頭，聽那喇嘛稱他是自己的女婿，又見他長身玉立，面目俊秀，心下懷疑：「難道這青年竟是夢兒或眞兒的情郎麼？」當此情景，自然無暇開口詢問，與趙觀聯手殺退了數十個喇嘛，又向兩旁的百來名官兵殺去。眾官兵見東廠喇嘛都打不過這三人，哪敢抵敵？紛紛四散逃跑。

此時大門外還剩五十多名喇嘛，十多人圍在金吾身旁守護，其餘各人大聲呼喊，衝上圍攻陳趙二人。東廠喇嘛武功都自不弱，陳近雲和趙觀揮刀劍以少擊多，情勢甚是驚險。趙觀見陳近雲神威凜凜，劍法虛實奇幻，精妙難言，心下甚是佩服，暗想：「陳大俠出身書香世家，竟練成這般功夫，有這等干雲豪氣，當眞不易。」

二人逐漸闖入圍住陳夫人和金吾仁波切相鬥的圈子，但見陳夫人已跳下馬來，與金吾仁波切打得難分難解。陳近雲見女兒一直沒有出來助戰，不由得擔心，轉頭問趙觀道：「我女兒呢？」趙觀道：「她們已帶了令尊和家人離家躲避了。」陳近雲這才放心，又問：「她們往哪裡去？」趙觀道：「已從西門出去。」

陳近雲點點頭，正想請問趙觀姓名，卻見金吾仁波切金鈸疾飛，從妻子身邊飛過，險些斬到她身上。陳近雲大喝一聲，縱馬躍入圈中，揮劍砍向金吾仁波切。金吾仁波切持金鈸擋住，兩人交起手來。

陳夫人倚刀喘息，忽聽馬蹄聲響，她轉頭去看，卻是女兒陳如眞騎了黑馬回來，正被七八個喇嘛圍攻。原來她和姊姊護送家人逃出數十里，躲入了一個隱祕的山谷。她擔心趙觀仍在屋前和喇嘛打鬥，無法脫身，便回頭來找他。她見到父母歸來，歡喜之極，叫道：「爹！媽！」

陳夫人見到女兒，心中大喜，一躍上馬，過去接應。趙觀留在陳近雲身邊掠陣，見他和金吾仁波切相持不下，不知要戰多久才能分出勝負，心想：「陳家眾人既已脫險，我們也該快快脫身才是。如此纏鬥下去，無有了局。」

陳近雲自也想到這一層，叫道：「娘子、眞兒，妳們先走！」

陳夫人已帶了女兒騎馬衝回，叫道：「我們一起走！」趙觀見陳近雲無法緩出手來，便從後繞去，長索揮出，攻向金吾仁波切後腦。金吾仁波切回過身，向他射出一枚金鈸，趙觀低頭避開。陳近雲見對頭攻勢略緩，趁機躍上坐騎，縱馬向金吾衝來，揮劍攻向他背心。金吾只得回身抵擋，趙觀蜈蚣索又向他臉面捲來。金吾在二人夾擊下，頓覺不敵，連取守勢，不得不向旁竄出躲避。陳近雲要爭的便是這一刻，叫道：「走！」伸手將趙觀拉上馬，與妻子女兒三騎衝出重圍。他三人的馬都是上好良駒，轉眼便將眾官兵喇嘛遠遠甩在身後。

陳如眞叫道：「江大哥，你沒事麼？」趙觀向她一笑，說道：「放心，我沒事。」四人疾馳一陣，便已擺脫了追兵。趙觀騎在陳近雲身後，見眾人全身而退，鬆了一口氣，忽然想起一事，問道：「陳姑娘，丁香呢？」陳如眞驚道：「你沒見到她麼？她半路便折回來找你了。」

趙觀一呆，隱約記得離開陳府時曾瞥眼見到一個紅衣僧人奔入陳府，身形瘦小，似乎便是丁香所扮，他心中大急，說道：「我回去看看，你們先走，不用等我。」翻身下馬，向來處奔去，幾個起落，沒入黑暗之中。

此時金吾仁波切等只道眾家人仍躲在屋裡，下令闖入燒屋，一眾喇嘛官兵都已進入屋中。丁香當時下的毒已然散去，眾人衝過門戶，並未被毒倒。趙觀心中焦急：「丁香不知我已逃走，若還在屋中怎麼辦？」閃身躍過圍牆，進入府中，見四處火頭竄起，人影雜沓，一片混亂。他奔出幾步，煙霧中似乎見到丁香的背影，出聲叫道：「丁香？」衝上幾步，忽聽身後一聲轟然巨響，卻是一個大樑被火燒斷，跌落下地。

趙觀見退路已絕，正要往前奔去，忽覺背心劇痛，已被人擊中了要穴。他暗叫不好，勉力轉過身來，卻見面前站了一個金衣喇嘛，正是金吾仁波切。他冷笑一聲，雙掌齊出，打在趙觀胸口。趙觀不及躲避，胸口劇痛，喉頭一甜，嘔出一口鮮血，眼前一黑，便即不省人事。

過了不知多久，趙觀感到全身抽痛，醒轉過來，見自己躺在一間暗室之中，不遠處一扇小窗透出微光，也不知是白日還是夜晚。他掙扎了一下，難以動彈，才發現手腳都被繩索緊緊縛住。他感到身上冰涼，低頭望去，驚見自己身上一絲不掛，竟被人脫得精光。他吸了一口氣，只覺胸口劇痛，肋骨似乎斷了幾根，又試運內息，竟難以通過心脈，心知金吾仁波切這掌打得甚重，自己內傷不輕。他運息不成，全身難受，又吐了一口血，心想：「這回我多半是凶多吉少了。但盼丁香已逃了出去，陳家各人也都平安脫險。」

他想自己既然被擒，多半逃不過一死，便也坦然。轉念又想：「這些人沒抓到陳家各人，或許會將我這個假女婿交上去充數也說不定。那我還不至於立時便死，從陝西到京城的這段路上，總會有人來救。」想到此處，心下又升起希望。胡思亂想一陣，才捱著胸口疼痛，沉沉昏睡了過去。

忽聽得腳步聲響，趙觀一驚清醒，但見對面一扇門被推開，一個喇嘛走進室來，點起了火燭，正是金吾仁波切。他在一張凳上坐下，冷冷地望著自己。趙觀只被他看得全身發麻，他此時早已豁了出去，便閉上眼睛不加理睬。過了一陣，金吾才道：「小子，我幾十個手下都死在你手裡，我自出藏以來從未經歷過如此大敗。你到底是什麼人？」

趙觀笑道：「你記性忒地不好。我不早說過了，我是陳家的大女婿兼二女婿，姓王名三的便是。大喇嘛，我失手被你所擒，才是我出道以來從未經歷過的大敗。你要殺要剮，悉聽尊便。但你幹麼脫我衣服？」

金吾冷笑道：「你一身毒物，不脫光你衣衫怎麼行？你要一個好死，只怕沒這麼容易。我只消取來你的毒物，一樣樣試用在你身上，看你怎樣死得最慘？」趙觀笑道：「你不會用我的毒物，隨便亂用，包管你先毒死了自己。不信你便試試？」

金吾冷冷地望著他，說道：「死到臨頭，你還笑得出來？」走上前，往他肚子上狠狠踢了一腳。

趙觀痛得彎下身去，再說不出話。金吾喝問：「你老實說！陳家那些人躲到哪裡去了？」趙觀道：「你跟我磕幾個頭，或許大爺心裡高興了，便跟你說。」金吾大怒，又狠狠地踢了他幾腳，趙觀重傷之下，哪裡經得起他這幾腳，又昏了過去。

迷糊之中，趙觀覺得有人扶起了自己，往他口中灌入一些湯水。他睜開眼睛，見身前一個極老的喇嘛，滿臉皺紋，正餵自己喝下一碗什麼湯汁。他腹中飢餓，便大口吞下了，心想：「這若是毒藥，讓我毒死了，倒也乾淨，省得被那渾蛋鬼波切拳打腳踢。」但那湯中顯然無毒，他喝飽了，對那老喇嘛一笑，表示謝意，老喇嘛點了點頭，向他咧嘴而笑，出室而去。

此後數日，金吾每日進室三次對他毒打拷問。趙觀原本不知道陳家各人藏身何處，打死他也說不出來，便硬挺著，口中不斷嘲弄，只把金吾激得急恨交加。

這日清晨金吾又進室來拷問，趙觀笑道：「你還沒練成天眼通麼？幹麼不打個坐，用天眼去找，卻淨來問我？」金吾冷冷地道：「你自稱是陳家的女婿，怎會不知道？嘿嘿，你的老婆們也無情得緊，知道你被抓了，更沒來救你。」

趙觀道：「她們知道我被你這大渾帳抓住，生怕看了你的臉便要噁心嘔吐，自然不敢來了。」金吾怒極，又伸腿踢去。趙觀痛極倒下，眼前一片漆黑，模糊中似乎看到陳如眞的一雙妙目，心中感到一陣溫暖，暗想：「我老早打定主意，爲她死了都甘願。她離開後還曾回來找我，對我也算十分關懷了。她若知道我被這惡喇嘛抓住，一定急著要來救我。唉，這小姑娘太過天眞，但盼她別來才好！」

金吾還要再踢，忽聽門口腳步聲響，一個高大老人來到門口，說了一句話。金吾快步走上前，向老人躬身行禮。老人彎下腰，握住金吾的雙手，和他額頭相碰，雙手摸在金吾的頭上，口中說了幾句話。那老人看上去已有七十來歲年紀，鬚髮灰白，頭髮成團盤在頭頂，髮中綴了許多藍綠色的土耳其石、深黃蜜蠟、紅色珊瑚和各色麻線；長鬚垂胸，一身絳紅色僧袍，長袖及地，領間翻出純白的狐裘，胸前掛滿了一串串大顆的蜜蠟珠石寶貝，卻是康巴喇嘛的打扮。

趙觀從未見過康巴族人，不知康巴喇嘛大多不剃鬚髮，抬眼向那老人瞪視，甚覺古怪。老人向金吾說了幾句話，便走上前來，伸手抬起趙觀的下巴，仔細端詳他的臉龐，又拉起他的左臂，在火光下觀看，臉上露出微笑。

第五十七章　轉世法王

趙觀一驚，全身發麻，心想：「這老喇嘛莫非是江氏兄弟同好？乖乖不得了，我上回假裝是同好，沒想到弄假成眞，今日要被這老喇嘛當作兔兒。」好在那老人只看了看他的臉龐和手臂，便走了開去，跟金吾說起話來。二人說的都是藏語，趙觀一句不懂，只見二人不斷望向自己，指指點點，似乎在爭執什麼。趙觀心想：「兩個惡喇嘛，多半在商量要怎樣折磨我。」

過了一陣，卻見金吾點了點頭，向自己瞪了一眼，神色中充滿了惱恨憤怒，隨即向老喇嘛行禮，轉身出室而去。

這時又有六七個喇嘛走進室來。那老喇嘛走到趙觀身邊，臉帶微笑，向他說了幾句話，口氣甚是溫和。趙觀聽他嘰哩咕嚕，半句也不懂，但見他對自己似乎沒有惡意，便向他擠出一個笑容，點了點頭。

那老喇嘛又笑了，招手要後面幾個年輕些的喇嘛上前，眾人敞開袍袖，一齊向趙觀膜拜下去。趙觀看得有趣，心中忽然生起一股不祥之感，心想：「不好，莫非他們要殺了我作犧牲，供奉給他們的神明？剛才老喇嘛便是問我願不願意，看我點頭答應，才這麼高興。」

眾喇嘛參拜完畢，一個年輕喇嘛走上前來，從腰間掏出一柄小彎刀，趙觀正胡思亂想他們要怎樣整治自己，看到那刀，只嚇得臉色蒼白，卻覺他用刀割斷了自己手腳的綁縛，才鬆了一口氣。另一個喇嘛走上前來，替趙觀披上一件衣服，趙觀正覺寒冷，便讓他們替自己穿上了衣服。穿好後一低頭，才發現身上穿的是件藏紅色的僧袍，外披金色短褂，袖口和領口鑲著紫紅色錦緞，上以金銀絲線繡著花紋，極爲精緻。

一眾喇嘛替他穿好了衣服，彎著腰，托著他的手，將他扶出室去。趙觀見外面又是一屋，殿上供了一尊金身佛像，自己竟是在一間寺廟之中。眾喇嘛一逕簇擁著他來到門口，門外豔陽高照，趙觀瞇起眼睛，隱約見到門外大院中已聚集了七八十名喇嘛，見到自己出來，一齊敞開披袍，向自己五體投地作大禮拜。趙觀聽眾人口中同聲誦念著什麼，只覺耳中嗡嗡亂響，眼中只見眾喇嘛此起彼落，禮拜不休，恍如置身夢中。

他定了定神，身邊幾個喇嘛已扶他坐上一個寶座，那座位上撐著五彩傘蓋，坐墊都以紅色黃色的錦緞鋪成，布置得極其耀眼華麗。趙觀全身疼痛，只能強忍著坐在那裡，卻見眾僧輪番來到自己身前，以額頭碰上自己的坐墊，雙手合十，口中念念有辭。趙觀不知他們在作什麼，左右張望，他身旁一個侍者道：「請法王爲弟子摩頂加持。」趙觀不明其意，問道：「什麼摩頂加持？」

那侍者在他耳邊道：「請法王摸他們的頭頂。」趙觀心中莫名其妙，但見自己坐在正中間的高椅上，數十個喇嘛眾目睽睽地望向自己，心想：「摸頭便摸頭，有什麼了不起了？」便伸手去摸身前那喇嘛的頭頂。那喇嘛不斷祝頌點頭，千恩萬謝地去了，便又有一個喇嘛趨上前來，將額頭碰上坐墊。趙觀見後面排了好長一排喇嘛，之後還有一些平民之類，長長地看不見盡頭，也不知有多少人，一個接一個來到他座前，只摸得他手都痠了。他每次彎腰去摸頭，胸口肋骨相擠，便是一陣劇痛，他勉強摸完了幾百個人的頭，侍者才扶他下座，送他去一間屋子坐下休息。

趙觀心想：「這些喇嘛折磨人的法子當眞古怪得緊。他們到底打算怎樣對付我？」再也忍耐不住，便向身邊一個侍者道：「老實說吧，你們到底在搞什麼鬼？你們要殺要剮，早點講清楚，沒的讓人受罪！」

一個年輕喇嘛甚是惶恐，跪下道：「弟子該死，請法王息怒！」趙觀奇道：「什麼法王？」

這時門簾掀開，先前那長髮長鬚老喇嘛走了進來，先向他跪下頂禮三次，才跪坐在他面前，說了幾句話。趙觀瞠目不答，向旁邊的侍者道：「你給我翻譯。」那侍者忙道：「是。這位是貢加仁波切，他說很高興再次見到法王。」

趙觀心中更加疑惑：「這些人怎會蠢到這等地步，錯認我是什麼法王？他們沒生眼睛麼？」又想：「他們竟不殺我，要我作法王，那也沒什麼不好，不作白不作。」便點了點頭，露出微笑。那老喇嘛又說起話來，年輕侍者翻譯道：「貢加仁波切說非常抱歉，這麼遲才找到法王，擱延了二十年。他識見短淺，修行不足，一直不能懂得法王的指示，因此直拖到如今，才終於找到了法王的轉世，請法王恕罪。」

趙觀小時候也曾聽母親和情風館的姊姊們說起西藏活佛轉世的事情，這才恍然大悟：「原來他們以爲我是什麼活佛的轉世。」不由得好奇，問道：「我……那個，我前生留下了什麼指示？」

老喇嘛從懷中取出一張紙，念了一遍。侍者翻譯道：「法王前生圓寂之前，寫下了這首詩。詩意是這樣的：『廣大中土之地，東南花柳之城，生於金豬年的獨子，徜徉於江湖山野之間。左臂白花燦爛，白刃與花粉同飛，出身於蓮池污泥，長成如雪中奇葩，重現於城牆關口之中。』」

趙觀先是覺得好笑，心想這老喇嘛定是因為看到自己手臂上的百花印記，才以為自己是什麼法王的轉世。這印記是他十二歲入百花門時由母親點上，並非與生俱來，百花門中手臂有印記的至少便有十多人，如何能作為認證轉世的證明？他忍住笑，隨口問道：「金豬年是哪一年？」

侍者屈指算了一下，說道：「是大明嘉靖六年。」趙觀一呆，自己確是出生於那年，細想詩中的敘述，似乎也有吻合的地方，但要說那指的便是自己，倒也不能拿得準。他沉吟半晌，最後搖頭道：「我什麼也不記得，什麼也不知道。這位前世法王是什麼人？」

老喇嘛便恭恭敬敬地說了前世法王的事跡。原來前世法王名叫多達勇傑，乃是第二世的甘敏珠樂法王。他是寧瑪派中修行很高的一位大師，收了上千名弟子，格魯派、噶舉派中的許多僧人也曾向他請問教法。甘敏法王曾來到中土數次，多半時候都駐錫於西康孜敏寺。他活了八十一歲才去世，生前顯示種種神通，留下許多聖蹟。他去世後，弟子按照他寫下的指示入中土尋找他的轉世，多年來卻都沒有找到符合的人選。轉眼過了二十年，眾人都道法王已登涅槃，不會再回來轉世了。

當時許多花教喇嘛受大明朝廷徵召，入北京城替東廠辦事，恰好有幾個被派來抄關中陳家。那時金吾仁波切擒住了趙觀，命手下脫去他的衣服，趙觀身上多藏毒物，先動手的兩個喇嘛碰到他的衣衫，都中毒昏死了過去。眾喇嘛相顧駭然，只道二人是受了詛咒。後來在金吾仁波切的嚴令下，幾個喇嘛終於脫下了他的衣服。其中一個年老喇嘛當年曾入中原尋找甘敏法王的轉世，熟知法王的詩句，見到趙觀手臂上的花印，大驚失色，連忙通知寧瑪派長老貢加仁波切。

這麼一通知，甘敏法王重現的消息很快便傳開了，法王前世的信徒弟子紛紛趕來關中拜見。金吾仁波切雖惱恨趙觀殺他手下，破壞他任務，卻知這時已殺不得此人。他原想祕密將趙觀送去京城，卻被幾個前世法王的忠實弟子攔阻住了。加上金吾仁波切的前世也是法王的弟子，他也不敢當眞加害趙觀，只將他囚禁起來，拷打逼問陳家眾人的下落。數日後貢加仁波切趕抵關中，親自檢驗趙觀手臂上的花紋，宣布他便是甘敏法王的轉世，金吾仁波切無可奈何之下，只能憤然離去。

趙觀聽了這一段故事，只覺十分有趣，暗想：「我娘說我命中有貴人，總能逢凶化吉，沒想到被一群窮凶惡極的喇嘛抓住，還能搖身一變，成爲法王，這可眞是奇遇了。」

老貢加喇嘛注意到他臉色蒼白，向侍者問道：「法王身體可有什麼不適？」侍者譯了，趙觀苦笑答：「也沒什麼，只不過肋骨斷了幾根。」眾喇嘛聞言大驚，忙叫了個醫藥喇嘛來爲他醫治。金吾仁波切出手甚是陰毒，踢打他時都避開頭臉手腳，使的是內勁，因此趙觀身上看不出明顯的傷痕，眾喇嘛便都沒有察覺。醫藥喇嘛到來後，忙替趙觀接了肋骨，又搭他的脈搏，皺眉道：「法王的臟腑也受了傷，這小僧可不知道該如何醫治了。」

趙觀心想：「我的內傷是被金吾打出來的，一般大夫自然不會醫治。」便道：「不要緊，我在這裡多睡幾天便好。」

眾喇嘛見趙觀傷重，便讓他留在屋中休養。幾日下來，眾喇嘛對他盡心照拂，各種飲食用品無一不缺，三四個侍者隨時守在他身旁，恭敬謹慎得無以復加。趙觀見這些喇嘛大多是藏人和康巴人，渾樸淳厚，一派天眞，倒也很喜歡和他們相處。那醫藥僧每日來探望他，看他肋骨接續甚快，外傷也日漸恢復，甚是安慰，對他的內傷卻始終無法醫治，十分焦慮。老貢加喇嘛也日夜前來探望，拿出前世法王的念珠、金剛鈴、金剛杵等交給趙觀，向他述說前世法王的種種事蹟，往往說得老淚縱橫。

這一日，趙觀向貢加喇嘛問起金吾仁波切之事。貢加道：「他是花教諦美亞措大師的弟子，學得一身武功，入中原很多年了。他的前世也是法王的弟子，與法王十分親厚。」趙觀心想：「我前世多半常常虐待責打這個徒弟，因此他這世回來報仇了。」想起他臨去時的眼神，心想：「這人多半會想法殺我洩恨，我得小心。」又問：「他去哪兒了？」

一個侍者回答道：「聽說他回京城去了。」另一個道：「他走之前，我聽他的手下說，他們臨時收到朝廷的指令，要去山東圍剿一個什麼老虎山莊。」趙觀一驚，連忙追問，眾喇嘛卻語焉不詳，趕忙叫了一個金吾的手下、因受傷而留下休養的喇嘛過來詢問，那喇嘛在法王面前不敢隱瞞，說道：「金吾仁波切受命去山東圍剿虎嘯山莊，擒拿一家姓凌的。」

趙觀大驚，心想：「我得趕快讓人去向凌莊主報信。」但他連床都下不得，整日被無數喇嘛圍繞，又如何能傳信出去？

這十多日來，趙觀在寺廟中居住養傷，對自己究竟是不是甘敏法王還存著老大疑問，只因身受重傷，又處險地，別無他法，才留了下來。他見眾僧人對自己照料得無微不至，恭謹之極，不禁很覺過意不去，暗想：「到時他們發現我不是甘敏法王，卻該怎辦？」

這日醫藥喇嘛進來探看趙觀的傷勢，沉思一陣，說道：「啓稟法王，我們密教中有提升體內拙火的祕訣，或許會對法王的身體有益。」說著便出室去，不多久取來一疊長方形的紙張，呈給趙觀看。紙上全是彎彎曲曲橫寫的藏文，醫藥喇嘛取出上卷，一頁頁翻去，逐句解釋給趙觀聽。趙觀聽那像是修練內功的口訣，甚是好奇，便記在心中。夜深人靜時，他便盤膝練功，感覺體內眞氣漸漸能夠凝聚，內傷略有好轉。次日他又向醫藥喇嘛探問那書的其餘內容，醫藥喇嘛便一句句解釋了，並將整本翻譯成漢文，呈給趙觀。趙觀受傷無事，便整日盤膝練功，幾日下來，內傷竟痊癒了五六分。他不知道自己修習的乃是藏傳密教中最高深的「拙火無上定」內功，只道是治療內傷的醫療之法。

又過幾日，他已能起身下床走動，眾喇嘛又簇擁著他出門，幫信徒摩了一回頂。這次前來禮拜的僧人信眾總有上千人，趙觀身穿華麗法衣，坐在五彩寶座之上，望著信徒對自己跪拜祝禱，只覺臉上發窘。

他摸了一個早上的頭，中午吃飯時，老貢加喇嘛過來道：「今日是個吉日，我想爲法王剃度。」趙觀一驚，脫口道：「剃度？」老貢加喇嘛道：「正是。我可作你的皈依師，你須皈依三寶，成為佛門比丘。」當下詳細解說了出家人的戒律。趙觀只聽得一愣一愣的，心想：「什麼不殺生、不偷盜、不邪淫、不妄語、不飲酒，這些都不幹，我怎麼在江湖上混下去？其他的幾百個戒律，更加無法遵守。」搖頭道：「這些戒律我守不來。」

老貢加喇嘛一愣，說道：「法王說笑了。」便令眾僧準備剃度儀式。趙觀來到法會上，但見眾喇嘛穿起絳紅僧服，頭戴高冠，有的持銅鈴，有的敲鈸，有的打鼓，有的吹一種極長的喇叭，聲音甚是低沉洪亮。眾喇嘛齊聲誦念經咒，聲音低沉，聲震屋瓦，直念了兩個時辰才止。趙觀坐在中間的高位上，望著前面的幾個老喇嘛手持金剛杵、金剛鈴，翻來覆去地作出各種結印手勢，只覺得有趣，想起醫藥喇嘛翻譯的練功法，心中一動：「原來這些音樂、禱文和手勢，都與那拙火內功相契合。」當下凝神靜聽，仔細觀看，竟體會出不少修練拙火的要訣。

法會完畢，眾侍者上來扶住他，讓他在佛前禮拜三次，又讓他向老貢加喇嘛禮拜。老貢加喇嘛念了許多經文禱辭後，便拿起剃刀，割下他的一撮頭髮。趙觀這才驚覺：「他真要幫我剃度。」想逃已來不及，他此時功力未復，若起身逃走，眾喇嘛多半能強行將他拽回，又想前來觀禮的上千人全聚在門外張望，法王若在剃度時臨陣逃脫，未免太不像樣，只得硬著頭皮跪在當地，讓兩旁的僧人剃去自己一頭頭髮。

趙觀望著自己的頭髮一撮撮落在地上，心想：「我在陳家讓人扮成喇嘛逃走，沒想到今兒自己卻被逼得作了眞喇嘛。這就是一語成讖吧。」

晚間又有一場法會，直到半夜方休。趙觀忙了一日，晚上內傷又開始疼痛，躺在床上難以入眠。到了子夜，忽聽窗口一響，黑影一閃，一人跳進屋來，手指伸處，點倒了兩個侍者。趙觀一驚，坐起身來，摸住身邊的單刀。油燈下卻見那人身形嬌弱，一身黑衣，竟是陳如眞。

趙觀大喜，低聲叫道：「陳姑娘！」

陳如眞回過頭，怔然望著他，說不出話來。趙觀這才想起自己頭頂清光，身穿喇嘛僧服，連忙道：「我這喇嘛是假的。我受傷未復，請妳快帶我逃出去！」

陳如眞點了點頭。趙觀忙翻開枕邊櫃子，抓起一包事物。當時金吾仁波切命人脫去他的衣服，收去了他衣袋中的事物，他被認證爲法王後便都還了給他。其中母親給他的鐵項鍊、百仙箱、蜈蚣索、蠍尾鞭等都未失落，趙觀取出那袋事物，瞥眼見床頭放著前世法王的一串念珠和一只金剛杵，順手取過了，便跟著陳如眞從窗口跳出。

那寺廟守衛甚嚴，前後有許多喇嘛巡視。陳如眞見趙觀行走不便，低聲道：「江大哥，得罪了。」將他揹在背上，快步奔出後院，躍過牆頭，騎上黑馬，疾馳而去。

第三世甘敏珠樂法王出家當夜便被一個妙齡少女揹出寺院，從此不知所蹤，成爲藏傳密教史上的一大奇案。

第五十八章　黑天蝙蝠

卻說陳如眞和趙觀馳出數十里，將寺院遠遠拋在身後，才放慢馬蹄。趙觀問道：「陳姑娘，妳怎知道我在那廟中？」

陳如眞道：「我那天聽人說，來因寺找到了個俊俏的……青年法王，我心想可能是你，今兒一早便去看看。沒想到才到廟門口，就看到你坐在當中，一大群人排隊上前膜拜，我便也跟上前去瞧個明白，一看之下，果然是你。」

趙觀暗想：「我當眞摸得糊塗了，這麼個美女來到我面前，我只摸了一下頭便讓她去了。」笑道：「原來妳今早也來了，我竟半點沒發覺！」陳如眞笑道：「當時我扮成個農婦，你自然看不出了。」趙觀道：「多虧妳來救我。妳再不來，我就要被他們送去西康的甘敏法王本寺，作一輩子的法王啦。」

陳如眞微笑道：「幸好我沒來得太遲！我爹娘都擔心得緊。他們說剛到家時，看你在家門前力擋眾敵，他們不識得你，不知從哪裡跑來一位青年英俠，竟這般奮不顧身保護我家。後來你回頭找丁香姊姊，一去不返，我們都怕你失手受傷，連夜出來找你。那時金吾仍率領手下在各處搜捕我們，我們只得喬妝改扮出來探訪。聽說你不在金吾手中，才放下心，沒想到你畢竟被他們抓了去。爹娘問我你的來歷，我說只知道你的姓名和你來自蘇州，幼年時見過凌大伯，其他的我也不知道了。爹娘若知道我找到了你，你又平安無事，一定高興得緊。」

趙觀聽她軟語道來，心中又是感激，又是溫暖，坐在她身後，聞到她身上少女的氣息，只想伸手抱住她，忙勉強自制，暗想：「她來救我出去，正要帶我去見她的爹娘，我若現在對她輕薄，一來打不過她，二來她父母面上須不好看。」只好強自忍住，雙手規規矩矩地抓住馬鞍，但一雙眼睛畢竟管不住，仍舊癡癡地望著她的側影。陳如眞感受到他的目光，臉上一紅，微笑道：「小時候你帶我去觀音廟裡躲藏，沒想到你還眞是位佛教法王！」

趙觀搖頭笑道：「他們定是弄錯了。我哪裡作得了法王？我這和尙是大廟不收，小廟不要，待他們認清了我的眞面目，不用半天便將我亂棒打出廟來。」陳如眞噗嗤一笑，說道：「我瞧你坐在寶座上，替人摩頂，還滿威風的啊。」兩人口中談笑，不多時便共騎來到一個小山村中，陳如眞將馬牽到後院，領著趙觀走進一間屋子，叫道：「爹、媽，我找到江大哥了！」

陳近雲和陳夫人聞言大喜，忙從屋中迎出，見到趙觀的裝束模樣，都是一呆。趙觀甚覺尷尬，躬身道：「陳大俠、陳夫人，小姪有禮了。」

陳氏夫婦忙請他進屋坐下，問起前後。聽說他被認證爲甘敏法王的轉世，陳近雲哈哈大笑，陳夫人卻道：「藏人對轉世輪迴的事情是很相信的。這位甘敏法王留下的詩句跟小兄弟的背景若有幾分相合，說不定你還眞是那位法王的轉世呢。」趙觀苦笑道：「我法王是作不來的。我連個喇嘛都作不像，哪能作得了什麼法王？」

他問起陳老爺爺等人，陳近雲道：「多虧小兄弟臨危奇計，才讓家父順利逃脫。我家中三十多人全數平安，全靠江小兄弟仗義相助！」說著和妻子一齊起身，向趙觀拜下。趙觀忙跪下回拜，他胸口傷勢初復，經過這一番奔波跪拜，又開始疼痛。陳如眞忙扶他起來坐下，陳近雲夫婦見他內傷未癒，便讓他早去休息。

次日早晨，趙觀還未起身，鼻中便聞到一陣飯香，坐起身來，見床邊放了一套潔淨短褂，想是陳近雲的衣服，便脫下僧袍，穿上短褂，感到精神一振。出門見陳夫人已煮了一鍋稀飯，準備了幾樣小菜，招呼他去坐下同吃。趙觀與他夫婦傾談，見他二人豪邁爽朗，談吐不俗，甚是欽服。三人說起眞兒幼年時被人口販子捉去、趙觀和小三兒聯手相救、之後拿了銀子同去酒樓狂飲的往事，都撫掌大笑。

趙觀問起有沒有丁香的消息，陳夫人道：「我和若夢去鎮上探訪時，若夢見到丁姑娘和一群女子在一起，彼此似乎很是熟悉。」趙觀知她多半已與百花門人會合，略略放心。

陳夫人問道：「江小兄弟善使毒術，請問師門何處？」趙觀不願隱瞞，說道：「晚輩眞名趙觀。先母是百花門人，晚輩幼年便受母親接引入門。」陳夫人出身桂花教，自然久聞百花門的名頭，說道：「聽聞貴門主上官千卉年紀輕輕，毒術武功已極為高明，震懾了不少黑道邪幫。」趙觀臉上一紅，說道：「陳夫人謬讚了，晚輩愧不敢當。」陳夫人一怔，睜大眼睛望著他，恍然笑道：「仙容神卉好大的名頭，至今卻無人見過廬山眞面目，原來如此！」

趙觀想起在廟中聽聞東廠喇嘛將去圍剿虎嘯山莊之事，忙告訴了陳氏夫婦。陳近雲怒道：「這嚴嵩未免太過。抄我一家不夠，還要向大哥下手！大哥少有仇家，山莊防範不嚴，這些喇嘛若突施襲擊，可十分危險。」

趙觀道：「淩莊主未曾有備，晚輩當趕去向他報信。」陳近雲道：「你身體未癒，應當多休養幾日。」趙觀道：「騎馬趕路，也用不著多麼健康。我正想去求淩莊主治傷，這一路去卻是剛好。」

陳近雲與妻子商量了，說道：「這樣吧，我們讓若夢和如真跟你一道去。她二人的坐騎腳程快，劍術也還可以，路上好有個照應。趙小兄弟可騎了我的坐騎白玉去。」

趙觀見過陳近雲的馬，知道是享譽江湖的神駒，不敢借用。陳夫人道：「趙小兄弟不用客氣。你騎了白玉去，腳程快些，早些爲淩莊主報信，我們才好放心。我和近雲須留下照應一眾家人，無法親自前去，這事還須託付在你身上了，莫再推辭借馬這等小事。」趙觀聽她說得爽快，便答應拜領了。

次日趙觀便拜別陳近雲夫婦，與陳氏姊妹一同上路，向東行去。路上趙觀穿著短褂，戴上帽子，遮住光頭。陳如真看了他的模樣，不禁掩嘴偷笑。趙觀道：「我若作喇嘛打扮，帶著兩個大姑娘上路，可成了什麼樣子？」陳如真笑道：「你不知道麼？花教的喇嘛是可以娶妻生子的。我聽說很多法王都有好多位佛母跟在身邊呢。」趙觀道：「是麼？那我若作法王打扮，反倒褻瀆二位了。作普通打扮，還可說是兩位的兄弟親戚之類。」

陳若夢忽然回過頭來，冷冷地道：「你當眾自稱是陳家女婿，究竟是何居心？你道我會輕易放過你麼？」

趙觀那時對金吾和眾東廠喇嘛隨口胡說，自稱是陳家的大女婿兼二女婿，沒想到他竟信以爲眞，在陳近雲夫婦面前提起，不由得有些不好意思，說道：「我只是隨口騙騙那喇嘛罷了，又哪有這個福分？」

陳若夢怒道：「你還要貧嘴！」抽出長劍便向他刺去。趙觀側身避開，笑道：「我是說沒有福分娶妳妹子，妳以爲我想娶妳麼？又何必惱成這樣？」陳若夢柳眉倒豎，怒不可遏，刷刷兩劍，逼得他跳下馬來。陳如眞忙過來阻止，叫道：「姊姊快停手！趙大哥，你快向姊姊陪禮吧！」趙觀笑道：「打是情，罵是愛，哎喲，妳姊姊可眞疼愛我得緊。」陳如眞只急得連連頓足，說道：「趙大哥，你快別這樣。姊姊，妳就饒過他吧！」

三人正鬧得不可開交，忽聽蹄聲響起，十餘騎疾馳而來。趙觀抬頭望去，遠遠見馬上都是紅衣喇嘛，臉色一變，叫道：「是敵人，快走！」一躍上馬，三人衝進路旁草叢，盡揀小路馳去，快奔出一陣，才放慢馬蹄。

陳如眞問道：「來人很厲害麼？」陳若夢哼了一聲，說道：「不過十多個喇嘛，幹麼怕成這樣？」趙觀搖頭道：「妳們沒聽見麼？」陳如眞奇道：「聽見什麼？」趙觀道：「會飛的東西，好大一群。」

姊妹倆聽了，都不禁身上一寒，陳若夢問道：「什麼會飛的東西？」趙觀神色凝重，說道：「我也不知道。聽聲音像是飛鳥一類，但我聞到一股血腥味，又不是鳥類所有。」

這時天色已暗下，陳如眞抬頭望天，說道：「像要下雨啦。」趙觀道：「我們快找地方避雨。」

三人策馬行去，不多時豆大的雨點便落了下來，三人身上盡皆溼透，縱馬在泥濘中行出一陣，才看到前面黑壓壓地有間大屋。三人不暇多想，便上去敲門。那屋子像是荒廢已久，早無人居，三人闖了進去，前後探索一陣，才找到兩間不漏水的屋子。陳家姊妹素來愛馬，將三匹馬都牽了進來，仔細洗刷了，生怕愛馬因淋雨而病倒。

趙觀在屋中生火煮水，好讓兩位姑娘有熱水清洗身上泥濘。他自己將溼衣服都脫下了，坐在隔壁房中烤火，耳中聽得兩姊妹在隔壁房中沖洗的水聲，憶起偷看陳若夢洗澡時的光景，忍不住便想去偷看，轉念又想：「她爹娘讓她們跟著我，對我好生信任，我可得收斂些，不能太過下流無賴了。」

過了一陣，大雨稍歇，三人聚在一起吃了一點乾糧，便要躺下休息。陳如眞怕黑，想趙觀跟她們睡在一房，陳若夢不肯，說道：「男女有別，我們怎能跟他睡一間房？」

趙觀笑道：「妳當我是什麼人了？在這荒野古屋裡，我只想著保護兩位姑娘不受鬼怪侵擾，豈有他念？」陳如眞聽他說到鬼怪，低呼一聲，心中更怕了。陳若夢卻哼了一聲，說道：「你那骯髒腦子裡在轉些什麼念頭，當我不知道？快給我去隔壁睡下。姑娘家晚上熟睡的模樣，豈是你能看得的？」

趙觀心道：「這位陳大姑娘眞是我的知己，連我在動什麼骯髒念頭都一清二楚。」正要出門去，忽聽沙沙聲響，他大驚失色，忙衝過去關嚴了門窗，又舉著火摺在房中四處探尋。陳若夢驚道：「怎麼了？」趙觀急道：「他們來了，快躲起來！」打開屋角一個衣櫃，伸手便去拉陳若夢。

便在此時，窗外聲響大作，像是有大批飛物來到屋外，不斷向門窗牆壁撞擊，啪啪作響。二女大為驚恐，陳如眞顫聲道：「那是什麼？」卻見窗口一個縫隙中鑽入了一道黑影，接著又有第二隻、第三隻竄進屋中，陳若夢驚叫道：「是蝙蝠！」

趙觀叫道：「快伏下！」伸手將陳若夢推入衣櫃中，關上櫃門，又拉過陳如眞，想送她躲入衣櫃。但此時蝙蝠愈來愈多，吱吱尖叫，圍繞在二人身旁不去，趙觀再也無法靠近那衣櫃，拔出單刀向蝙蝠砍殺一陣，殺死了十多隻，卻無法驅散成群結隊的蝙蝠，只能抱著陳如眞滾倒在地，盡量護著她的頭臉身子。趙觀感到背後一陣陣刺痛，卻是被蝙蝠抓傷咬傷，暗罵：「臭蝙蝠，死蝙蝠，竟敢咬你祖宗！你爺爺血中有毒，毒死了你好！」但想要等蝙蝠吃到他的血肉後才會死去，未免太過疼痛，心中一動，從懷中取出一枝線香，湊著地上僅剩微光的火摺點著了，用手掩住了陳如眞的口鼻。過了一陣，但聽啪啪聲響不絕，竟是蝙蝠紛紛墜地。那線香剛燒了一寸，屋中便只剩三四隻蝙蝠還在屋角拍著翅膀，其餘盡數斃命落地。

趙觀爬起身來，噓了一口氣，心想：「蘭師姐的『天誅地滅煙』果然厲害。」低頭見陳如眞還躺在地上，半昏半醒，忙俯身抱起她，餵她吃下一顆解毒丸。過了一陣，陳如眞嚶的一聲醒轉過來，睁眼見到趙觀，撲在他懷裡，哭道：「趙大哥！我……我還道我們都已死了。」趙觀輕拍她背，輕聲安慰道：「好姑娘，乖姑娘，有我在呢，我不會讓妳死的。」

便在此時，門外腳步聲響，十幾人走近前來。趙觀心中一凜，低聲道：「聽我的話。給妳姊姊吃下這解藥，立刻帶她騎馬離開。快！」

但聽砰的一聲，兩扇門已被擊飛，門口出現一個巨大的身形。趙觀轉頭望去，饒是他膽大多識，也不由得嚇了一跳：卻見那人皮膚黝黑，身穿虎豹獸皮，眼若銅鈴，獠牙突出，頸間掛了一串骷髏頭，手中拿著一隻盛了鮮血的頭蓋骨。陳如眞嚇得尖叫起來，躲到趙觀背後。趙觀握住她的手，強自鎮靜，問道：「你是什麼人？」

那怪物嘿了一聲，用藏語道：「我是大黑天護法。」趙觀作法王時曾和一群喇嘛朝夕相處，也學會了幾句藏語，便道：「我是甘敏珠樂法王，護法當聽法王的話。」

那怪物微微一呆，隨即笑道：「原來你就是金吾仁波切要抓的小子！」趙觀暗罵一聲，但聽那怪物放聲暴吼，揮動一柄銅錘模樣的兵器向他砸來。趙觀向後躍出避開，那銅錘便擊在磚石牆上，砰的一聲巨響，竟將牆壁打塌了一半。趙觀眼見這怪物力大無窮，若被他銅錘打到，只怕頭都要打扁了，忙高聲叫道：「眞兒，快照我的話去作，走得愈遠愈好！」陳眞兒退後幾步，將姊姊抱出衣櫃，跳出窗外。

趙觀這才放下心，向大黑天笑道：「你的蝙蝠奈何不了我，你也打不過我。」大黑天怒吼一聲，望向滿地蝙蝠，喝道：「你把我的小朋友們怎麼了？」趙觀道：「都殺死啦。你若覺得寂寞，不如跟你的朋友們一塊去地獄裡玩玩吧。」

大黑天怒吼連連，揮錘向他攻來。趙觀閃身避開，感到背上漸漸痲痹，心中暗叫不好：「他的蝙蝠爪牙上餵了毒，我背後總有幾十個傷口，中毒不淺。」揮手射出一把毒鏢，哪知大黑天皮厚肉粗，飛鏢竟射不進他身上。趙觀俯身去摸地上，想重新點上「天誅地滅煙」，但大黑天的鐵錘如狂風暴雨般向他打來，只逼得他四處躲避，無暇使毒。

趙觀眼見門外還有十多個喇嘛，個個塗黑了臉，手持馬刀，都不是好惹的模樣，心想：「看來今日我又要栽在喇嘛手上。但盼陳家姊妹能平安逃出去。」又撐了幾招，便覺手腳不聽使喚，想是中毒漸深，終於摔倒在地。大黑天大步走上前，笑道：「金吾說要留個活口，跟我們走吧！」伸出大手去抓趙觀的衣襟，將他提了起來。忽然大叫一聲，又將趙觀摔了出去，口中叫道：「邪門！」

趙觀笑道：「本法王法力高強，有龍天護法保衛，豈是你能亂碰的？」大黑天怒吼一聲，門外的黑臉喇嘛聽得有事，一湧而入，將趙觀圍住，一步步靠近。趙觀心下暗罵：「這些小黑臉若不進來，我應能用蠍尾鞭對付這大黑臉。現在人多，非得同時使蠍尾鞭和蜈蚣索才能退敵。」但他身上無力，又如何能雙手同使兵器？

便在此時，兩名黑臉喇嘛忽然向前撲倒，在地下扭曲幾下，便不動了。眾喇嘛大叫起來，紛紛回頭去看，背後卻無人影。趙觀卻已看清，那兩個喇嘛是被長劍刺死的，出劍者身穿黑衣，身形苗條，正是陳如眞。她此時已繞到另一邊，長劍連刺，又殺死了兩名喇嘛，隨即揮劍向大黑天斬去。大黑天回身揮錘向她砸去，趙觀叫道：「小心！」

陳如眞那劍原是虛招，她轉過身子，回劍反手刺死兩個喇嘛，奔到趙觀身前護住他。趙觀見她劍術精湛，眨眼間便殺了六個喇嘛，心中又是欽佩，又是擔心，手中蜈蚣索飛出，捲住一個喇嘛的頭頸，將他向旁扯去，撞上另一個喇嘛。他索上毒性極強，那兩名喇嘛登時斃命，眾黑臉喇嘛亂成一團。

第五十九章 風姿綽約

陳如真躍上前去，揮劍攻向大黑天，趙觀知她不是大黑天的對手，叫道：「真兒回來！」幸得他這一叫，陳如真收劍回身，險險避開了大黑天橫飛而來的鐵錘。陳如真心中怦怦亂跳，急忙退回趙觀身旁，低聲道：「趙大哥，我跟你死在一起！」趙觀見她頭髮散亂，神色卻堅決無比，心中激動，叫道：「好，要死我們便死在一起！」吸一口氣，站起身來，笑道：「喂，大黑豬，你已中了我的奇毒，你若讓我們走，我便大發慈悲，給你解藥。」

大黑天笑道：「你這點小小毒術，算得什麼？我早服過解毒藥丸，百毒不侵。」趙觀搖頭道：「我不信，除非你將藥丸拿出來給我瞧瞧。」大黑天頭腦並不靈活，當下從懷中取出一袋藥丸，說道：「就是這個，你如何不信？」趙觀伸手拿出了一顆，放到鼻邊聞聞，笑道：「這不過是治頭痛的六神丹，算得什麼？」大黑天一愣，趙觀忽然抓過那袋藥丸，揚手扔出窗外，藥丸登時四散飛落。大黑天怒吼一聲，叫道：「死小子！」揮錘向他砸來，趙觀拉著陳如真避開，眼見其餘黑臉喇嘛紛紛衝出去伏在地上揀拾藥丸，心想：「此時不走，更待何時？」

正想躍出窗外，忽聽一聲馬嘶，一團白影從門外衝入屋中，向大黑天撲去，卻是陳若夢騎著白玉闖進屋裡。她揮劍逼退幾個上來攔阻的黑臉喇嘛，高聲叫道：「快上馬！」陳如眞跳上馬背，剛在姊姊身前坐穩，便聽姊姊大叫一聲，卻是背後被大黑天的鐵錘掃中，跌下馬來。趙觀揮動蜈蚣索逼退近前的三個喇嘛，伸手抄起陳若夢，跳上白玉，叫道：「馬兒快走！」白玉甚有靈性，登時拔足向前衝去，跳出窗外，向著荒野狂奔。

馳出一陣，白玉乘載三人，漸漸支持不住，放慢了腳步。趙觀聽得背後馬蹄聲響，知道大黑天一行人從後追了上來，心中焦急，說道：「眞兒，這回妳得聽我的話。妳帶了姊姊騎馬去，我留下擋住敵人。」陳如眞哽咽道：「我不逃！我跟你死在一起。」趙觀道：「傻丫頭，妳得先救妳姊姊，她可不願跟我死在一起。再說，我們還未將話傳給凌大俠，怎能全都死了？」

陳如眞咬著嘴唇不答。

趙觀見她不答，低頭在她額上親了一下，說道：「乖乖聽話，我才喜歡。」手一撐，跳下馬來，伸手入袖，準備好各種毒物，準備和大黑天一決死戰。他才一下馬，便覺站立不穩，卻是背後蝙蝠毒性發作，他不料自己中毒如此之重，正暗自惱恨，忽覺脅下多出一雙手扶住了自己，趙觀回過頭，卻見扶著自己的正是陳如眞。她微微一笑，說道：「白玉帶姊姊走了，他們追不上的。」

趙觀搖頭苦笑，說道：「像妳這麼想死的人，我倒是沒有見過。」心想：「這小姑娘視死如歸，不肯棄我而逃，不愧是關中陳大俠的女兒。」正想時，大黑天和一群黑臉喇嘛已乘馬奔近前來，見到他二人，大聲呼喝，圍將上來，舉起馬刀，防止二人逃走。大黑天騎馬上前，陳如眞連出三劍向他刺去，大黑天不避不讓，鐵鍾揮處，噹一聲將她手中長劍打彎了，直飛出去，陳如眞驚呼一聲，虎口流血，臉色煞白。大黑天舉起鐵鍾，說道：「你這兩個小鬼太過滑溜，我帶你們的頭顱去見金吾就好了。」舉起鐵鍾，便要向趙觀頭頂砸下。

趙觀抵抗不得，只能緊緊握住陳如眞的手，閉上眼睛，準備就死。便在此時，忽聽一聲嬌斥：「住手！」大黑天的鐵鍾竟然沒有砸下，趙觀睜開眼睛，卻見大黑天身後多出一個全身白衣的少女，騎在一匹赤色馬上，手中長劍如虹，已和大黑天鬥在一起。白衣少女身後還有七八個騎在馬上的白衣人，各自揮劍向眾黑臉喇嘛砍去。

趙觀抬頭向那白衣少女望去，卻見她容色清麗絕俗，有若天仙，雖在劇鬥之中，仍是美艷不可方物，他這一看便看得呆了，還是陳如眞拉了他一把，說道：「趙大哥，快躲開！」趙觀才將眼光從那白衣少女臉上移開，隨著陳如眞躲到那群白衣人之後。卻見那群人中男女老少都有，個個武功高強，不多時便殺死了一眾黑臉喇嘛，只剩那少女和大黑天猶自纏鬥。眾白衣人見白衣女略占下風，一起上前圍攻。大黑天眼見情況不妙，猛然大吼一聲，策馬逃去。白衣少女縱馬追出幾丈，擲出長劍，刺上大黑天的肩頭。大黑天悶哼一聲，更加用力拍馬，頭也不回地奔去了。

那白衣少女哼了一聲，並不再追，縱馬奔回，向趙觀望了一眼，又望向陳如眞，跳下馬來，身法輕靈，好似一塊白紗一般飄下地來。趙觀心中不禁想：「這姑娘莫不是天仙下凡？」便聽她跟陳如眞說起話來：「妳會使霧中看花十七式，是陳大姑娘還是二姑娘？我是文綽約。啊，原來是眞兒。幸得我和雪族兄弟們經過此地，正好遇上妳們。那些喇嘛爲什麼要殺妳們？那黑臉怪物生得眞醜，可惜我沒能一劍刺死了他！哼，這小子怎麼回事，沒看過女人麼？」說著向趙觀一瞪。她說話如連珠炮般，又快又爽利，一雙銳利的眼睛往誰一望，便讓人全身一震，不得不聚精會神，嚴備以待。趙觀聽她最後一句是對自己而發，也嚇了一跳，忙收回目光，暗想：「天仙說話怎會這般快？看來她畢竟還是凡塵之人。」不由得歎了口氣，微覺失望。

文綽約瞪著他道：「喂，你歎什麼氣？小子，你叫什麼名字？是眞兒的朋友麼？」

陳如眞忙道：「文姊姊，這位是趙大哥，單名一個觀字。我和姊姊和他三人一塊行路，受到那些惡喇嘛攻擊，多虧這位趙大哥保護相救。」

文綽約點了點頭，說道：「這姓趙的小子一副吃軟飯的模樣，沒想到竟有些英雄氣概。喂，眞兒，妳姊姊呢？」此時一個白衣人牽著白玉走回，陳如眞見姊姊伏在馬上，尚未恢復神智，忙上去檢視，見她背後瘀黑好大一塊，錘傷甚重，心中焦急。雪族中有擅長醫藥的，便過來探視陳若夢的傷勢，幫忙救治。

趙觀全身疼痛，連站著都得用盡全身力氣，但他不願在這白衣美女面前示弱，強自撐著，臉露微笑，說道：「原來妳就是文綽約姑娘！」

文綽約向他上下打量，說道：「你知道我？你聽說過些什麼？」趙觀道：「我聽人說：『蕭雲文，三美人』，說是當今武林三大美女。見面之下，才知這話說得不對。」

文綽約柳眉揚起，說道：「哪裡不對了？」趙觀搖頭道：「龍宮大小姐雲非凡雖也是一等一的人才，但論容貌武功，論才識氣度，哪有一樣比得上妳？她的排名該在妳之下才是。蕭姑娘我沒見過，想來也及不上妳。這話該是：『文雲蕭，爭窈窕，天仙般縹緲，人間哪裡找？』」

文綽約嘴角似笑非笑，說道：「你傷得不輕，還有心情看人美不美？喂，姓趙的小子，你說我眞的很美麼？」趙觀道：「這個自然。妳比雲大小姐更多了一分豪氣，一分瀟灑，乃是眞正的女中丈夫，巾幗英雄，這是天下無人能及的。」文綽約哈哈大笑，說道：「你開口以來，只這句話最像人話！」

趙觀三言兩語便討得了文綽約的歡心，心中甚感得意。文綽約卻也沒再理他，指揮夥伴追查大黑天的去處，自己領了幾個族人，帶陳家姊妹和趙觀去附近小鎭上的客店治傷。

陳如眞讓姊姊趴在床上，替她背後瘀傷敷上傷藥，又去隔壁間探望趙觀，問道：「趙大哥，你背上怎樣？」趙觀道：「先前麻麻的沒甚感覺，現在開始痛了。」陳如眞甚是擔心，讓他俯伏在床上，除下他的衣衫，卻見他背後鮮血斑斑，不知有多少個傷口，不由得驚呼出聲，眼淚湧上眼眶，低罵道：「該死的蝙蝠！趙大哥，你一定痛極了。你……你這都是爲了我。」取出傷藥，輕手替他敷上。

趙觀傷口原本疼痛，此時有美女替他擦藥，更加哼哼唉唉地叫個不止。陳如眞聽了心痛不已，眼淚一滴滴地掉下。陳若夢在隔壁聽了只覺心煩討厭，說道：「姓趙的，你是男子漢不是？受了點傷便叫個不停！」

趙觀道：「我若不是男子漢，就搶先躲到衣櫃裡去了。」陳若夢無言可答，心中雖感激他捨命相救自己姊妹，卻不肯出口道謝，哼了一聲，閉上眼不作聲。

陳如眞聽姊姊不作聲了，低聲問道：「趙大哥，很痛麼？」趙觀低聲呻吟，說道：「眞兒，爲了妳，我什麼苦都忍得。」陳如眞臉上飛紅，陳若夢在隔壁聽見了，嘿了一聲，罵道：「小子不懷好意！眞兒，這小子最會討好賣乖，妳別理他，千萬別相信他的甜言蜜語。」陳如眞不敢回答，卻伸手輕輕握住趙觀的手，意示感激。趙觀心想：「妳握我手怎麼夠？該來親我一下。或是讓我摸摸妳的臉蛋，親一個嘴。」他心裡想得高興，但知剋星陳若夢便在隔壁，自是半句也不敢說出口，又覺背後疼痛，勉強忍耐，感到陳如眞溫軟的小手不斷在自己背後撫摸，甚是受用，迷迷糊糊地睡著了。

次日便有百花門人得知門主在此，趕來拜見。趙觀大喜，傳令門中姊妹立即向虎嘯山莊傳警。那門人領命去了，說道一旦聯絡上虎嘯山莊，便將立時通知門主。趙觀放下了心，便與陳氏姊妹在當地多留了幾日養傷。文綽約讓族人去追尋大黑天，自己留下守護三人。

數日以後，陳若夢的傷已恢復了五六成，趙觀也好了七八成。文綽約豪爽好飲，聽說趙觀也愛杯中物，便拉三人一起去喝酒。四人來到城中出名的酒樓，才上得樓去，便見一個頭戴書生巾，面如冠玉的白衣少年站在梯口等候，他一看見文綽約，忙趨前行禮，說道：「文姑娘！妳……妳來啦。」

陳若夢認得他，向他招呼道：「天龍少主石公子，你怎地也在這兒？」那人正是近年新興的天龍劍派少主石珽，他拱手向陳若夢回禮，說道：「陳大姑娘，別來無恙？」眼光卻始終沒有離開文綽約。文綽約對他卻全不理睬，從他身前走過，逕自找了個座頭坐下，好似根本沒有看到他這個人一般，招手說道：「陳家姊姊、眞妹妹，快來坐吧。」

眾人坐定了，石珽仍舊站在梯口，癡癡地向這邊張望，似乎想走過來，卻又不敢。趙觀忍不住問道：「這位仁兄是怎麼回事，變成石頭了麼？」

陳若夢斥道：「你知道什麼？這位石公子乃是天龍劍派門主的獨生子，劍術已得他父親的眞傳，是少一輩中數一數二的劍客。雖比不上虎山凌家兄弟，卻也足以傲視武林了。日前若是有他和我們一起，只怕誰也不會受傷。」

趙觀知道她故意貶損自己，也不在意，說道：「這麼了不起的人物，幹麼像個傻子一樣站在那裡？」

文綽約撇嘴道：「這小子一直跟在我身後，糾纏不清，陰魂不散，我看了就討厭！我最看不起這等沒骨氣的男子。我跟他說過多少次了，要他別來煩我，他就是不聽！」

她說話聲音不小，石珽站得甚近，自都聽見了，臉上青一陣，白一陣，走上幾步，低聲下氣地道：「文姑娘，請妳別生氣。我……我只想多看妳幾眼，別無他意。」

文綽約轉過頭去，大眼睛向他一瞪，冷冷地道：「我爲什麼要給你看？你憑什麼看我？給我滾！」

石珽咬著嘴唇，終於退了下去，走到梯口，又回過頭來望向文綽約，似乎懇盼她能對自己顯露一絲半點的善意。文綽約對他更不理睬，拉起趙觀的手，說道：「姓趙的小子，聽說你酒量很好，來，我跟你賭酒！」

趙觀見她對石珽如此凶狠絕情，心下不禁對石珽好生同情：「這石珽出身名門，劍術不壞，聽來是個人物。偏偏沒長眼睛，愛上了這潑辣姑娘，使勁搖尾乞憐還得不到她的青睞，受盡屈辱，眞是可憐得很。」又想：「文姑娘這會兒對我青眼有加，想來也只是爲了氣氣他。要我趙觀伺候這位潑辣姑娘，我可不幹。但文姑娘確實美貌得緊，人家說雪族多出美女，眞是不假。她若是對我溫柔些，我倒還能勉強接受。」正胡思亂想間，文綽約已高聲叫道：「來三罈烈酒！」

趙觀笑道：「妳一個姑娘家，膽子倒不小，竟敢找我趙觀賭酒？」文綽約瞪眼道：「你若喝得過我，我今晚陪你過夜！」趙觀吞了一口口水，瞥眼見陳家姊妹坐在一旁，忙收起笑容，正色道：「文姑娘說笑了，這如何使得？我甘拜下風便是。」

四人吃過晚飯，趙觀和文綽約便對飲起來，三罈酒喝完了，又叫了三罈，兩人一直喝到深夜。陳如眞勸了好幾次，說趙觀受傷未癒，不能多喝，趙觀只道：「不妨。」文綽約嫌她們姊妹囉唆，拉起趙觀道：「走，到我房裡去喝！」趙觀笑道：「好啊，我們不醉不散。今夜不分出個勝負，怎能停下？」

陳若夢皺起眉頭，心想：「這小子天性好色，看到文家妹妹這般美女，怎會輕易認輸？」便拉了妹子先去睡了。陳如眞如何放得下心，躺在床上輾轉反側，難以入眠。

卻說趙觀和文綽約直喝到四更，仍未醉倒。文綽約說話漸漸多了起來，似乎連心肝都掏了出來。趙觀無意間提起寶安，說道：「寶安這姑娘眞好。她是我見過最善體人意的姑娘，難怪凌家兄弟這麼喜愛她！」

文綽約聽了，微微一怔，說道：「不錯，她是很好。她比我好，是麼？」

趙觀搖頭道：「那也不見得。妳比她美得多。」文綽約一笑，伸手去攏鬢邊頭髮，問道：「我哪裡比她美？」趙觀知道她想多聽讚美之言，便道：「妳身材高ㄎ，體態婀娜，寶安及不上妳。」文綽約又問：「還有呢？」趙觀道：「寶安的膚色雖也甚白，卻沒有妳的皮膚這般晶瑩如玉。」文綽約又問：「還有呢？」趙觀道：「妳一頭秀髮濃黑如雲，光可鑑人，一般漢人哪有妳這麼烏黑亮麗的髮色？」文綽約又問：「還有呢？」趙觀道：「我看妳的腰比她纖細得多，十隻手指如春蔥一般，柔滑嬌嫩。」文綽約又問：「還有呢？」

趙觀心道：「我能看到的就這些了，妳還要我說下去，除非妳讓我看看。」他雖微醉，卻還沒醉到有膽說出這話，心想若再繼續說她如何美麗姣好，自己只怕便要忍耐不住了，便轉口道：「這個麼，妳喝酒一定比寶安喝得多。」文綽約笑道：「這個自然。喂，姓趙的小子，你想小三兒會喜歡和我一起喝酒麼？」

趙觀道：「好酒之徒都愛知己，他怎會不喜歡？」

文綽約笑靨如花，說道：「是麼？我眞想陪他喝酒，陪他喝一輩子的酒。我小時候看過他喝酒，好像沒底洞似的，怎都喝不醉。我見到他那股傲氣，那股天壓下來也不怕的神氣，就再也忘不了他。從那以後，我便也開始喝酒，慢慢練出了點酒量，因為我想陪他喝一輩子的酒。你說，他會不會喜歡我陪他？會不會願意跟我在一起一輩子？」也不等趙觀回答，便笑了起來，笑了一陣又開始抽抽噎噎地哭泣，醉態可掬。

趙觀看在眼中，心中了然：「原來她心裡喜歡著小三兒。」

文綽約又哭又笑地說了一陣醉話，左右都離不開小三兒的種種好處。趙觀說起許多年前在蘇州和小三兒一起喝酒的往事，文綽約邊聽邊笑，說道：「你這人也很好，酒量也很好，但是啊，你怎都比不上小三兒。他在我心裡的地位是誰也不能取代的。」說著說著，終於趴在桌上沉沉睡去。

趙觀見文綽約趴在桌上不動，伸手推了她幾下，喚道：「喂，妳醉倒了麼？」

文綽約不答。趙觀過去扶起她，將她抱到床上睡好，想起她說過賭酒輸了今夜就要陪自己的話，心中大喜：「我喝酒勝過她，她可該實現諾言了吧。」正想伸手去抱她，又躊躇起來，暗想：「她對小三兒一片癡心，搞不好以後會嫁給小三兒作老婆。朋友妻，不可戲。我還是別打她的主意。」

掙扎半晌，終於替她蓋好了被子，凝望著她熟睡的臉，低聲道：「小三兒心裡已經有了人，那就是寶安妹妹，妳想必早已知道。寶安若是嫁給了凌大哥，小三兒說不定會移情於妳。妳好自為之吧。」

文綽約嗯嗯兩聲，也不知有沒有聽到。趙觀走出房去，關上房門，回到自己房間。他躺在床上，回想文綽約的絕世姿容，忍不住開始臭罵自己：「她睡得那麼沉，你作君子給誰看？你趙觀眞是大白癡一個，有心沒膽，枉稱風流了。」罵了一陣，終究沒有跑回她的房間，昏沉沉地睡著了。

次晨他迷迷糊糊中，便聽得門外嘰嘰喳喳的女子談笑聲，原來文綽約早已醒了，正和陳家姊妹在門外說笑。趙觀感到宿醉後的頭痛，縮在被窩裡不肯起來，不由得好生想念丁香，只盼她此時在自己身邊，服侍自己洗臉更衣，梳頭打理。想念了一陣，丁香畢竟不在，只好自己爬起身來梳洗。

出得門去，文綽約若無其事，神態自若，指著他笑道：「姓趙的小子，睡到現在才醒來？你酒量還算不錯，今晚咱們再比一次！」

趙觀想起昨夜的懊惱尷尬，連連搖手道：「我怎麼比得過姑娘？我此後再不敢跟妳喝酒了。」

陳如眞問道：「你們昨夜拚酒，究竟是誰贏了？」

趙觀見到她的臉色，當即扯謊道：「自然是文姑娘贏了。我醉得不省人事，連怎樣回到房間的都不知道。」陳若夢笑道：「難道是文家妹妹抱你回去的不成？」文綽約向趙觀白了一眼，笑道：「我怎屑抱這小子？是他自己走回去的。」

陳如眞微微一笑，坐到趙觀身邊，替他斟了一杯茶，說道：「這是我讓店家特地煮的醒酒茶，你快喝一些，醒醒酒。」

陳若夢道：「別拖拖拉拉的，咱們得快些上路呢。走，妹子、文妹妹，我們先去準備馬匹，別等這睡懶覺的傢伙。」說著便和文綽約出房去了。

陳如眞也起身出房，臨到門口，停步回頭，向趙觀凝望了一陣，才低聲道：「趙大哥，你眞是個君子。」說完臉上一紅，也出房去了。

趙觀不由得苦笑起來，心道：「俗話說：『只論行爲，凡夫可爲君子；若觀念頭，夫子亦非聖人。』這話眞是一點不錯。眞兒若知道我昨夜躺在床上時都在想些什麼，打死也不會說我是君子。我趙觀若可稱君子，我那浪子大叔便可稱爲聖人了。」

當日眾人便又上路向東行。這日有百花門人前來報訊，告知凌霄夫婦仍在龍宮作客，百花門人已將警訊傳給了凌雙飛，凌雙飛正率領龍幫幫眾布置保護虎嘯山莊。趙觀聽了，放下心來，向陳家姊妹道：「凌二哥聰明多智，想必能應付敵人。」

他又聽門人說起凌昊天在少室山腳下爲維護百花門和修羅會大打出手之事，心中好生感激，暗想：「小三兒畢竟夠朋友。幸好我那夜沒對文姑娘亂來，不然我日後拿什麼臉去見他？」又想：「小三這小子不知跑去了哪裡？百花姊妹們說他曾跟丐幫的人作一道，還曾上少林寺去過，之後便不知所蹤。現下他家裡有難，但盼他快快得訊，趕回家去相助才好。」當下令百花門人尋訪凌昊天，告知虎山有難的消息，讓他及早趕回虎山。

文綽約聽說虎嘯山莊已有準備，說道：「我來中原，本爲上虎山拜見雪艷凌夫人。凌二哥雖已得訊，但那些喇嘛甚是厲害，我當去助他一臂之力。」趙觀身上傷勢也好些了，與陳家姊妹商量下，便也和雪族眾人作一道，趕往山東。

不一日，趙觀和文綽約一行人趕到虎嘯山莊，出來迎接的是凌霄的小師弟段正平。他看到眾人前來，甚是驚訝，說道：「多謝各位前來助拳的美意。東廠賊人已被打退，虎嘯山莊一切平安，有勞各位奔波一趟了。」

文綽約奇道：「敵人是淩二哥率眾打退的麼？」段正平道：「雙飛和我等守在虎山腳下，卻並未與賊人交手。東廠的賊人是被昊天打退的。」

文綽約啊了一聲，說道：「小三兒回來過？」段正平道：「正是。但他始終沒有回家來。他獨自一人擋在通往平鄉的路上，攔下了五十多個喇嘛。其中有個叫大黑天的，一個使金鈸的金衣喇嘛，還有十三名紅衣喇嘛，善於結成刀陣，都被小三兒打敗退去了。」

文綽約和趙觀、陳氏姊妹互望一眼，心中都想：「金吾和那大黑天都很不好對付，沒想到小三竟能單獨將他們打敗。」

趙觀問道：「段叔叔可知小三往哪兒去了？」

段正平搖頭歎道：「我也不知道？大家都在找他，他卻偏偏不肯回家。他打退那群東廠走狗，殺了一個使彎刀的傢伙，聽說是朝廷中的重要人物，叫什麼彎刀三傑的。官府因此廣令通緝昊天，他不想連累父母，說要去南方走走。」

趙觀心中一震，脫口道：「彎刀？」

段正平道：「正是。那人留下了一柄彎刀，我們後來才知是彎刀三傑之一齊無漏的佩刀。」

趙觀道：「我可能看看麼？」段正平便讓人取過彎刀，趙觀接過了，拿在手中仔細觀看，一言不發。

文綽約不斷向段正平追問小三兒打敗東廠喇嘛的經過，悠然神往，拍手道：「沒想到小三兒武功進步了這許多！你說他去了南方，我這就去找他。」轉頭向趙觀道：「你也一道去吧？」

趙觀卻好似全未聽見，凝視著那柄彎刀，臉色鐵青。文綽約問道：「你怎麼啦？」趙觀回過神來，搖頭道：「我還有別的事要辦。文姑娘，妳見到小三兒時，說趙觀向他問好。」文綽約道：「你不去就算了，我自己去找他。」

此時天色已晚，段正平道：「天已黑了，眾位請在我們莊裡過一夜再走。」

趙觀、文綽約和陳氏姊妹便上虎山借住一宿。凌雙飛和鄭寶安當時也在山上，眾年輕人相見之下，十分歡喜，一起用了晚飯，直聊到深夜。

文綽約心急要追上凌昊天，次日清晨便與眾人告別，匆匆下山，向南馳去。

第五部

柔情一縷

第六十章　山東好漢

卻說凌昊天那日在小酒舖中爲保護百花門與修羅會眾打了一架，病重又兼受傷，坐在桌旁自斟自飲，強自撐著，才沒昏倒過去。忽聽門口一陣嘈雜，一群官兵衝入酒舖，喧喧鬧鬧地向酒客詢問剛才打架之事。一個潑皮向官兵說了打架的經過，眾官兵紛紛側目向凌昊天望來，有的不信，有的驚異。

潑皮說完以後，領頭的軍官大步走上前來，向凌昊天抱拳道：「修羅會賊人作惡多端，這位英雄以寡擊眾，不令彼等逞凶，本官好生敬佩。請問英雄貴姓大名？」

凌昊天見這軍官不過十八九歲年紀，身形高大，體格雄壯，一身武官打扮，英姿煥發，當下舉起酒碗道：「我敬你一碗！」

那軍官微微一怔，隨即接過酒碗，一飲而盡。凌昊天見他雖是官人，卻毫無驕躁凌人之態，顯然有心與己結交，甚是歡喜，便道：「在下姓凌，行三。兄臺高姓大名？」

那軍官道：「俺姓戚，名繼光。」凌昊天聽他官話中透著山東口音，他自己也在山東長大，心生親近，問道：「戚官人家鄉何處？」戚繼光道：「俺是山東東牟人。你先別問俺如何，你身上的傷不礙事麼？」

凌昊天低頭見身上的傷口猶自流血，皺眉搖頭，說道：「不礙事，我喝酒喝得高興，竟忘了包紮傷口，多虧你提醒。」

戚繼光見他又傷又醉，似乎隨時都會倒下去，說道：「你受傷不輕，那些賊人轉眼又來，你如何敵得過？來來，俺帶你回去包紮醫治。」

凌昊天只能苦笑，他一生從未如此潦倒落魄，想要辭謝，身上卻全無力氣。戚繼光當下不由分說，俯身將他揹起，大步走出酒舖。凌昊天眼前一黑，昏了過去。

過了不知多久，凌昊天迷迷糊糊中感到有人替自己包紮傷口，又餵自己喝下苦味湯藥。他睡了好一陣，才回復意識，感到自己睡在一張溫軟的床舖上，身上傷口雖仍疼痛，體熱卻已退去了。他轉頭望去，見戚繼光正坐在桌旁，就著一盞油燈讀書。凌昊天心中好生感激，開口說道：「多謝兄臺相救！」

戚繼光見他醒來，放下書本，走近床前，伸手探他的額頭，說道：「你眞箇是不要命的。發熱病還跟人打架，受了傷還只顧喝酒！現下你體熱已退，再多睡一忽吧。你肚子餓麼？」

凌昊天還未回答，肚子已咕嚕咕嚕響了起來。戚繼光一笑，便喚僕從拿來一籠饅頭，幾樣小菜，凌昊天大口吃了起來，轉眼便吃完了一籠饅頭。

戚繼光在旁看著，說道：「我瞧兄臺英武豪邁，乃是俠客一流，怎地如此潦倒？想來定是心中有失意之事了。」

凌昊天輕歎一聲，說道：「也說不上有什麼失意事，我就是太愛胡鬧，才會落到這個地步。」他不願多說自己的事，便問道：「請問軍官身任何職？」戚繼光道：「小弟襲官登州衛指揮僉事，專管地方上的平安。」凌昊天問道：「軍官來此地是爲了公幹麼？」戚繼光道：「正是。俺是爲追捕一個修羅會惡徒來的。修羅會有個叫武如香的和尙，在俺地方上幹了許多壞事。這和尙假藉作法事，來到人家借居，用一種叫作『紅散』的迷藥混入飯裡，令全家昏迷，姦污人家女子，幹下幾宗大案。俺帶著手下從山東一路來此，便是爲了追捕這個淫僧。」

凌昊天心想：「一般武官，如何捉得了修羅會中的人？」說道：「聽說這和尙武功不差，只怕不易將之擒捕。」戚繼光神色肅然，說道：「這賊子作惡多端，俺決不能讓他逍遙法外。他武功確實不錯，俺因此更加不能任憑他施暴肆虐。就算拚了性命，俺也要追捕到這個惡賊！」凌昊天聽了，不禁點頭，心想：「這人不過是個小小軍官，但正氣凜然，正直無懼，當眞少見。」

戚繼光又道：「再說，俺略識一點武藝，應能和賊人周旋。」凌昊天問道：「請問戚兄會得什麼武藝？」戚繼光道：「是俺祖傳的戚家拳和戚家槍。」凌昊天點了點頭，沒有再說話。

卻說凌昊天在戚繼光的照顧下，身子漸漸恢復，第五日已能下床走動。這日他來到中庭，看到戚繼光在練拳。他看了一陣，取過一枝長槍，遞給戚繼光，說道：「戚兄，你拿槍刺我。」戚繼光一呆，說道：「怎地？」凌昊天道：「我想瞧瞧你的槍法。」戚繼光道：「待俺將槍頭用布包起，莫誤傷了凌兄。」凌昊天笑道：「不妨，你儘管攻來便是。」

戚繼光猜想他武功應當不弱，當下挽起一個槍花，大喝一聲，中槍直進，向凌昊天當胸刺去。凌昊天腳下施展輕功，向旁避開，戚繼光更不停頓，三槍分上中下三路攻來。凌昊天一一避開，仔細觀察他的槍路，如此過了三十六招，戚繼光才罷手抹汗，笑道：「凌兄好快的身手！俺自以爲槍法還可，不料更無法沾到你的衣角！」

凌昊天道：「戚兄槍法甚好，微缺不能變通。你看著。」當下取過另一枝長槍，將戚家槍的三十六招轉換順序使出，口中說道：「這招之後該使那招，讓敵人無迴旋餘地。那招後該連續使這兩招，擋住敵人去路。」他武功本高，加上記憶極好，看過一遍後，已將戚家槍學會了七八成。此時使將出來，威力和戚繼光所使自是不可同日而語。戚繼光只看得目不暇給，忙持槍照練，對槍法體悟陡然深了一層，心中對凌昊天又是驚異，又是佩服。

又過數日，戚繼光的手下官兵查出武如香等已離開當地，往東南浙省去了，戚繼光便下令出發追上。他十分仰慕凌昊天的武功，便邀他同行。凌昊天感激戚繼光相救之德，又知戚繼光等的武功不足以對付修羅會眾，便答應了。此後一路之上，戚繼光一得空便向凌昊天請教武功，凌昊天見他雖非武林中人，性情卻極爲豪勇重義，心中喜歡，便也盡心指點。二人敘起年歲，原來卻是同年，戚繼光比凌昊天要大上兩個月。二人相處日久，愈來愈覺相投，此後便以兄弟相稱。

凌昊天與戚繼光和其手下官兵追出月餘，已進入浙省沿海地區。這日一行人經過近海的一個小鎭，卻見當地屋瓦敗壞，人丁稀散，經過好幾個村鎭都是如此。一問當地人，才知該處常受倭寇侵略，居民不堪其擾，紛紛遷居他地。

戚繼光聞言，大怒道：「這兒的指揮使是誰，怎能坐視倭寇橫行？」他手下的士兵忙道：「戚長官莫要多說了！這一帶的督察軍務的便是趙文華，他是嚴大首輔的義子，責難不得的。」戚繼光怒道：「什麼責難不得？難道浙江巡撫也不管麼？」那官兵道：「本省巡撫便是胡宗憲大人，和趙大人過從甚密，與嚴大首輔也很親近的。」

戚繼光哼了一聲。他見到沿海居民受擾的情形，悶悶不樂。凌昊天眼見村落凋敝，民不聊生，心中甚感難過。戚繼光眼望海洋，歎道：「東瀛倭寇侵略我沿海城鎮，由來已久，近日只有更加猖狂！不只倭國海寇作亂，更有不少本國人占據海外小島爲營，乘船搶奪海上商旅，助紂爲孽。可惜俺官職小，管不到此處！俺若能考上武舉，升作指揮，定要掃平這些倭寇，保衛沿海居民，爲國家盡一分力。凌兄弟，俺以前作過一首詩以明志，有兩句是這樣的：『封侯非我意，但願海波平。』」

凌昊天點頭道：「戚兄志願高大，兄弟好生欽佩。」戚繼光轉頭望向他，問道：「凌兄弟身懷絕技，世所少見，平生卻有什麼志願？」

凌昊天一怔，一時竟答不上來。他家傳醫術武功名震江湖，父親矢志行醫濟世，救助病苦；母親曾以過人的武功才智領導群雄，平息火亂；兩個哥哥一個是名重武林的俠客，一個是威名赫赫的幫派領袖，至於他自己，雖學了武功醫術，但這一輩子究竟想作什麼，他卻從未認眞想過，不由得好生慚愧：「戚兄和我同年，卻有這等志氣。我空自有一身武功，卻沉溺於一己的情思，從未想過立志作什麼大事，眞是枉自爲人了。」當下說道：「兄弟慚愧，從未立下大志。今日聽聞戚兄以保國衛民爲志，好生佩服。」

戚繼光握住他的手，說道：「凌兄弟是人中英雄，豪氣干雲，國家之事，正需要凌兄弟這樣的人挺身而出。」凌昊天心中激動，說道：「願與戚兄互勉！」

凌昊天和戚繼光及其手下繼續向南追趕武如香，一路來到了衢州。進城後，戚繼光派手下四出打聽，查出修羅會在衢州聚集了五六十人，正要大舉爲難衢州大俠路岩。他向凌昊天說了，並問起有否聽過路岩的名頭。凌昊天沉吟道：「我聽人提起過這位衢州大俠，聽說他爲人謹慎，近幾年來韜光養晦，隱居不出，不知修羅會爲何要找他麻煩？」

戚繼光道：「或許他和修羅會往年曾結過樑子。我們當去拜訪路府，相助保護。」

二人當下持了拜帖，來到路府。家僕請二人在廳上坐著，過了好一會，才聽一個丫鬟道：「小姐來了。」

卻見一個青衣少女從屏風後走出，不過十六七歲年紀，長眉鳳目，甚有英氣。她向二人行禮，說道：「家父身體欠安，恕未能親迎貴客。兩位來訪，不知有何吩咐指教？」

戚繼光說出前來保護之意。路小姐搖頭道：「兩位定是聽錯了消息。敝府與武林各幫會門派素無冤仇瓜葛，怎有修羅會來襲之事？再說，就算眞有外敵，我路家自能抵擋得住，怎敢煩勞兩位？」

戚繼光道：「路小姐，本官聽聞確實消息，修羅會就將不利於貴府。本官率領官兵從山東南下，便是爲了追捕修羅會中惡徒，自不能袖手旁觀修羅會逞凶。爲防萬一，本官願率手下六十名士兵進駐貴府相助保護，以免賊人驚擾令尊。」

路小姐卻搖頭道：「我路家一向奉公守法，與官家並無瓜葛，一介平民，不敢有勞戚大官人如此下顧。兩位一番心意，小女子代家父心領了。」說完便讓丫鬟送客，態度甚是決絕。

凌昊天和戚繼光對望一眼，不知這路姑娘爲何如此拒人於千里之外。二人告辭出來，戚繼光道：「消息應是不會有錯的。不如這樣，我們既知道修羅會將來路家，便在屋外守住，伺機抓起幾個惡徒。」凌昊天點了點頭，心中對路小姐的態度甚感懷疑，便道：「戚兄，小弟想去城裡探探，傍晚再來此與你會合。」

兩人分別後，凌昊天便繞到路家屋後，縱身翻過圍牆，放輕腳步，在院中走了一圈，來到大廳之外。卻聽廳中說話聲響，他湊上前從窗縫看去，卻見路小姐坐在主位，客位上站站坐坐有十多個乞丐，當中一人竟是丐幫長老賴孤九。凌昊天心想：「原來路家和丐幫熟識。他們已有丐幫相助保護，自然不需官兵來幫忙守禦了。」

卻聽賴孤九道：「路姑娘，我等聽聞的消息千眞萬確，並非訛傳。我丐幫和修羅會本有嫌隙，一個月前便派人盯上了彼等的行動，得知修羅會大舉來到衢州，有意爲難貴府。我丐幫和令尊同是正派武林一脈，聞訊之後趕來相助，乃是義之所當，別無他意。」

路小姐道：「多謝賴長老一番好意。但家父一生正直清白，從未得罪於人，理不當遭此一劫。修羅會要來，便讓他來罷了，家父和小女心安理得，並不懼他。賴長老意欲代爲抵禦，實在無此必要，敝府只有辭謝了。」

她這麼一說，廳內的賴孤九和廳外的凌昊天都大覺奇怪。凌昊天暗想：「修羅會擺明了要來爲難路家，連丐幫都得到消息，爲何路家偏偏不肯讓人幫忙？」

賴孤九又勸了幾句，路小姐口氣堅決，就是不要丐幫協助。賴孤九無法說服她，便問起可否見她的父親，與路大俠面談。賴小姐道：「家父正在閉關修練，這一個月都不見外人，還請賴長老恕罪。」凌昊天心想：「她對我等說她父親病了，對丐幫卻說他在閉關。這父女究竟是怎麼回事？」

賴孤九無奈，只得向路小姐告辭離開。

凌昊天便施展輕功，在路家各處探視，卻見前後更無守衛，家裡空蕩蕩地，連佣人家丁也沒有幾個，心想：「修羅會若是眞來攻打，路家如何抵擋得住？」當下來到屋後，卻見路小姐帶著兩個丫鬟來到後進一間大屋外，要丫鬟候在門口，自己走了進去。凌昊天運起無無神功，隱約能聽見屋內的說話，卻聽路小姐道：「爹，丐幫的人走啦。」一個蒼老的聲音道：「妳讓家丁去看看，丐幫是否還守在我們家左近。務須讓我們家毫無防備，敵人打進來時，情勢愈危險愈好。」路小姐應道：「是，我這就派人去查看。」

凌昊天心中大奇：「這人若想死，何不抹脖子自殺？若想被修羅會殺死，何不自己送上門去？爲何要坐在家中等人來攻打？」轉念又想：「莫非他已設下了陷阱？」便又去四處看看，卻哪有任何陷阱？別說要來攻打的是修羅會，便是一般的偷兒強盜也能輕易闖入。凌昊天按不住心中好奇，當下又回到內廳之外，裡面卻再無人聲。他等了一陣，路家更無動靜，便翻牆出去，打算去找戚繼光。

凌昊天才跳出牆外，便見巷中站滿了黑衣人，手持火把，看裝束正是修羅會眾，各人手持刀劍，似乎已準備動手攻入路家。

他暗叫不好，躍回牆內，高聲叫道：「賊人來攻打啦！」

此時天色已暗，路家只有三兩間屋中透出燈火，其餘地方都是黑暗一片。凌昊天叫了幾聲，路家竟然全無反應，路岩和路小姐都不知去向。他只覺一頭霧水，心想：「他們是來找你路家的麻煩，你們不急，反倒是我個無關的外人焦急。」

當下奔到大門口，卻聽門外人聲喧鬧，兵刃聲響，似已動起手來。他探頭去看，卻見戚繼光正率領手下官兵來到門外，兩邊各持刀槍，大打出手。凌昊天不暇思索，拔出殺賊棒衝上去相助戚繼光和眾官兵，轉眼打傷了七八個修羅會的高手。修羅會一來對官府有些忌憚，二來打不過凌昊天，那首領不敢戀戰，過不多時便大聲喝令，率眾退去。

此時丐幫眾人也已聞訊趕到路家門外，眼見修羅會被一群官兵打退，都甚覺稀奇，面面相覷，待見到凌昊天手持殺賊棒站在當地，這才恍然。賴孤九見到凌昊天，微微一怔，說道：「小三兒，你也在這兒？」

第六十一章　衢州大俠

凌昊天還未回答，便見路家大門打開，一個灰髮老者大步走出，神色暴怒，雙目如要噴火，狠狠地環望門外眾官兵和丐幫弟子，好似與眾人有著不可戴天的深仇大恨一般。

戚繼光看了他的臉色，還道他誤會自己是上門找碴的敵人，上前抱拳道：「這位是路大俠麼？本官戚繼光，見到一群惡賊強盜在貴府外徘徊，意圖不軌，因此將之驅散了。」

路岩似乎全沒有聽進去，伸手指著戚繼光大罵道：「渾蛋、渾蛋！老夫和你無冤無仇，無親無故，誰讓你來我路家門外的？快給我滾，滾得愈遠愈好！」

戚繼光一呆，不知這人是瘋了還是老糊塗了，竟如此恩將仇報，不可理喻，搖頭道：「你這人是怎地？咱們作官的便是要保護百姓安全，俺不能眼睜睜地看賊人來你路家殺人放火，自然要管！」

路岩暴跳如雷，罵道：「渾帳狗官，多管閒事！我便死了，也輪不到你來救！」

戚繼光也惱了，回罵道：「你這老瘋子，真是狗咬呂洞賓，不識好人心！你喜歡死，誰也管不著！」此時路小姐也走出門外，勸她父親道：「爹，這位戚官人也是好意，你莫要太過責怪人家。」又轉向戚繼光行禮道：「戚官人，這是敝府家事，家父不願外人插手，還請大量包涵。」

戚繼光見她好言道歉，便索罷了，路岩卻道：「小佳，誰要妳多嘴了？快給我回屋裡去！」口中仍對眾官兵咒罵不絕，用辭愈發嚴厲難聽。戚繼光懶得跟他多說，向手下道：「這老悖悔不知好歹，咱們不用跟他一般見識！修羅會賊人逃逸而去，咱們快追！」率領眾官兵離去。

路岩轉過頭來，望向賴孤九，冷冷地道：「這位是丐幫賴長老麼？」他雖沒有當面斥責丐幫，但他罵戚繼光的話便如同在罵丐幫，賴孤九早聽得臉色微變。他聽路岩對己說話，臉色隨即恢復，抱拳道：「正是在下。在下早先曾造訪貴府，未曾得見路大俠風範，好生遺憾。」

路岩白眼一翻，冷然道：「老夫多年不見外客，和貴幫也無交情。深夜無故，恕不招待。」說完便回身入屋，砰一聲關上大門。

賴孤九自從任丐幫長老以來，何曾有人敢對他如此不敬？重重地哼了一聲，揮手道：「大家走吧！」轉頭看到凌昊天，問道：「小三兒，你和路大俠熟識麼？」凌昊天搖頭道：「這是第一次見到。我們也是聽說修羅會要找他麻煩，才來相助，卻一般被拒在門外。」

賴孤九道：「這路岩號稱衢州大俠，沒想到個性如此孤僻，眞是見面不如聞名！」垂眼望向凌昊天腰間的黃竹棒，說道：「小三兒，我剛才瞧見你使殺賊棒打退修羅會眾，功夫不錯！很不錯！」

凌昊天嗯了一聲，拿不準他此話有何用意，隨口答道：「我初學乍練，尙未純熟，還須多下苦功才行。」賴孤九點頭笑道：「凌三公子天資聰穎，又何須多下苦功？我們幾個長老都說，英雄出少年，凌三公子聰明有爲，前途不可限量。」

凌昊天又嗯了一聲，不知爲何心中感到一陣不安，便抱拳道：「賴長老，告辭了。」正要離去，忽聽路府內傳來女子淒厲的尖叫：「小偷！抓小偷！」

凌昊天和賴孤九對望一眼，都不知該否進去幫忙。凌昊天聽門內叫得急，奔到路家門口，搥門道：「快開門讓我們進去，幫忙抓賊！」

過不多時，路小佳來開了門，神色仍帶著幾分驚慌，卻已鎭定下來，說道：「沒事了，是我家僕人看錯了，驚動了各位，眞不好意思。」她眼見凌昊天和丐幫眾人仍聚在門外，似乎有些過意不去，說道：「各位辛苦了，請進來坐坐，喝杯茶再走。」

凌昊天和賴孤九都覺路家處處透著古怪，有心一探究竟，便一起進了路府，跟著路姑娘來到外廳坐下。過不多久，路岩沉著臉出來招呼了一通，便又進去了。若非路姑娘溫顏恭辭，殷勤款待，賴孤九早便要發作，起身離去了。

凌昊天並未坐下，卻在客廳廊下流連張望。過了一陣，路岩忽然又走了出來，手中拿著凌昊天和戚繼光來訪時的拜帖，說道：「請問凌昊天凌三俠在此處麼？」口氣甚是恭敬。凌昊天一呆，回頭道：「我是。」路岩走向他，行禮道：「閣下便是醫俠的三公子麼？小女粗疏，不明世事，竟見到了名帖也不識高人！凌三公子勿要見怪。」

凌昊天點了點頭，他見路岩前倨後恭，心中奇怪，直覺感到他並不是爲了發現自己的家世才忽然重視自己，而是別有他圖。卻聽賴孤九在旁笑道：「這位凌三公子名滿天下，跟我丐幫也是很有淵源的。」

路岩卻沒有理會他，向凌昊天細細打量了幾眼，又匆匆出廳去了。

賴孤九惱道：「這人好無禮，他往年頗有俠名，豈知到得老來，仗著一點名聲，便這般目中無人。」

凌昊天側頭思索，沉吟道：「這其中定有什麼古怪。路家謝絕外人相助，態度堅決，我們出手替他擋住了敵人，他反要不高興。剛才他家裡來了個賊，卻把他父女驚成這樣。豈有不怕敵人卻怕小偷的道理？」

賴孤九點頭道：「他路家定有什麼不可告人的祕密。」兩人談了一陣，都不得要領，便想留下看看他們路家究竟在搞什麼鬼。

又過一陣，路小佳忽然進來道：「凌三公子，請借一步說話。」

凌昊天便跟著她來到後進的大屋裡，卻見路岩正在房中來回踱步，神色緊張。路小佳關上了房門，站在一旁，神色又是憂心，又是遲疑。凌昊天等了一陣，見父女倆始終沒有開口，便道：「路大俠，你有什麼話，儘管說好了。在下一心替貴府解圍，並無他意。」

路岩點頭道：「凌三公子家傳武功淵博精深，確是可以信得過的。小佳，妳跟凌三公子說說這其中原委。」凌昊天心想：「你們信不信任我，和我家傳武功是否淵博精深有何關係？」卻聽路小佳道：「凌公子，事情是這樣的。爹爹在幾個月前得到了一件寶物，那是一面令牌，叫作天風令。」

凌昊天啊了一聲，說道：「便是天風老人的令牌麼？」

路家父女對望一眼，似乎甚是驚訝，路岩道：「凌三公子聽過這令牌？」凌昊天道：「修羅會手中原有一枚，後來被丐幫的長老奪去，又被一個自稱妙手風采的人偷去了。」

路岩全身一震，站起身叫道：「妙手風采？」隨即感到自己失態，復又坐下，向凌昊天問起細節。凌昊天簡略說了，最後問道：「路大俠的令牌，便是從妙手風采那兒得來的麼？」

路岩專注聽他敘述，似乎出了神，並未回答。路小佳代父親答道：「爹爹的令牌並非從風采手中得來。」凌昊天問道：「修羅會便是衝著這令牌來的，是麼？」路小佳微一遲疑，說道：「我們和修羅會本有仇恨，爹爹先前打傷了幾個修羅派的首領，他們大舉來攻，乃是爲了報仇。但我們懷有此令的事，他們似乎已有聽聞，想來也有心覬覦此物。」凌昊天點了點頭。

路岩忽然走到屋子中央，在一塊木板上用力一踩，走到牆邊，移動書櫃中的書本，又回到屋子中心，掀開地上木板，露出一個暗格。他伸手去格內撥弄了幾下，小心翼翼地打開暗格的門，取出一枚銅色令牌，放在桌上。凌昊天見那令大小規格都和先前見過的天風令一模一樣，只不過色作黃銅，不同於明眼神取得的那枚是銀白色。路岩望向凌昊天，說道：「凌三公子，這枚令和你曾見過的，可一樣麼？」

凌昊天點頭道：「除了顏色不同外，其餘都一樣。」路岩甚是興奮，臉色漲得通紅，拿起那令不斷撫摸，顯得心癢難熬，焦急不安。他撫摸了一陣，又將令放回暗格中，小心關上了，回頭對凌昊天道：「這暗格中藏有毒弩，一不小心便會觸動，天下只有我知道如何關掉毒弩的機關，便連小佳都不知道。別人就算知道這令藏在此處，也絕對無法活著取令離開。」

凌昊天臉色一沉，說道：「你珍重寶貝這天風令，我小三兒只當它是塊廢鐵，半點興趣也沒有，你不用警告我。」

路岩自覺失言，陪笑道：「這個自然，這個自然。凌家武功精妙高深，自然不會貪圖這天風令了。」

凌昊天道：「原來這天風令中藏有武功祕訣。」

路岩嘿了一聲，似乎後悔說溜了嘴，遲疑半晌，才道：「其實這令中並沒有藏著什麼武功祕訣。它的寶貴處，在於它上面這八個字。」

凌昊天道：「『持此令者，天風齊護』？」路岩道：「正是。」

凌昊天忍不住笑了起來，說道：「世上有沒有天風門人，都還是未知之數，難道天風門人眞會爲了這八個字來保護持令之人？」

路岩神色嚴肅，說道：「天風傳人絕對是有的。你曾見到的妙手風采輕功絕佳，定然便是天風老人的傳人。」

凌昊天回想從明眼神處偷走令牌之人身手出奇，確是從所未見的驚人輕功，心中也不由得懷疑，忽然腦中靈光一閃，想通了一事，抬頭道：「原來如此！你明知修羅會要來報仇，卻不要他人保護，便是想引天風門人出手！」

路岩緩緩點了點頭。

凌昊天望著他，點頭道：「我明白了。因此你要守好這枚天風令，它若被人偷去，天風門人便不會出手保護了。你忽然對我這般恭敬，想來是要託我什麼事。你想請我保護這天風令，是麼？」路岩聽他說破，便也直認了，笑道：「凌三公子好聰明。」

凌昊天嘿了一聲，問道：「你引出天風門人後，又將如何？」路岩道：「老夫只想見識見識天風門人的身手，豈有他求？」

凌昊天心想：「這老狐狸定然別有盤算，卻不肯對我說出。他提到天風令和什麼武功祕訣有關，絕不會只想見見天風傳人便罷。」當下抱著雙臂，在屋中踱步，說道：「事情原本很簡單，現在我卻被你弄糊塗了。你有一枚天風令，修羅會要來找你報仇，也想奪令。你不想死，卻想以修羅會來襲引出天風門人。是麼？」

路岩點了點頭。凌昊天道：「第一，這件事原本與我無關，我只想阻止修羅會行惡，你要我眼見他們攻入而不阻擋，我作不到。第二，我只想保護你們父女的性命，至於你們見不見得到天風門人，不干我事。第三，就算我糊裡糊塗答應替你們保護天風令，讓你們見到了天風門人，我又怎知你們沒有什麼不可告人的陰謀？」

路岩和路小佳聽了，互相望望，都沒有說話。凌昊天又道：「依我說，這樣幹最簡單。我助你打退修羅會，你父女拿著這令去躲藏一陣，那麼你們父女平安無事，我也問心無愧。護令的這等閒事我不幹，我只不願見到你們父女爲了這令而喪命。」

路岩臉現難色，說道：「若有天風來護，我們又怎會有性命危險？我們只想請你幫忙守住這令，不讓他人偷去。剛才……不瞞你說，剛才有個叫作天長狐狸的飛賊來下了書，說今晚要偷盜天風令，我擔心守不住這令。凌公子，我只請你阻止天長狐狸奪令，直到天風門人出現，這樣可成麼？」凌昊天問道：「天風門人出現之後呢？」

路岩見他又問到這上面來，顯然不信自己方才所說只想見識天風傳人的武功的話，不由得惱羞成怒，揮手道：「你不肯幫忙就算了，問這麼多作什麼？小佳，送客！」凌昊天冷笑一聲，出門便行。

凌昊天跟著路小佳走出一陣，悠然道：「人爲財死，鳥爲食亡。妳們若不是別有圖謀，又怎會冒這麼大的險？修羅會大舉來攻，妳們如何抵擋得了？妳們又怎知道天風門人一定會來保護？他們就算來了，又怎有把握他們一定能打退來敵？妳們父女既有玩命的心，所圖定然不小。」

路小佳忽然轉過身來，揚眉怒道：「你……你說夠了吧？這原本不關你的事，你不願幫忙，便早早請便！」

凌昊天道：「我只是不想看妳枉死，也不想看妳爹送死。妳們愛玩命，我卻只覺人該好好活著才是正經。」

路小佳似乎怔了一怔，低下頭來，過了好一陣，才道：「這是爹的主意。我……我也不是很贊成。但我也不想他有個三長兩短。凌三公子，你能幫我麼？」凌昊天道：「妳若信得過我，便跟我說。」

第六十二章　殃及無辜

路小佳咬著下唇，左右望望，才低聲說道：「爹爹是想得著機會，上天風堡去。傳說天風堡上有許多神妙的武功祕笈，學成後便可獨步江湖。爹爹想利用天風令和修羅會引出天風門人，之後假作中了只有天風堡才能解救的奇傷，讓天風門人帶他回天風堡救治。他若能上得天風堡，自有機會一窺天風堡的祕傳武功。」

凌昊天點了點頭，說道：「好計畫。」路小佳聽出他語帶譏刺，抬頭道：「怎麼？」

凌昊天道：「爲了學武功而如此賣命，路大俠當眞不簡單。」路小佳道：「我什麼都跟你說了，你願意助我麼？」凌昊天搖頭道：「妳爹貪圖天風堡的武功，想出這等騙人的計策，手段殊不光明，恕我不能相助。」路小佳急道：「但是……但是……」

這時兩人已來到大廳之外，賴孤九等在門口，甚是不耐煩，說道：「路小姐，我等要告辭了。」路小佳忙道：「敝府招待簡慢，還請勿怪。賴長老請慢走，我去喚爹爹送客。」賴孤九道：「不用了。」便向屋外走去。

凌昊天忽道：「賴長老，且慢。」賴孤九回頭道：「怎麼？」凌昊天道：「我想請你幫個忙。修羅會傍晚退去，晚上很可能會再來攻擊。不知可否請賴長老率領丐幫弟子在路家留守一夜，明日再離去？」路小佳聽了一呆，欲言又止。她身爲女主人，凌昊天卻出口留客，儼然以主人自居，她雖感到不妥，卻沒有作聲。

賴孤九望向凌昊天，又望向他腰間的殺賊棒，說道：「你既這麼說，我們便留下守護一夜。但路家究竟爲何不要他人相助，你卻須說明白。」凌昊天道：「如此多謝了。事情其實很簡單，路大俠和修羅會有仇，他性情剛直，不願他人插手相助而捲入紛爭，因此嚴辭拒絕。」轉向路小佳道：「主人便不歡迎，我們仍要留下。路姑娘，妳可跟妳爹說我等已經走了，我們暗中布置守護，不讓他知道便是。」路小佳點了點頭，向他投去感激的眼神。凌昊天又向賴孤九道：「修羅會以爲路家不備，進擊時定會輕忽。我們讓丐幫兄弟在暗處防守，若是無事便罷，若有人攻入，便一起出手抵禦。你說可好？」

賴孤九道：「哪有什麼不好？」當下召集城內所有丐幫弟子偷偷來到路家，王彌陀當時正好在左近，也率了一群弟子趕來路家相助。兩名長老發號施令，安排眾弟子在路家各門把守。

路小佳跟著幫忙布置，在前後各處照應。凌昊天見她神色疲倦，說道：「路姑娘，妳早些休息吧。」路小佳搖頭道：「這本是我家裡的事，煩勞你們已十分過意不去，我怎能置身事外？」凌昊天道：「現在已過了午夜，妳忙了一晚，還是早點休息吧。」賴孤九正好在一旁聽見了，上前說道：「小三兒，我們其他弟兄都守在前頭和後進，西廂由你防守。路姑娘就交給你了。」路小佳確也感到心力交瘁，便回房睡了。

路小佳的房間位在西廂，和路岩藏令的大屋相隔一個院子。一切安排停當後，凌昊天爬到院中一棵大樹之上，靠著樹幹仰望天上星星，心中籌思：「今夜若無事，那是最好。我明日可和戚大哥一起打退修羅會，抓起其中惡賊，讓他們無暇再來找路家的麻煩。明日我須勸路姑娘和她父親避開一陣，他們既握有天風令，遲早會見到天風傳人，又何須故意致自己於死地？」又想：「今夜修羅會若來襲擊，丐幫眾兄弟應能抵擋得住。」

靜夜之中，他隱約聽得幾隻狗子的吠聲和腳步聲，漸漸接近內廳。過了一陣，忽聽內廳傳來一聲驚呼，聲音淒慘已極，凌昊天一驚，忙跳下樹，奔入內廳，卻見路岩跪在地上，像是中了雷擊一般，全身顫抖，臉上滿是不可置信的神色。凌昊天低頭往暗格看去，卻見那枚天風令竟已不翼而飛，格中留下一張黃紙，上面畫著一隻咧嘴而笑的狐狸。

路岩更沒察覺有人來到身旁，癡然自語道：「沒有了、沒有了……」忽然雙手捧胸，砰一聲倒在地上。原來他急怒攻心，悲痛交集，竟爾昏死了過去。凌昊天伸手探他脈搏，知道他只是昏暈過去，略微放心，但也不禁極為訝異：「這麼多丐幫弟子守在屋子四處，這飛賊如何能進來？」陡然想起那狗叫聲，心想：「定是用狗作掩飾。」

此時賴孤九也已聞聲趕來，問道：「怎麼了？」凌昊天道：「小偷來偷去了事物，路大俠昏了過去。」賴孤九道：「你儘管去追，這裡有我們。」

凌昊天點點頭，飛身躍上屋頂，循著狗吠聲奔去。卻見東北牆角似乎有個黑影翻牆而出，他快奔追上，卻見那人輕功甚好，心中一動：「這人莫非便是那妙手風采？」追出數十丈，看出那人身形高瘦，腳下雖快，卻不似風采那般身形輕靈如霧、落足無聲，心想：「這人輕功雖好，卻遠遠比不上風采。」提氣奔近前，不多時已來到那瘦子背後，伸手拍上他的肩頭。那瘦子大驚，他反應極快，肩頭一沉，倏然鑽入了一旁的林子。凌昊天不料他身手如此滑溜，微微皺眉，知道深夜入林甚是危險，但他不願就此放棄，隨後奔入林中。

他細聽那人的腳步聲，快步跟上，又追出十餘里，忽聽前面兵刃聲響，凌昊天心想：「深夜樹林之中，誰在動手？」卻見前面透出火光，他奔上前去，見林中一塊空地之上聚集了一大群人，那高瘦漢子正手持雙戟和八個黑衣人相鬥，旁邊更站了十多個黑衣人，高舉火把，竟都是修羅會的手下。一個老者喝道：「天長狐狸，交出令來，給你一個好死！」

那高瘦漢子怒罵：「我天長狐狸豈是投降之人？」他寡不敵眾，硬撐了數十招，身上負傷，眼看便要死在修羅會手下。

凌昊天正準備出手，忽聽東北角樹梢傳來一個清脆的聲音：「『持此令者，天風齊護。』這話你們聽見過沒有？」接著東南、西北、西南三方各有一個聲音笑道：「自然聽過。」霎時之間，修羅會眾手中十多枝火把盡數熄滅，凌昊天隱約見到四個人影如風般落下，之後便一片漆黑，什麼也看不見了。但聽修羅會眾人大呼小叫，紛亂一陣，再點起火把時，林中空無一人，那天長狐狸竟已不知去向。

修羅會眾人面面相覷，噤若寒蟬，一人忽然大叫：「鬼！這林裡有鬼！」領頭那老者喝道：「胡說八道！」心中卻也疑懼不已，那四人隱身樹梢之時自己全無知覺，其後出手滅火、救人、離去，自己竟然連他們的身影都沒看清楚，更不知道他們去往何方。他感到背上一涼，知道自己能保住一條性命，已是僥天之倖了，定了定神，才揮手叫道：「大家快搜！」眾人不敢落單，十多人聚在一起，分批向四方搜索，卻哪裡找得到半個人影？

凌昊天也甚是驚異，那四人倏然出現，救了人後揚長離去，輕功之佳，直比那天長狐狸高出了十倍不止。他一時之間見到四個駭人聽聞的輕功高手，心中又是好奇，又是驚異，憑著直覺向東方追出，跑出數十丈，隱隱聽到腳步之聲，他一靠近，腳步聲卻又消失了。他凝神細聽，方圓數丈內更無呼吸之聲，想來那四人知道他追了上來，又已隱身消失。凌昊天心中一動，叫道：「風采，是你麼？」

卻聽西北方一人輕噫了一聲，凌昊天舉步奔去，奔近時卻又沒有聲響了。他抱拳說道：「各位輕功高絕，小三拜服。那天風令是路家之物，還請歸還。」四下無聲，過了好一陣，才見一張紙條從樹梢飄落，寫道：「物歸原主，小三勿怪。風雲拜上。」

凌昊天心道：「上回是風采，這回卻是風雲。他們究竟是什麼人？剛才共有四人，其餘兩個又是誰？」他在當地又等了好一陣，那四人全無聲響，顯然已然離去了。他心中驚異：「這些人剛剛還在左近，怎能如此無聲無息地走了？」又等一陣，確知他們已離去，暗忖自己無法追趕得上，才覓路出林。那樹林甚是難行，他黑夜中難以辨識路徑，走了好一陣才出了林子，連忙趕回路家。

凌昊天踏進路家門口，便見丐幫眾人早從藏身處出現，各持武器守在門口，有幾個甚至身上負傷。凌昊天忙向人詢問，一名弟子道：「剛才有幾十個修羅會眾闖進路家，讓賴長老和王長老打退了。」

凌昊天放下心，走到後進，想去看路岩如何了，忽聽一個丫鬟叫道：「小姐呢？小姐！小姐！」凌昊天一呆，忙迎上前去，卻見一個丫鬟從路小佳房間奔出，滿面驚恐之色，口裡叫道：「小姐被人劫走了！」凌昊天大驚，闖入房中，果見路小佳閨房已空，床褥紊亂，果然被人劫去了。他心中正焦急，卻聽得一人走進屋來，冷冷地道：「剛才守在小姐房外的是誰？有敵來襲，為何沒有出聲示警？」卻是賴孤九的聲音。

一名丐幫弟子答道：「守衛西廂的是小三兒。」賴孤九轉頭望向凌昊天，說道：「小三兒，你剛才到哪裡去了？」

凌昊天望向他，不明白他為何有此一問，說道：「有人來偷走路大俠的事物，我去追那人了。」賴孤九道：「東西呢？」凌昊天道：「我沒能追回來。」賴孤九冷笑道：「憑你的武功，怎能讓尋常偷兒逃走？你去了這麼長的時候，誰曉得你都去作些什麼了？再說，你離開守衛之處，也該通知我和王彌陀。你一聲不響地跑走，西廂無人看守，才讓賊人趁虛劫走了路小姐。你可知錯麼？」

凌昊天聽他故作不知，句句誣陷自己，不禁大怒，但他心急路小佳的下落，無心跟他爭辯，向一個弟子問道：「那些賊人去往何方？」那弟子道：「像是往西去了。」此時已近天明，凌昊天吸了一口氣，便往屋外奔去，向西追尋，卻哪有這麼容易便找得到人？他在城中四處探訪，天大明後，又請戚繼光和眾官兵幫忙尋找，直到中午時分，仍未尋得半點路小佳的蹤跡。

凌昊天一夜未眠，半日奔波，只覺身心疲憊已極，便打算先回路家。走在一條小巷裡時，忽然聞到一股血腥味，他心中一跳，往路旁柴堆中搜去，卻見一人俯臥柴堆，全身是血，不知死活。他大驚失色，忙將那人翻過來，卻見她衣衫不整，身上傷痕累累，不堪入目，正是路小佳。凌昊天去探她的脈搏，覺她尚存一息，忙將她抱起，卻見地上留著一張紙條，寫道：「有仇報仇，修羅本色。享用完畢，恭送歸還，敬請笑納。河間雙煞。」

凌昊天全身發抖，一股猛烈的憤怒之火直衝胸口。他深深吸了一口氣，抱著路小佳回到路府，將她放在閨房床上，細細檢查她的傷勢。但見她身上毆傷無數，額頭、臉面、下身都是傷口，不知受了多麼慘酷的蹂躪折磨。凌昊天咬著牙，替她洗去血跡，消毒傷口，取出外傷靈藥替她敷藥包紮。她身上有三四個傷口太大，凌昊天得用金針和羊腸線縫合，直花了半日的功夫。

丐幫眾人已然聽說此事，紛紛趕來，見路姑娘受傷如此慘重，臉色都十分難看。賴孤九歎了一口氣，說道：「真沒想到……」

凌昊天聽到他的聲音，轉過身來，冷然向他瞪視，說道：「賴孤九，你故意讓她被劫走，爲什麼？」

賴孤九臉色一變，說道：「小三兒，我知道你心裡不好過，但你也不該推卸責任，血口噴人！當時守在路姑娘房外的正是你，你忽然失蹤了一陣，雙煞才有機可趁，闖入劫走了路姑娘。這原是你的不對，是英雄好漢的，便承擔下來吧！」

凌昊天凝望著賴孤九的臉，心中陡然雪亮：「他這是爲了對付我。我當時怎能如此信任他？」忽然伸手拔出腰間的斑黃竹棒，扔在他的腳旁，冷笑道：「你滿意了麼？」

王彌陀在旁見了，臉上變色，說道：「小三兒……」凌昊天喝道：「通通給我出去！從今以後，我跟丐幫毫無瓜葛。你們去告訴吳老幫主，這殺賊棒我不要了！」

賴孤九哼了一聲，俯身揀起殺賊棒，說道：「背信忘義，毫無承擔，丐幫也不要你這樣的人！」

凌昊天忽然衝上前，抓住賴孤九的衣領，啪一聲重重打了他一個耳光，手一揮，將他摔出門外。丐幫幫眾大驚，紛紛去扶。凌昊天叫道：「通通出去！我再也不要看到你們！」

王彌陀搖了搖頭，轉身走出，臨到門邊時，回頭道：「小三兒，這事就算是丐幫不對，你也不該作得如此決絕，不留半點餘地啊。」

凌昊天不答，望向床上的路小佳，眼淚已流了下來。

第六十三章　嬌女除惡

王彌陀扶著賴孤九離開路家，臉色都十分難看。王彌陀搖頭道：「沒想到小三兒性情如此偏激。咱們快去面見幫主，報告此事。」賴孤九呸了一聲，憤憤地道：「幫主將殺賊棒傳給凌昊天，眞正看走了眼！」

卻說賴孤九和王彌陀會合其他三位長老，述說了衢州路家發生之事，又一起去覲見幫主。當時丐幫正替木瓜長老出喪，幫主和眾長老都聚集在木瓜的家鄉，離衢州不遠。王彌陀和賴孤九向吳三石說了事情經過，並遞上凌昊天扔下的殺賊棒。

吳三石接過殺賊棒，臉若寒霜，靜默一陣，才道：「你們知不知道我將殺賊棒傳給凌昊天的用意？」

明眼神道：「想是幫主知道小三兒正氣凜然，可爲本幫內務主持公道。」吳三石點頭道：「不錯。他不是丐幫中人，也不會覬覦幫主之位。我之所以傳他殺賊棒，便是要他相助擁立下任幫主。這意思再清楚不過，我也跟你們詳細說過。今日發生此事，看來你們之中有人不相信我的話！」眾長老盡皆默然。

吳三石向五個長老環望一眼，忽道：「青幫李四標舉用江賀的事，你們聽說過了麼？」

犬馬雙丐、明眼神、賴孤九、王彌陀都點了點頭。吳三石道：「江賀是個二十歲不到、來歷不明的小夥子，但機警多智，勇武重義，是幫派中一等一的人才。李四爺在趙自詳面前一力保薦他，讓他當上辛武壇主，之後這人在武丈原立下大功，趙自詳又讓他兼任了庚武壇主。這等轟動江湖的大事，你們不會沒聽說過吧？」

眾長老又都點頭。吳三石又道：「青幫有李四爺那般重視人才的人物，我們丐幫難道沒有？頭上長眼睛的，都看得出凌昊天是個人物。這樣的人居然在我丐幫待不下去，我們丐幫還能在武林中混麼？還憑了什麼在江湖上立足？」

眾長老都低頭不答。吳三石揮手道：「好了，都出去吧。」眾人退去後，只有賴孤九留下，他靜了一陣，才向吳三石道：「幫主，我知你為此事極為不快，還請容我說一句。這件事擺明了是凌昊天的錯。他疏於職守，才讓路姑娘被劫去，之後惱羞成怒，反將過錯怪到他人身上。他畢竟是個孩子，仗著家世，年少驕貴，不免少了承認錯誤的勇氣。」

吳三石望向他，說道：「孤九，小三兒何曾仗著他的家世唬人了？他跟人說過他是凌霄和秦燕龍的兒子沒有？他和程無垠周旋時，只要說一聲我姓凌，那他媽的斷魂劍早夾著尾巴逃之夭夭了。他為什麼不說？那是因為他有種！他死也不要倚靠父母的聲名，這正是他維護凌家俠名的作為。這樣的人會推卸責任，不敢認錯？」

賴孤九還想爭辯，吳三石又道：「你莫以為我老了，就不中用了。我傳給你打狗棒法，早就有點不放心。我告訴你，今日的事情我定會查個水落石出。你若想保住此位，少在我背後作些見不得人的勾當。哼，你擔心我提拔凌昊天，怕他會搶了你的位子，因此蓄意排擠，你以為我看不出來麼？你要有這般的心機，就不配作我丐幫幫主！」賴孤九只聽得背後冷汗直流。

吳三石道：「好了！你立即傳令，讓大家把凌小三給我找回來，請他來見我。這小子豪狂任性，不是好勸服的。誰若有半絲不誠懇，你們看他肯不肯回來？」

卻說凌昊天救治了路小佳，在她床邊守了一夜，確知她性命保住了，才回房休息。他累過了頭，竟無法入睡，即使閉上眼睛，也噩夢連連。昏昏沉沉地躺到天明，才有人來敲門，卻是戚繼光。戚繼光看他臉色灰敗，甚是驚訝，問起前後。凌昊天心中難受，哽著聲說了。戚繼光大罵道：「梁剛和武如香這兩隻賊子，我定要逮住他們，就地正法！丐幫那傢伙也不是東西，若不是他有心陷害你，路姑娘又怎會被劫走？這人定是嫉妒於你，才故意陷害，對這種人你起始便不該相信。」

凌昊天黯然搖頭，說道：「現在卻已太遲了。我害了路姑娘一輩子，我怎麼對得起她？她如此信任於我，我卻沒能保護她周全！」

戚繼光道：「你這般責怪自己，也於事無補。當今之務，該要捉住那河間雙煞，將他們繩之以法。」

凌昊天點頭稱是。他又睡了幾個時辰，便去探望路岩。路岩當時急怒攻心，竟中了風，醒來後神智不清，半身不遂。凌昊天對他的爲人甚是不齒，看了他悲慘的樣子，也不由得心惻。

凌昊天在路家逗留了一個月餘，盡心照料路小佳的傷勢。她雖清醒過來，身子仍十分虛弱，情緒常處於驚恐之中。凌昊天日夜陪在她身旁，想盡辦法寬慰安撫。路小佳受驚過度，一個月來誰都不敢見，只讓凌昊天靠近她，常要握著他的手才能入睡。

這日她醒來後，坐在床上發呆了許久，才忽然抬起頭，向凌昊天道：「凌公子，多謝你這些日子來費心照顧我、陪伴我。你在這兒已待了不少時日，我想你定有很多別的事要去作，不該因爲我而……而被羈絆在此。」

凌昊天歎道：「都是我疏忽，才令妳受此劫難，我永遠也無法補過於萬一。妳有什麼心願，儘管跟我說，我定會盡力替妳辦到。」

路小佳靜了一陣，才搖頭道：「這原是我父女自己招惹的禍事，你不用太過自責。我……我只想你替我……」頓了一頓，才咬牙道：「報仇！」

凌昊天一陣心痛，點頭道：「我定會手刃惡賊，爲妳報仇。」路小佳流下淚來，說道：「凌公子，你和我路家無親無故，卻在我們危難時出手相助，我眞不知該如何感激你。爹爹……唉，他若能安享終年，也算是祖宗積德了。」凌昊天沉默一陣，問道：「那妳呢？」路小佳眼望虛空，良久才道：「你不用擔心我。我自有打算。」

次日路小佳便催凌昊天上路。凌昊天和戚繼光商量下，決定將戚繼光所帶官兵留在路家照應保護，他二人上路追尋武梁二賊。

戚繼光見凌昊天爲路小佳之事耿耿於懷，鬱鬱寡歡，勸道：「凌兄弟，你對路家也算是仁至義盡了。各有天命運數，往往不是人力所能扭轉的。你既已盡力，餘下之事便別太過放在心上了。」凌昊天在他的勸解之下，才漸漸寬懷。

二人並轡北行，這日來到屯溪縣。凌昊天打聽出武如香去了奉恩寺掛單，便和戚繼光找上奉恩寺去。

那日正是九月十九觀世音菩薩出家日，奉恩寺香客極多，摩肩接踵，好不熱鬧。凌戚二人跟著人潮擠入廟門，但見廟裡香煙繚繞，朝拜上香的信眾此去彼來，更看不清楚面目。二人便出得廟來，站在廟前石柱旁觀望。

便在此時，人潮洶湧之中，一乘四人青呢小轎輕巧地來到寺門之外。轎旁跟了一個小婢，唇紅齒白，俏目流盼，竟然頗有姿色。她轉到轎前，伸手掀開了轎帘，嬌聲道：「姊姊，到啦。」

卻見轎內伸出一只鮮紅繡鞋，纖纖三寸金蓮，只看腳便能想像這女子定是體態婀娜，風姿動人。周圍眾香客都讓了開來，駐足瞻望。卻見一隻雪白的小手掀開轎帘，一個二十來歲的麗人款步走出，但見她上身穿了件藕粉色窄袖搭襟，外套繡花比甲，淡綠長裙委地，衣著雖非十分華貴，卻顯得異常的亮麗奪目。她頭上梳著個偏髻，一雙眼睛水靈靈地，如傾似吐，攝人魂魄。

戚繼光定定地望向那女子，竟似呆了，再難移開視線。卻聽旁邊一個香客道：「那是倩梅院裡的姑娘。」另一個道：「原來是煙花女子，難怪這般風情萬種。嘖嘖，這身段，也只風塵中有得！」卻見那女子下轎後，便與那小婢相偕走入廟中，戚繼光只想多看她們幾眼，拉著凌昊天也擠入廟裡。

到得廟中，卻見那小婢扶著藕衣女子跪在神壇之前，燒了三柱香，閉眼祈禱。那小婢抬眼望向佛像，一雙眼睛骨溜溜地轉動，頗有天真之色。藕衣女子眉目間卻帶著幾分憂愁，秀眉微蹙，更添麗色。上完香後，小婢走上前向敲鐘的和尚道：「這位師父，勞駕您老，我家小姐想求個籤。」和尚道：「女施主可到旁殿去，在觀音大士前求個淨水神籤。只要心誠，本寺的籤是百靈百準的。」

二女便走入了旁殿。戚繼光似乎不捨得讓兩個姑娘離開視線，拉拉凌昊天的衣袖，說道：「咱們跟去看看。」凌昊天便跟著他來到門邊，但見殿內也擠滿了求籤的信眾，幾個和尚站在神案旁收香油錢和籤錢。凌昊天眼尖，注意到一個黑衣男子蹲在殿旁的門檻旁，雙眼直瞪著藕衣女子，更不稍瞬。凌昊天見過梁剛和明眼神動手，登時認出是他。轉頭又見一個和尚站在偏院門口，肥頭大耳，張口癡望著那兩個女子，正是武如香。凌昊天心中激動，恨不得衝上前去殺死這兩隻賊子，但見廟中人多，自己若在此發難，不但容易誤傷旁人，二賊更能竄入人群走脫，只得隱忍不發。

但見殿中兩個女子求了籤，打開來看，又交換看了彼此的籤語，靠在一起竊竊私語，邊談邊往外走去。正要走出旁殿時，小婢忽道：「姊姊，妳若不明白這籤的意思，可以請那位大和尚幫忙解籤。妳說如何？」藕衣女子低下頭，遲疑道：「怎好意思麻煩人家？」小婢一笑，回頭跑去，對著武如香道：「大和尚，請你解個籤，可好？」

武如香連連點頭，說道：「兩位女施主有什麼疑難，我和尚一定盡力為兩位解難去疑。大小姐可是住在城中麼？」小婢笑道：「我怎當得起你稱呼小姐？我是給城東林家使喚的。這位是我的結拜姊姊，住在……」忽然壓低了聲音，湊在武如香耳邊道：「不該跟你和尚說的，你別見怪。我姊姊在倩梅院住。」武如香點了點頭，露出笑容，說道：「善哉善哉，出家人四大皆空，妳跟我說了也無妨。」

凌昊天耳音極好，聽得小婢和武如香的對話，皺眉心想：「小姑娘年幼不知危險，竟向這惡賊說出自己的住處。」

武如香當下喜孜孜地走了過去，接過二女的籤，解釋了幾句。藕衣女子一直低著頭默默而聽，最後點了點頭，羞答答地道：「多謝指點。」挽著小婢的手，出廟去了。梁武二人在觀音殿上待了一會，也轉入後進不見了。

凌昊天向戚繼光道：「我們既然知道這兩個賊子的落腳處，今晚來動手便是。」

兩人便在廟外等到天黑，才翻牆進廟去。凌昊天出手制住一個看似修羅會眾的傢伙，喝問：「梁剛和武如香呢？」那人突然被他抓住，嚇了一跳，斷斷續續地道：「他倆……他倆出去啦。」

凌昊天問道：「這麼晚了，他們去哪兒了？」那人道：「他們晚上總要……總要那個去尋些樂子，我卻也不知道他們去了哪裡。但我聽武和尙向人問起……問起林家怎樣走法。」

凌昊天和戚繼光對望一眼，凌昊天登時想起，叫道：「那小婢！」當下點了那修羅會眾的穴道，帶著戚繼光奔回城中，問了林家的所在，匆忙趕去。

二人跳進了林家圍牆，卻見那林家層層疊疊都是屋宇，不知該去哪兒找那小婢，凌昊天道：「你在這兒等一下。」飛身在屋頂上行走，尋到下人居住的一排屋子，卻見一間屋中點起燭火，他從窗縫望去，見一個青衣小婢坐在床旁，就著燭光縫衫，正是白天在奉恩寺見過的少女。凌昊天心想：「武如香多半會尋來此地，我們不如在此以逸待勞。」當下回去找戚繼光，帶著他來到那間屋外。

凌昊天和戚繼光才來到屋外，便聽屋內傳來一聲低呼，接著便是那小婢斷斷續續的聲音：「大和尚，你使什麼妖術，我……我怎麼不能動了？」

凌昊天一驚，忙奔到窗外，卻見床前站了一個黑衣人，身形肥大，正是武如香。他跳上床抱住那小婢，奸笑道：「是妳小娘皮先勾引我大和尚的，可怪不得我！」說著便要對她不規矩起來。

凌昊天怒氣塡膺，正要跳入屋中，忽聽武如香低呼一聲，跳下床來，雙手扼喉，倒退幾步，滾倒在地，身子不斷扭曲。

卻見那小婢從床上坐起身，好整以暇地整理髮鬢，冷然望向武如香，原本靈活天眞的眼神此時竟寒冷如刀。等到武如香全然不動了，那小婢才跳下床來，從床墊下取出一柄鋼刀，砍下了武如香的腦袋，包在一塊布中，接著從懷中取出一瓶藥粉，取出一些倒在屍身上，又在屍身上蓋了一方白布。只見那白布愈來愈平，小婢等了一陣，才掀開布，布下只剩一灘黃水，妖僧武如香竟就此伏誅，屍骨無存。

這一下變起倉促，那小婢看來嬌弱無力，竟然舉手便殺了一個惡名滿天下的淫賊，毀屍滅跡。凌昊天屏息靜觀，暗自驚訝。戚繼光更是看得目瞪口呆，忍不住吸了一口長氣，凌昊天忙捏了一下他的手。房內那小婢似乎並未察覺，向旁走出幾步，忽然素手一揚，向窗外射出兩枚銀鏢。凌昊天早拉著戚繼光避到樹後，那小婢奔到窗邊時，窗外已然無人。

凌戚二人出了林家大屋，戚繼光仍舊震驚不已，說道：「那姑娘的手段當眞厲害！她用藥粉將整個人化了去，俺眞是見所未見！」

凌昊天點了點頭，說道：「她老早計劃要殺死這淫僧，才故意去那廟裡上香，並留下線索讓淫僧去林家找她。」戚繼光道：「不知另一個惡賊怎樣了？」

二人對望一眼，都想：「定在倩梅院中。」當下向人問了路徑，往倩梅院去。行出一陣，卻見前面不遠處一個瘦小的身形也向倩梅院奔去，凌昊天低聲道：「就是剛才在林家的那個小婢，想是去接應她的同伴了。」當下跟在她身後，來到倩梅院外。

那小婢從後門進去，來到一間偏房，敲了敲門，喚道：「姊姊？」房門開處，站在門口的竟是梁剛，陰陽三叉遞出，抵在那小婢咽喉。小婢低呼一聲，說道：「大爺，你……你作什麼？」梁剛冷笑道：「妳們想對大爺下手，還沒這麼容易！」說著將小婢扯了進去，關上房門。

第六十四章 雙梅鬱金

凌昊天和戚繼光來到門外，從窗縫望去，卻見那藕衣女子被綁在椅上，小婢也被點了穴道，軟倒在地。戚繼光急道：「我們快進去相救！」凌昊天拉住他的手臂，說道：「別急！這兩個姑娘下毒的本事很高，我們若不小心，反要被她們毒倒了。」

卻見梁剛用小陰陽三叉抵住小婢的胸口，冷冷地道：「我兄弟呢？妳將他怎麼了？」那小婢似乎嚇得厲害，顫聲道：「他……他……」轉頭向那藕衣女子哭道：「姊姊，他欺負我！我又不是青樓中人，他怎可這般對我，嗚嗚……」

那藕衣女子也流下眼淚，說道：「阿香，我雖在青樓，也只有人付錢來買我的，這般威嚇強逼的，我也從沒遇過，只有比妳還要害怕！」二女哭哭啼啼，梁剛冷冷地道：「我號稱摧花手，妳們裝出可憐的樣子，對我半點用處也沒有！快說！我兄弟呢？」

小婢收淚道：「他……他欺負我後，把我帶來這裡，說要來找你。經過前面那屋子時，他看到裡面的姑娘長得標致，就跳進去了。你看，他這不是來了麼？」說著向門口望去。

梁剛忍不住轉頭一望，便在此時，那藕衣女子和小婢對望一眼，小婢從口中吐出一粒紅色的丸子，在地下骨溜溜地滾動。那藕衣女子身子微側，用椅腳將紅色丸子壓破，丸中冒出一股淡淡的煙霧。

梁剛見門口無人，回過頭來喝道：「大膽賤婢，竟敢騙我！我要妳的命！」忽然臉色大變，伸手抓住咽喉，跪倒在地。他掙扎著爬起，陰陽三叉指向藕衣女子的咽喉，喝道：「取解藥來！不然大家同歸於盡！」

藕衣女子直視著他，嘴角帶著不屑之意，說道：「我奉命殺你，身上怎會帶有解藥？你認命吧！」梁剛眼中如要噴火，喝道：「好！我們便一起死！」正要刺死那藕衣女子，忽覺背心一涼，一柄長槍透胸而過。

出手的正是戚繼光。他見情勢危急，便湧身跳入窗口，挺槍刺死梁剛。他咬牙道：「惡賊，你須知也有今日！」凌昊天也已跳入房中，忙將一顆藥丸塞入戚繼光口中，說道：「屋中有毒，你快坐下！」戚繼光頓時感到一陣昏沉，胸口煩悶，再也站立不穩，坐倒在地。

凌昊天過去替藕衣女子解縛，又解開了那小婢的穴道，說道：「我這位朋友中了毒，還請二位惠賜解藥。」二女互望一眼，一起向凌昊天和戚繼光行禮，說道：「多謝兩位相救。」藕衣女子從懷中取出一個小瓶，過去替戚繼光解毒。

那小婢也將解藥遞給凌昊天，凌昊天卻搖了搖頭，意示不用。小婢睜大眼睛望向他，臉上滿是驚訝之色，問道：「你怎地沒事？」凌昊天微微一笑，說道：「我叫凌昊天。兩位是仙容神卉座下麼？」

藕衣女子轉過身來，向凌昊天一個萬福，說道：「原來是虎嘯山莊三公子。賤婢雙梅，這是我小妹子鬱金香。」她並未回答，只說出了二人的名字；百花弟子都以花爲名，卻是不答之答。凌昊天點了點頭，踢了地上梁剛的屍身一腳，說道：「兩位殺得好！我們一路追來此地，就是想殺了這兩隻淫賊，爲天下女子除害。多謝兩位姊姊代勞。」

鬱金香咬牙道：「這兩個傢伙早該除去了，我們只恨殺他太遲。」蹲下身去，抽刀砍下梁剛的頭，撒了些藥粉在他身上，用床單將之蓋住。這時戚繼光身上毒性略退，睜大眼望著那床單，想伸手掀開來看看，卻又不敢，臉上神色又是驚奇，又是害怕。

雙梅和鬱金香見了戚繼光的臉色，都抿嘴而笑。不多時，床單全然平了，鬱金香掀開床單，又是只剩一灘黃水。她將黃水擦乾淨了，雙梅用床單將梁剛的頭包起，踢入床下。這兩個女子看來嬌怯怯地，殺個把人竟然全不當一回事，斬首毀屍，更沒有多眨一下眼睛，戚繼光在旁看了，也不禁自歎弗如。凌昊天心想：「這兩個姑娘出手乾淨俐落，顯然受過嚴密訓練，百花門人當眞不簡單。」

二女處理完屍體，出房去洗淨了手，換了衣衫，又回入房中。凌昊天道：「修羅會的人知道這兩個賊子來了倩梅院，他們若找上門來要人，兩位能夠應付麼？」

雙梅一笑，說道：「賤婢已有安排，凌三公子不用擔心。」鬱金香接口道：「剛才在大廳之上，我們讓兩個姊妹扮成了兩個惡賊的模樣，和其他客人爭風吃醋，大吵大鬧，相約出院打架去了。修羅會若來探問，這兒的客人個個親眼見到他們出得院去，我們自能擺脫干係，不落痕跡。」凌昊天點了點頭。

雙梅過去扶戚繼光躺在榻上，柔聲道：「這位公爺，恕賤婢鄙陋無禮，竟尚未請問恩公高姓大名。」戚繼光原本驚於她的艷色，這時見她對著自己說話，語音溫軟，吐氣如蘭，登時全身酥麻，心跳加快，傻了一陣，才支支吾吾地道：「俺姓戚，名繼光，那個……那個字元敬。」

雙梅微笑道：「原來是戚公爺。賤婢誤傷了公爺，請公爺大人大量，原諒則個。」戚繼光道：「不要緊，不要緊，妳……妳不用道歉。」

雙梅溫柔一笑，在他榻前坐下，伸出纖纖素手，替他按摩身上各處穴道，助他去毒，口中說道：「恩公體格健壯，功力深厚，略略休息一下，應便能好起來的。快放鬆了身子，讓妾身替您揉揉。」她十指揉捏得恰到好處，戚繼光只覺通體舒泰，他這輩子何曾享受過這等溫柔滋味，一張臉漲得通紅，呼吸加快，得要盡力壓抑，才不致喘息出聲。

凌昊天眼見了戚繼光神魂顛倒的模樣，忍不住微笑，心想：「百花門人勾魂攝魄的手段，天下只怕沒有幾個男子能抵受得了，也難怪戚大哥心動神馳了。」轉念一想，便明白了雙梅的用心：「這兩位姑娘行事精細隱祕，這回在我二人面前洩漏了身分，她們知道我會守口如瓶，對戚大哥卻不免有些不放心。她們既不能殺他滅口，自得使些手段攏絡他，讓他爲百花門保守祕密。」

他想到此處，開口道：「雙梅姑娘，這位戚兄是在下的好朋友，對我曾有救命之恩，爲人慷慨重義，實是不可多得的豪傑。」雙梅抬眼一笑，說道：「凌三公子的朋友，便是我們的朋友了。」凌昊天知她玲瓏剔透，已然明白自己的意思，如此回答便表示她不會加害戚繼光，便放下了心。他轉頭見戚繼光臉上紅得厲害，說道：「戚兄，這兩個惡賊的首級，你或可向兩位姑娘請討，帶回山東歸案。」

戚繼光回過神來，說道：「是、是。兩位姑娘，俺從山東一路追捕這兩個賊子，不知妳們可能將首級給俺帶回去麼？」

雙梅道：「一賊本是戚大爺所殺，何須相問？我們原本想用這兩個首級祭告所有被害女子，戚大爺既然有求，自當奉上。」

凌昊天向二女說起路小佳之事，雙梅和鬱金香都甚是憐憫，雙梅道：「凌三公子，我門內收留了許多身世可憐、遭人欺凌的女子，路姑娘若投身無處，本門定當好生照料於她。」凌昊天起身行禮道：「素聞百花門人互相照顧扶持，親勝姊妹。兩位若能善待路姑娘，在下感激不盡。」雙梅道：「我百花門的宗旨，便是以救助天下孤苦無依女子爲心，行俠義天理之舉。凌三公子何用相謝？」

鬱金香道：「倒是戚大爺帶著這兩個首級回去，就怕修羅會的人會來搶奪報仇，另生風波。」雙梅道：「不如我們一同去衢州拜訪路姑娘，再送戚大爺回山東歸案。」

戚繼光不願麻煩二女，二女卻堅持要護送一程。次日清晨，一行人便攜了兩個首級離開屯溪，回到衢州。雙梅和鬱金香找了當地的百花門人一同去探望路姑娘，提起邀她加入百花門之意。路小佳甚是感激，當下決定捐出路府供百花門使用，成爲百花門在浙省的據點。她自己仍舊住在家裡侍奉老父，暗中幫助百花門鏟惡除奸，接濟孤苦。

凌昊天見路小佳有了寄託，才放下了心。他想戚繼光北上有雙梅和鬱金香護送，定然出不了差錯，也不用自己掛心，便決定與戚繼光道別。戚繼光甚是不捨，說道：「我和凌兄弟極爲投緣，但盼日後還有機緣相見。俺明春便將赴鄉閒武舉，若能中了，當向凌兄弟拜謝指點武藝之德。凌兄何時有空，定要來山東舍下作客，我兄弟好多聚聚。」凌昊天答應了，與戚繼光灑淚作別。

第六十五章 風中四奇

凌昊天送走了戚繼光和二女，又獨自在江湖上流浪。他想起路小佳受辱及自己與丐幫決裂的前後，心情低落，鬱悶難遣，信步來到江邊上。這時已近初秋，朔風撲面，寒意侵人，他身上錢已用光，只能坐在江邊露天而眠。正寂寞無聊時，忽然聽得不遠處傳來一陣歡暢的笑聲，他轉頭看去，卻見十多丈外的江岸邊上有座小木屋，窗中透出光線，屋中傳出笑語之聲，聽來是一男一女。不多時，空氣中飄來一陣酒肉香味，似乎便是從那木屋中傳來的。他想起和丐幫眾人圍坐喝酒吃肉的熱鬧情景，心下不由得傷感，這時天地悽愴，秋意蕭颯，他真想躲進那木屋裡，就算吃不到東西，能感受到些許溫暖的人氣也是好的。

正想時，忽聽身後一人道：「你餓不餓？」凌昊天一驚回頭，卻見身後站著一個瘦瘦小小的少年，似乎只有十五六歲，衣衫看來甚是單薄，細看下才知他穿得竟是上好的銀狐輕裘。那少年悄沒聲息地來到他的身後，不知是天生腳步輕盈，還是身負上乘輕功。他臉上笑嘻嘻的，伸手拉起凌昊天，笑道：「我可餓壞啦，咱們一起去討頓吃的！」挽著他便向那木屋走去。

那木屋外面十分破敗，屋內也甚是簡陋，就是一間通房，正中架著一個大火爐，爐上燒著一鍋白菜牛肉，水霧濛濛。鍋旁坐著一個少年和一個少女，那少年約莫十七八歲，身形高大，英氣勃勃，手中拿著一柄小刀，正雕刻一塊木頭。那少女也是十六七歲年紀，雙目黑亮，身上披著一件青色外袍，正拿著木勺子攪拌鍋中食物。她聽到門響，並不回頭，口中說道：「是阿丹麼？你來遲了。」瘦小少年笑道：「我見到這位朋友坐在外面喝西北風，請他一塊來吃點東西。」

那少女轉過頭來望向凌昊天，展顏一笑，笑容又是甜美，又是調皮，說道：「不喝西北風，卻來這兒打秋風麼？歡迎歡迎。外面凍得要命，快進來坐啊。這位大哥怎樣稱呼？」凌昊天道：「我叫小三兒。」那少女一笑，說道：「我是阿韻。」指著那火旁的高大少年道：「這是我大哥云小子，人云亦云的云。」指著瘦小少年道：「那是我小弟阿丹。」

便在此時，木門開處，一個少女走了進來，看來更加年幼，只有十三四歲，圓圓的臉蛋，細細的眼睛，板著臉全無笑容，嚴肅中卻帶著幾分天眞可笑。阿韻道：「容容，這位是小三哥，妳快來打個招呼。」容容走進屋來，向凌昊天點了點頭，一言不發，神態冷漠，走過去在云小子身邊坐下，目不轉睛地看著他手中的雕刻。

阿韻和阿丹就沒這麼安靜了，阿丹咭咭呱呱地說起剛才街上看到的熱鬧事：賣牛肉的老王如何被人騙了錢，趕車的小虎如何被多賞了兩文銀子，張媒婆如何被新郎新娘追打得滿街跑。阿韻一邊煮食，一邊格格而笑，忽然說道：「聽說淫僧武如香在屯溪忽然失蹤了，也不知是怎地？」阿丹笑道：「不只他哩，那摧花手梁剛也消失無蹤了。這些壞人啊，就該像這樣沒事就失蹤一兩個、兩三個，天下不就太平了麼？」

凌昊天見這四個少年少女年紀不大，舉止談吐卻不似常人，心中暗自納悶。過不多時，阿韻便叫大家來吃飯。凌昊天肚子餓得很了，接過一碗白飯牛肉，便大口吃了起來。阿韻那鍋白菜牛肉雖像是隨便煮的，竟是絕佳美味，凌昊天一口氣吃了三大碗白飯，只覺身上暖呼呼的極爲舒服。云小子飯量也大，只默不作聲地吃；容容吃了半碗便停下了，她坐在云小子和釆丹中間，吃完後便輪流替兩個少年添飯夾菜，極爲細心。阿韻和阿丹卻邊吃邊說，兩張嘴巴像是停不下來，阿丹說到有趣處，大家都笑得停下筷子，捧腹滾倒在地。阿韻坐在凌昊天旁邊，雖說話嘻笑不絕，仍不失殷勤周到，連連招呼著替凌昊天夾菜。

凌昊天和四人閒閒攀談起來，卻愈發覺得奇怪。這四人對他們的來歷絕口不提，武林中事似乎知道得不少，世俗中的雜物瑣事卻好像全然不知，芝麻蒜皮的街坊小事也說得津津有味。阿韻的俏皮愛笑和容容的不苟言笑恰成對比；云小子的高大安靜和阿丹的瘦小機伶更是全然相反。這四人性格雖異，默契卻似乎極佳，像是從小一起長大的，若說是兄妹，卻又不像。

吃過了飯，阿韻和容容拿出幾張毯子，讓大家就地睡下，替凌昊天也鋪了一席。凌昊天睡在角落，感受到火爐傳來的暖意，耳中聽得阿韻和容容兩個姑娘低聲談論胭脂花粉的價錢，坐在火旁的云小子手中小刀刻上木頭的細微聲響，和阿丹沉緩的鼾聲，心中感到一陣平安舒適，竟是他離開虎山後第一次感覺到家的溫暖。他想著往事心事，想著寶安，慢慢闔眼睡著了。

如此過了七八日，凌昊天和四個少年在木屋中共住，不自覺中對這四人愈來愈感親近喜愛。這日他去看云小子的雕刻，發現他刻的是一套樂器；有琴、瑟、古箏、洞簫、直笛、琵琶、揚琴、胡琴，每樣都有一個宮裝女子抱持吹奏，動作逼真，表情生動，彷彿小人真的在演奏一般。有時凌昊天一整日便坐在云小子身邊看他雕刻，看得出神。阿丹偶爾跟凌昊天一起坐在江邊聊天，他口齒伶俐，常將凌昊天逗得捧腹不已。容容雖寡言冷面，卻總知道別人需要什麼，往往在不言中替別人將一切打點得當，讓人覺得分外舒服妥貼。阿韻年紀雖比容容大，相較之下卻粗疏得多，但她的言笑晏晏總能令凌昊天想起在家裡時那些無憂無慮的日子。四個少年偶爾結伴出門去，大半日或一整日才回來，他們沒說去作什麼，凌昊天也不多問。

到了第十日的晚上，凌昊天坐在屋角練無無神功，忽聽屋外腳步聲響，一群人快步來到屋外，聽腳步聲都是會武的。凌昊天才一察覺，四個少年男女也都警覺，云小子起身走到門口，沉聲道：「是黃山派的朋友麼？」

門外一個低沉的聲音喝道：「誰是你朋友？快將七殺碑譜還來！」阿丹倚在窗口，見窗外閃著五點燐光，笑道：「咦，白骨派的人也到啦。不錯，你們的人肉耙是我拿走的，但你們來找我也沒用，那耙早被我大哥毀啦。」

屋側一個尖銳的聲音罵道：「賊小子，竟敢偷竊毀壞我鎮派之寶！納命來！」阿丹尚未答話，容容已一躍出門，冷冷地道：「你用人肉耙傷了多少無辜人命，今日你們自己送上門來最好，省得我們到處去追殺。」話聲未畢，人已欺上前，但聽五聲慘叫，白骨派的人竟已全數斃命。容容走回屋內，臉上仍是毫無表情。

凌昊天不料這小女孩出手如此狠辣，一瞬間便要了五條性命，暗暗咋舌。門外黃山派眾人已大聲鼓譟起來，一起衝向門口。云小子緩緩走出門外站定，開口喝道：「天不仁兮風雷變，地不仁兮萬物滅。天地予我悲憤怒，殺殺殺殺殺殺殺！」

他這一喝中蘊含著極猛烈的內勁，那第七個殺字出口，門外霎時靜了下來，接著砰砰連響，卻是黃山派眾人紛紛摔倒在地，只有為首那人還撐著沒有跌倒，口中喃喃道：「七殺碑，七殺一出天地毀……」手撫胸口，嘔出一大口鮮血，緩緩轉身，拖著腳步慢慢消失在黑暗中。

凌昊天並不驚奇四人打退來敵，也不驚奇容容的出手狠辣和云小子的內力深厚，奇的是自己竟全然看不出他們的武功家數。他家學淵博，不但熟知正派武功，對各種奇門武功也頗有涉獵，豈知他不但看不出容容殺人的手法，連云小子的內力家數也瞧不準。

此時云小子和阿丹走出門外，將白骨派死者的屍體扔入江水。二人回進屋內時，便似剛去砍柴搬米一般若無其事，阿丹皺著鼻子搓手道：「好冷，好冷！」四人一句話也沒有多說，各自躺下睡了。凌昊天心中雖驚異，卻也沒有出口詢問。

次日晚間又有人來，卻是崆峒派和血旗幫。崆峒派說四人偷了他們的神蠱瓮，血旗幫則來討回千血旗。云小子出手殺了血旗幫的人，阿韻挫敗崆峒弟子，讓他們退去。此後每晚都有兩三個門派幫會找上門來追討失物，若是作惡多端的幫會，四人便下辣手殺死；若是惡不太深的幫會，便打傷幾人放走。凌昊天每晚都有好戲可看，如此七日，總共來了十八個幫派，他心想：「他們偷的東西可真不少。」卻始終猜不出四人的武功來歷。

這日晚間又有人走近木屋，來人只有三個，從腳步聽來竟都是高手。阿丹啊了一聲，驚道：「大哥，莫非……莫非是他們？」阿韻搖頭道：「他們怎會找到這裡？」云小子搶到門口，喝道：「來人報名！」

門外一人慢吞吞地道：「銀瓶山莊松柏梅三友到訪，四個小鬼快出來領死吧。」

容容驚呼一聲，叫道：「是他們！」云小子叫道：「我擋一陣，你們快逃！」話聲未了，人已搶出門外，和一人交起手來。其餘三人哪裡肯獨自逃生，也跟著躍出屋外，身法奇快，向門外三人攻去。

凌昊天早已來到門口，月光下卻見來敵三人都是白髮蒼蒼的老人，其中之一是位老婦。三老出手既快且重，四個少年顯然不敵。凌昊天正要躍出相助，忽聽阿韻尖叫道：「容容！」那老婦已扣住了容容的手腕，陡然退出十多丈，冷笑道：「一命換一命！」另兩個老者也倏然後退，來到老婦身旁，三老快步離去。

云小子搶上攔截，兩個老者一齊回身出掌向他打去，云小子一驚，只能硬接下來，向後連退數步，仰天跌倒。三老嘿的一聲冷笑，遠遠地去了。

阿丹搶上扶起云小子，叫道：「大哥！」凌昊天奔上前搭他脈搏，知他只是一時閉住了氣，並未受重傷，便道：「不礙事。」俯身將他抱入屋內，伸掌按摩他的背後，助他順氣。阿韻臉色蒼白，淚水在眼眶裡滾動，急道：「容容被他們捉去了，云哥又受了傷，可怎麼辦？」

阿丹苦著臉，搖頭道：「誰料得到他們會找到此處？唉，要救容容的命，除非去銀瓶山莊面見蕭大小姐，向她求懇。但是……唉，世上哪有人能見得到她的面？」

凌昊天忽然轉過頭來，說道：「你們究竟是什麼人？」阿韻和阿丹立時閉上了嘴。此時云小子已醒轉過來，低聲喘息，向凌昊天道：「多謝相救。」他抬頭望向阿韻和阿丹，緩緩搖了搖頭，說道：「我等竟會失手於此，實是始料所不及。小三兒，我們不該再瞞你了，我就是風雲。」

凌昊天啊了一聲，脫口道：「風雲？原來是你們！」云小子點點頭，指著阿丹道：「他是風采，阿韻是風韻，容容是風情。」凌昊天恍然道：「妙手風采！那天偷走明眼神的天風令的，就是你了！」阿丹點了點頭。

云小子緩緩說道：「我們本也無意瞞你。小三兒，我們風雲、風韻、風采、風情四個，乃是天風堡風老太爺的關門弟子，合稱『風中四奇』。我們並不姓風，風雲、風采這些名字，都是師父幫我們取的入門化名。我姓劉，單名一個云字，人人都叫我云小子。阿丹是妙手采丹，阿韻是俏妞李韻，容容是冷面容情。」

凌昊天點頭道：「那天出手保護天長狐狸的，就是你們四個了。」

劉云道：「不錯。」李韻道：「我們早先已見過你幾次，你在路家時，我們也在那兒。後來我們去追天長狐狸，修羅會竟趁機傷了路姑娘，我們心中都很覺過意不去。」采丹道：「後來我們見你盡心照顧路姑娘，都覺得你心地忒好。又聽說你為此和丐幫鬧翻了，猜想你心裡定然不好過，才邀你來此。」李韻歎息道：「我們對你絕無惡意。唉，只沒想到那三個老傢伙會找上門來！」

凌昊天問道：「剛才那三人為什麼要抓走容情？」李韻和采丹正要開口，劉云卻阻止道：「這是我們自己的恩怨，不敢以此相煩閣下。」凌昊天知道他們不願將自己捲入紛爭，大聲道：「你們若當我是朋友，便知道我絕不會袖手旁觀。你們當我小三兒是什麼人了？」

劉云和李韻、采丹互相望望，李韻歎了口氣，說道：「小三兒，我們當你是朋友，卻不願你為我們去冒險。此事原不足為外人道，你既問起，我便跟你說了也罷。事情是這樣的。我們天風堡和銀瓶山莊乃是世仇，傳到先師的獨子風老爺時，雙方仇恨更深。不久前先師的獨孫風平少爺又去招惹了銀瓶山莊的主人，銀瓶山莊大舉來攻，將風少爺困住；我們和幾位師兄師姊趕去救出風少爺，與銀瓶山莊的人大打出手，將他們的人打死打傷了好些。剛才那三人便是銀瓶山莊中的高手，他們對我等出手，自是想挾持容情向天風堡報仇了。」

凌昊天微微點頭，望向采丹，說道：「你剛才說，要去銀瓶山莊面見蕭大小姐，向她求懇，才有希望救出容情，那是怎麼回事？」李韻向采丹瞪了一眼，埋怨道：「你便是口沒遮攔。」采丹漲紅了臉，說道：「我又不是故意的。」李韻不去理他，轉向凌昊天道：「蕭大小姐是銀瓶山莊的少主人。她性情仁善，最不喜濫殺無辜。容情還是個小女孩兒，我們若去向她求懇，她多半會饒過容情一命的。」

凌昊天沉吟道：「你們四處去偷那些事物，和此事有關麼？」

劉云搖頭道：「無關。我們是受師父遺命出來辦事。」凌昊天問道：「你們偷那些東西作什麼？」采丹道：「我們出手偷的都是武林中陰毒下賤的武功兵器，如人肉耙、陰屍爪、絕戶槍法等，我們已將之毀掉。」

凌昊天道：「七殺碑譜流傳已久，向來是黃山之寶，怎能算是陰毒武功？」劉云道：「這功夫太過狠霸，傷人傷己。放眼今日黃山，誰有資格學用這七殺碑譜？」

凌昊天默然，這四個少年口氣狂妄，身手確也著實不凡。他數日來眼看四人對付各門派，手段雖狠辣，卻不失光明，懲誅惡徒也甚是公正，便點了點頭，又問道：「那天風令究竟是什麼？」李韻道：「天風令是先師送給恩人的信物。他老人家遺令，誰持有天風令，天風老人的弟子就得盡力保護。」

凌昊天道：「我還道這只是傳說，原來竟是眞的麼？」采丹道：「是的。天風令一直在天風堡中，後來不知如何流傳到江湖上。這天風令上寫著『持此令者，天風齊護』，我們風中四奇是天風門人，見到持令之人，自當出手相護。」劉云道：「丐幫人多勢眾，並不需要這令；路岩心懷陰謀，不配持有這令。我們因此出手偷回。」

凌昊天回想前事，路岩心急保住天風令，竟是想要依靠這四個小娃子保護，不由得微微一哂。李韻見到他的臉色，猜知他在想什麼，說道：「其實我們是小風中四奇，老一輩的風中四奇已經退隱了，因此才由我們出手。」

凌昊天奇道：「老一輩的風中四奇？那是什麼人？」

劉云道：「那是先師壯年時收的弟子，叫作風影、風葉、風骨、風姿。」李韻接口道：「風影和風葉兩位輕功絕佳，曾爲虎俠和龍幫辦事，你或許聽說過。」凌昊天恍然大悟，拍手道：「原來飛影和落葉是天風老人的弟子！娘總說飛影落葉兩位輕功絕佳，連她自己都不定比得上。他兩位跟隨虎俠日久，我娘只道他們的武功是虎俠所傳，原來另有師承。」劉云點了點頭，說道：「正是如此。本門和虎山也是有點淵源的。」

凌昊天站起身來，說道：「去救回容情的事，我義不容辭。你們快快告訴我，如何才能上得銀瓶山莊，見到蕭大小姐？」

劉云、李韻、采丹臉上都露出喜色，一起向他下拜，說道：「出手相救之德，風中四奇沒齒難忘！」

四人次晨便離開木屋，向東南趕去，不一日來到天目山腳。采丹道：「天風山和天目山原是同一山脈中的不同山峰。銀瓶山莊也在天風山裡，離天風堡距離甚近，但中間隔了一個深谷，繞谷行去，須兩日路程才到。」當下領著凌昊天往銀瓶山莊所在的鳴泉峰行去。來到峰腳，卻見平地上起了一間占地數十頃的莊子，氣勢雄偉，門前熙熙攘攘的擠滿了人。凌昊天在這幽靜偏遠的山裡陡然見到這般熱鬧景象，不由得一怔。

采丹低聲道：「這些人都是慕蕭大小姐之名而來的。自從蕭大小姐三年前去峨嵋金頂上香許願，露過一次面後，江湖上立時將她的美名傳得沸沸揚揚，公認爲天下第一美女。此後爭著來一睹芳容、妄想博得青睞的子弟多如過江之鯽。銀瓶山莊爲了擋住這些不速之客，才在此建了這座『止客莊』。」

李韻接口道：「銀瓶山莊的人對他們大小姐尊重維護得如天宮公主一般，誰要上峰去，必得有很大的本事才成。聽說他們設了不少關卡，測試來人的武功人品文才，通不過一關，便會被攔阻下來。因此江湖上都說：要見蕭大小姐一面，直比登天還難。」劉云道：「小三兒，我們自知無望，只能請你勉爲其難，試著上峰去。」

凌昊天點了點頭，問道：「他們設了些什麼關卡？」采丹道：「我們和銀瓶山莊雖是仇家，畢竟是比鄰，多少聽聞一些。這樣吧，我扮作你的書僮跟你一塊去，路上也好幫你出點主意。」李韻道：「我們要救容容的事萬分機密，若被銀瓶山莊的人知道了，定會立時將你趕下山去，容容也不免有生命危險。爲免他們起疑，請你聲稱是因仰慕蕭大小姐，才想來一睹她芳容，一路上只管過關，旁事莫涉。關於容容的事，只可在面見蕭大小姐後才說出。」

四人當下商量了一陣，采丹便扮成書僮模樣，跟著凌昊天來到止客莊外。劉云和李韻不得進入，便在山腳與二人告別，祝他們能順利上峰。

凌昊天和采丹才走入莊門，便見一個身穿葛色長袍的家人坐在門旁的紅木大掌櫃桌後，頭都不抬，沒好氣地道：「來人報名！」

采丹趨前陪笑道：「管家老爺您老安好。這位是我家凌三公子。」

那家人瞪眼道：「我要你報名，便好好報上名來。我才不管你是張家二公子還是李家五公子。來人報名！」采丹只得答道：「我家公子姓凌，名昊天。昊天罔極的昊天。」

那家人點了點頭，在一本簿子裡寫下「凌昊天」三個字，便擺手道：「進去廳裡坐下，等人來叫你，便去赴試。」

第六十六章 銀瓶山莊

凌昊天見這家人高傲無禮，微感惱怒，采丹拉拉他的衣袖，使眼色要他莫惱，兩人便一齊走入廳中。卻見廳上站站坐坐總有二十來個青年，個個打扮得十分體面，顧盼自得。凌昊天在虎山長大，雖也曾遊走江湖，卻並未會見過少一輩的俠士，只能從服色看出有些是江南武林世家子弟，有些是天龍劍派、峨嵋派的弟子，還有一個是點蒼派弟子。眾青年和各自的同門隨從圍坐一處，對其他人並不招呼，更不理睬。

采丹倒是十分博聞，在凌昊天耳邊道：「那邊兩個身材高臺、面目清秀、衣著華貴的，便是廬山孟老英雄的兒子，孟玉樹、孟臨風兄弟，以家傳八卦遊身掌稱雄江西。他孟家富霸一方，難怪這兩兄弟周身錦緞。那個頭戴書生巾，身穿白衣的是山西天龍劍派的少主石珽，聽說他劍術已得天龍主人的眞傳，威震山西。啊，那邊獨自一個人站著，滿臉傲色的，想必是點蒼小劍客張潔，離囂觀主許飛的得意弟子。西廂裡一大群人簇擁著的，定是峨嵋派的柳少卿。他原是峨嵋山腳的世家子弟，因他資質特佳，被峨嵋正印大師看中，收爲關門徒弟，將一身絕技傾囊相授。」接著又指指點點地數了七八個人。

凌昊天忽道：「阿丹，我現在才知道李韻和容情有多麼好命。」采丹一愣，奇道：「怎麼說？」凌昊天笑道：「你是個天生的月下老，識得這許多漂亮的公子哥兒，人人的身家底細都一清二楚，李韻和容情何愁找不到如意郎君？」

采丹臉上一紅，笑道：「你別將這話說給容容聽，她可要惱呢。在她眼中，這些人哪裡及得上咱云小子大哥？阿韻和容容才看不上他們呢。」凌昊天一笑，說道：「也及不上你。」

采丹笑而不答，轉開話題，說道：「公子，你瞧這兒的字畫挺不錯的。」說著拉著凌昊天穿過大廳，觀看牆上的字畫。凌昊天笑道：「喲，你倒風雅得很，懂得看字畫。」采丹笑道：「這是什麼地方，就不風雅，也得裝著風雅一些。你瞧人人都一本正經的樣子，咱們可不能輸給別人了。」

兩人談笑無忌，旁若無人，廳中眾青年都對凌昊天側目而視，有的看他衣著樸素寒愴，露出譏笑之色；有的看他舉止粗率無忌，露出嫌惡之意。凌昊天也不理會，逕自負手在廳內走了一圈。

采丹低聲道：「公子瞧出了麼？這兒的字畫都是宋人的作品。」凌昊天點了點頭。采丹指著一幅山水畫道：「你看這幅少了簽題。你說該題什麼字好？」凌昊天隨口道：「這畫的是三峽，就題『三峽初晴』好了。」采丹笑道：「不如『清榮峻茂』四字。」凌昊天向他望了一眼，說道：「沒想到你這小子肚裡還有幾分墨水。」采丹吐舌道：「小時候師父教我們讀了好些書，現今都快忘光啦。」凌昊天幼年時曾隨文風流讀了不少詩書雜文，他聰明強記，過目不忘，此時將幼時讀過的詩文重又記憶起來，與采丹談得甚是興起。

二人談論了一陣，門口那家人啪一聲闔上了簿子，朗聲道：「好，一共二十七位貴客，都到齊了，這就開始吧！」手指著通往後廳的屏風，說道：「本莊特產的天目龍井，入口芳香，清淡味醇，別處絕不得見，小姐想請各位少爺入內品嘗。請各位依序通過屏風，至後廳稍坐奉茶。」

一個矮小的青年當先站起，向著屏風闖去。眾人心中都想：「這屏風後定有古怪，先讓這莽撞的傢伙去闖闖看。」卻見那青年大步走到屏風之後，忽地悶哼一聲，身子竟從屏風上飛了出來，飛出兩三丈才砰一聲摔在地下，跌得鼻青眼腫，動也不動。眾人都上前圍著他看，指指點點，卻無人去相扶。凌昊天上前扶起他，見他身上竟有七處穴道被點，不由得暗暗驚訝：「他去屏風後不過一瞬間，出手的人竟點了他這麼多處穴道！」當下替他解開穴道，知道點穴者內力甚強，顯是高手。那青年站起身來，滿臉通紅，向凌昊天點頭稱謝，頭也不回地出莊去了。

餘下眾人互相望望，都不敢貿然上前。忽聽一聲冷笑，一個灰衣少年躍眾而出，正是點蒼小劍客張潔。他轉過了屏風，眾人只聽得七八下刀劍相交聲，便聽他朗聲道：「前輩承讓。」走進後廳。

眾青年見有人過關成功，膽子都大了起來，接著又有三四人走向屏風。眾人陸續走去，二十多個青年竟有十多個被打了出來。凌昊天等眾人差不多都走完了，才緩步走向屏風。卻見屏風後坐著一個臉色枯黃的小老頭，他抬頭望了凌昊天一眼，便道：「你解得開我點的穴道，身手不凡，請入廳。」凌昊天一拱手，走進後廳。

卻見後廳裡只有七個青年猶在，除了張潔之外，還有石珽、柳少卿、孟家兄弟和另兩個青年，采丹認出一個是六合拳的少掌門姓李，一個是連環刀門的大弟子姓蔣。在後廳接待的是個葛袍老者，神態比先前在門口那家人恭謹得多，向眾青年道：「八位公子請隨意用茶點。」各人坐下喝了茶，葛袍老者便請眾人上樓。

樓上竟是別有天地，四面開闊，放眼望出去便是一片蒼鬱的青山，一道清澈的溪水蜿蜒流過樓前。樓頂飛檐青瓦，甚有氣勢；樓內窗明几淨，各種事物都布置得極為精緻素潔。眾青年見到樓上的景象，都讚歎不已。

凌昊天信步來到東首，見一道樓梯通到樓上，顯然這樓還有再上一層。他抬頭望去，卻見一道懸空飛橋從樓上掛出，向東指去，直連接到對面的峭壁之上，足有數十丈之遙，通體都是木造，狀似輕盈，實則穩固。凌昊天不由得心生讚歎：「這飛橋構造之巧妙，形態之壯美，實為世間難得一見的奇觀。這銀瓶山莊的主人可不是簡單人物。」

正想時，葛袍老者朗聲道：「各位公子，待我引諸位見過敝莊葉士奇葉老師。」眾人回過頭去，卻見一個穿著儒服的中年文士站在廊口，向眾人拱手為禮，執禮甚恭。眾人都未聽過葉士奇的名頭，但想來定是銀瓶山莊中的要緊人物，不好輕慢了，便都恭敬回禮。

葛袍老者道：「葉老師是小姐丹青之藝的啓蒙老師，受小姐之託，想來向各位請教一二。」眾人心中都想：「這又是一個出題人了。」

那葉老師一擺手，說道：「各位公子請隨我來。」引眾人走到西首，卻見廊上掛了十多幅畫，有山水風景，也有花鳥人物。葉老師道：「這幾幅畫都出自小姐的手筆。小姐有請各位貴客品評指點，挑擇貴客最喜愛的一幅，在畫上題字及古人詩文一段，以資留念。」

眾人心想：「這是要考較我等的文才了。」

張潔走上前瀏覽諸畫，指著一幅將軍舞劍圖道：「這幅最有氣勢！」伸手將畫摘下，平放桌上，提筆寫了「俠客行」三個草書大字，其後又寫下李白的俠客行詩句，字字龍飛鳳舞，神采飛揚。他放下筆，一旁的僕人待墨乾了，又將畫掛回。張潔逕自走開，眺望風景，更不理會餘人。葉老師向那畫望了幾眼，臉上並無表情，也不知贊許與否。

其餘眾青年議論紛紛，考慮該要選哪一幅畫來題字。天龍少主石珽忽然大步上前，摘下一幅宮裝美女圖，提筆寫了「大美人」三個字，筆粗墨濃，占了畫的所有空白部分，再無空處可以題寫詩句。旁觀眾人見了都不禁失笑，石珽身邊幾個像是他師伯師叔的都皺起眉頭，連聲唉歎，想阻止已來不及，有的趨前想問葉老師可否重選，有的望著那畫籌思能否修改，有的狠狠向石珽瞪去。石珽卻似毫不放在心上，笑道：「蕭大小姐畫美女，大美人畫小美人，自該題『大美人』三字了。」葉老師站在一旁看著，仍舊沒有說話。

采丹忽然拉拉凌昊天的衣袖，說道：「少爺，你看第三幅如何？」凌昊天轉頭望去，見第三幅畫得正是三峽風景，意境構圖都和在外廳見到的三峽圖十分相近，但筆跡秀麗，用色淡雅宜人，顯是出於女子手筆。他回頭向采丹看了一眼，見他微微點頭，便上前選了那幅三峽山水圖，提筆在上寫道：「山水有靈，亦當驚知己於千古矣！」見畫的上方留了很多空白，又題小字引酈道元《水經注・江水注》云：「春冬之時，則素湍綠潭，迴清倒影。絕巘多生怪柏，懸泉瀑布，飛漱其間，清榮峻茂，良多趣味。每至晴出霜旦，林寒澗肅，常有高猿長嘯，屬引淒異，空谷傳響，哀轉久絕。其疊嶍秀峰，奇構異形，固難以辭敘。林木蕭森，離離蔚蔚，乃在霞氣之表，仰矚俯映，彌習彌佳。流連信宿，不覺忘返。」

葉老師看他寫完，忽然問道：「請問凌公子的書法，是向哪位名家學得？」凌昊天道：「我是從家父所學。」葉老師便沒有再問。接著柳少卿和六合拳李少主也題了字，那連環刀門的大弟子顯然不會寫字，不願自暴其短，便告辭出去了。剩下孟家兄弟仍在畫前踟躕，不知該選哪一幅畫，題什麼字。兄弟倆指指點點，瑣瑣交談，額頭冒汗，卻總談不出個頭緒。張潔在旁冷眼相看，冷笑道：「兩位要等到日落西山，才會有靈感麼？」

凌昊天看著剩下幾幅畫，心中早想好了七八個適當的題字，見孟家倆兄弟焦急彷徨的模樣，便趁葉老師走開時，走上前攬著孟玉樹的肩膀，暗指一幅畫道：「孟大哥，你瞧這雪景圖如何？」孟玉樹隨口道：「很好，嗯，很好。」

那雪景圖中白雪紛飛，幾座小屋浮現在白雪掩映間，一個身披雪衣的老人手持枴杖，走在鋪滿白雪的小道之上。凌昊天道：「依我瞧，劉長卿的『逢雪宿芙蓉山主人』可以使得。」孟玉樹臉現難色，說道：「什麼芙蓉山主人？」凌昊天知他不識此詩，便示意他取下畫來，說道：「我念你寫。」孟玉樹接過筆，凌昊天低聲念出唐人劉長卿的五絕：「日暮蒼山遠，天寒白屋貧。柴門聞犬吠，風雪夜歸人。」孟玉樹大喜，依言在畫上寫下詩句，又落款曰：「廬山孟大題於止客莊小樓。」

凌昊天暗暗歎息：「蕭大小姐要你題字，是想知道你懂不懂她畫中的意境。你加上自己的名號和題字處，那還有什麼意味？蕭大小姐又怎會再懸掛這畫？」

弟弟孟臨風見哥哥題了字，又喜又急，忙搶到淩昊天身旁，請他指點。淩昊天見葉老師走了回來，不好意思當著他面作弊，說道：「孟二公子文才敏捷，定有妙思佳句。」孟臨風纏著他不放，不斷拱手作揖，低聲求教。

柳少卿忽然冷笑一聲，說道：「文才上須人代擬，武功上須人代打，莫非閣下要見蕭大小姐時，也須請人代見麼？」孟臨風臉上一紅。葉老師開口淡淡地道：「孟二少爺選不出最中意的畫，那也不要緊。請孟二少爺回樓下休息，茶點伺候。」

孟臨風知道自己終究不能合格，怏怏下樓去，臨走前還對淩昊天瞪了一眼，怪他不肯相助，淩昊天見這少爺鄙陋無禮，也不放在心上。

葉老師見大家都題了字，負手在畫前走過，每幅都細細看了，忽然摘下六合拳少主題字的畫，說道：「小姐願將此畫贈給題字人。李少主，敬請收下此畫，樓下稍坐奉茶。」

李少主嘿了一聲，伸手接過了畫，向葉老師一拱手，大步下樓而去，也不留下喝茶，逕自出莊去了。

葉老師又看了一陣，才轉過身來，說道：「五位公子請上樓。」

眾人知道自己的題字過了關，都舉步上樓。天龍石珽卻指著自己那「大美人」三字，叫了起來：「我這麼也成？你要我也上樓？」葉老師道：「正是。閣下雖是戲寫，但筆力渾厚，架構嚴謹，不可多得。」石珽愁眉苦臉，搖頭歎息。他身後的師叔伯們喜上眉梢，前推後擁地將他拉上樓去了。淩昊天心想：「這石珽顯然無心去見蕭大小姐，卻是身不由己。葉老師眼光不錯，他雖是胡亂寫字，卻頗有章法，底子裡確是有文才的。」他卻不知石斑正是因爲苦戀文綽約，才對求見蕭大小姐毫無興趣。若非他父母嚴辭命令，師叔伯強力逼迫，他是怎也不會想要涉足銀瓶山莊的。

不多時，張潔、柳少卿、孟玉樹和眾跟隨都已來到樓上，石斑也被天龍門人簇擁著上得樓來。凌昊天最後走上階梯，卻見樓上氣勢更加不凡，那道懸空飛橋延伸出去，好似一條蛟龍般直竄對岸岩壁。葛衣老者指著對面的懸崖道：「銀瓶山莊便在懸崖之上。各位文才武功都有過人之能，便請過橋上峰，銀瓶山莊謹備盛筵相候。」

眾人眼見這橋懸空而窄，若一失足，便會跌入其下的深淵，不免粉身碎骨。這飛橋實是高絕險絕，世間少見，擺明是要試探各人的輕功造詣。

第一個上前的仍是點蒼小劍客張潔。他飛身上了懸空橋，快步向對岸走去。卻見那橋在風中左右擺蕩，他每走一步便上下震動，直比走繩索還要不易。張潔乃是點蒼高徒，輕功自是不凡，但見他身輕如燕，灰衣飄飄，雙手在扶手欄杆上借了兩次力，便安然到了對岸。但見那橋並未接上崖頂，卻是接到半山腰的一座小亭；要上峰去還得攀爬巖壁而上。那巖壁陡峭如削，怪石嶙峋，險惡已極，離懸崖總有二十多丈遠。張潔站在亭中仰望，一時無法決定該如何上去。

柳少卿和孟玉樹見他過了橋，搶著跳上橋去，二人一前一後落在橋上。那橋禁不起這般震動，劇烈晃動起來，二人險些摔將下去。柳少卿叫道：「你退去！」孟玉樹惱他說破自己兄弟作弊，令孟臨風失去資格，也喝道：「你退去！」柳少卿哼了一聲，陡然長劍出鞘，向孟玉樹頭頂刺去，是一招峨嵋派的「金頂佛光」。孟玉樹怒道：「動手麼？」拔出腰間八卦刀，反砍過去，兩人便在橋上打了起來。

孟玉樹文才不行，刀法倒頗有功力，十多招過去，和柳少卿的峨嵋劍法相持不下。柳少卿心中暗急，心忖：「我先到橋中，他自會知難而退。」便一步步向橋中走去。孟玉樹卻怎肯退去，搶步跟上，加緊攻勢。兩人走走打打，來到橋心，此時一陣大風吹過，木橋向旁蕩開三丈，兩人幾乎給甩下橋來，一齊驚呼出聲，放下刀劍抱在一起。待風略止，兩人又抓起刀劍互相砍殺。

凌昊天和石斑在橋頭看了，都不由得好笑，對望一眼，凌昊天指指橋邊的欄杆，石斑會意，點了點頭。二人便一齊躍起，分別站上左右欄杆之上，快步向橋心走去。

原來這橋構造奇巧，若走在橋上，橋便容易搖晃擺蕩；但若有二人同時走在橋旁的扶手欄杆之上，橋身便穩固得多。但那扶手細而難行，若非輕功高手，絕難從上走過。此時凌昊天和石斑同步走在扶手之上，橋身竟慢慢穩定下來。在樓上觀看的銀瓶山莊眾人和眾隨從見二人展露出超絕輕功，都出聲驚歎喝采。

轉眼間凌昊天和石斑已來到橋心，一齊出手，凌昊天抓起了孟玉樹，石斑拉起了柳少卿，將纏鬥二人分開了，又繼續向峭壁行去。柳少卿不敢走在扶手上，在石斑身後跟了幾步，便又跳回橋身。這一顛簸，石斑陡然失去平衡，腳下一滑，向旁跌下。柳少卿退後一步，竟不去相救。凌昊天叫道：「抓住橋底！」石斑危急中抓住了橋底，身子便吊在橋下晃蕩。凌昊天跨上另一邊的扶手，俯身握住石斑的手腕，想將他拉上來。便在此時，柳少卿忽然在他背上撞了一下，凌昊天立足處本已不穩，此時更專注於救起石斑，不由自主跌下扶手，他連忙伸手抓住橋底一片木板，才穩住下跌之勢。

孟玉樹在旁看得清楚，向柳少卿怒道：「你幹什麼？」揮掌打向柳少卿後心。柳少卿叫道：「少兩個人，你我都多著機會！」孟玉樹一怔，這掌便猶疑未發。

這時凌昊天左手勾住了木板，右手拉著石斑的手腕，兩人都懸掛在半空中。那橋負不起這許多人的重量，在空中搖晃不已。凌昊天見柳少卿又揮掌打來，顯然有心致自己二人於死地，轉頭向石斑望去，兩人目光相交，有了默契，同時大喝一聲，手腕使勁，互相藉力，翻身飛起，如飛鳥般騰上橋身，又站上了橋兩邊的扶手。柳少卿這掌落了空，他自知武功不及，生怕二人來向自己尋仇，忙舉足向橋對岸奔去。孟玉樹一呆之下，大聲罵道：「無恥小人！」也跟著追了上去。

凌昊天和石斑互相望望，兩人同去鬼門關轉了一圈，思之仍有餘悸，忽然不約而同伸手互握，相視而笑，攜手緩步向對岸走去。石斑道：「在下天龍石斑。請問兄臺貴姓大名？」凌昊天道：「我姓凌，行三。」石斑啊了一聲，說道：「原來……原來你就是凌小三！你……你爲何來此？」話聲極爲苦澀。

凌昊天道：「我來見蕭大小姐，有事相求。」石斑搖頭道：「斯人對你朝思暮想，傾心相許，你竟狠心不顧，卻來此攀附高枝？你……你怎能如此負心無情，不知珍惜！」

凌昊天哪裡知道他說的是文綽約，只聽得一頭霧水，奇道：「誰對我朝思暮想？什麼攀附高枝？」

石斑神色痛苦，說道：「唉，落花有意，流水無情。我是如此，她又何嘗不是？思之實令人心疼不已，悲歎不絕！唉，紅粉知己，世所難求。紅顏薄命，豈非天意？」

凌昊天更加摸不著頭腦，說道：「我來見蕭大小姐，是想求她救我一個朋友。足下來見她，又有何意？」石珽一愣，說道：「原來你不是來……唉，我麼，父母之命難違，尊長之意難逆，因此我就來了。凌兄欲上銀瓶山莊相救令友，小弟定當盡力相助。」凌昊天拱手稱謝。說話間二人已來到對面的亭中，卻見張潔早已飛身上了險峰，離崖頂只不到十丈，柳少卿和孟玉樹也展開輕功向山上攀去。

凌昊天道：「咱們也上去吧。」便和石珽先後登峰。二人躍上一塊凸出的平臺，忽聽頭上張潔大叫一聲，兩人仰頭望去，卻見峰邊上陡然冒出兩個葛衣人，擋住了張潔的去路。那兩人身形輕盈，好似飛鳥一般在峰上盤旋，簡直不似人所能爲。再仔細看去，才見那二人手持利鉤，能嵌入山壁，二人藉著雙鉤之助在懸崖上飛蕩來去，縱躍自如，輕功之高，便飛鳥猿猴也無法比擬。但見他們圍繞在張潔身旁，雙鉤一得空便向張潔攻去。張潔雙手雙腳都用在攀援山石，如何能躲避？但聽他大叫一聲，似乎受了傷。那兩個葛衣人看來並不想致他死命，又退了開去，看來只想阻他上峰。

柳少卿和孟玉樹見張潔受到圍攻，哪敢直攖其鋒，一個從左，一個從右，打算繞遠路攀峰而上。凌昊天見那兩個葛衣人輕功高絕，心中驚歎，暗想：「這兩人的輕功和風中四奇相比，實是有過之而無不及。世上眞是多有奇才異士！」胸中生起一股豪氣，猛然長嘯一聲，身子向上一竄，直向張潔衝去。葛衣人見他上來，一起飛下阻擋。凌昊天展開梯雲縱輕功，緩出雙手，揮掌向兩人打去，掌風到處，將二人逼退數尺。他一提氣，又跨上兩步，人已來到張潔身旁，右手托在他腋下，將他往上一攢，張潔的身子便向上飛去，他忙伸手抓住一塊突出的石頭，穩住身子。他沒想到凌昊天會出手相助，抬頭見自己離峰頂已不到數丈，低頭叫道：「多謝相助！」展開壁虎遊牆功，翻身上了懸崖。

第六十七章 地洞奇遇

兩個葛衣人見凌昊天輕功不俗，對望一眼，雙鉤化成兩道白光，一齊向他攻來。凌昊天剛才使勁將張潔托上，梯雲功已受阻，無法再向上竄，當下伸手抓住石塊，雙腳踢出，正中兩個葛衣人的手腕。那兩人一驚，向旁讓開，凌昊天捉住機會，手腳並用，快速向上攀去，兩個葛衣人卻已快捷無倫地蕩回，揮鉤阻攔。

此時石斑也已攀上，笑道：「兩個打一個，未免太不公平。我們二對二試試。」說著抽出長劍，向左邊的葛衣人刺去。他天龍劍法果是江湖一絕，輕捷靈巧，如影如電，也虧得他攀附在山壁之上，仍能將一手天龍劍使得流暢順遂，法度儼然。凌昊天忍不住讚道：「好！」

兩個葛衣人見他劍法凌厲，不敢欺進前，忽然各自從腰間解下一段繩帶，甩出勾在突出懸崖的樹幹之上，身子便在空中擺蕩，飛旋自如，趁隙向石斑攻去。石斑嘖嘖稱奇道：「我今日眞是大開眼界，會走路的鳥我見過，會飛的人我倒是第一次見到！」

凌昊天叫道：「石兄，我來助你。」縱身躍去，揮掌向右邊的葛衣人打去。那人倏然轉身，銀鉤向他手掌刺來，二人鬥在一起。

石斑仍和左邊那葛衣人纏鬥，心中對那人的輕功驚歎不已，問道：「尊駕輕功若神，在下好生佩服。請問尊駕高姓大名？」那人見他被攻得手忙腳亂，兀自好整以暇地請問自己姓名，也不由得笑了，說道：「在下空飛。那是我小妹飛天。」

凌昊天聽在耳中，這才發現和自己對打的是個女子。只因她身形太快，自己竟然一直沒能看清她的面目。旁邊石斑和空飛又交了幾招，空飛笑道：「閣下劍術超人，在下不敢再行阻攔，請上峰吧。」雙鉤銀光一閃，刺入石壁，但見他一個翻身，便上了峰頂。

石斑叫道：「多謝相饒。也請令妹手下留情！」他這麼說原只是客氣之辭；此時飛天在凌昊天雄厚的掌力下只能全取守勢，更無法逼近，勝負已明。石斑哪裡知道飛天最是心高氣傲，她聽得石斑的言語，只當是譏刺，吞不下這口氣，陡然回身，叫道：「哥哥饒你，我卻不饒！」銀鉤揮出，攻向石斑後心。石斑不料她會攻向自己，一呆之下，急忙側身躲避，忽然腳下一塊石頭鬆了，他不及抓住石壁，驚呼一聲，向下跌去。

飛天原本無意殺他，見他失足，只驚得臉色雪白，忙揮出繩帶相救，石斑伸手去抓，卻差了寸許，未能搆著。

凌昊天和空飛在上見了，一齊跳下相救，凌昊天應變極快，他縱下時頭上腳下，雙足勾在一株樹上，右手急出，抓住了石斑的手腕。兩人穩住了身子，便在此時，凌昊天勾住的那樹承受不了兩人的重量，陡地連根拔起，凌昊天和石斑便一起向下摔去。二人正下方便是那突出的石臺，其上尖石林立，跌下去距離雖不遠，卻不免摔得血肉模糊，難以保命。凌昊天身在空中，心念電轉，猛然伸左掌向山壁擊去。他使動無無神功，這掌打得極重，砰的一聲巨響，二人藉著這一掌之力向旁飛去，避開了石臺，從石臺邊緣落下。凌昊天動念極速，在空中一個轉身，使動巧勁，將石斑往石臺扔去。石斑身不由主地向石臺飛去，跌在亂石之上，額頭撞上一塊大石，昏了過去。凌昊天自己卻不及搆著石臺邊緣，又往下跌去。這一跌之下便是千仞深澗，更是不能活命的了。那一瞬間，凌昊天動了無數的念頭：「爹娘養我到大，我怎能就這麼死了？寶安若聽說我死在此地，會來這兒憑弔麼？她最愛哭，她若在這裡哭泣，誰來安慰她呢？」正胡思亂想時，忽然聽得空飛和飛天齊聲大叫：「抓住鐵板！」

凌昊天一怔，這陡峭石壁之上，哪裡來的鐵板？才想到此，便見眼前出現一塊紫黑色的事物，似乎便是鐵製，連忙伸手抓去。那鐵板從石壁中突出一尺，厚約二寸，他十指扣住了鐵板邊緣，借力阻住跌下之勢，整個人便懸吊在鐵板之下。他感到手掌一陣劇痛，抬頭見鮮血從雙手的指縫間湧出，沿著手臂流下，猜想定是方才跌下時被尖銳的岩石割傷了手掌。他吸了一口氣，低頭望去，見鐵板之下的石壁上有個黑漆漆的巖穴，不知有多深。凌昊天感到雙臂肌肉抽搐，手掌劇痛徹心，再難支持下去，危急中不暇細想，手一鬆，湧身便往那巖穴跳去。卻聽頭上空飛大叫：「使不得！」

凌昊天卻已身不由主地跌進了穴裡。那穴後竟是一道斜坡，滑溜已極，他雙手使勁撐去，卻怎也無法減慢，只能順著斜坡滑下。不知滑了多久，才終於到了底。他滑下之勁甚重，直滾出四五圈才停下。他翻身站起，只覺全身疼痛，運氣在全身走了一遭，知道只是筋骨之傷，並沒有受到內傷，才噓了口氣。洞中一片漆黑，他摸索著走去，摸到一面石壁，便靠著石壁在黑暗中坐倒喘息，但聽洞中傳來自己喘息的回聲，那地洞似乎甚大。

他休息了一陣，才站起身，摸索著找到剛才跌落的洞口，探頭望去，隱約見到洞外傳來極淡的光線。他試著向上爬去，但那斜坡盡是鐵製，滑溜而陡，更不可能攀爬出去。他心想：「這地洞或許另有出口。」在洞口摸索一陣，發現洞旁有個平臺，上面放了好些事物，其中有一盒滿是圓柱形的東西，表面光滑，似乎是蠟燭。他心中大奇：「這地方怎會準備了蠟燭？既然有蠟燭，多半也有火刀火石。」便又伸手摸去，果然找到了火刀火石，當下開始打火。洞中潮濕，好幾張燃紙都已不能用了，他試了七八次，才終於打著了火。他拿起一枝蠟燭點著了，往洞中看去。

卻見那石洞極爲寬敞，頂部總有三層樓高，地上鋪著青磚，東首放著一些石製的桌椅几具。屋的正中立著一座石碑，上面刻滿了字。凌昊天走上前去，卻見其上寫道：「本門功法集天下絕學於一，練成無敵於天下。掌法爲主，輕功爲輔；棍法自衛，劍法殺仇。新招獨創，世間無儔。暗器擊遠，心法倍功。七室既通，內外兼修。十年出山，敵手難求。」

凌昊天心想：「原來這地方是專爲練功而闢。這什麼門的弟子要來此練功十年才能出山，也未免久了些吧？但這地方既然不是囚牢，就定然有出路。」當下轉到石碑之後，但見正後方的石壁上有個洞門，便持燭走進。

但見門後又是一室，約莫十尺見方，四壁都是平整的花崗巨石，上面刻滿了字。正對面石壁上有扇高大石門，門上嵌了一塊鐵板，上面寫道：「掌法有成，以強猛掌力快擊此門，可通往下一室。中等資質者若下苦功，三月可有小成。」石門右首的花崗石上密密麻麻寫的都是字，還有不少人形，想來是一套掌法祕訣。

凌昊天搖頭道：「什麼三月能練成，不到三天，我就要餓死在這裡了。」他走出室去，在原先那石洞四處探索一陣，卻更無其他洞門或出路。他自知無法從方才滑下的斜坡出去，便又回到花崗石室，伸拳去敲打那扇石門。但聽聲音沉悶，似乎是塊實心巨石，也不知有多厚。凌昊天沉心運氣，伸掌向那石門打去，連打十餘掌，那門竟紋絲不動。他無奈之下，只好轉頭去讀那掌法祕訣。

他將四壁的祕訣讀了一遍，不由得甚是失望：「這掌法也沒有什麼特異之處，如何有那麼大的威力？」不由得氣餒，在室中躺下，感到花崗石的寒氣直透到背後，心想：「我難道就要被困死於此地，再也無法見到天日了麼？我死了倒沒什麼，阿丹他們卻要失望了。他四人感情那麼好，容情若不幸喪命，他們定會很難過的。」又想：「我答應吳老幫主的事還未作到，我怎能讓他失望？寶安、寶安，唉，我多想再看妳一眼！」想到此處，心中難受逾恆。他收斂心神，跳起身來，再去讀那掌法祕訣。

他雖聰明穎悟，但自幼跳脫好動，最不喜歡專心練功，這時迫於形勢，不得不用心研習石壁上的掌法，依樣練習，倒也領悟得極快。一枝蠟燭燒盡了，他又點起一枝，如此換了三次蠟燭，他已將四壁的掌法練完。他轉身去看那石門，猛然大喝一聲，雙掌連環向石門打去，一共打了三十六掌，那門竟仍毫不動搖。凌昊天吸了一口氣，又揮掌打出，出掌既快且重，四十九掌過後，那門似乎微微搖晃了幾下。凌昊天閉上眼睛，將掌法祕訣重新想了一遍，又揮掌打去，這回出掌直有破天震地之勢，每掌打出都砰然作響，回音不絕。六十四掌打過，門後發出嘎嘎響聲，巨石緩緩向後倒去，露出一個洞口。

凌昊天甚是高興，跑回大石洞將那盒蠟燭揣入懷中，便向石門後走去。那門後是一間小室，只有四尺見方，但頭上卻黑漆漆的高不見頂。三面牆上寫了字，第四面凹凸不平，尖石嶙峋。門邊的鐵板寫道：「練成輕功，上此峭壁，可通往下室。中等資質者若下苦功，五月可有小成。」凌昊天心道：「五個月太長，五枝蠟燭還差不多。」當下去看那牆上的輕功祕訣，看到一半，心中一動：「這些輕功心法，似乎和風中四奇、空飛、飛天的輕功同出一源。」當下專心鑽研其中祕訣。

他自幼跟著母親練習輕功，根底原本甚好，還沒用上五枝蠟燭，便已將牆上的輕功心法全數體悟。他提氣攀上石壁，直上了五十餘丈，才來到一個平臺。平臺上繫了一條鐵索，連接到十丈外的另一個平臺之上。凌昊天望著那鐵索，不由得啞然失笑，想起幼年時的往事：「娘以前逼我練輕功，要我在山崖間走繩索。我總說這有什麼用處，又不是變戲法的，誰會沒事賣命走繩索？那時娘說，她的輕功就是這麼練成的，別說走繩索沒有用處，這本事還能夠救命呢。還說有一次爹受了傷，她得揹著爹走過山崖間的一段鐵索，才逃過敵人的追殺。我總懷疑這是不是娘編出來哄我的。嘿，誰知道今日我也得靠走繩索救命？娘說的話，還是有道理的。」

當下靜心運氣，伸腳踏上那鐵索，應用剛才練成的輕功心法，一步步走去，感覺身體輕盈，落足平穩，不由得暗暗驚奇：「那輕功心法果然不同凡響，似乎比娘教的還要高明。」

他走完鐵索，來到對面的平臺。平臺牆上又是一扇洞門，裡面是一間長方形的石室。那石室極爲窄小，倒似是個窯洞，四壁都是黑漆漆的磚塊，對面有個半人高的小洞。門旁又是一塊鐵板，上面寫道：「打狗棒法，天下至奇。練成通過甬道，可通往下一室。中等資質者若下苦功，七月可有小成。」

凌昊天看到「打狗棒法」四字，不由得一怔，轉頭去看黑磚上書寫的祕訣，竟然便是打狗棒法。他心中大奇：「打狗棒法向來不傳外人，怎會寫在此處？」一時想不出究竟，當下拾起地上一枝竹棒，彎腰走進對面的小洞。洞後是一條甬道，但聽機括聲響，兩邊閃出四五條棍棒，力道甚猛，從不同方位向他打去。凌昊天的打狗棒法已練得甚是純熟，揮棒招架，將那些棍棒都撥開了。他踏上一步，又有四五條棍棒當頭打來。凌昊天一一架開，那甬道並不長，走出十步後，便已到了盡頭。

盡頭又有一室，地面作正圓形，屋頂則是半球狀，門旁的鐵板寫道：「天樞快劍，圓轉如意。力勝虎蹤，柔過四象。練成連刺四十九孔，可通往下一室。中等資質者若下苦功，九月可有小成。」凌昊天心中不信：「爹爹的虎蹤劍法獨步江湖，武當四象劍號稱天下第一。這劍法難道眞比虎蹤四象還要高明麼？」便去讀牆上的劍訣。這一讀便入了迷，他雖跟著父母學習劍法，但對劍術一直不十分熱中，反而較喜歡拳掌之類，因此他的劍法始終沒有進入高手之流。但他耳濡目染，對劍法的眼光自是甚高，才能夠跟程無垠這等劍客周旋。這時他細讀室中的劍譜，不由得衷心讚歎其招術的精湛，構思的巧妙，隨手拿起牆邊一柄長劍依樣習練，直到十枝蠟燭燃盡，才將四十九招練過一遍。他心中驚歎無已，暗想：「這天樞劍法如此高明，怎地江湖上從未聽過？難道發明這劍法的人從未傳給弟子？世間有這等神妙武功，怎能就此被埋沒了？」

他雖在先前三室中練成掌法、輕功及見到打狗棒法，但他從小生長在武學世家，各種高妙的武功俯拾皆是，並不以爲奇。直到見到這天樞快劍，才開始對這地洞中的武功感到由衷的欽佩。他原先只想找路出去，這時卻沉浸在武學的妙境之中，更沒想到餘事。他將天樞劍法練了數十遍，才停下休息，抬頭望去，見圓屋的牆上高高低低的有四十來個小孔，環屋而列，想來要出室去，便得以快劍刺中這些小孔。

他站在室中央，將天樞快劍四十九招從頭至尾練了一遍，心想：「還不夠快。」又練了七八遍，才覺得夠快了，當下站近牆邊，長劍連出，四十九招過後，已刺中了牆上四十九個小孔。這四十九劍恍如只用了一眨眼的時間，他自己也不由得吃驚：「這劍法使動起來，竟能快若閃電，奇準無比。爹的劍法剛猛，四象劍陰陽並濟，卻都沒有這劍法這般快法。這劍法即使不比虎蹤四象高明，也足以與其並駕齊驅！」

正想時，忽聽頭上一陣聲響，抬頭見室頂一塊圓形石板向旁移開，露出一個孔穴。凌昊天一躍而起，鑽入那孔穴，卻見那是另一間石室，也是圓形，牆上卻沒有寫字。他四處環望，發現剛才躍進的洞旁地上有塊鐵板，寫道：「劍招掌招，全由心造。劍隨意轉，招隨性成。天資高者，立地可成；天資不足者，十年不成。」

凌昊天低頭望去，這室的文字卻是寫在地板上，寥寥百餘字，寫得竟是開創新招的祕訣。他從未想過要自創新招，這時讀到此處的文字，好似突然跨入了一個新的境界，一切過去熟悉的武學道理頓時全然改觀。他回想從小到大學過的各種招術，一招招細細想去，又依照文字將這些招術混在一起，再創造出新的招術。一時之間，他腦中湧上千百個招術，個個都新奇無比，巧妙無方。他坐下地來，雙手捧頭，閉目將每一招在腦中想過一遍，修補其中缺失，增進其中威力，愈想愈興奮，想了十多招後，再也忍耐不住，跳起身來將每招都使了一遍，果眞別有創見，十分精妙。

凌昊天正欣喜若狂，手舞足蹈時，忽聽一陣咕嚕聲響，卻是自己的肚子在叫餓。他搖頭歎道：「夫子可以三月不知肉味，顏回可以樂而忘貧，我卻不能學武而止飢。」低頭將地上的文字又讀了一遍，牢牢記在心裡，抬頭見旁邊有扇鐵門，便推門出室。

下一室極爲空曠，可立足之地卻只有三尺見方，面前是一大坑，深不見底。門旁的鐵板寫道：「暗器及遠，禦敵於百尺之外。練成擊中七星，可通往下一室。中等資質者若下苦功，半月可有小成。」凌昊天忍著肚餓，心想：「我已通過了五室，這應是第六室了。看來這兒的武功愈練愈簡單，最好能快快出去，找點東西吃。」當下去讀牆上的小字，都是些發射暗器運勁、取準頭的祕訣。他並沒認眞練過暗器，只跟父親學過投射金針的手法。這時他讀到種種發射暗器的祕訣，甚覺新奇，從地上拿起數枚小石頭照著練習。練了一陣，實在忍不住肚餓，心想：「那七星在何處，我還是趕快出去爲妙。」

抬頭四顧，卻見遠處閃著七點燐光，排成北斗七星之形。淩昊天拿起七枚石粒，揮手打出，打中了四枚，其餘三枚卻因距離較遠，偏了準頭。他又試了幾次，仍是無法全數打中。他不耐煩起來，想起母親教過的滿天花雨的手法，當下拿起一把石粒，揮手擲出，連擲五次，都無法同時擊中。擲到第六次，才聽啪啪連響，七星竟都被擊中了。淩昊天吐了吐舌頭，笑道：「幸好這裡沒人看著，若見到我如此作弊，定然不放我出去了。」

但聽頭上一陣聲響，一條繩索垂了下來。他攀住繩索，向上爬去。那繩索甚長，他爬了好一陣，才來到一塊平臺上。他跳上平臺，沿著一條甬道走去，來到一個石洞之中。

才跨入洞口，他忽然想起一事，忙伸手到懷中摸索，發現手中的蠟燭果然已是最後一枝了，並已燒了一半，心下暗叫不好：「這石室裡的武功若不容易學，蠟燭燒盡之後，卻該如何？」忙舉燭去看入口旁的鐵板，見上面寫道：「外功有成，須以內功爲輔，方能步入高手境界。練成舉起屋頂石板，大功告成。中等資質者若下苦功，五年可有小成。」淩昊天搖頭苦笑，說道：「五年，我若還有五枝蠟燭，也就高興了。」當下持著蠟燭在石壁上尋找內功祕訣，走了一圈，卻沒看到半個字。他心中大奇：「難道這兒的內功祕訣也是無字天書麼？」又細細找了一圈，卻怎也找不到半點書寫的痕跡。

他無奈之下，只好在室中央坐下，望著那蠟燭緩緩燃燒，心中的希望也如燭光一般漸漸黯淡下來。他抬頭望去，見一處角落的頂部較低，伸手可及處有塊七尺寬的圓形石板。淩昊天心想：「無無功力道甚猛，我便試試也無妨。」當下走去角落，雙手托著石板，向上運勁。那石板微微一震，便不動搖了。淩昊天又使了兩次勁，更無法抬動半毫。他感到全身疲憊，加上肚餓，索性枕著雙臂躺下休息。忽覺眼前一黑，卻是蠟燭燃盡了。

凌昊天閉上眼睛，安慰自己道：「我先睡一覺，待精神足了再試一次便是。」但他被困在地底，只隔一關便可出去，又如何睡得著？他睜開眼來，忽見眼前點點晶光閃爍，竟似滿天星辰。他不由得一呆，心想：「我什麼時候出得洞了？」凝神望去，才發現那些星辰都是磷光一類，再仔細一看，才見石洞頂上竟以磷光寫滿了斗大的字，在黑暗中閃閃發光，乍看之下真似天上星辰。他精神一振，逐字讀去，念出聲來：「中宮之氣，存於玉堂；任升督降，逆行不妨；下陰上陽，頭熱足涼。」他一邊念，體內內息便在氣脈間遊走，感覺甚是舒暢。如此練了一遍，他盤膝坐起，又練了一遍。這功夫似乎愈練愈厚實沉穩，他感到身體愈來愈沉重，卻是異常的舒服，真想躺在地上再也不要起身了。他練到第七遍上，才勉強停下，站起身來，試著去抬那石板。

他在第一室中擊打石門，也曾運用強大的內勁；這番運勁抬起重物，用力乃是向上，其難易卻是不可同日而語。凌昊天試了兩次，石板都毫無動靜。他便又盤膝坐下，將無無神功練了一遍，又抬頭去看石室頂上的大字，忽然若有所悟：「無無功讓人的內息散入全身經脈，要用時才忽然集中，因而力道勁猛；這裡的祕訣卻能讓人出力強大而持久，和無無功的一發即收截然不同。」

當下靜心運氣，將屋頂上的字訣重新念了一遍，依樣運氣，感到全身氣脈充沛，精力洋溢，身體不再感到沉重，反而輕飄飄地好似能夠飛起來一般。此後他的內息每運一次，身體就輪番感到沉重或輕盈，每次的感受都少一些，到最後身體已全無沉重或輕盈之感，心念所至，似乎便能控制身體的一切感受。

凌昊天噓出一口氣，起身來到屋角，舉掌過頂，抵住石板，緩緩運勁，那石板發出軋軋聲響，終於向上抬起。他慢慢站直身子，將那石板向旁移開，縫口射入明亮的光線。凌昊天閉上眼，將石板移到旁邊放下了，才緩緩睜眼，向洞外望去。卻見外面便是熟悉的天地，心中一陣喜慰，輕輕一縱，出了地洞。

第六十八章 知音之曲

凌昊天出得地洞，但見頭上便是藍天白日，雲淡風輕，身旁都是樹木花草，鳥聲縈耳，只覺身心大暢，吸了滿腔的新鮮空氣，舒展四肢。他屈指估計，自己在洞中約莫過了一日半，外面天色大明，日正當中，應已是第三日將近午時了。他心中一陣恍惚，不知洞中經歷是眞是幻，暗運內息，只覺氣脈充沛，與前一日已大不相同。他游目四望，見自己身處一座花園之中，身旁有座石砌的八角涼亭，這才知道自己剛才運勁抬起的便是那座涼亭，回想起來連自己也不大敢相信。

他來到池水邊洗臉飲水，望著水中游魚，想起在第五室中自創的招式，腦中不自由主地又開始研擬新招，源源不絕都是妙著。他跳起身比劃了一陣，感到筋骨舒爽，經脈順暢，噓出一口長氣。轉頭見池邊生著許多棗樹，便去摘了滿襟的棗子，坐在池邊吃了一肚子飽。

他塡飽了肚子，在草地上躺下，將雙臂枕在頭後，閉上眼睛，感到日頭灑在臉上身上，暖洋洋的十分舒服。正昏昏欲睡時，忽然聽得遠處傳來一陣極輕極柔的琴音，悠遠而縹緲，清靈而哀涼。凌昊天心神一震，似乎全副身心都隨著琴音飛去了，心想：「這琴音動人心魄，超凡絕俗，不知彈者何人？」那琴音隨風飄來，又隨風逝去，不多時便淡淡的消失了。他睜開眼，感到悵然若失，癡然一陣，才起身向花園深處信步走去。

走出不多久，便見一片楓樹林，林中又傳來琴聲。這琴音博大浩瀚，光明磊落，和先前那幽雅輕靈之音全然不同，想是不同人所彈。凌昊天心想：「這裡大約便是銀瓶山莊了。不知剛才彈琴者誰？現在彈琴的又是何人？」便順著琴音走入林中。

卻見森鬱的林中起了一座暖閣，閣外站了二十多人，止客莊門口的管家、小樓上的中年人、葉老師、崖壁上的輕功高手空飛、飛天等都在其中。閣中席地坐著三人，背對而坐的是個白髮蒼蒼的老者，另二人衣冠整齊，正襟危坐，竟是張潔和柳少卿。三人面前各有一几，几上各放著一張琴和一本琴譜。白髮老者左捺右撥，正彈奏一首〈關雎〉。張柳二人凝神傾聽，眼望琴譜，似乎甚是緊張。老者一曲彈畢，拱手道：「有請兩位公子在琴譜中任挑一首演奏，好讓老夫觀摩學習。」

張潔微微皺眉，拱手道：「琴藝一道，晚輩不曾涉獵，還是勿要獻醜得好。」柳少卿則道：「張兄既如此謙虛，小可只有勉強一試了。」說著伸手撫琴，也是一首〈關雎〉，但他指法生疏，音調不準，實是令人不忍卒聽。

老者皺起眉頭，勉強等他彈完，說道：「小姐雅善音律，最喜以此自娛。兩位人才品格、武功見識，都是人間第一等的，只可惜於音韻一道不曾深研。小姐有請兩位回山莊裡用些茶點，恭送二位出山。」

張潔冷笑道：「令小姐也未免太挑剔了些。琴藝不過是微末小技，何須這等重視？」

老者嘿了一聲，說道：「銀瓶山莊以音律爲本，反以爲其餘都是枝微末節。閣下出言請當謹慎。」張潔哼了一聲，便不再說。

柳少卿仍不願就此服輸，陪笑道：「小可音律雖不精湛，卻頗有欣賞之能。再說，小可年紀尚輕，若得小姐調教，幾年之內，自能成爲箇中高手。還請前輩三思。」

老者搖頭道：「琴之一藝，純屬天資，勉強不來。兩位請便。」張潔冷笑一聲，站起身準備離去。柳少卿仍坐在當地，似乎還想再彈一曲。老者歎息道：「當世畢竟無人！小姐定要失望了。」

忽聽樹叢聲響，一個青年走了出來，衣著樸素，神態落拓，拱手道：「晚輩放肆，想以一曲〈知音〉，有擾前輩清聽。」

這人正是凌昊天。暖閣旁眾人見到他，都忍不住驚呼出聲。老者回頭望向他，臉現驚訝之色，隨即起身行禮道：「閣下想必便是凌三公子。在下姓洪名曲，略識琴藝，奉小姐之命來此向各位公子請教。久聞凌三公子家學淵源，文武全才，老朽今日得見尊容，好生歡喜。足下爲救朋友奮不顧身，幸喜平安無恙，脫險而出。」凌昊天道：「不敢。請問天龍石斑還好麼？」洪曲又道：「令友石公子身受輕傷，並不礙事，已由其師伯護送歸府，足下不必掛念。」凌昊天聽了才放下心，拱手道：「多謝前輩告知。」忽又想起采丹，問道：「請問跟著晚輩同來的書僮，現在何處？」

洪曲微微一呆，隨即道：「當時我們只道閣下遭遇凶險，遣人告知令書僮，他聞訊極爲傷慟，痛哭昏厥。我等已送他去止客莊裡歇息，閣下請勿擔心。」凌昊天點了點頭。

洪曲讓席道：「凌三公子請坐。老夫此琴雖舊，音色尚全，委曲凌三公子將就賞玩一二。」凌昊天向他躬身行禮，便在席上坐下，伸手在琴弦上撥弄三兩下，聽得音已調準，便閉上了眼睛。

閣中三人和閣外水廊上一眾葛衣人的目光都集中在凌昊天身上，眾人親眼見他跌入山壁巖穴，忽然又好端端地出現，似乎全無損傷，心下都是驚疑不定，但當此情境，眾人心中雖有無數疑問，卻都不敢出聲打擾。

凌昊天吸了一口氣，終於睜開眼睛，直視几上瑤琴，彷彿身邊所有人都不復存在，他手指輕撥，彈起一曲〈知音〉。那是一首古曲，講述古時彈琴名家俞伯牙和鍾子期相遇相交的故事。俞伯牙和鍾子期在山中邂逅相遇，論起琴藝，甚是投機，俞伯牙便撫彈一曲請鍾子期評賞。俞伯牙彈琴時心中想著高山，鍾子期便聽出曲中有高山之意；俞伯牙彈時想著流水，鍾子期便聽出曲中有流水之情。俞伯牙驚爲知音，二人遂成至交，相約再見。約期至時，鍾子期卻已不幸逝世，俞伯牙大哭，說道：「世間已無知音，此琴何用？」遂斷琴而去。

銀瓶山莊眾人都聽得心神俱醉，絕沒想到這個貌不驚人的青年竟眞的會彈琴，並彈得如此動聽。凌昊天一曲既畢，推几站起，向洪曲行禮，說道：「請前輩指教。」

洪曲竟自聽得癡了，過了一陣，才咳嗽一聲，問道：「請問師承何處？」凌昊天道：「我自己胡亂學的，實在不能說有師父。」他的琴藝自是從九老之一的康箏處學得。康箏當年教他彈琴時，因他不肯認眞練習，甚是惱怒，曾令他不可自稱是琴仙康老的徒弟。

洪曲聽他這麼說，歎了口氣，說道：「老夫佩服。凌三公子請跟我來。」

凌昊天向張潔一拱手，對柳少卿更不理睬。張潔向他回禮，回身走去。柳少卿臉上一陣紅一陣白，知道凌昊天不曾忘記自己在橋上暗施偷襲，眼望著他的背影，心中升起一股難以言喻的嫉妒憤恨，過了良久，才轉身離去。

洪曲領著凌昊天離開楓葉林，來到一間極爲精緻的小閣，閣中已備有筵席。凌昊天肚子正餓，也顧不得禮貌，坐下便大啖起來。洪曲在旁望著他，臉上露出笑容，說道：「凌三公子才氣過人，食量卻也過人。」

凌昊天一笑，問道：「洪老師，我還要過多少關，才可以見到貴莊令大小姐？」

洪曲道：「原本還有兩關，閣下既能出得地洞，那最後一關也不用過了。本莊有位段老師，曾教小姐下棋。不知凌三公子可雅善奕道麼？」

凌昊天笑道：「便請段老師來，我一邊吃一邊下棋助興好了。」洪曲一愕，隨即讓旁邊的小童去傳話。過了一陣，一個灰髮老頭走了過來，手中拎著一張木製棋盤，兩盒棋子。凌昊天也不起身，只拱手道：「段老師請坐。」

段老師瞪了他一眼，並不答話，逕自走到一旁，在茶几上搭起了棋盤，安置了兩盒棋子，盤膝坐好，靜了一陣，才沉聲道：「有請凌三公子。」

凌昊天笑道：「何必這麼嚴肅拘謹？琴棋書畫，原是爲了怡情悅性，博君一粲。我今日見到閣下的尊容舉止，眞爲令小姐抱憾。」

段老師神色微變，淡淡地道：「倒要請教。」

凌昊天道：「令小姐小小年紀，便得跟著你們這些正經八百、嚴肅不堪的老學究學習琴棋書畫，豈不悶煞了她？依我說來，這些玩意兒的本質，是一個『雅』字，一個『趣』字。你們拿這些玩意兒試探上山的人，大落俗套，還有什麼雅味可言？你們對這些玩意兒認眞執著，一絲不苟，還有什麼樂趣可言？令小姐有如此的師父，就算是塊上好的璞玉，也要被雕琢壞了。」

段老師和洪曲聽他直斥其非，大言不慚，都不由得臉色微變。凌昊天也不理會，自顧又吃了兩碗飯，才拍拍肚皮，搖搖擺擺地走到棋盤旁坐下，說道：「咱們平下吧。」

段老師道：「棋之一道，以定力高者勝。閣下心浮氣躁，不戰已敗。老夫還是讓你五子吧。」

凌昊天道：「不用。高手過招，豈能相讓？依我說，棋之一道，以功力高者勝。我功力在你之上，便嘻皮笑臉，也能勝你。」

段老師嘿了一聲，伸手捻起一粒白子，下在棋盤上。凌昊天更不多想，順手拿起一枚黑子，也下了一子。起初三十多子下得甚快，段老師早已看出凌昊天不是庸手，下手漸慢；凌昊天看他的布局形勢，卻愈看愈放心，心想：「他所知道的變化，不出遙遙老道的七十二招。」他既將對方的落子掌握住了，更是下得得心應手，每子都似想也不用想便落下，反是段老師每落一子都要沉吟半晌，遲疑再三，才緩緩落下。

如此下到日將偏西，才終於收局。凌昊天贏了三子，勝負分明。段老師凝望著棋盤，緩緩搖頭，又緩緩點頭，說道：「很好，很好！」

凌昊天轉頭向洪曲道：「洪老師，天色不早了，這就請你領我去見小姐吧。」

洪曲和段老師對望一眼，忽然兩老一起滿臉堆歡，四手互握，相對大笑道：「大喜，大喜！」

凌昊天見這兩個老頭忽然發狂了般的大笑，笑得眼淚都出來了，不禁一怔，心想：「這兩個老頭是失心瘋了麼？」

洪曲笑了一陣，才轉過頭來，行禮道：「公子要見小姐，請跟我來。」當下領著他來到一間臨水而築的小樓，請他在外廳中稍坐。那廳十分素雅，果然有大家小姐的氣度。凌昊天負手在廳中走了一圈，玩賞種種書畫擺設，古董珍奇，心想：「這廳的布置甚有品味，可見其主人氣度高潔，清靈絕俗。我剛才說他們落了俗套，失了趣味，卻是說左了。此間小姐定非尋常人物。」

但見左首有張石桌，桌面上刻著一幅棋盤。他走上前去，伸手輕撫，想起剛才和段老師對局的經過，眼前忽然浮起一張熟悉的臉龐：她漆黑的雙眼凝視著棋盤，秀眉微蹙，輕咬嘴唇，手中拿著一枚棋子在棋盤角上輕輕敲擊，那幅全神貫注的模樣，竟是如此的可喜可愛，讓人縈念不已。他在虎山家裡時，每日早晚隨父母練武學醫，原本沒有很多空閒；

但他自從幼年向九老學得一些琴棋詩畫的玩意兒後，便常在夜深人靜時自己溫習揣摩，有時興致來了，三更半夜拉著寶安去後山陪他對奕。寶安雖沒有他的才氣縱橫，卻也十分聰慧，棋藝不差，兩人往往平分秋色。凌昊天醉心於這些雜學，家中卻只有寶安一人能與他分享。她常靜靜地坐在他身邊，聽他撫琴吹簫，陪他吟詩論文，下棋品茗，談天說地，有時還會幫他偷一壺酒出來，兩人在山崖上的老松旁暢懷對飲。

凌昊天心中正想著寶安的一言一笑，忽聽一個女子的聲音道：「凌三公子，大小姐有請。」

凌昊天轉過頭去，卻見廳口站了一個青衣少女，臉上滿是頑皮的神色，正是李韻。凌昊天一呆，脫口道：「阿韻？妳怎麼在這裡？」李韻一笑，說道：「你跟我來就知道啦。」

凌昊天忍不住道：「這到底是怎麼回事？容情沒事了麼？」李韻道：「她自然好端端的。你快來吧，小姐等著見你呢。」凌昊天一時想不明白，只知道自己定是上了一個大當，隨口道：「小姐？」李韻道：「就是蕭大小姐啊。你這麼多關都過了，終於可以見到大小姐的面，應當很高興才是！」

凌昊天跨上一步，伸手抓住了李韻的手臂，低喝道：「妳快告訴我，妳們騙我來此，究竟是爲了什麼？」李韻抿嘴一笑，說道：「蕭大小姐廣開銀瓶山莊莊門，向天下少年英雄招親，你到現在還不知道麼？」

凌昊天這才恍然大悟，原來什麼容情被抓、向蕭大小姐求情等，都是風中四奇編造出來，專爲騙自己上銀瓶山莊闖關求親的圈套，不由得又好氣又好笑。便在此時，珠簾擺動，發出璣然悅耳的聲響，門內走出兩個婢女，向他盈盈行禮，說道：「有請凌三公子。」

李韻苦著臉，說道：「小姐有請，你還是快快去吧，別淨抓著我的手臂不放啊！」

那兩個婢女抬起頭來，見凌昊天抓著李韻的手臂，不禁相顧愕然。凌昊天只得放開李韻，向她狠狠瞪了一眼，跟著兩個小婢走進內室。

門內是一間布置雅淨的小室，東首竹几上安著一張古琴，琴旁放了一管洞簫。西首小几上放著一盞香爐，冒出裊裊輕煙，燃的是清雅的天山沉香。室中事物雖簡單樸素，卻極爲精緻，一塵不染，顯是經過極爲用心的布置打掃。凌昊天見那古琴似曾相識，不由自主向它走去，伸手輕撫琴弦，驀然間許多回憶湧上心頭。

第六十九章　天下絕色

忽聽背後一個婢女說道：「小姐，凌公子到了。」

凌昊天轉過身去，卻見一扇玉雕屏風之後走出了一個少女。她約莫十六七歲年紀，雙目如秋水般清澈柔美，臉頰如凝脂般雪白滑嫩，一頭漆黑的秀髮披散在肩後，直垂到腰間，神情冷漠中帶著不可侵犯的尊貴，卻又有種楚楚可憐的韻致。凌昊天不是沒有看過好看的女子，他自己的母親就是天下絕色，準嫂子雲非凡也是當代數一數二的美女，但眼前這少女卻有種懾人的美，似乎她只消安然站在那兒，就足以讓天下人爲她癡狂，爲她拚命，爲她心碎。

凌昊天一時忘了身在何處，只肅立在當地，靜靜地望著這個少女，有如凝望一幕千年難見的世間奇景，好似欣賞一件一觸即碎的天下至寶，眼睛都不敢多眨一下。那少女的一舉手一投足都帶著說不盡的柔雅，道不出的風韻，如果世間眞有完美無暇的姿容，如果世間眞有天下無雙的絕色，那定是非他眼前的這位少女莫屬了。

凌昊天呆了半晌，才回過神來，覺出自己的失態，輕咳一聲，說道：「妳……妳便是蕭大小姐？」

那少女並未坐下，只站在屛風之前，抬眼望了他一眼，眼神淡然，不帶任何一點的喜怒哀樂。如果凌昊天望她時如在讚賞天下奇景，她看凌昊天時便似望向一堆枯葉爛泥，雖是在那兒的，卻不一定必得看入眼裡。她並不回答，只轉頭向侍女輕輕地道：「送客。」語音柔美如水，卻也如水一般平淡冷漠。那少女說完便轉身回入屛風之後，如一陣輕霧般消失了。

凌昊天不等那侍女來趕他，便拱手道：「冒昧打擾，還請恕罪。」逕自走了出去。

凌昊天出得門去，便見劉云、采丹、李韻、容情四個坐在外廳上，四對眼睛直望著自己。他心中惱怒，叉腰喝道：「好啊，原來這全是一場戲！沒想到我竟上了你們這四隻小狗的當！采丹，你一路騙我，到底存了什麼心？你再不老實招來，瞧我怎麼整治你！」

采丹臉上一紅，陪笑道：「你闖過了這麼多關，終於有資格娶得蕭大小姐，不是該感謝我們麼？」

凌昊天呸了一聲，罵道：「渾帳小子，你騙我來這鬼地方闖關，險些丟了性命，最後不過見到一個冷冰冰的姑娘，讓她趕出門來。你還敢要我感謝你？要我娶她，再也休想！」

采丹被他罵得不敢再說，李韻道：「今日武林中三大美女，以蕭大小姐居首。莫非你以為她不美？」凌昊天道：「她是很美，但我又不是只長了一雙風流浪子眼，難道她美我就得娶她？」

采丹歎了口氣，說道：「令長兄不肯娶雲家大小姐，我現在懂得是什麼緣故了。」凌昊天瞪眼道：「你懂什麼？」采丹道：「原來你們凌家兄弟都是瞎子！」

凌昊天又好氣又好笑，衝過去揪住采丹的衣襟。劉云上前勸阻道：「小三莫惱。阿丹狗嘴裡長不出象牙，別跟他一般見識。」

李韻道：「說眞的，武林人人都說：『蕭雲文，三美人』，蕭大小姐、雲非凡、文綽約三位乃是今日武林公認最美的姑娘。你既已通過測試，蕭姑娘又對你青眼有加，你爲什麼不願娶她？」

凌昊天道：「我說過了，就算她是天仙下凡，也沒有人能逼我娶她。」

李韻道：「莫非你已有了心上人？」凌昊天怒道：「我有沒有心上人，干你們什麼事？你們幾個小小年紀，就想作月下老、大媒婆？儘管找別人去，少來惹我小三兒！」說完便大步出屋而去。

劉云、采丹、李韻、容情四個互相望望，劉云歎了口氣，說道：「阿丹，你看你出的餿主意，現在把他氣走了，叫我們怎麼向蕭姑娘交代？」

采丹臉上漲得通紅，說道：「虎山上的事情你們又不是不知道，凌大哥要娶鄭家姑娘，小三兒因而傷心下山，我好不容易探聽到這個消息，心想小三兒此時心裡定然不好過，若得蕭姑娘替他寬心解憂，料想兩人定會互生情愫，唉，沒想到……」

容情打斷他的話頭，說道：「你難道不知道小三兒不是會輕易移情別戀的人？他們兄弟都不在乎美色，只在乎情投意合。」采丹辯道：「他們本該情投意合的。你見過像蕭姑娘那樣高傲絕俗的才女沒有？你見過比小三兒更加才氣縱橫的公子沒有？你們當時也說他們很配的，好啦，現在事情弄砸了，你們全都怪到我頭上了！」

李韻頓足道：「都什麼時候了，哪輪到你發牢騷？現在就苦了蕭姑娘。難道……難道她注定便這麼苦命？」說著不禁紅了眼圈。容情歎道：「她若眞嫁給咱家少爺，我非自殺不可。」劉云歎了口氣，說道：「總之，小三兒當我們是朋友，我們不該騙他。」

采丹忽然放聲哭道：「這都是我的錯，這件事不能收拾，我們四個都別想活了。云哥、阿韻、容容，我對不起你們！」忽然拔出一柄小刀，便往自己喉嚨刺去。

劉云、李韻、容情大驚失色，一起叫道：「你幹什麼？」話聲未了，卻見采丹手上的刀已不見了，他身邊卻多出一個人，滿臉怒容，正是凌昊天。

凌昊天哼了一聲，說道：「不錯，我一直在外面聽著。被你這小渾蛋發現了，使詐引我出來。你騙了我一次不夠，還要騙我幾次才甘心？」

采丹嘻嘻一笑，說道：「小三哥，我們使計騙了你上山來，的確不對，這廂向你道歉啦。但我們決不是故意騙你，這其中實在有苦衷。」

凌昊天坐下身來，說道：「我回來就是要聽聽你們的苦衷。你們說不出個好理由來，我每人賞三個耳光，踢五下屁股。」

風中四奇都坐下了，互相望望，還是李韻最先開口，未語先歎了口氣，說道：「事情是這樣的。蕭姑娘乃是蕭瑟和琴心兩位前輩的獨生女。她父母早逝，十歲上便成了銀瓶山莊的主人。銀瓶山莊和天風堡是比鄰，情誼一向深厚。蕭姑娘和風家少爺可說是青梅竹馬，一塊兒長大的。我們風少爺也是個文武全才的人物，兩家很早就爲他們訂下了婚事。」

凌昊天奇道：「既然這風少爺和蕭大小姐門當戶對，才貌相當，蕭大小姐又爲何要開山門招親？」

風中四奇你看我，我看你，都緊閉著嘴，似乎其中確有難言之隱。

采丹歎了口氣，說道：「小三哥，不瞞你說，我們這少爺啊，該當叫作風流才對。他父親早逝，母親又過於溺愛，失了管教，因此風少爺自幼便任性妄爲，長大後品行奇差，才十六七歲，已在家裡收了十多個寵妾。風夫人眼看他不成器，想要嚴加管教，卻已太遲了。少爺不願受管束，便離家出走，在外胡亂揮霍，經年不歸。他在江湖上風流快活得很，幾近於狂嫖濫賭，那幾枚天風令就是被他賭輸了才流傳到江湖上的。但他這些荒唐行徑，蕭姑娘一直被瞞在鼓裡，全不知曉。」

李韻接口道：「當初蕭姑娘的父母將她許配給風少爺，遺命她滿了十六歲便可成婚。

但後來大家看風少爺不是個東西，連風夫人都覺得自己這兒子是小渾蛋一個，不想委屈蕭姑娘嫁來他家作媳婦。但蕭姑娘偏偏對我們少爺一往情深，什麼話都聽不進去，一心要嫁給他。風夫人婉轉提出退婚之意，她卻怎都不肯，說除非世上有比風少爺更加文武全才的人，否則她堅持要嫁給風少爺。因此她大開莊門招親，試探來客的文才武功，就是想證明世上沒有比風少爺更加配得上她的人。」

劉云道：「風夫人見她如此執著，便暗中命我們出來尋訪能夠闖過關的人選，好讓蕭姑娘另結良緣。」采丹歎道：「這原本是筆糊塗冤孽帳，誰也沒法插手的。但我們見上山來的人沒有幾個好角色，眼看蕭姑娘就要嫁入風家，實在為她不甘心，才到處去尋訪有才氣的江湖俊秀，引他們上山求親。」

容情道：「我們聽說最近江湖上有個叫江賀的年輕人，面貌英俊，武功高強，二十歲不到就作了青幫的壇主，似乎是個人物。但我們趕去杭州找江賀時，才聽說他出城去了。後來又聽人說這江公子也是個風流好色的角色，我們便作罷了。」

采丹道：「後來我們碰上了你，看你這人超凡出奇，才蓄意安排讓你來拜山闖關。我們知道若直言告知求親之事，你多半不肯來，才跟松柏梅三老串通了，假裝容情被擒，引你來相救。」

凌昊天聽到此處，才終於明白了事情的來龍去脈，嘿了一聲，說道：「因此我小三兒便被你們騙得暈頭轉向，傻呼呼地跑上山來，過五關斬六將，為你們犯險賣命啦。」

李韻道：「但你也因禍得福，跌入了師父的七星洞，想必從中得到了莫大的好處。」

容情忍不住問道：「小三哥，你……你眞的將洞裡的七種功夫都練成了麼？」凌昊天道：「練成是不敢說，只能將就著闖出洞來。」

劉云等互相望望，臉上都露出驚歎豔羨的神色。采丹道：「小三哥，你天縱奇才，實是世間少有！依我說，天下好處，都被你一個人占盡了。」

凌昊天瞪了他一眼，說道：「你不用拍我馬屁。那石洞究竟是怎麼回事？」

劉云道：「那石洞名爲七星洞，是先師專爲天風門人練功所布置的。他老人家花了一生的心血，四處收集武林中最高明精妙的武功，或全套收用，或取其精華，整理成七套絕世武功。他老人家說道，後世若有人能練成他傳下的七套武功，便將無敵於天下。許多武林人物闖上天風堡來，便是爲了圖謀這套武功。十多年來，這些人大都被天風弟子擋住了，有幾個趁隙闖入或混入堡裡，卻無由得知武功祕訣是藏在銀瓶山莊之下的峭壁之中，只能空手而回。」

凌昊天心想：「路岩一心想上天風堡來，想必就是爲圖謀這套武功了。石穴中所載武功果然高妙，難怪武林中人群相覬覦。」點頭道：「原來如此。你們是天風弟子，想必早已練過其中的功夫了。」

劉云搖頭道：「說來慚愧。我們功力未到，並未練過。先師曾說我們到了三十歲，或許可去試試。但到時沒有他老人家在旁指點，我們很可能練功不成，反會喪命其中。」凌昊天奇道：「這卻是怎麼說？」

采丹道：「要練七星洞中的功夫，談何容易？便是天風弟子，至今也只有三個人練成。第一位是大師兄風影，他開始練時已有四十五歲，足足練了五年才成功出關。他出洞後並未涉足江湖，一直到死都隱居在天風山裡。二師兄風葉自知天資平庸，更沒有去嘗試。三師兄風骨是三十歲入洞的，但他功力未純，練功時不幸走火，竟致全身癱瘓。四師姐風姿去試了一年，便頹然放棄了。」

凌昊天不由得好奇，問道：「那麼另外兩位練成的，又是何人？」

李韻道：「第二位便是先師的獨子風中風老爺。風老爺天資超人，在洞中待了一個月便練成了。他英年早逝，一生從未出山。第三位便是風平風少爺。先師在世時，曾說少爺的天資乃是百年難求，果然不出先師所料，少爺十七歲入洞，只花了七天時間，便練成了七星洞中的功夫。」

凌昊天聽了，搖頭道：「那洞裡的功夫豈有如此難練？」

劉云道：「練功的難易，全在於練功者的資質。先師曾說，資質好者，許多關都能輕易通過；資質差些的，則難關連連。小三兄，你武功根底原本便好，資質又佳，想必因此能夠輕易過關。你品性剛正，慷慨重義，先師在天上若知道有你這樣的傳人，一定會十分欣慰的。」

凌昊天此時對天風老人的武功已是衷心佩服，當下站起身，向四人恭敬行禮，說道：「令師所傳的武功深不可測，我意外得此機緣，學得他老人家的絕藝，還盼不要墮了天風老人的威風才好！請四位代令先師受我一拜。」風中四奇忙起身還禮。采丹笑道：「風少爺資質已算是很好的了，你卻比他還要厲害。蕭姑娘若知道了，總該心服口服啦。」

凌昊天聽了，臉色一沉，說道：「你們騙我上山的事，也就罷了。但蕭大小姐的事，我可不能輕易饒過你們。好了，世上就算有比風少爺還高明的人物，難道蕭大小姐便非嫁給他不可？」

李韻道：「小三哥，你別生氣。你既然過了這麼多關，蕭姑娘的誓言便算是破了，風家已可名正言順地解除婚約。我們就怕這件事情傳了出去，這位拔得頭籌的男子竟然不娶蕭姑娘，蕭姑娘定會羞憤之極的。」

凌昊天哈哈大笑，說道：「這位大小姐每天就只想著要嫁人麼？天下這麼多有趣的事兒，她幹麼不下山逛逛，到處玩玩，看看其他人是怎麼活的，瞧瞧世上有哪個姑娘像她一樣，只一心想著趕快嫁人？」

第七十章 柔情一縷

凌昊天笑聲未絕，忽然發現風中四奇都沒有笑，也沒有看他，眼光一齊落在他的身後，臉上露出驚恐之色。凌昊天也感覺身後多出了一個人，似乎背心都能感受到那人身上傳來的寒意。他緩緩回過身，卻見一個全身白衣的少女安安靜靜地坐在他身後兩丈處，漆黑的長髮披過雙肩，直垂到地，臉容雪白，眼神冰冷，正是蕭大小姐。她身前放著一具瑤琴，花紋斑駁，似是古物；她白玉般的雙手正自調絃，古琴發出低微的嗡嗡之聲。

劉云臉色慘白，說道：「蕭大小姐，這都是我一個人的錯，求妳饒了我的弟妹們，讓他們去吧。」

蕭大小姐並不回答，冷冷的眼光從劉云轉到采丹，又從李韻望向容情。凌昊天回過頭去，見四人臉色蒼白，好似大禍就要臨頭一般，卻都坐著不敢動彈。蕭大小姐不再看向他們，低下頭來，便要開始撫琴。

凌昊天知道她將要出手對付四人，存心要激她，哈哈一笑，說道：「似妳這般高傲蠻橫的女子，我眞是從來沒有見過。山下那些人若眞見到了妳的面，一定全嚇得屁滾尿流，爭先恐後地逃下山去了。像妳這樣的姑娘，連我小三兒都不敢娶，還有誰敢娶妳？」

蕭大小姐仍舊沒有抬頭，眼中隱隱露出一絲怒意。李韻忍不住叫道：「小三兒快走！是我們拖累了你。這原本不干你的事，你快走啊！」

便在此時，蕭大小姐的手指已劃上了琴絃，傳來一陣極其刺耳的琴音。凌昊天笑道：「這麼美的姑娘，這麼珍貴的古琴，怎能彈出如此難聽的聲音？」他自已察覺蕭大小姐的琴音中含有極強的肅殺之意，是能震懾心神、傷人臟腑的奇音。她素手輕拂，琴音連綿不絕，肅殺之意逐步增強；風中四奇輕功絕佳，內力卻不見長，此時各運內力抵受蕭大小姐的琴音，額頭汗水涔涔而下。容情年紀最小，功力最淺，首先支持不住，砰一聲仰天倒下。采丹一驚，搶過去扶住了她，自己也已臉色發白。劉云和李韻奮力抵擋，全身衣衫都已被汗水浸透。

凌昊天見四人轉眼就將受沉重內傷，不暇多想，吸了一口長氣，縱聲大笑，以渾厚內力阻卻琴音中的干戈之聲，兩相抗衡，直如兩軍爭鋒，拚鬥廝殺。劉云和李韻都極爲驚詫：「蕭大小姐彈起這首懾心攝魄曲，武林中沒有幾個高手可以抵擋得住，沒想到小三兒竟能和她相抗！他在七星洞中不過一日，竟眞的練成了師父的七星內功？」

蕭大小姐微微皺眉，纖指拂處，加強了琴音中的肅殺之意。凌昊天運起在第七室中學得的內功，大笑不止，內息如江河大海般泊泊不絕，在琴音外組成一道網幕，將殺氣盡數擋回。如此抗衡了半柱香的時分，忽然錚的一聲，蕭大小姐的琴絃斷了一根，接著錚錚連響，琴絃又斷了三根。蕭大小姐臉色蒼白如紙，全身香汗淋漓，還想再彈，但覺腦中一陣暈眩，身子一軟，向旁倒下，昏了過去。

凌昊天見她倒下，立時停止笑聲，神色嚴肅，奔上前扶起了她。劉云等人盡全力運功抵禦琴音和笑聲的交錯拚鬥，都已委頓不堪，更無法坐起身來。四人中以劉云的內功最強，此時也已全身無力，有如虛脫，他掙扎著撐起身，叫道：「小三兒，多謝你救了我們。但……但你不可對蕭姑娘無禮！」

凌昊天道：「我送她回房間去。」順手拾起那張古琴，抱著蕭大小姐輕若無骨的身子，快步回到她的閨房。兩個侍女見他抱著小姐進來，都是大驚失色，一齊叫道：「小姐怎麼了？」「放下小姐！」短劍出鞘，一左一右向凌昊天攻去，但見凌昊天身形一閃，已竄入了房中。兩個侍女忙跟進去，叫道：「大膽狂徒，不可對我們小姐無禮！快放下小姐！」

凌昊天笑道：「我是妳們準姑爺，要和妳們小姐說幾句知心話。」兩個侍女一呆，看出他便是闖過各關的青年，不由自主退開兩步。凌昊天又道：「都給我出去等著，誰也不准進來！」兩個侍女互望一眼，只能退出門外。凌昊天關上房門，上了門閂。

兩個侍女正面面相覷，不知所措時，風中四奇已互相扶持著趕到門口，李韻問道：「小三兒呢？」侍女道：「他……他抱著小姐進去了。」容情急道：「我們快闖進去！」

采丹卻伸手攔住了她，說道：「讓他們兩人獨處一下，有什麼不好？」容情頓足道：「唉，小三兒知道她剛才有心取我們性命，一定不會對她客氣的。」

李韻皺眉道：「她剛才昏了過去，不知道礙不礙事？」一個侍女聽了，急得流下眼淚，說道：「小姐身體素來羸弱，怎地暈倒了？她……」話還沒說完，房中忽然傳出一聲低呼，正是蕭大小姐的聲音。

屋外六人相顧失色，采丹道：「絕不會的，小三兒不是這種人。再說，這是什麼地方，他又怎麼敢胡來？」

李韻瞪了他一眼，說道：「你想到哪裡去了？小三當然不是這種人。」便在此時，房中又傳出一聲驚叫，眾人都聽清楚了，但聽蕭大小姐顫聲說道：「住手！你不要碰我，我……我殺了你！」

劉云再也忍耐不住，伸手便去推門。李韻拉住了他，臉上露出笑意，說道：「你忘了我們帶他上山的目的麼？」

劉云搖頭道：「這麼作是不行的。我們容他如此，怎對得起蕭莊主夫婦在天之靈？」容情急道：「蕭姑娘性子最烈，若眞的出事了，難保她不會羞憤自殺。」

采丹忍不住笑了起來，說道：「妳瞧，現在大家都開始懷疑啦，剛才還罵我多心呢。依我說，小三兒絕不會胡來的。」

李韻道：「你怎麼知道？」

采丹笑道：「你們都忘了，他是醫俠的兒子啊。」

這話似乎讓大家安心了些，六個少年少女便坐在門口等候。門內甚是安靜，只偶爾傳出幾聲淺淺的琴音，夾雜著低聲細語，卻聽不清楚在說些什麼。

過了半個時辰，門忽然開了，凌昊天悠然走了出來，坐倒在采丹身邊的臺階上，長長地噓了一口氣，口裡叫道：「好熱，好熱。好累，好累。」

風中四奇和兩個侍女一齊盯著他看，臉上神色都甚是古怪。兩個侍女對望一眼，忙搶入房中探望小姐。

劉云臉現不豫之色，說道：「小三兒，你……」凌昊天搖手道：「你們不必謝我。我還是不娶她。」劉云皺起眉頭，說道：「小三兒，我們都相信你，但你總該顧及姑娘家的名聲。」

凌昊天道：「你們相信我，我也相信你們。我又沒有作不可告人之事，什麼名聲不名聲？」

劉云歎了口氣，問道：「你到底作了什麼？」

凌昊天不答，臉上露出感傷之色，容情這時才看出他眼角似有淚痕。凌昊天站起身道：「你們快陪我喝酒去，我渴得要命。」

風中四奇便領他來到天風堡。原來天風堡和銀瓶山莊之間雖隔著一道深谷，其間卻有吊橋相通，行過去不過數十丈之遙。四人帶他來到他們的住處，采丹拿出一罈酒，李韻請他坐下。

凌昊天眼望酒杯，靜默一陣，才道：「她是一位心地很好的姑娘。」李韻等都望著他，等他說下去。

凌昊天又道：「她病得很重，那是一種沒有法子醫治的病。她大約只能再活兩年。」劉云和采丹都啊了一聲，李韻失聲道：「我只知道她身子一向虛弱，沒想到……」

凌昊天仰頭喝了一大口酒，說道：「她自己是知道的。她父母遺命要她成婚，她知道自己命不長久，不願害人傷心，才堅持要嫁給風少爺。她早知道風少爺不是個好東西，不會對她有什麼眞心，她若死去，風少爺也不會太難過，所以才要嫁給他。」

容情長歎一聲，說道：「原來她心裡清楚得很，我們還以爲她什麼都不知道，才一意孤行。」

李韻望著凌昊天，問道：「小三兒，你們在房裡還說了些什麼？」凌昊天抬頭發怔，回想在房中和蕭柔的對話。

凌昊天第一眼看到蕭柔時，便覺她臉色太過蒼白，暗暗猜想她身上可能有病。他那時發笑抵禦她的琴音，以內力將她震昏，生怕眞的傷了她，才趕緊抱她回房，準備運氣助她調理內息。他將蕭大小姐放在床上，伸手去搭她的脈搏，觀察她的氣色，才知道她已得了不治之症。凌昊天極爲震驚，伸手握住她的手，將內力從她手心緩緩傳送過去。不多時，蕭大小姐悠悠甦醒，睜眼看到凌昊天，低呼一聲，發現他正握著自己的手，蒼白的臉上透出暈紅，怒道：「住手！你不要碰我，我……我殺了你。」

凌昊天放開了她的手，退開幾步，來到桌邊，轉頭望向那具斷了絃的瑤琴，伸手輕撫，低聲道：「絃斷可以再續，人一去了，便再也不會回來了。」

蕭大小姐神色冰冷，說道：「誰讓你碰我的琴了？你立刻出去。」凌昊天道：「我不出去。」蕭大小姐雙眉揚起，冷然凝視著他。

凌昊天道：「妳好好躺著休息一會。生氣只會加重妳的病情。」蕭大小姐臉色一變，說道：「什麼病情？」凌昊天回頭望向她，沒有言語。蕭大小姐望見他的眼神，頓時明白他已知道自己患了絕症。她轉過頭去，神色又是惱怒，又是悲哀，又是自慚。

凌昊天在桌邊坐下，默默將琴絃重新接上，撥絃調音，說道：「這是一張好琴。我已有好幾年沒看到它了。」

蕭大小姐不禁詫異，抬起頭來，問道：「你見過這琴？」

凌昊天微笑道：「我生平第一次彈琴，用的就是這張琴。我一上來就彈斷了三根絃，將琴的主人氣得半死，嚷著要把我吊起來飽打一頓。」蕭大小姐眼中露出笑意，問道：「你可被打了沒有？」凌昊天搖頭道：「我溜走了，他沒打到我。」

蕭大小姐輕輕一笑，說道：「原來你就是凌小三。外曾祖父常常提起你。」凌昊天笑道：「他一定沒有什麼好話說。」蕭大小姐笑道：「他老人家對你又讚歎又頭痛。他說你若肯好好學琴，他眞想將一身的琴藝都傳了給你。」凌昊天歎道：「可惜我太過頑皮，不肯靜下心跟他學琴。他老人家仙去後，我才知道後悔。」

蕭大小姐嗯了一聲，忽道：「我叫蕭柔。」

凌昊天道：「好名字，人如其名。」蕭柔低下頭，說道：「我出手狠辣，對人很凶。你不必討好我。」凌昊天道：「我爲什麼要討好妳？我又不想娶妳。」

蕭柔臉上一紅，沒有答話。凌昊天又道：「像妳這般心地溫柔的姑娘，該當珍惜自己，別讓自己吃不必要的苦頭。」蕭柔搖頭道：「你才見到我，又怎知道我心地溫柔？」

凌昊天道：「妳若不是心地溫柔，又怎會堅持要嫁給風少爺？」

蕭柔輕哼一聲，說道：「我溫不溫柔，跟我要嫁誰有什麼關係？」

凌昊天並未回頭，只淡淡地道：「當然有關係。妳知道世上很少人能不爲妳癡狂，而風少爺正是其中之一。妳知道他不會爲你傷心，因此妳要嫁給他。」

蕭柔怔然望向他，兩行眼淚忽然如珍珠斷線般滑過她雪白的臉頰。

凌昊天逕自接完了絃，輕輕彈撥了幾下，才將琴推開，說道：「今日午後，我在庭院裡聽到妳彈琴，琴音宛轉輕柔，有如天樂。只有天性溫柔靈慧、高傲脫俗的姑娘，才能彈出這般優美絕妙的曲子。我後來想想，如此聰明的姑娘，怎麼可能看不出風少爺是怎樣的人？妳要嫁他，一定別有理由。我剛才替妳搭脈，才猜想出來。妳怕自己動眞情，怕讓別人傷心，因此妳要嫁給他。」

蕭柔怔然而聽，眼淚不可自制地流下，待得凌昊天說完，她已然泣不成聲。她何曾想到世上竟有人能這麼輕易就看透了自己，這麼輕易就道出她內心深處的祕密？她冰冷淡然的心似乎忽然融化了，化成滿腔眼淚傾瀉而出。

凌昊天耳中聽著她的泣聲，心中難受已極。她一個孤弱寂寞的少女，除了在空山幽谷中彈琴自賞，讓無情的病魔消耗她的青春，等待生命的盡頭，她還能作什麼？自己之前說她爲何不下山去看看花花世界，好好享受人生樂趣云云，那些話對她實在是太殘忍了。

他心中又是難過，又是歉然，說道：「蕭姑娘，我剛才在外廳裡說的那些話，都是胡說八道，請妳不要放在心上。」蕭柔仍舊抽噎不止。凌昊天走到床前，輕歎一聲，說道：「對不住。」蕭柔再也忍耐不住，伏在他肩頭放聲哭泣，良久才止淚。

凌昊天任蕭柔伏在他肩頭盡情哭泣，伸手輕拍她背心，低聲問道：「妳身體覺得怎樣？」蕭柔道：「我還好。」凌昊天道：「妳氣脈很弱，我替妳運下氣，精神會好些。」

蕭柔張口欲言，想要他不用白費力氣，自己反正不能再活多少日子，凌昊天沒有讓她說出，已扶她盤膝坐好，伸掌抵在她背心，緩緩運氣過去。他從四五歲開始練內功，渾厚精純，加上無無神功和在七星洞中新練成的七星內功，內力已是武林中數一數二的深厚，此時運氣在她體內運轉幾圈，蕭柔只覺全身暖洋洋地，受用已極。如此運了一盞茶時分，凌昊天才停手。

蕭柔轉過頭來，臉上已多了幾分血色，低聲道：「謝謝你。」凌昊天道：「妳不用謝我。我很慚愧，無法治好妳的病。剛才傷了妳，更覺過意不去。我闖上貴莊，並不知道是銀瓶山莊招親，卻是被風中四奇設計騙來的，實是魯莽唐突已極，還請妳不要怪罪。我這便告辭了。」

蕭柔身子一震，說道：「你要走了？」凌昊天點了點頭。蕭柔咬著嘴唇，緩緩地道：「凌三哥，招親什麼的事，你切莫放在心上。我不會要你娶我，也不會留你在這裡。我只想……只想多和你說一會話。」

凌昊天胸中一陣激動，他怎會不明白蕭柔話中的含義：她不願嫁給他，也不留他，這表示她已動了真情，不想讓自己爲她傷心。他再也無法忍心離開，在床前坐下，說道：「好，我陪妳。」

蕭柔微微一笑，說道：「我彈一首曲子給你聽，好麼？」

凌昊天道：「當然好。」替她取過瑤琴放在床上。蕭柔將一頭烏黑的長髮撥到肩後，伸出纖纖玉手，在琴上輕撥起來，彈了一曲〈傷別〉。她全神貫注，撥絃極輕，每一聲卻都是扣人心弦的絕美音律。凌昊天從曲中聽出她內心淒美欲絕的傾訴和傷感痛惜的離愁，一曲彈畢，他已是淚流滿面，搖頭道：「妳不該對我這般重視。我……我擔當不起。」

蕭柔癡然望著他，一個終生沉浸於音樂的人，還有什麼比貼心的知音更加可貴的？她知道他完全能體會自己的情意，這就已經足夠了。她忍著眼淚，微笑道：「謝謝你聽我彈曲。再會了。」

凌昊天輕歎道：「妳自己在這裡……」蕭柔道：「這麼多年都過去了，我早就習慣啦。」說著忍不住又掉下淚來。凌昊天伸出手，替她擦去眼淚。

蕭柔低下頭，輕聲道：「凌三哥，我可不可以求你一件事？」凌昊天道：「妳說。」

蕭柔靜了一陣，才緩緩地道：「我要走的時候，我希望你能陪在我身邊。」

凌昊天心中一酸，說道：「我答應妳。」伸手解下頸中的一條紅絲繩，上面繫著一只雕刻精緻的白玉小老鼠，交在她手中，說道：「我七歲的時候，娘給了我一塊和闐玉，讓我帶在身上。我是肖鼠的，後來自己動手將它刻成了一隻小老鼠。妳隨時要我來，就讓人拿這玉來找我，我一定立刻趕來陪妳。」

蕭柔點了點頭，忍住眼中的淚水，雙手捧著玉鼠，轉過頭去，說道：「謝謝你。你……你快走吧。」

凌昊天自然沒有將所有的話都說出來給風中四奇聽，只簡略說了，最後道：「我答應了她，她最後那段日子，我一定會回來陪伴她。」

李韻和容情聽得又是感動，又是難受，不斷拭淚，劉云和采丹的眼眶也都紅了。劉云噓了一口氣，說道：「小三兒，多謝你。我們知道她此後心有寄託，也就安心了。」容情問道：「你能不能留下來，多陪陪她？」

凌昊天搖頭道：「她不會讓我留下來的。」四人聽了這話，都是一呆，只有劉云和李韻年紀稍長，才隱約懂得他們兩人之間微妙而細膩的情感。采丹道：「她……她身子轉弱時，我們一定立刻去找你。」

凌昊天點了點頭，舉起酒杯，說道：「你們是我的好朋友，我敬你們一杯！」劉云、采丹、李韻、容情拿起酒杯，五人對乾一杯。

凌昊天站起身，說道：「山高水長，有緣再會。」

風中四奇甚是不捨，一直送他出了天風堡，才與他握手爲別。四人站在山頭望著他的背影，心中都說不出是什麼滋味。容情道：「我說他該叫天下一奇才是。」采丹一笑，說道：「跟他比起來，我們可眞是一點也不奇了。」劉云道：「我們跟他交了朋友，請他上山，總算是作對了。」容情道：「他外表看來狂傲粗率，眞沒想到他的內心竟如此溫柔多情。」李韻歎了口氣，說道：「他心中的不如意……唉！但盼他不要太爲鄭姑娘的事傷心才好！」

凌昊天行到天風山腳，忽聽身後一人叫道：「凌三公子！」他回過頭去，卻見小崗上站了三十多個葛衣人，葉老師、空飛、飛天、洪曲、段老師、松柏梅三老等都在其中。眾人一齊躬身向他行禮，什麼話都沒有說。凌昊天心中感動，向眾人長長一揖，才轉身離去。

他獨自離開天風山，心中充滿了惆悵。他確實沒有想到自己會遇見名聞天下的武林第一美女蕭柔，也沒想到蕭柔竟會是這樣一個清靈絕俗，卻飽受病魔折磨、命不久長的少女。他深深體會到她琴音中的柔情和無奈，也清楚看見自己的心還繫在什麼人的身上，牢固得令他震驚。銀瓶山莊的相會注定是一場沒有交集的失落，因此他贈她玉鼠，因此她讓他離去。再相見時，一切都將如舊，毫無改變，唯有她生命的火光將更爲虛弱，更接近熄滅。

凌昊天歎了一口長氣，他不能明白自己爲何始終無法放下寶安的音容笑貌。他想起采丹所說：「天下好處都被你占盡了！」不由得感到一陣深切的悲涼：「好處都占盡了卻又如何？我終究無法和我心愛的人在一起！」

第六部

傲視天下

第七十一章 孤身退敵

凌昊天心中傷感，緩緩回到衢州城。才一進城，便有個賣菜的布衣老婦迎上前來，向他行禮道：「是凌三公子麼？」

凌昊天一呆，說道：「正是。」那老婦喜道：「我可找到你了。百花弟子黃萱，請凌三公子借一步說話。」凌昊天點了點頭，黃萱便領凌昊天來到一僻靜處，說道：「凌三公子，門主剛從關中回轉，傳來緊急消息，說道有批武功高強的官派番僧將圍攻虎山，欲對令尊令堂不利，門主令我等盡快將這警訊傳給凌家各位。兩位令兄已聞訊趕回虎山了，我聽雙梅和鬱金香說在衢州遇見過你，便在城門口等候，盼能及時將消息傳給你知道。」

凌昊天大驚失色，向她深深一揖，說道：「多謝婆婆傳訊！凌三感激不盡。」黃萱行事極爲周到，早已替他準備好了馬匹盤纏，凌昊天更不耽擱，連夜向北趕去。他不知父母是否仍在龍宮，心中擔憂如焚，這一路日夜兼程，幾乎沒有好好睡上一覺。

不一日，凌昊天終於趕到山東境內，他向人打聽，都說沒見到官府來大舉抓人，略略放心，繼續向平鄉趕去。離平鄉還有半日路程時，忽聽身後一騎快奔而來，他轉頭望去，卻見馬上是個武官，腰帶寶刀，拍馬疾馳。

凌昊天心中一動，伸臂攔在路中，叫道：「官人留步！」

那人勒馬而止，低頭看清他臉，驚喜道：「小三兒，是你！」

凌昊天認出他是濟寧參軍姓丁，昔年曾蒙父親醫好腿疾，便抱拳問道：「丁參軍是往虎山去麼？」丁參軍滿面憂急，說道：「正是。大事不好了，京城派出大群人馬來捉捕令尊，其中有東廠的喇嘛在內。我剛剛得到消息，他們已往這裡來了，我冒險趕來傳訊，盼令尊能及早避開！」

凌昊天一聽，心中大急，說道：「我剛從遠地回來，尚未到家，還不知爹媽在不在家裡？丁參軍，煩你立刻去山莊通報，我在這擋他們一陣。」丁參軍搖頭道：「他們人很多，你一個怎麼擋得住？快跟我一起走！」凌昊天道：「不妨。你快去，不然要來不及了！」丁參軍應了，當即策馬快馳而去。

凌昊天吸了一口氣，站在去往平鄉的路上，一摸身上，不但未曾帶劍，便連竹棒也沒有。他無暇多想，在路當中一坐，等候眾官兵到來。過不多時，但聽馬蹄聲如雷動，一行五十多騎向這邊奔來，當先一群光頭紅衣，正是東廠喇嘛。為首的幾個喇嘛見到了他，更不放慢馬蹄，反而快奔迎上，口中喝道：「兀那小子，快讓開了！踩死了是你自找的！」

凌昊天坐著不動，待那兩騎奔近身前，忽然躍起，雙手伸出，抓住了馬韁。那兩匹馬同聲長嘶，竟被他硬生生地扯住，更無法向前邁出一步。

眾喇嘛見他露出這手神力，紛紛呼喝，一個喇嘛大聲道：「不知好歹的小子！我等奉聖旨去虎山抓拿叛賊，你竟敢攔佛爺的路，不要命了麼？」

凌昊天道：「有我在此，誰也別想去動虎嘯山莊！」

幾個喇嘛齊聲大笑，說道：「就憑你一個小娃子，便想擋住佛爺我們？他媽的別發癲妄想了！」

凌昊天更不打話，左手伸處，已奪過一個喇嘛腰間的佩刀，揮刀將兩個喇嘛砍下馬來。其餘喇嘛高聲怒喝，十多人一齊下馬，叫道：「讓你見識見識紅教十三法王刀陣！」

凌昊天抬起頭，卻見十三個喇嘛各持戒刀，衝上前圍在自己身周，刀光閃爍，從各個方位指著自己身上要害。他環視一周，猛然喝道：「動手吧！」縱身上前，單刀揮處，已將一個喇嘛手中的戒刀砸飛。其餘十二人都是一驚，爲首的喇嘛叫道：「動刀陣！」十二人前後穿插，在凌昊天身邊飛奔繞行，輪翻衝上前揮刀砍、斬、劈、刺、橫、架、推、抹，攻擊防禦一氣呵成，連綿不絕，果是個高明之極的刀陣。凌昊天持刀擋架，但聽噹噹聲響不絕，凌昊天的刀已和十二人的刀相交了兩輪。他已探測出誰的手勁較弱，記在心中，第三輪刀刀相交時，他對那幾人使動無無神功，出勁極猛，登時將三人的單刀震飛。

爲首的喇嘛大驚失色，心想：「我師兄弟中功力最弱的三人，怎能這麼快便讓他瞧出了？」未及多想，下一輪刀砍過去，又有三人的戒刀被砸飛。餘下六人更縮緊了圈子，刀聲響得更快。凌昊天喝道：「快退下，不然我手下不留情了！」

便在此時，忽聽一陣刺耳大笑，一人怪叫道：「我來收拾他！」接著地面震動，一個巨人般的黑臉喇嘛衝上前來，雙拳如錘，風聲剁然，連環向凌昊天身上招呼去。凌昊天閃身避開了，臉上被他的拳風帶過，勁風撲面，煞是疼痛，心想：「這巨人力道不小！」大黑天又攻了幾拳，凌昊天展開輕功，在六名刀僧中遊走，伸腿將近身的三個刀僧踢飛了去，陡然回身，叫道：「我接你一掌！」

大黑天斷聲笑道：「小個子，有膽量！」跨上兩步，揮掌向凌昊天臉面打去。凌昊天挺立不動，右掌迎出，正對上大黑天的手掌。其餘喇嘛只道二人要比拚內力，總要半晌時間才能分出勝負，豈知二人雙掌才一相交，便聽砰的一聲，一個黑影彈至半空，直飛出五六丈才重重落下地來，正是大黑天。他落地後便再也不動了，不知死活。眾喇嘛見狀都臉色大變，不由自主向後退開，讓出一個大圈子。原來凌昊天見大黑天天生神力，便使出硬碰硬的剛強內勁對付，以七星內功的渾厚加上無無神功的猛勁，兩力相觸，大黑天的力道遠遠不及，登時被震飛了出去。

凌昊天聽得身後風聲響動，急忙回身，卻見一枚金鈸快速轉動著向自己飛來，來勢奇快。凌昊天大喝一聲，俯身揀起一柄戒刀豎在身前，運起內力，但聽噹的一聲巨響，已將那金鈸劈成兩半。

凌昊天轉頭望去，見一個金袍喇嘛站在當地，手中揮舞著兩面金鈸，臉上神色陰沉，喝道：「小子何人？膽大包天，竟敢跟官府作對？」

凌昊天道：「虎山醫俠，武林人所共重，你們要去找醫俠的麻煩，江湖上血性漢子都不能坐視！」

那金袍喇嘛正是金吾仁波切。他哼了一聲，喝道：「接招！」手中兩面金鈸急速飛出，一從左，一從右，去勢勁急，呼呼作響，向對手夾擊。凌昊天抓起兩柄鋼刀，左右揮出，那兩面金鈸竟突然墜落於地，猶自轉動。這一手顯示極上乘的刀法暗器功夫，竟能在刀觸鈸面的一剎那間以深厚內力將金鈸阻住，打落於地，看來似乎輕而易舉，實則比四兩撥千斤還要難上百倍。

金吾臉上變色，跳下馬來，手中又多出兩面金鈸，揮舞著向凌昊天攻來。凌昊天笑道：「喇嘛身上不帶念珠法器，卻有這麼多片金鈸。你是寺院中專管擊鈸的麼？」

金吾喝道：「接招！」手持雙鈸，如快刀般向凌昊天斬去。凌昊天揮刀擋住，那刀原非利刃，又已重砍創擊多次，在金鈸銳利的邊鋒切擊之下，竟從中斷折。金吾見占著上風，下手更不容情，躍上前揮金鈸向對手頸中砍去。

凌昊天大喝一聲，左手雙指夾住金鈸，右掌已打上金吾的胸口。金吾大驚失色，鬆手放脫金鈸，向後跌出，吐出一口鮮血。

凌昊天在一招間便打傷了對手，自己也頗吃了一驚，不意在天風堡學的武功竟有如斯威力。金吾更是驚駭交集，不敢相信這青年的武功竟能高妙若斯。他自知受傷不輕，硬撐著站起，後退兩步，念頭急轉，不知該否就此逃命而去。

便在此時，遠處蹄聲響動，三騎馬從道上快馳而來。金吾轉頭見到三人，大喜過望，搶上叫道：「三位大人！」

凌昊天抬頭望去，卻見馬上三人都穿著錦緞寬袍，華貴耀目，頭戴高冠，臉上卻都戴了鐵製面具，遮住本來面目。三人勒馬而止，左首那人問金吾道：「怎麼回事？誰打傷了你？」金吾指著凌昊天道：「啓稟大人，就是……就是他。」

那人轉頭向凌昊天臉上望去，目光銳利如刀，接著嘿了一聲，顯然不信，說道：「你說這小孩兒打傷了你？」

凌昊天聽他語音似是個中年人，另兩人一個是禿頭，一個頭髮灰白，一齊低頭向自己望來。這三人氣度凝重，異於常人，雖只騎在馬上，看不到面目，卻已能感受到他們身上傳來的霸氣殺氣。

凌昊天輕哼一聲，扔下手中金鈸，大步走上前去，站在三人馬前，向三人瞪視。四人眼神交接，周圍頓時靜了下來，彷彿一場殊死戰已無聲無息地在四人的眼神之間展開。金吾在旁看著，心中感到一陣驚悚，竟不自由主地連退幾步。

過了半晌，灰髮老者才開口道：「你打不過我們。讓路。」

凌昊天道：「不讓。」那中年人哈哈大笑，說道：「好個狂妄小子！」話聲未畢，已然飛身下馬，銀光閃動，拔出一柄弦月般的彎刀，向凌昊天橫劃而去。灰髮老者大喝：「無漏，收手！」跟著飛身下馬，卻已不及，眾人驚呼聲中，卻見那柄彎刀的刀尖已插入了中年人的心口。

這下交手只有電光火石的一剎那，旁觀眾人中唯獨禿頭和灰髮老者看清二人交手的經過。那中年人使出的是彎刀門的絕招「迴斬遊魂」，那是刀鋒一觸敵身便取性命的絕招。凌昊天看出厲害，不暇多想，使出七星洞中的掌法，雙掌推出，掌風登時將對手全身罩住。那中年人絕沒料想到這年輕人的內力竟深厚至此，在他掌風帶動下，手腕劇痛，喀啦一聲，腕骨竟已折斷，彎刀刀鋒登時被對手的內力震偏。他出手時用勁極狠，彎刀劃出之勢未絕，腕骨斷後更加無法收勢，刀尖鉤處，已刺入了自己的心臟。他呼出最後一口氣，至死都不敢相信世上竟有如此驚人的掌力。

灰髮老者見同伴一招間便喪命，猛然抬頭，望向凌昊天，說道：「閣下何人？」

凌昊天搖頭不答。灰髮老者向他凝望一陣，才道：「走！」那禿頭下馬抱起了中年人的屍身，抬起頭，眼中露出一股殘暴怨怒之氣，瞪向凌昊天，開口道：「我兄弟定會討還這筆血帳！」翻身上馬，和灰髮老者一起疾馳而去。

金吾站在數丈之外，早已看得臉色雪白，忍不住低下頭，口中默念藏傳百字明神咒，才能平定劇烈跳動的一顆心，和心中壓抑不下的極度恐懼。其餘喇嘛眼見凌昊天神威，哪還敢向前一步？眾喇嘛互相望望，都是手足無措，亂了一陣，才過去扶起受傷的刀僧和大黑天等，匆匆上馬，快馳而去。

凌昊天站在當地，只覺心神激動，一股無名的寂寞之感倏然湧上心頭。他從沒想到自己的武功竟能達到如此高明的境界，甚覺陌生古怪，長長地吸了一口氣，便聽身後馬蹄聲響，一群十多人縱馬奔近前來。凌昊天回頭望去，見來者都是虎嘯山莊中人，為首的正是段正平。眾人見到眾喇嘛倉皇退去，都是驚詫萬分，再看到凌昊天，又是歡喜多過驚詫。段正平下馬奔上前來，握住他的手，喜道：「小三兒，你回來了！」

凌昊天點了點頭，問道：「師叔，爹媽呢？」

段正平道：「大師兄和師嫂還在龍宮，他們都平安。你大哥正趕回家來，還在路上未到。小三，那些人都是你打退的麼？」

凌昊天點了點頭。段正平望向眾喇嘛漸漸遠去的背影，吃驚未減，笑道：「你離家不過半年，武功竟大有進步，你兩個哥哥怕都已及不上你了。來，看你風塵僕僕的樣子，想必路上奔波勞頓，多有辛苦。快回家休息休息，吃點東西。」

凌昊天卻站在當地，並不移步。段正平微覺奇怪，問道：「怎麼？」凌昊天搖了搖頭。段正平素知凌昊天脾氣古怪，便好言勸道：「你爹媽都不在家，你不用擔心他們惱你。莊裡就只你二哥和寶安。小三，你離家好久了，不想回去看看他們麼？」

凌昊天轉頭向虎山望去，心中感到一股難言的苦澀。他知道自己只要再走半日的路程，便能回到家了，也就能見到寶安了。一想到她，內心登時如烈火焚燒，焦慮煩躁，難以自制。他不知自己有多麼渴望能回去看她一眼，重見她臉上親切可喜的笑容，像以往那樣和她無邊無際地談天說地，盡情歡笑。他自從半年前逃下山後，便蓄意逃避，盡量離她愈遠愈好，此刻和她距離如此之近，卻要他如何忍著不去見她？他心中掙扎：「我回去一下，就算只見她一面，也已足夠。或許我該偷偷看她一眼再走。」又想：「不，我怎能回去？見到她後，我又怎能再離開，怎能克制自己不向她說出……說出我對她的心意？」

他想到此處，心痛如絞，眼前一黑，幾乎坐倒在地。段正平見他神態有異，額頭出汗，還道他在方才的劇鬥中受了內傷，連問：「小三兒，你身上哪兒不舒服？快運氣在任督脈走一圈。跟我回莊子去，我替你把個脈。」

凌昊天吸了口氣，說道：「師叔，我沒事。」回身走去，他心神恍惚，左腳一蹪，卻是踏上了一柄彎刀。他伸腳一挑，將刀從地上挑起，接在手中，說道：「我殺了一個使彎刀的人。這人似乎是京城裡的重要人物，他的兩個同伴定會來找我報仇。我不想替爹媽惹麻煩，這就去了。」

段正平還待勸說，凌昊天已揮手將彎刀扔給他，牽過一匹馬，一躍而上，在馬臀上一鞭，快馳而去。段正平在後叫道：「小三，你要去哪裡？」

凌昊天遠遠應道：「我去南方玩玩，請告訴爹媽，要他們不要擔心！」

第七十二章　雪族舊識

卻說凌昊天獨自離開虎山腳下，縱馬往南騎出半日，來到一個市鎮。他跳下馬來，牽著馬在街道上亂走，精神恍惚，看著街上人來人往，彷彿身在夢中。他隨便找了個客店睡了，第二日上馬又行，也不知要去哪裡，心想只往南方去就好。南行兩日，正騎著馬行在道上時，忽聽身後馬蹄聲響，一個清脆的聲音叫道：「小三兒，等等我！」

凌昊天全身一震，這聲音，這口氣，像極了寶安平時喚他的口吻！他激動得如要窒息，趕緊勒馬回頭，卻見一騎赤馬快馳而來，馬上一個白衣少女，雪膚花貌，有若天仙，滿面笑容，卻是文綽約。

凌昊天大失所望，怔然道：「是妳。」文綽約微笑道：「是我。你以為是誰？小三，你長高了這許多，眞像個大人了！我聽說了你打退惡喇嘛的事，眞沒想到你武功變得這麼厲害了！你記得小時候我曾向你挑戰劍術麼？你那時，嘻嘻，根本打不過我，卻只會耍賴胡鬧，硬說自己贏了。現今你武功大進，想來我是及不上你了。喂，你怎地不說話？我們去喝酒，好不好？」

凌昊天實在無心聽她說話或跟她喝酒，但也不好意思對她太過無禮，只得打起精神，說道：「好啊。」文綽約笑靨如花，說道：「這回我請客，你儘管喝個痛快，不要客氣。咱們走！」二人並轡來到前面的市鎮，找了處酒樓喝酒。

凌昊天神思不屬，拿著酒杯望向窗外，看到樓外碧綠的小池，便想起往年每逢夏天，自己常與寶安在後山的小湖中玩水抓魚；看到迎風搖曳的柳枝，便想起自己曾拿著柳枝，戲稱自己武功高強，能以柳枝代劍，以劍氣傷人，逗得寶安大笑不止。往年那許許多多的小事竟是那麼的甜蜜，又是那麼的苦澀。他愈想愈難受，只覺看到什麼事物都不免觸景傷情，只好收回眼光，望向對桌的文綽約。

文綽約的眼光始終沒有離開他的臉，將他臉上的神情看得清清楚楚。她柔聲道：「怎麼了，這酒不好麼？我叫他們換來。小二，小二！」

凌昊天忙道：「不、不，這酒很好。」

文綽約一笑，說道：「那你怎麼不多喝一點？」凌昊天舉起酒杯，仰頭喝乾了，倒了一杯，又喝乾了，說道：「我喝了很多了。妳怎麼不喝？」

文綽約望著他微笑，說道：「我就喜歡看你喝酒。小三兒，我們有幾年沒見了？」

凌昊天側頭想想，說道：「我跟娘去雪族作客那年，正好十四歲。嗯，那是四年前的事了。」文綽約笑道：「是啊。我好不容易練成武功，長老放我出來辦事了，才能來找你。你記得那年你來族裡，避開你娘偷偷跑去喝酒的事麼？里岳哥哥被你拉著一塊去，後來還被長老罰了哩。你走了以後，大家都說你調皮搗蛋得緊，幸好天下還有你娘管得住你。不過大家都很想念你呢，問你什麼時候再來。小三兒，你今年冬天再來咱雪族作客，好不好？」

凌昊天應了，耳中卻全沒將她的話聽進去。文綽約雖爽朗大方，不拘小節，卻非遲鈍愚蠢之人，早知凌昊天心中定有心事，卻不知該從何問起，便改變話題，說道：「你知道我在東來路上碰到了什麼人麼？是你的老相識，他跟陳家姊妹作一道，你猜我碰上了誰？」

凌昊天哪裡猜得到，也沒心情去猜，強笑道：「我猜不出，妳告訴我吧。」文綽約道：「咦，你不是一向自命聰明，料事如神麼？怎麼還沒猜就認輸了？我給你個提示吧。他酒量也很好的，跟你差不多年紀，臉長得很俊秀，說話油嘴滑舌的，自稱是你的老朋友呢。」

凌昊天心中煩悶，想不聽她說話也不行，只好望著酒杯，假裝在苦思，並不答話。文綽約自顧自地說了下去：「我告訴你好了，我見到了趙觀！我看到他和一群黑臉喇嘛打架，受了傷。」當下滔滔不絕地說出解救趙觀和陳氏姊妹的經過。這番話果然引起了凌昊天的注意，他聽她說完，忙問：「趙觀的傷不要緊麼？」

文綽約笑道：「他皮厚肉粗，老早沒事啦，還能陪我喝酒呢。我們大夥一起趕去虎山報訊，到的時候卻正好跟你錯過。我說要來找你，問他要不要一起來，他卻說有別的事情去辦，要我向你問好。」

凌昊天點了點頭，忽然站起身，說道：「多謝妳請我喝酒。綽約姑娘，我走了。」文綽約一呆，也站起身來，問道：「喂，你要去哪裡？」

凌昊天才站起身，忽覺腦中一昏，伸手扶住了桌子，心中大驚：「我怎麼了？難道是中了毒？」試著運氣，卻覺小腹一陣劇痛，有如千百支鋼釘在肚子裡亂戳，疼得幾乎彎下腰來。他立時定下神，緩緩在椅上坐下。

文綽約見他神色不對，問道：「你怎麼啦？」

凌昊天笑道：「我跟妳開玩笑的。這兒酒這麼好，又碰上多年不見的老朋友，怎能不多喝兩杯？」說著又倒了一杯酒，仰頭喝了。他倒酒之前已從懷中掏出一粒父親讓他帶在身邊的百花解毒丸，和酒吞下了，但小腹仍痛得幾欲昏去，只能勉強忍著，倒酒時直用盡了全身力氣，才能穩住手，不令酒水濺出來。文綽約怔然望著他，不知他是怎麼回事。凌昊天幫她也倒了酒，說道：「妳也喝。」順手在杯中放了一粒百花丸子，右手伸指沾酒在桌上寫道：「繼續說話，裝作沒事。我已中毒，敵人在旁。酒中有鎮毒藥。」

文綽約這才領悟，哈哈一笑，喝了那杯酒，說道：「你喜歡這酒，那也容易，我這就叫人再打兩斤來。小三兒，我們多年不見，一定要好好聊聊。對了，陳家姊妹你也很久沒見到了吧？眞兒妹子出落得好像一朵花兒一般，眞是美貌得緊。」她口齒清脆，一連聲說了下去。

凌昊天微笑而聽，不時發出笑聲，目光卻在酒館中掃視，尋找可疑的人物。他家傳醫術精湛，一般的毒物自是無法傷他，此番中毒卻全無徵兆，出手的人下毒手法精巧，用毒猛烈，定然不是尋常人物。凌昊天知道下毒者一定便在左近，須得及時擒住他奪取解藥，自己才有生機。他放眼望去，卻見店中另有四桌人，一桌坐了三個武官，一桌是兩個老頭子，一桌單獨坐了一個行路商賈模樣的人，還有一桌是一對夫婦帶了兩個孩子。這十個人看來都不起眼，毫無可疑之處，凌昊天看了一陣，又轉頭去看掌櫃的和兩個店小二。掌櫃的正坐在櫃邊打著算盤，小二忙著招呼客人，跑進跑出端菜，忙得不亦樂乎。

文綽約看他的手微微顫抖，知道他中毒甚深，不由得擔心，停下口，低聲道：「你沒事麼？」凌昊天勉力又倒了一杯酒，感覺百花丸子的藥性已克制住毒性擴展，但畢竟無法解毒，敵人若看出自己中毒已深，在此時對自己出手，情勢便危險之極，心念電轉，已有一計，當下仰頭哈哈大笑，說道：「綽約姑娘，跟妳說話眞是開心。」忽然手腕微揚，擲出兩枝筷子，向那商賈飛去，打碎了他桌上的茶壺，登時茶水四濺。店中眾人都轉頭去看，凌昊天已搶到那人桌旁，冷笑道：「朋友好歹毒的手段！卻不知你爺爺百毒不侵，哪裡怕你這等雕蟲小技？」

那商人抬起頭來，滿臉驚慌茫然之色，支支吾吾地說不出話，只道：「這位爺，這位爺，你……這位爺……」

文綽約奔上前來，拔劍指著那商人，喝道：「快拿解藥出來！」

便在此時，凌昊天忽然回身，伸手抓住了隔壁桌一個孩子的背心。文綽約一愣之際，轉頭望去，卻見奇變陡起，那丈夫竟抓起另一個孩子，猛力向凌昊天砸來。凌昊天眼見那小孩直向自己飛來，勁道猛烈，只得伸手接住，將兩個孩子往後一放，揮掌打向那妻子。

沒想到掌風未及，那妻子的身子一歪，仰天倒下，口角流血，竟已斃命。那丈夫跳起身來，開口大喊：「喂，你爲何打死了我妻子？來人啊，惡漢逞凶，出人命了，快止住他！」說著一步步向門口退去。

凌昊天此時才看清那人的模樣，卻見他身形中等，不胖不瘦，臉容平凡，非俊非醜，是讓人見過三四次也不會記得的長相，顯然經過一番易容打扮。他嘴角露出冷笑，眼中閃著殘酷奸險的光芒。凌昊天見他隨手便殺死了那婦人，這妻子和兩個孩子想來不過是他抓來的道具而已，怒從心起，大步向他衝去，伸手抓向他的咽喉。

那人卻已退到門邊，口中叫嚷不斷：「惡漢要殺我，快救命！」此時店中其他客人見鬧出人命，都驚慌失措，有的躲到桌下，有的縮在牆角，倒是那兩個小二年輕氣盛，衝上來擋在凌昊天身前，叫道：「光天化日之下，竟敢大膽行凶？」

凌昊天伸手將二人推開，卻覺手臂一緊，卻是文綽約伸手抓住了他，叫道：「小三，你瘋了麼？」

凌昊天被她一阻，再也支持不住，坐倒在地，那人早已趁機竄出門去。凌昊天暗叫一聲可惜，伸手按住小腹。文綽約見他額上冒出汗珠，忙問：「你怎樣了？」

凌昊天擺了擺手，咬牙站起身，去看地上那婦人，卻見她臉色發黑，已然斷氣。他又去看那兩個孩子，見年紀大些的是個男孩兒，有七八歲，小的女娃只有四五歲。二人縮在桌子底下，身子簌簌發抖，嚇得連哭都哭不出來。

凌昊天忍住疼痛，上前拉住那男孩兒的手，問道：「那是你娘麼？」男孩兒點了點頭，終於哇一聲哭了出來。

文綽約這時才會過意來，明白那丈夫才是眞正下毒之人，拉著凌昊天的手臂，急道：「小三，敵人知道你已中毒，馬上就會回來的，我們快走！」

凌昊天搖了搖頭，將兩個孩子從桌下抱出，勉力走出酒樓，在大街上行出一陣，找到一間藥舖，走進去向掌櫃的道：「這兩個孩子是醫俠的病人，請你立刻讓人護送他們去虎山，切勿延誤。」說著從衣袋內取出一枚金針，放在櫃臺上。

醫俠在山東境內可說是無人不知，尤其是開藥舖醫館的，無不欽仰虎嘯山莊的醫術醫德。那掌櫃一看到那枚金針，便知他是虎嘯山莊中人，當即躬身道：「小人一定盡力辦到。請問這位爺是？」凌昊天道：「我是小三兒。」那掌櫃的道：「原來是三少爺！小人立即親自送這兩個孩子去。」凌昊天拱手道：「多有煩勞。」轉身走出藥舖。文綽約一直跟在他身後，看他出來，忙上前問道：「小三，你沒事麼？」

凌昊天再也支持不住，摔倒在街邊。文綽約扶住了他，但見他雙目緊閉，神色痛苦，她心底忽然升起一股不安，猛然抬頭，向街上行人環視，感覺那下毒之人又已來到他們身邊。卻聽凌昊天低聲道：「快走！」

文綽約連忙將他揹起，向大街一頭快奔而去。她來到酒樓外，匆匆找到自己的馬，正要騎上，凌昊天低聲道：「別碰妳的馬！」

文綽約一驚，連忙收回手來，彷徨無策，又奔到街上，看到市場上有人在賣馬，當即衝上前去，揮劍割斷了繫馬繩，跳上一匹馬快馳而去。賣馬販子大呼小叫：「偷馬賊！偷馬賊！」文綽約卻已去得遠了。

凌昊天靠在馬頸之上，只覺腹痛如絞，全身發抖，無法自制，只能強忍著不讓自己昏暈過去。他聽得文綽約在身後喝斥令馬快奔，心中不由得想：「若是換作寶安，她定會知道我在想什麼。我當時對那商人喝罵，不過是想引出眞正的對頭來。綽約姑娘若沒有說一句拿出解藥，對頭不知我已中毒，我自能擒住了他。唉，那兩個孩子！但盼師叔和師姑能治好他們身上的毒。」忽然驚覺二人正奔往虎山的方向，開口道：「綽約姑娘，不能走這路！」

文綽約道：「你中毒不淺，須得快回虎山醫治。」凌昊天搖頭道：「敵人手段厲害，我們撐不過這兩天的路程。快轉向西去。」

文綽約心中擔憂，但知他所見不錯，便策轉馬頭，向西奔去。她不斷令馬快奔，來到下一個市鎮才停下，見天色已黑，便揹著凌昊天來到一間客棧，叫道：「掌櫃的，開一間上房！」

那掌櫃的見她一個單身美貌女子，揹著一個氣息奄奄的青年，一望而知將有麻煩，變了臉色，說道：「本店已經客滿，姑娘請去別家留宿。」文綽約大怒，喝道：「你明明有房間，卻故意推拖！姑娘住定了你這家店，你願不願意都要開房！」說著纖手一揮，拍上掌櫃的肩膀。那掌櫃的但覺肩頭劇痛，連聲唉叫，雖不想在自己店中鬧出人命，此時別無選擇，只得讓店小二開了間房給她。

文綽約將凌昊天放在床上，問道：「覺得怎樣？」凌昊天搖頭不答。文綽約急道：

「怎樣才能解毒？這……這都是我的錯，讓那惡賊跑了。」凌昊天道：「不怪妳。妳沒事麼？」文綽約搖了搖頭，說道：「我好端端的。」

凌昊天勉強坐起身，盤膝運氣，盡力以渾厚的內息壓抑毒性，心知若不是因爲自己服了百花丸子，加上內力深厚，早在那酒樓中便要沒命了。他運了一會氣，腹中疼痛略有好轉，伸手搭上自己的脈搏，知道性命應能保住，才噓了一口氣，睜開眼睛。

文綽約問道：「怎樣了？」凌昊天道：「性命無礙，但手腳還是不聽使喚。」文綽約問道：「你知道對頭是誰麼？」凌昊天搖了搖頭，說道：「不知道。他下毒的手段十分高明，似乎跟百花門人不相上下，但卻絕非百花門人。」

文綽約急道：「若是趙觀在這裡就好了。他定能幫你解毒。」凌昊天道：「遠水救不了近火。若能躲過這幾日，我應能以內力慢慢驅出毒性。」文綽約道：「小三，你放心，我留在你身邊，定會盡力保護你周全。」凌昊天搖頭道：「不，妳若要救我性命，就立刻趕到虎山去，告訴我二哥我在這裡。」文綽約道：「我怎能丟下你？這一去一回總要兩日，這兩日中誰來保護你？小三，你故意要遣走我，不讓我因你而涉險，是麼？我不會走的。」

凌昊天靜了一陣，才道：「文姑娘，妳若眞要留下保護我，就聽我的話，現在立刻帶我離開這裡。」文綽約一驚，說道：「他們已追上來了麼？」

凌昊天道：「想來已離此不遠了。這人手段陰毒，防不勝防，我們不是他的對手，只能盡量避開。」

文綽約便不再問，將他揹在身上，出門而去，跳過圍牆。凌昊天道：「妳若不累，我們繼續往西去。但須得另找一匹馬。」文綽約微一思索，跑去另一家客棧，點倒了看守馬廄的幾個馬夫，牽出一匹馬，騎上便走。二人快奔半夜，來到一個小村，在村口的土地廟落腳。凌昊天盤膝靜坐，試圖驅除體內毒性。

文綽約守在他身邊，目不轉睛地望著他，心中擔憂如焚，渾然不覺奔波辛苦。她雖知此刻身處險境，心中卻暗暗感到一股難言的歡喜。她對眼前之人癡情已久，此番能與他共度患難，實是不可多得的機緣。她想著心事，漸漸感到身子疲乏，守到四更，再也撐不住，躺在凌昊天旁邊睡了過去。

將近天明，凌昊天終於將毒性逼出了雙臂的經脈，感覺手臂痲痹消失，但雙腿毒性未除，仍舊痲木不已。他睜開眼睛，側頭見到文綽約睡在一旁，櫻唇微翹，好夢正酣，不由得想起那年在雪族第一次見到她時的情景。

那時正值初冬，下著細雪，他跟隨母親回雪族去探望族人。雪族中人聽聞雪豔到來，都極為興奮，紛紛出來迎接敘禮。人叢中最吸引人目光的是一個十二三歲的小姑娘，全身白衣，活潑多話，咭咭格格地又說又笑，將身邊的人都逗得莞爾。她安靜下來時，一雙大眼睛向人瞟去，卻又甚有威嚴。她走上前來向雪豔行禮，說道：「我是文綽約。我長大以後要成為雪豔！」

母親聽了只是微笑，說道：「好孩子，我小時候都沒有妳這般的志氣呢。」

文綽約比凌昊天還小上一歲，因容貌武功出眾，很受族人重視。凌昊天卻偏偏不買她的帳，對她毫無尊敬之意，還不斷出言取笑。文綽約惱了，指名要找他挑戰。那天傍晚，兩個孩子相約避開大人，溜到山地裡去決鬥。兩人拔劍交了幾十招，雪愈下愈大，彼此的身影都模糊了。凌昊天打不過她，只好假裝腳下一滑，仰天跌倒在地。文綽約哈哈大笑，凌昊天趁她疏神時猛然跳起，使巧勁將她的長劍打飛了去。

文綽約又羞又怒，指著他罵道：「賊小子，你使詐！有種的再來跟我打過！」

凌昊天笑道：「妳明明輸了，還不肯認麼？」文綽約大怒，回身跑去，一個不留神，在雪地中絆了一跤。凌昊天替她揀起長劍，過去扶她，文綽約卻拂開他的手，怒道：「你滾！我這一輩子都不要再見到你！」凌昊天笑道：「不見就不見，有什麼了不起了？」放下她的劍，揚長離去，只留下文綽約坐在雪地裡跟自己生氣。

那一幕似乎還歷歷在目，凌昊天臉上不禁露出微笑。他還記得那天晚上，他跑去問母親文綽約會不會是下一代的雪艷。母親反問他：「你說呢？」他答道：「當然不是。她連我都比不上，更加比不上娘。她若能作雪艷，我都能作了。」這話說得太過狂妄，母親板起臉道：「小三兒，你練武不用心，什麼武功都沒學好，卻懂得看輕別人？就算你武功有點成就了，也不該這樣說話！」他吐吐舌頭，說道：「但我說的都是實話啊。」母親聽了更加不快，責罰了他一頓。

他想著往事，嘴邊笑容未歇，忽聽廟外腳步聲響，似乎有人悄悄走近。凌昊天輕輕搖醒文綽約，低聲道：「有人來了。」文綽約一驚醒轉，卻見門口隱約閃著火光，卻沒有人出現。忽聽畢畢剝剝的燃燒聲響起，廟前廟後竟一起燒了起來。

文綽約驚道：「賊人放火！」連忙揹起凌昊天，見左首火勢較緩，便提步闖去。凌昊天道：「慢著！這人故意放我們從那裡出去，外面定已布下了陷阱。綽約姑娘，我們從前門出去。」文綽約聽了，無暇多想，揹了他便往前門衝去。當時火勢尚不甚大，二人奔出前門，雖撲了滿臉煙塵，果然無人阻擋。

二人一路來到村口的市集，文綽約輕功雖然甚高，但揹著一個人快奔數里，也不由得微微喘息。凌昊天道：「休息一下吧。」文綽約便停下腳步，二人坐在街旁休息。街上人來人往，十分熱鬧，都是些早起擺攤賣菜賣瓜的鄉人。

凌昊天抬頭觀望路人，低聲道：「那人很快便會到來，妳準備好劍，我要妳出手時，便出劍刺他，不用留情。」文綽約點了點頭。

過不多時，三四個鄉人來到二人身旁的菜舖買菜，其中有個乾瘪的小老頭，拄著枴杖，在菜舖前觀望一陣，才買了棵白菜去了。凌昊天用手肘碰碰文綽約，使眼色示意要她去看。文綽約抬起頭，卻見那小老頭彎著腰慢慢走開，凌昊天低聲道：「就是他！」

文綽約跳起身，長劍指出，直刺那小老頭的背心。就在劍尖將觸及他的衣衫時，小老頭倏然回身，站直了身子，冷笑道：「小子眼光不錯！」雙手微揚，散出一把粉末。凌昊天叫道：「快躲！」揮手射出三枚金針，直飛向小老頭的面門。小老頭仰頭避開，凌昊天道：「我們走！」文綽約忙揹起他回身快奔而去，穿過人群，但聽身後幾聲慘叫，卻是路人中了那人的毒粉，紛紛暈死過去。

文綽約只覺身上滿是冷汗，跑出一陣，才緩下步來。凌昊天道：「我們僱輛大車，快快離開這裡。」文綽約依言租下了一輛大車，讓車夫趕車到下個市鎮。

她坐在車上，心中猶自驚疑，問道：「小三，你是怎麼認出他來的？」凌昊天道：「我就是能感覺得到。」想了一下，又道：「是了。這人雖善於易容改扮，但他長年接近毒藥，身上有一股無法掩藏的奇怪味兒。」文綽約恍然道：「原來如此！」

凌昊天微笑道：「你若留心，我身上也有一股味兒。生長在虎嘯山莊的人，身上都不免沾上些許藥味。」文綽約湊過去聞，果然聞到他身上有股極淡的藥味，忽然臉上一紅，轉過頭去，問道：「咱們現在該怎麼辦？」

凌昊天道：「我們每天躲在不同的地方，才能讓他捉摸不定。前夜我們在荒廟裡過夜，今晚可以享受一點，上城裡最大的客館去。」

文綽約心中對他已十分服氣，來到下個市鎮後，便揹了他去客館開房。兩人來到房間，叫了幾盤菜肉。文綽約正要動筷，微一遲疑，說道：「他不會在菜裡動手腳吧？」

凌昊天道：「我先吃，你看我沒事再吃好了。」文綽約阻住他道：「你已中毒，若是又中了其他毒性，豈不更加難救？」凌昊天道：「我肚子餓了，毒死也是吃飽以後的事，怕什麼？」說著舉筷便吃，足足吃了三大碗飯。文綽約見他放心大嚼，便也開始吃。吃飽後凌昊天盤膝運功，文綽約便靠在躺椅上睡著了。

當夜果然平安無事。第二日清晨，凌昊天感到功力恢復了三四成，雙腿卻仍無力，雖能自己站起，卻無法奔跑。文綽約問道：「咱們現在怎樣？」凌昊天道：「我們該上路了。若我估計不錯，那人現在已在這客館之中了。再過一日，我身上毒性去盡，就不怕他了。」

第七十三章　瘟神沙畫

二人便又上路，往西趕去。日中時經過一個小村，二人決定停下打尖。走進村時，卻見村中一個人也沒有，安靜得奇怪。凌昊天心中一動，走入一家舖頭，卻見桌上趴了兩個人，地上躺了一個，臉色發黑，都已斃命。他臉色一變，用布包手去探一人的頸脈，感到猶有餘溫，死去未久。他又去其他幾家，到處都是橫七豎八的死屍，一村五十多人都已中毒而死，情狀極慘。凌昊天在村中走了一圈，已看出下毒之人是在村人飲水的井裡作了手腳，才能一舉將全村的人盡數毒死。他怒火中燒，咬牙暗想：「這人不過是要我的命，下手竟殘狠如此，將整村無辜的人都毒死！我絕不會放過這個惡賊！」

文綽約跟在他身後，臉色蒼白，顫聲道：「這是個死村！我們……我們快走吧。」二人快步離開村子，臨近村口時，文綽約注意到路口不起眼處插著一面小旗，上面畫了一個鬼怪，齜牙咧嘴，騎在一隻豬身上，手上拿著各種武器和奇形怪狀的事物，她心中一動，指著那小旗道：「小三，你看，那是什麼？」

凌昊天低頭凝視，皺起眉頭，說道：「這是民間傳說中的瘟神。兵荒馬亂之後，城鎮鄉村常有瘟疫流行，民間迷信，以爲瘟疫是瘟神帶來的。」

文綽約忽然驚呼一聲，說道：「你看！旗上有血！」凌昊天走上前去，卻見那旗子迎風飄動，瘟神的口中赫然滴出血來。他揮掌打去，掌風將那旗子帶翻了，卻見旗的另一面釘著一隻人的手指，看上去好似咬在瘟神口中，鮮血正是從那手指斷處滴出。

饒是文綽約豪氣大膽，看到這血淋淋的布置，也不由得嚇得退後幾步。凌昊天凝望著那旗，說道：「我知道對頭是誰了。」文綽約忙問：「是誰？」凌昊天道：「就是瘟神！」文綽約臉色一變，脫口道：「瘟神？」

凌昊天倏然轉身，冷冷地道：「閣下終於敢現身了麼？」文綽約急忙轉頭看去，卻見十丈外站著一個長袍客，身形瘦小，瘦削蒼白的臉上全無表情，兩隻眼睛似是向人瞪來，又似望著空中，眼珠動也不動，直如死人。儘管當時日頭高照，那人周身卻帶著一股陰森詭異之氣，令她忍不住打了個寒顫。

凌昊天冷然道：「瘟神沙盡，我以前只道你不過是江湖上的道聽途說，沒想到世間眞有你這般卑鄙無恥，陰險毒辣的敗類。」

沙盡雙眼一翻，口唇不動，卻發出聲音道：「多謝閣下八字考語，沙盡當之無愧。凌昊天，你逃了這麼多日，想必很辛苦了，不如在此休息一下吧。」他聲音平淡輕柔，十分悅耳，讓人忍不住想多聽幾句。凌昊天伸手按住文綽約的肩膀，哈哈大笑，說道：「沙盡，你毒得死別人，卻還沒本領殺我！」手一撐，躍上前去，雙掌齊出，打向沙盡胸口。沙盡噫了一聲，倏然向旁飄開三丈，凌昊天跨步跟上，又是兩掌打出。沙盡閃身避開，笑道：「你死在臨頭，還逞什麼凶？凌昊天，你很累了吧？你看我的眼睛，聽我說，該好好休息一下啦。」

凌昊天凝視著他的眼睛，靜立不動，猛然間大喝一聲，喝聲中蘊含了上乘內力，震得人耳鼓要破了也似。沙盡全身一震，連忙移開眼光，再也不敢向凌昊天望去。凌昊天冷笑道：「大膽賊子，竟敢對我使這等下三濫的迷魂術！」雙掌運勁，跨上一步，向沙盡打去。他雙腿仍然不大聽使喚，但他行動沉穩，遮掩得甚好，沙盡一時竟沒看出他身上毒性未除，心中大驚，趕忙退開兩步，左手連揮，撒出七八種毒粉。凌昊天掌風到處，將毒粉盡數擋在身前一丈以外。沙盡更加驚懼，忽然回過身，一把毒粉向文綽約撒去。

凌昊天橫跨兩步，擋在文綽約身前，一掌打出，塵土飛揚，勁風將沙盡逼得難以呼吸。沙盡向後連退六七步，撫住胸口，口角流血，嘶聲叫道：「好、好！大家同歸於盡便了！」作勢衝上前，卻忽然後退，轉過屋角，消失不見了。

凌昊天想提氣追上，但他替文綽約擋住毒粉，中毒又深了一分，再也無法舉步。文綽約已奔上前來扶住了他，急道：「你……可又中了毒麼？」

凌昊天搖頭道：「我沒事。我功力未復，剛才一掌沒能殺死他，實在可惜。」文綽約道：「我去追他！」凌昊天道：「不能追。他雖受傷，仍能使毒。他的傷總要幾個月才能恢復，就怕他有弟子幫手在附近，我們抵擋不住。」文綽約道：「是，我們快離開這兒。」

文綽約揹起凌昊天，快步跑出小村，卻見剛才騎來的馬已倒斃在路邊，只好沿著小路奔去。她奔出一陣，忽見道上一乘馬車迎面而來，她心中一動，跑到路中攔下那車，叫道：「停車！停車！」

車夫看她攔路，連忙扯住馬韁，問道：「姑娘有啥貴幹？」文綽約道：「我朋友生了急病，請你行行好，讓我們借坐你這馬車，趕到下個市鎮。」

馬夫回過頭，向車中之人說了幾句。但見車帘掀處，一人探出頭來，他看到凌昊天，噫了一聲，接著撥開車帘，跳下車來，但見他身材高瘦，神色陰沉，竟是斷魂劍客程無垠。他凝視著凌昊天，冷冷地道：「小三兒，是你！」

凌昊天笑道：「大劍客，咱們又見面啦。」

程無垠輕哼一聲，左手陡伸，直抓向凌昊天的肩頭。文綽約喝道：「幹什麼？」拔劍向程無垠刺去。她在一瞬間拔劍出劍，極快極準，程無垠咦了一聲，收回手來，退後一步，長劍出鞘，虛指向文綽約。

凌昊天叫道：「文姑娘住手！」他知道文綽約不是程無垠的對手，這人出手狠辣，三招內多半能取了她性命，忙出聲叫住。

文綽約向程無垠瞪視，說道：「無緣無故，幹麼出手傷人？我不准你碰他！」程無垠向她打量了幾眼，問道：「妳劍法不錯，跟誰學的？」文綽約道：「你管我跟誰學的？」凌昊天插口道：「大劍客，我最近劍法大進，你恐怕已不是我的對手了。但我前日被人下了毒，雙腿不聽使喚，不如咱們訂下個約會，改日再一決死戰。」

程無垠哪裡知道他在短短幾個月間武功已突飛猛進，不再是當時憑著狠勁機智跟自己周旋的那個頑童了，當下冷笑道：「奸詐小鬼，你想騙得我放你走路，可沒這麼容易！」長劍點出，刺向凌昊天胸口穴道。文綽約揮劍去擋，凌昊天伸手拉住了她，將她扯到自己身後，程無垠這劍便刺上了他胸口穴道。程無垠長劍不停，又點上文綽約肩上穴道，文綽約的手臂被凌昊天拉住，這劍竟沒能避開，悶哼一聲，跌倒在地。程無垠冷笑一聲，伸手將二人提上車，命車夫繼續趕路。

凌昊天靠在車廂邊上，望著程無垠，心中念頭急轉，口裡笑著問道：「大劍客，你要去哪裡？」

程無垠哼了一聲，冷冷地道：「我要去哪裡，關你什麼事？你被我抓住，生死由我，笑得這麼開心作什麼？」凌昊天笑道：「你要去哪裡，怎麼不關我的事？你現在抓住我們，我們不得不跟你走，自然想知道你要去哪兒了。其實你不說我也猜到了，看你神收氣斂，沉穩凝重，微顯緊張，想必是要去跟另一個大劍客決鬥。這世上能跟你決鬥的人沒有幾個，這場比試一定精采已極，我就將目睹一場精采絕倫的決鬥，自然很開心了。」

程無垠嘿了一聲，說道：「小子果然機伶得很。」凌昊天笑得更開心，說道：「你要跟人決鬥，帶著我們不嫌麻煩麼？」程無垠哼了一聲，說道：「只要你閉上嘴，我就不嫌麻煩了。」凌昊天道：「要我閉嘴也容易，你跟我說你要去跟誰決鬥，我就不多問了。」他知道天下能跟程無垠鬥劍的十幾個人中，大半他都識得，這一路上程無垠應不會輕易殺了自己，等到他跟人決鬥之時，自己更加容易逃出，因此半點也不擔心。卻見程無垠神色嚴肅，緩緩地道：「我要去嵩山絕頂，爭奪天下第一劍客的名號。」

凌昊天一呆，說道：「武林九大派就將在嵩山聚會，莫非你要向各派的掌門人挑戰？」程無垠道：「何只九大派？武林中所有頂尖高手都將齊聚嵩山絕頂。我要在天下英雄之前挑戰當代高手，一個也不放過。」凌昊天甚感奇怪，心想：「清召大師主辦正派大會，原是要增進各大派間的團結合作，怎地變成了一個大擂臺？」問道：「七年一度的正派大會，從沒聽說有人在會中比試武功、爭奪高下。你這般闖上去找人打架，如何能討得了好去？」

程無垠搖頭道：「你知道什麼？江湖上傳言，少林邀請天下高手來嵩山一決高下，哪有假的？」

凌昊天嗯了一聲，說道：「這裡離嵩山還有十多天的路，你要看著我不讓我逃走，未免麻煩。大劍客，我也很想上嵩山去瞧瞧熱鬧，不如你解開我的穴道，我答應你不逃走便是。」

程無垠側目向他望去，一時不知該不該聽信他的話。文綽約開口道：「大劍客，我們說了不會逃走，那就是跟定你了，還擔心什麼？」她聽凌昊天叫他大劍客，不知他眞正姓名爲何，便也跟著叫他「大劍客」。

程無垠臉色一沉，說道：「我還沒問出妳的出身來歷，怎能放心讓妳走？小姑娘，妳師承何處，快快說出，免得我用強。」文綽約道：「我被你點了穴道，落入你手中，怎還會將師門來歷告訴你？那不是太丟人了麼？」

程無垠道：「看妳拔劍的手法，顯然跟雪族頗有淵源。妳是雪族的什麼人？這小三兒又是什麼人？你們是師兄妹麼？」文綽約聽他說出自己劍法來歷，不由得有些吃驚，說道：「大劍客眼光不錯，我才出一招，你就看出我的劍術淵源。你怎麼又猜不出小三兒的來歷？」

程無垠側頭向凌昊天打量了幾眼，說道：「你跟乞丐們作一道，嗯，莫非在少室山上調解武當和丐幫糾紛的就是你？是了，你就是凌家老三！難怪你聽說我要去嵩山便這麼高興，山上都是你的前輩，自然會出手救你了。嗯，原來是你！」他沉默了一陣，臉上神色陰晴不定，不知在想什麼。文綽約暗暗擔憂，向凌昊天望去，卻見他臉上一副若無其事、毫不在意的神色，也只得略略放心。

傍晚時分，馬車來到一個市鎮。程無垠將凌文二人提下車，走進一家客店，押著二人吃了晚飯。凌昊天不斷逗他說話，程無垠卻全不理會，一句也不回答。吃完飯後，他又點了兩人的穴道，將二人提到客房中，手一揮，將凌昊天扔到床上，又將文綽約也扔了過去，正落在凌昊天懷裡。文綽約怒罵道：「死劍客，你好大的膽子，這麼亂扔姑娘！看我饒不饒你！」程無垠冷冷地道：「給我乖乖的，我明天早上再替你們解穴。」說著便關門出去了。

文綽約又氣又急，滿臉通紅，鼓著嘴不語。凌昊天也不說話，過了一陣，才道：「沒摔疼妳吧？」

文綽約搖了搖頭。凌昊天道：「妳肩井穴被封，是麼？妳不要運氣，放鬆身子。我將內力從手中傳去，替妳解穴。」文綽約這才感到他的手正好被壓在自己背後，便點了點頭，但她躺在意中人的懷裡，感覺到他身上傳來的熱氣，鼻中聞到他身上那股淡淡的藥味兒，不由得意亂情迷，又怎能夠放鬆身子？凌昊天低頭看她雙眉蹙起，小嘴微撅，不禁微微一笑，心想：「綽約姑娘的性子跟小時候一模一樣，表面上要強好勝，直爽豪邁，其實心底最是怕羞。」當下專心替她衝脈解穴，過不多時，文綽約吐出一口氣，坐起身來，說道：「多謝啦。小三，待我替你解穴。」

凌昊天撐著坐起，搖頭道：「我的穴已經解開了。但我身上的毒始終沒能除盡，生不生、死不死的，實在討厭。」文綽約急道：「那可惡的大劍客，明明知道你身上中毒，還不替你解穴，這不是故意要你的命麼？」

凌昊天一笑，說道：「這人殺人不眨眼，哪裡在乎多殺一兩個人？但他並非卑鄙小人，應不會趁機殺我。就怕他跟我死纏不休，一定要收我作徒弟。」文綽約睜大了眼睛，說道：「你說什麼？他幹麼要收你作徒弟？」凌昊天道：「這人自負得很，以為自己的劍術天下第一。他之前便認定我的資質好，現在知道我爹媽是誰，他只有更想收我為徒，才能藉此跟我爹媽一較高下。但他也知道我絕不肯輕易拜師，此時一定在想辦法讓我屈服，乖乖叫他師父。這人頭腦不大靈光，想出來的辦法多半也沒什麼用處。」

文綽約側過頭，不知該不該信他，說道：「他劍術要是眞那麼好，你不如便向他學幾招，自己也有好處。」她雪族中的傳統，年輕一輩向族中各長老學武功，從來不用拜師，因此她並不知道中原武人一日為師、終身為父這等規矩。

凌昊天笑道：「我向他學？他若磕頭拜我為師，我還不一定願意教他呢。」

文綽約嗤笑道：「你毒傷好些了，狂妄的性子又回來了。難道你比他還厲害？他剛才用劍點我穴道，劍氣強勁，確是武林中少見的功夫。」凌昊天道：「那算什麼？我若不是中了毒，根本不怕他的劍氣。是了，我該繼續運氣驅毒，免得日後手腳痲痹，變成殘廢。」文綽約道：「誰叫你說這麼多話？還不快開始練功，我替你守著。」

凌昊天道：「不敢煩勞妳，妳先睡吧。」說著跳下床來，在牆角地上坐下，盤膝練功。

第七十四章　柴房創招

文綽約抱膝坐在床上，望了凌昊天一陣子，心中忽想：「我往後若得常常跟他同處一室，朝夕相見，可不知有多開心。那大劍客行事粗魯，但他讓我得以和小三單獨相處，我倒還該感激他呢。」想著想著，不由得臉上發紅。她不敢再去看凌昊天，匆匆在床上躺下，睜眼望著屋頂，耳中聽著他極輕極細、若有若無的呼吸聲，愈想臉上愈熱，對自己道：「綽約，妳再胡思亂想，雪艷怎會饒過妳？」拉過棉被蓋住了頭，良久才沉入夢鄉。

次日清晨，她還未醒來，便聽得凌昊天的聲音道：「她還在睡呢，你找她作什麼？」又聽程無垠的聲音道：「小子讓開，我有話對小姑娘說。」接著腳步聲響，程無垠大步走到床前。文綽約坐起身來，瞪著他道：「姑娘還沒起床，你就這麼闖了進來，可有點禮貌沒有？」

程無垠哼了一聲，問道：「妳的穴道解開了麼？」文綽約道：「早解開了。怎樣？」程無垠道：「不怎樣。我原要來替妳解穴。快點起床出來，我有話說。」語氣竟甚是溫和，說完便回身走了出去。

文綽約轉頭望向凌昊天，奇道：「小三，你看這大劍客到底吃錯了什麼藥，竟對我這麼客氣？」凌昊天聳了聳肩，作個鬼臉，笑道：「大劍客對妳客氣，說不定是看中了妳，要妳作他的大劍客娘子。」

文綽約臉上通紅，抓起枕頭摔將過去，怒道：「你胡說八道什麼？」凌昊天伸手接住了，笑道：「大劍客年紀雖大了些，倒也生得相貌堂堂，加上劍術不壞，依我說，這大劍客娘子很有作頭。」文綽約更惱，跳下床來抓他，凌昊天大呼小叫，在房中繞著桌子跑，嘻笑道：「我說的都是實話，妳追打我幹麼？」

文綽約忽然停步，問道：「咦，小三，你身上的毒性都解除了麼？」凌昊天道：「沒有。我跑得動，但內勁仍舊提不起來。看樣子還要七八日的時間才能恢復功力。」文綽約憂形於色，說道：「七八日？你恢復功力之前，打不打得過大劍客？」凌昊天道：「打不過。但大劍客要找的是妳，可不是我。再說，作大劍客娘子也不壞，妳又何必擔心？」文綽約聽了，又是怒從心起，衝上前抓住了他，在他肩上連搥三拳。凌昊天笑著受了，說道：「好啦，不跟妳鬧了。我餓得很了，咱們這就出去吃飯吧。這幾日大劍客管我們吃住，還有馬車趕路，天下哪有這麼便宜的事？受用一朝，一朝便宜。」

二人便來到食堂，果見程無垠已坐在堂上，桌上擺了饅頭稀飯，各樣小菜。凌昊天坐下便吃，三兩下便將整鍋稀飯都吃完了。程無垠似乎已經吃過，雙手放在桌上，雙眼只是望向文綽約。文綽約被他看得渾身不自在，吃了幾口稀飯，忍不住瞪著他道：「看什麼，沒看過姑娘家吃飯麼？」

程無垠微微一笑，收回眼光。文綽約心中忐忑：「難道這人眞要我作他的大劍客娘子？小三可不會坐視不管吧？」匆匆吃完了早飯，程無垠忽道：「姑娘，請問如何稱呼？」文綽約道：「我幹麼要告訴你？」

程無垠道：「不說也沒有關係。姑娘，我想借一步說話。」文綽約向凌昊天看去，卻見他用手撐著下巴，側頭望向程無垠，臉上笑容甚是古怪。她輕哼一聲，說道：「有什麼話，你就直說好了，幹麼要借一步？」

凌昊天忽然站起身來，說道：「這還不明白麼？因爲他不想讓我聽到。我出去走走就回，你們慢慢談。」說著便走出食堂去了。

文綽約又急又怒，心想：「小三兒眞不夠朋友，留我一個在這裡，自己就這麼溜走了？」轉頭望向程無垠，冷冷地道：「你有什麼話，還不快說？」

程無垠直視著她，緩緩說道：「小姑娘，妳想不想成爲天下第一劍客？」

文綽約聞言一呆，幾乎不敢相信自己的耳朵，雙眼圓睜，過了好一會才道：「大劍客，你不會是想收我爲徒吧？」程無垠道：「我正有此意。」文綽約忍不住哈哈大笑，說道：「原來你放棄小三兒了，卻想收我爲徒？我雪族武功精妙高強，我怎會向你學武功？你別作夢啦。」

程無垠雙眉豎起，冷冷地道：「世上不知有多少人爭著求我指點他們幾招，我都不屑一顧。我今日看妳資質不錯，願意將一身功夫傳授給妳，妳竟然不知好歹，不肯受教，哼！」文綽約道：「你要教我，那也可以。但我不要拜什麼師父。」程無垠道：「妳不拜師，我如何願意教你？」文綽約道：「拜師什麼的，多麼麻煩，何況我根本不想向你學武功。」程無垠道：「我的劍術遠遠在妳之上，比雪族的飛雪劍精深得多。妳跟我學上三年，包管妳比雪族中所有人都強。今後世上便多出一位女劍客，傲視江湖，無人能敵，有何不美？」

文綽約道：「練好了武功，天下無敵，當然很好很美，但我偏偏不想跟你學。」程無垠臉色一沉，說道：「為什麼？」文綽約道：「不想就是不想，還有什麼好問的？」程無垠哼了一聲，陡然站起身，伸手拍桌，啪的一聲，桌角登時落下一塊。文綽約臉色不變，說道：「你再凶再惡，姑娘都不怕你！」

程無垠將桌角扔開，揮手道：「上路！」當日便又帶著凌昊天和文綽約向西行去，一路上臉色陰沉，一句話也沒有說。傍晚一行人來到一座荒山之中，在一間小客棧投宿。才下馬車，程無垠忽然伸手抓住凌昊天，點了他身上穴道，抓住他背心要穴，轉過來面對著文綽約。

文綽約叫道：「你幹什麼？」程無垠冷冷地道：「我給妳一個晚上考慮。妳不肯拜我為師，我明天天一亮就殺了這小子。」又對凌昊天道：「你若不想死，那也容易，只要你願意拜我為師，我就饒你一命。」

凌昊天笑道：「我勸你還是趁早打消這個念頭得好。小三兒會拜你為師，除非天塌了下來，地翻上天去。」

程無垠雙眉一豎，揮手將凌昊天摔入一旁的柴房，自己在柴房外坐下。

文綽約趕緊追入柴房，見凌昊天跌在地上，忙過去扶起他，心中又急又怒，說道：「這人怎地半點不講道理，這麼硬逼人家拜師？小三，你沒事麼？」

凌昊天搖頭道：「我沒事。」文綽約悄聲問道：「小三，我若不肯拜師，他會不會眞殺了你？」凌昊天微笑道：「這人莫名其妙，什麼事都作得出來。文姑娘，妳千萬不可拜他爲師，不然以後學得跟他一樣糊裡糊塗，丟盡天下女劍客的臉，豈不糟糕？」

文綽約頓足道：「人家爲你擔心，你還要說笑！小三，我們打不過他，這荒山野地中又逃不走，可怎麼辦？」凌昊天歎道：「我小三兒只好捨生取義，殺身成仁，爲維護天下女劍客的聲名而犧牲啦。」

文綽約啐了一口，轉身走開，在柴房中繞了一圈，才又回來，伸手替凌昊天解開穴道。凌昊天舒展手腳，皺眉道：「我這兩條腿還是沒有力氣。他若限時兩天，我們就不怕他了。只有今天一個晚上，我恐怕無法恢復功力。」

文綽約對他恢復之後究竟有幾分功力實在頗爲懷疑，但她此時哪有心情去跟他爭辯吵嘴，只歎了口氣，在柴房中走了一圈又一圈，別無長策，坐下地來，問道：「小三，你說該怎麼辦？」

凌昊天道：「怎麼辦？啊，我知道啦。如果妳的劍術比他強，他就不能收妳爲徒了。」文綽約怒道：「廢話，我若是比他強，又怎怕他來逼我？」凌昊天笑道：「妳要比他強，倒也不難。但妳得幫我一個忙。」文綽約道：「什麼忙？」

凌昊天道：「幫我去向他挑戰。」文綽約奇道：「挑戰？」凌昊天道：「正是。妳去跟他對劍，我多看一會他的招術，就能想出對付他的辦法了。」文綽約急道：「小三，都火燒睫毛了，你別跟我開玩笑了行不行？」凌昊天正色道：「我沒有開玩笑。我是認眞的。」

文綽約見他神色嚴肅，向他凝望一陣，才終於道：「好，我去！」說著便提劍走出，向程無垠道：「大劍客，我向你挑戰！」她就是這般爽直的個性，一旦決定了要作什麼，當下便去作，更無猶疑。

程無垠聽她出口挑戰，不禁一怔，說道：「什麼？」文綽約已一躍上前，拔出長劍向程無垠刺去。

程無垠叫道：「好！」長劍出鞘，快如閃電，直指文綽約咽喉。文綽約腳下輕功不弱，早已轉開，長劍連環刺擊，向對手攻去。程無垠原本出手狠辣，三招之內便取人性命，此時他有心多看看文綽約的劍法，便沒有乍下殺手。他隨手擋開了她的攻勢，微微點頭，說道：「快捷有餘，狠猛不足。嗯，果然是可造之材！」

凌昊天坐在門口看他二人對劍，聚精會神，目不稍瞬。過了十來招，但聽噹的一聲，程無垠已將文綽約手中長劍打飛了去，說道：「妳還不肯拜師麼？」

文綽約哼了一聲，說道：「姑娘不小心而已，待會再打過！」過去拾起長劍，走回柴房，卻見凌昊天靠牆而坐，閉著眼睛。文綽約怒道：「喂，你到底有沒有看？大劍客劍術高明之極，我就算再練五年也打他不過。你說只要我出去挑戰，你就有辦法對付他，豈知你卻在這睡覺，看都沒看上一眼！」

凌昊天睜眼道：「誰說我沒看？妳讓我靜一下。」

文綽約歎了口氣，在柴堆上坐下了，但見天色漸暗，客店已點起燈火。過了一頓飯時分，凌昊天都沒有睜開眼睛，文綽約心急，不知他是不是就此睡著了，又不敢出聲打擾他，急得拿起一根根柴枝隨手折斷，不多時身前便積起了一堆斷柴枝。又過一陣，她再也忍耐不住，走出門外叫道：「喂，大劍客，我肚子餓了，沒法好好想事情。你快讓人送飯來！」

程無垠聽她這麼說，便對客棧夥計道：「勞駕你拿些飯菜，送去給柴房裡的兩人。」不多時夥計便端了飯菜來，凌昊天聞到飯香，早睜開了眼睛，上前拿起飯碗便吃。文綽約吃完了飯，見凌昊天自顧默默吃飯，連吃三碗後才放下筷子，抬頭望著屋頂發呆，口中喃喃自語。文綽約心中焦急，說道：「小三兒，你說你能對付他，現在天都黑了，飯也吃了，到底怎樣？」

凌昊天回過神來，望著文綽約，慢慢地道：「我想出了十招，妳定能打敗他。」

文綽約聽他說得自信，不由得疑喜參半，來到他身旁坐下，凌昊天便低聲講述自己剛剛想出來的招術。文綽約聽了，搖頭道：「小三，這幾招根本不可能使出。你別跟我開玩笑了。」

凌昊天道：「妳再好好想想。大劍客的劍強勁而快，狠辣無比，妳若只想著怎樣擋他的攻招，決計無法找到機會反攻。因此我的招術都是攻守一氣呵成，既能避開他的劍鋒，又能同時反擊。妳仔細聽：這第一招的訣竅，是在突兀二字，詭奇難測，讓人永遠料想不到。第二招的精華是快，第三招以迴旋爲主，要流轉順暢，毫無滯礙。」一招招說了下去，手中拿起文綽約的長劍比劃，文綽約凝神細聽，微微點頭。她原是雪族當代的佼佼者，悟性過人，聽凌昊天述說招術，立時便領悟了五六分，站起身持劍試招。凌昊天坐在地上看她演練，低聲指點。文綽約試到招術不順時，就向凌昊天述說問題何在，凌昊天便想法修改，或另出妙著。如此半夜過去，文綽約將十招慢慢練熟了，凌昊天在這段時間裡腦中靈感不斷，各種奇妙的招術源源不絕，他擬思修改，去缺補益，又教了文綽約五招新招。

凌昊天在這破柴房中創出的招術，便是日後名震天下的「破劍十五式」。二十多年後，文綽約將這劍法傳給弟子時，爲紀念她和小三在柴房中傳劍抗敵的往事，總在三更半夜傳授招術。年代久後，這劍法創始的緣起漸漸失傳，只保留了這半夜傳劍的規矩，因此也被稱爲「月下十五劍」。

卻說文綽約將那十五招都練熟之後，心中歡喜不禁，說道：「小三兒，你從哪兒學到了這些高明的招術？」凌昊天微微一笑，說道：「天機不可洩漏。」文綽約撇嘴道：「不說就不說。我這就去打敗那個大劍客，讓他放我們走路。」說著便提劍走出柴房。

此時天色漸漸亮起，程無垠的睡房便在柴房對面，他半夜時分便自回房歇息去了。將近天明，他起身整束衣帶，緩步來到柴房外，準備收錄徒弟。卻見文綽約精神奕奕，提劍站在柴房門前，不由得一怔，接著喜道：「妳終於願意拜師了麼？」

文綽約笑盈盈地道：「是啊，這師總是要拜的，不過不是我拜你，卻是你拜我爲師。」

程無垠乾笑了一聲，說道：「昨晚沒睡好，腦筋糊塗了麼？凌昊天，你出來受死吧！」

凌昊天早已來到柴房門口，安然而坐，一邊打呵欠，一邊笑道：「我很少這麼早起，今兒算是破例。作師父的想收徒弟，卻打不過徒弟，你想這場好戲怎能錯過？」

程無垠揚眉道：「你說我打不過她？」凌昊天道：「你試試便知。」程無垠搖頭道：「我昨晚已看過她的劍術，何須再看？」凌昊天道：「所謂士別三日，刮目相看。你和文姑娘相別三個時辰，也須刮目相看。」

文綽約更不打話，仗劍上前，說道：「大劍客，拔劍！」程無垠緩緩搖頭，說道：「這是妳自己找死，可怨不得我。」他在江湖上行走，即便是成名的武師劍客都懼他三分，今日在這兩個少年少女面前卻飽受奚落，他耐性已被磨盡，心中暗動殺機，長劍一擺，快如閃電地向文綽約刺去。

文綽約手中長劍微抖，在半空中劃出寸許大的小圓圈子，一圈接著一圈。程無垠凝望著她的劍尖，心想：「這不過是武當四象劍中的『圓轉如意』，竟敢拿來在我面前使動？」念頭還未轉完，文綽約已然出劍，這劍卻不是直攻對手，卻是反轉過來，以劍柄打向對手的手腕。這招實是匪夷所思，程無垠的注意力原本已集中在她的劍尖之上，全沒想到攻向自己的竟是劍柄，且來勢勁急，足可打斷自己的手腕，連忙揮劍砍出，向她的右臂砍去。

文綽約嬌叱一聲，手腕圈轉，長劍倏然彈向對手的眉心。這招奇而快，劍尖轉眼已彈到程無垠的額前兩寸處，程無垠砍向她手臂的長劍已然落空，急忙回劍招架，向後縱出，才避開了這快捷無倫的彈劍。文綽約更不停頓，接著使出第三招、第四招，程無垠連連招架，竟無法回手反攻，心中的驚訝實是難以言喻，但他畢竟會過無數劍術高手，臨危不亂，眼見這些招術雖巧妙特異，卻不無破綻，手中長劍遞出，刺向文綽約的咽喉，卻是他最得意的「鎖喉劍」。

不料文綽約正等著他使出這一招，倏然躍上半空，右足踩上他的劍身，手中長劍居高臨下，指向程無垠的頭頂。程無垠決沒料到對手竟能避開自己致命的一劍，並同時出劍反攻，大驚失色，危急中揮左掌向她打去。文綽約卻已變招，長劍刺向程無垠的左掌。程無垠左掌急收，向後退去，文綽約看準時機，左腿踢出，正中他的手腕。程無垠只覺右手一鬆，手中長劍竟就此失去。

文綽約纖手伸處，接住了程無垠的長劍，臉上笑靨如花，說道：「大劍客，我贏啦！」

程無垠呆在當地，一時無法相信眼前之事，過了好一陣，忽然身子一顫，坐倒在地，臉色煞白。文綽約原本志得意滿，但見了他失魂落魄的模樣，倒覺歉然，說道：「我不過是碰巧贏了你一招，又何必這麼難過？」將劍倒轉交還給他。程無垠並不去接，轉頭望向凌昊天，說道：「凌小三，這幾招，是令尊令堂傳授給你的絕招麼？」凌昊天搖頭道：「不是。這是我昨夜自己想出來的招數。」

程無垠臉色灰敗，說道：「好、好！」忽然伸左手抓起自己的長劍，揮劍便往右腕斬去。文綽約的驚呼一聲未停，程無垠忽覺左腕一緊，抬起頭來，卻見凌昊天已來到身前，伸手握住了自己的手腕。凌昊天凝望著他，緩緩地道：「世上若不是有程無垠的斷魂劍，我也無法想得出這幾招來。」

程無垠聽了，呆了半晌，忽然仰頭大笑，說道：「程無垠今日得見高招，死而無憾！我原本以爲自己已攀上了絕頂，卻沒想到一座山再高，也還有天在其上！」說著手上用力，將劍折成兩截，扔在地下，翻身站起，頭也不回地去了。

文綽約來到凌昊天身邊，說道：「我眞沒想到他這麼輸不起。小三兒，你看他不會自尋短見吧？」

凌昊天搖了搖頭，說道：「他不是輸不起。劍術是他的生命，一旦輸了，他手上的劍就等於死了，因此他才折劍而去。這人輸得爽快，輸得漂亮，不愧是一代劍客。」

文綽約不甚明白，側頭向凌昊天看去，微笑道：「他是一代劍客，卻輸給了你的徒弟，那你是什麼呢？」

凌昊天搖頭道：「我怎配收妳爲徒？綽約姑娘，我胡亂想出來的幾個招數，只爲了救咱們的性命，才勉強妳學來，妳別看得太認眞了。」文綽約道：「我看得認眞？這十五招威力極大，五招內便打敗了那大劍客，難道還不夠厲害？」凌昊天道：「當然不夠厲害。就憑這幾招要打贏我爹媽或大哥二哥，只怕還差得遠哩。」

文綽約這才不再說話，轉過頭問道：「小三兒，咱們現在往哪裡去？」

凌昊天抬頭望向遠處天際，心中掛念清召大師和正派大會，說道：「我想去嵩山看看。」文綽約拍手道：「是了，正派大會就將在嵩山舉行，這熱鬧怎能不去瞧瞧？小三兒，我跟你一起去！」心中暗想：「小三此時的武功只怕已是天下無敵了。嵩山絕頂若眞有爭奪天下第一的比試，小三怎能不脫穎而出？」想到此處，文綽約不由得喜上眉梢，心花怒放，笑顏逐開。

第七十五章 正教六派

不一日，凌昊天和文綽約便來到了嵩山腳下。但見一路上武林人士絡繹不絕，各色各樣的江湖人物前腳後腳往嵩山絕頂行去，彼此見了，相識的拍肩拉手，著實親熱；不識的互相瞪上兩眼，轉過身去再偷偷回頭向對方打量，揣摩虛實。

凌昊天和文綽約正行路時，聽得背後馬蹄響動，一群三十多乘從後快馳奔來，當先一人揮鞭喝道：「讓路！讓路！」路上行人紛紛走避，兩個挑著柴擔的鄉人來不及避開，年老的腳下一絆，跌倒在地，柴枝散了一地。年輕的連忙俯身去扶，又忙著彎腰揀拾滿地柴枝。當先的乘客縱馬奔近，揮鞭在那年輕鄉人的肩頭重重抽了一下，喝道：「大爺忙著趕路，還不快讓？」那年輕鄉人哎喲一聲，連滾帶爬地躲到路邊。

凌昊天和文綽約早已讓在道旁。凌昊天抬頭見那群人身穿長青派的服色，個個神情嚴肅，如臨大敵，對滾在地上的兩個鄉人更不多看一眼，忍不住開口道：「上山的路就這麼一條，走快也是到山頂，走慢也是到山頂。又不是早到半日，就能從武林第五大派升級爲武林第四大派！」

長青派多年來向華山爭奪武林第四大派的地位不成，乃是江湖上眾所皆知之事，長青弟子聽他當眾說出，語帶嘲弄，都是驚怒交集，當先一個三十來歲的方臉漢子掉轉馬頭，拔刀出鞘，喝罵道：「渾帳小子，口裡胡說八道什麼？快快道歉，不然要教你知道厲害！」

凌昊天道：「你師父沒教過你，騎在馬上時不要拔刀麼？你的刀不夠長，騎在馬上砍不到人。」

那人姓朱名邦，正是長青派少一輩中的佼佼者，掌門人錢書奇最鍾愛的大弟子。錢書奇年老體弱，這回正派大會便全權讓大弟子率領指揮。朱邦素來高傲凌人，眼見這少年竟敢出言教訓自己，哪裡忍得下這口氣，縱馬上前，揮刀就往凌昊天頭上斬去。

凌昊天抱著頭躲開，口中哎喲亂叫，說道：「好快的刀，閣下想必是號稱『方正君子』的朱邦了。嘿嘿，一張臉確實是很方很正，君子動口不動手，這君子兩字未免有些名不符實。」

朱邦聽他叫出自己的名號，原本有些得意，但聽他又出言譏刺，不禁怒氣勃發，長刀一揮，追著向他砍去。凌昊天東竄西閃，忽然跑到馬前，伸手拉住馬韁，身子便總在馬頭之前，朱邦的刀果然不夠長，更砍不到他身上。

凌昊天笑道：「我說你刀短，可沒說錯吧？別下馬、別下馬。你們不是急著趕路麼？」

眾長青弟子見朱邦被一個布衣少年戲弄，都皺起眉頭。一個穩重的弟子叫道：「朱師兄，師父著我們趕路上山，這是個渾人，別理他就是。」

凌昊天笑道：「不錯，我是個渾人，卻也曉得不該在馬上拔刀。」

朱邦氣得方臉發紫，便要跳下馬來砍他，一旁的師弟們忙簇擁上來拉住了他，硬將他扯了開去。朱邦狠狠地回頭瞪了凌昊天一眼，才叫道：「咱們走！」

凌昊天叫道：「給我繞路過去！地上有柴，你們沒見麼？」朱邦強壓心中怒氣，轉過頭去，叫道：「大事爲重，莫節外生枝，走吧！」便率領師弟們繞道上山。

凌昊天望著長青眾人匆匆上山的背影，哈哈大笑。

文綽約在旁看著，忍不住頓足道：「小三兒，你已經是一流武功高手了，怎麼還這般胡鬧，連半點高手的風度也沒有？」

凌昊天回過頭來，向她投去揶揄的眼光，說道：「綽約姑娘，什麼是高手的風度？就是裝出很了不起的樣子麼？我知道自己厲害，又何必裝？」

文綽約說不過他，搖頭道：「你總是這麼胡鬧，誰受得了你？」

凌昊天哪裡在乎，蹲下身揀起柴枝，收拾好一束，交還給兩個鄉人，才大步往山上行去。

二人來到嵩山絕頂，卻見當地好大一片廣場，東首地勢較高處有一座高起的石臺，好似一個大戲臺般，臺下平地上早已擠滿了人，除了正教諸大派的弟子之外，還有上千名三教九流的武林異人、江湖豪客，眾人喧嚷紛亂，你推我擠，毫無秩序，雖有幾百名少林弟子在各處手持齊眉棍維持秩序，但又怎管得住這許多桀驁不馴的人物？

凌昊天和文綽約在場邊找了一處地方坐下了，遠遠望見臺上站了八個少林弟子，勁裝結束，手持長棍，氣度凝重，看來都是頗有功夫的弟子。

過不多時，銅鑼聲大作，七個穿著紅色袈裟的僧人魚貫走上臺，站成一排。臺下霎時靜了下來，數千對眼睛都集中在臺上，竊竊私議之聲不絕於耳：「少林七大神僧！」「長年閉關不出的清心禪師也出關了麼？」「今日的聚會眞是非同小可啊。」

凌昊天凝目望去，但見當中是個白眉白髮的高大老僧，正是少林掌門人清聖大師；曾經在少室山上見過的矮僧清德、高僧清顯，還有降龍堂主清召都在其中。另有一個滿臉皺紋、彎腰駝背，看來總有八九十歲的老僧，想來就是長年閉關的清心禪師；另兩個年紀較輕，只有四十來歲，想是清海和清法兩位少林清字輩的後起之秀。

凌昊天向清召望去，但見他神色憂慮，看來似乎頗爲勞累，不由得甚是爲他擔心。其餘眾僧眼觀鼻、鼻觀心，臉色都十分平和。

清聖走上前一步，朗聲道：「老衲少林清聖，恭迎天下英雄光臨嵩山絕頂。」說著合十爲禮。眾江湖豪客轟的一聲，一齊抱拳還禮。

但聽清聖又道：「今日正教九大派於此聚會，原是要促進各派之間的合作，加強聯繫。不知九大派之外的各位齊聚此地，所爲何來？」

此言一出，臺下眾人都是一呆，接著便大聲鼓譟起來：「你們不是要辦天下武林大會麼？難道只有你九大派可以爭奪武功第一的名號，咱們便不行？」「你憑什麼說老子沒資格來？」「就算沒資格，來瞧瞧熱鬧不行麼？」「我們只不過想看看爭奪武功天下第一的好戲罷了。你這也不准麼？」

七個僧人商談了幾句，清召便走上前來，合十道：「既然各位盛情如此，便請在此安坐，勿要打擾。我正教各派處理完正事以後，各位願意在此比武較量，切磋高下，便請自便，我等絕不阻攔。」

眾人一聽，都不由得甚是失望，難道消息有誤，少林並無心主持比武大會？臺下眾人都知道，倘若少林不願出面，江湖上也沒有別的門派有足夠的威望出來主持這樣一場比武大會。這場比武大會若是大家亂打一通，沒有令人心服的公正，勢必成爲一場混戰。有些深謀遠慮的人便開始慄慄自危，知道這嵩山絕頂看似無事，卻隨時能爆發一場血腥混戰。

臺下眾人喧鬧嚷嚷了一陣，卻也別無他法，便都就地坐了。正教各大派的弟子紛紛來到臺前，團團坐下，將其餘江湖人士都隔在圈外。接著各大派的首領先後走上臺去，在臺上的幾張椅子上坐下了。除了少林七大神僧之外，還有峨嵋首座正印和尙、武當掌門李乘風、華山鞏千帆、長清朱邦、點蒼許飛，一共十二人。其餘雪峰派、泰山派和清霜派卻因人才凋零，竟然沒有人前來赴會。

眾人互相詢問，才知雪峰派自從掌門司馬長勝死後，整個門派便四分五裂，二弟子白訓殺了師弟曲詳和孟誠，自封爲掌門；雪峰弟子大多不服，紛紛離門出走。泰山派的聯席掌門人抱朴子和飛天子起了爭執，門內一片混亂，少林派送出去的請帖被二人你爭我奪，互不相讓，結果兩敗俱傷，泰山派便自動退出了九大派的行列。清霜派掌門人褚孝賢在杭州向盛家尋仇失敗之後，便閉門練功，不理世事，門中許多弟子都辭別回家，清霜一派也就此煙消雲散了。

清字輩的僧人、李乘風、正印和許飛都曾參與南昌之役，談起當年壯烈豪情和今日的人事滄桑、高手凋零，都不由得欷歔。華山鞏千帆和長青朱邦是後一輩的人物，對於這三個門派的沒落自是並無感慨，反而暗暗心喜本派在武林中的地位更顯重要。

眾人敘舊完畢，清聖說道：「今日聚會，乃是想請各位共同商談近日武林中的大事。咱們幾派都屬於六十四宿，曾經立誓互結同盟，本該世世代代互助合作，永保友好。這幾年間彼此有何冤仇，願藉我佛慈悲之意，化戾氣為祥和。有何誤會是非，在大家面前總能澄清一二。近日在江湖上有若干為非作歹之徒，我等身為正教領袖，該當如何聯手制止？這幾件事，老衲想請教大家的意見。會談之後，本寺自要一盡地主之誼，請大家共進一餐素席，品嘗品嘗本寺的嵩寒龍井。」

李乘風點頭道：「清聖方丈所言甚是。近幾年來，我等幾個大派分隔各處，少有機會聚會，彼此都生疏了。想我等數十年的交情，彼此爭雄的情況少，合作的時候多。今日大家共聚一堂，有什麼話便敞開來談，自是最好不過。」

清召、許飛都點頭表示贊同。

華山派的鞏千帆卻道：「各位前輩所說都甚有道理。但我卻有一言想說。所謂『如切如磋，如琢如磨』，若沒有不斷的砥礪，又如何能進步？我等號稱是武林六大門派，彼此間若只知合作，而不互相較量，又怎能精益求精，百尺竿頭更進一步？依我說，今日正好大家在此聚會，不如便藉此機會重排六個門派的高低，定出高下尊卑，好激勵各門派更加努力練武，將武學一道推展得更加高深。」這番話他琢磨已久，這時朗朗說出，倒也言之成理，臺下便有不少正派中人出聲附和。

清海站起身，大聲道：「鞏掌門說得不錯！我少林弟子彼此間雖常常互相較量比試，但怎比得上與其他門派切磋所能得到的教訓和進益？我門下弟子絕對願意與其他各派弟子比武較技，求取進步。」他身形高大，聲音洪亮，這幾句話一說，臺下許多派外人士都聽到了，眾人原是來瞧熱鬧的，若能見到六派互相比武，那這一程奔波自是不枉了，都高聲喝采拍手。

清聖望了清海一眼，神色頗爲不悅，卻沒有說什麼。清召道：「清海師弟，此事如何定奪，還須聽掌門人的指示。」

清法是個眉高眼細的尖瘦和尚，這時插口道：「降龍堂主莫非是沒有這個膽量？是了，你門下弟子上回輸在我弟子手上，因此不想在外人面前丟人現眼，是麼？」

清召皺眉道：「清法師弟，這件事我老早便忘懷了，你怎地總掛在心上？師兄弟間比武有輸有贏，又算得什麼？」

清海大聲道：「是了、是了，就是因爲我們自己師兄弟之間過招，沒有人當眞，沒有人當一回事，你聽，連降龍堂主都如此淡然處之、漠視勝敗，毫無振奮雪恥之心，我因此提議本寺弟子應與派外之人比武較量，以求進步。你們說有沒有道理？」

正印和尚、李乘風、許飛、鞏千帆和朱邦五人在旁聽著，都沒有插嘴，心中雪亮，少林這是在鬧內亂了。各人都知道，近十多年來少林派內山頭林立，許多武學有成的僧人各自招收弟子，自成派系，明爭暗鬥，互不相讓。眼前這七位少林神僧便是少林派中最高的七座山頭，除了掌門人清聖和降龍堂主清召方正無私、伏虎堂主清德渾厚質樸外，其餘四人各成勢力，對掌門人的約束置之不理，各自爲政，實是少林派中少見的分裂局面。

清召緩緩搖頭，向清聖望去。清聖歎了口氣，說道：「要比武，也是在大家談完正事以後。清海師弟，你且坐下。」清海坐下了，向清法望去，面有得色。

清聖轉向其他門派的掌門人，緩緩地道：「各位掌門人見笑了。大家對於老衲提出的幾件事，不知有何意見？」

正印和尚是個肥胖得如彌勒佛的大肚僧人，當先開口道：「大師提到冤仇誤會，老衲正有一件事要提出，讓大家評評理。老衲有個關門弟子，名叫柳少卿，人品端正，行事光明，不知何處得罪了點蒼高弟張潔，竟將小徒打成重傷？」說著目光炯炯，望向許飛。

許飛素來冷靜寡言，他自上臺來還沒說過一句話，只靜靜地靠著椅背而坐，雙手放在椅臂之上，此時聽得正印對自己發話，轉頭向正印望去，緩緩地道：「人品端正、行事光明，這八個字只怕安不到令徒頭上。」

正印臉色一變，大聲道：「許觀主，你這話是什麼意思？」

許飛道：「張潔已將事情前後向我稟報過了。令徒在銀瓶山莊的舉止行徑，委實讓人不齒。他讓銀瓶山莊蕭大小姐回絕請去之後，竟然藏身莊中，想伺機接近劫持蕭大小姐，並偷取銀瓶山莊中的武學祕笈。若非張潔出手阻止，將他打傷帶出銀瓶山莊，他早已死在銀瓶山莊眾多高手的手中了。」

正印不由得語塞，但他素來回護弟子，如何能在大家面前丟這個臉，一拍椅臂，喝道：「許觀主，你憑空誣賴，有何證據？」

許飛更沒有望向他，緩緩從袖中取出一封信，說道：「我已派遣弟子去銀瓶山莊求證，這是蕭大小姐的回信。你自己看吧。」

正印接過了，但見素籤上字跡秀麗，敘述了柳少卿在銀瓶山莊的作爲，果然如許飛所說，並說感激張潔代爲阻止云云，署名正是蕭柔。

正印臉色極爲難看，將信一摔，說道：「這信定是你和蕭大小姐串通好揑造的！」

許飛抬眼望著他，慢慢地道：「正印大師，這幾十年來，還沒有人敢對在下如此說話。」

許飛這話說得雖平淡，眾人心中都不由得一凜。許飛年少時便靠著機智武功闖出名聲，和虎山醫俠凌霄、關中大俠陳近雲結拜爲兄弟，合稱青天三俠。點蒼一派人數不多，但在武林中威名赫赫，廣爲武人敬重，全是靠了有許飛這號人物。他自從南昌一役痛失愛侶之後，便息心向道，閉關修持，將師傳的古松劍練得日益精純，已到了爐火純青的地步。傳說十多年前他去虎山拜訪義兄凌霄，二人對劍，竟然不分高下，連在旁觀戰的凌夫人都讚不絕口，說他的古松劍別有創見，精絕妙絕。許飛中年後清心寡欲，穩重澹然，雖未出家，卻隱然已入道流。武林中人提起點蒼許觀主，都自然生起敬畏尊重之心。他說數十年來沒有人敢對他無禮，確實並非虛言。

正印臉色變幻，猶疑自己是該跟許飛硬來呢，還是就此認錯道歉？卻聽清召開口道：「大家來到嵩山聚會，就是爲了排解誤會，化解冤仇。這件事正是個好例子。在各位掌門面前，許觀主和正印大師將事情攤開來說，辨明是非，各自尊重體諒，事情自然就解決了。正印大師心急弟子受傷，未曾細查情由，也是情有可原。貧僧建議大師不妨回去將事情再問清楚些，雙方有什麼誤會，自能就此冰釋。」

他這番話說得恰到好處，既不明顯幫助許飛，又不損傷正印的面子，正印有了臺階可下，便不再說話。

清召才平息了點蒼許飛和峨嵋正印間的衝突，卻聽鞏千帆哈哈一笑，說道：「握手言歡，消解誤會，自是好極。但是朱少掌門，誤會若是深到出了人命，卻又怎麼說？」

朱邦雙眉一軒，說道：「不錯，你華山高閔是我殺的。你要爲他報仇，我長青派早有準備，你劃下道兒來吧！」說著站起身，拔刀出鞘。

眾人沒料到朱邦脾氣如此急躁，一句話間便拔刀相向。鞏千帆冷笑道：「你若不是自知理虧，又何必這麼急著動手？在這諸多掌門面前，你竟不敢跟我對質麼？」

朱邦一張方臉漲成紫色，他口齒不靈，頭腦簡單，但性情剛正率直，因此才得了個「方正君子」的名號。他自知爭辯不過鞏千帆，聽他說要對質，心下更加惱怒，說道：「誰是誰非，手底下見眞章！」

清召忙起身阻止道：「朱少掌門莫急。事情經過如何，請你先爲大家說來。」

朱邦對清召甚是尊重，聽他這麼說，便收起長刀，大聲道：「高閔這殺千刀的渾蛋！我只恨沒有早些殺死了他。那日我們在一個客店打尖，聽到這高閔當著眾人的面損我長青派，大言不慚，說什麼華山派近年來人才濟濟，不似……不似我長青派高手凋零，後繼無人。又說什麼幾十年前華山便蓋過長青，現在更將長青遠遠拋在後面！我師弟聽不過耳，上前喝罵，兩人打了起來。高閔這奸賊，一劍砍下了我師弟的右臂，哼，我師弟他……他這輩子是再也不要想練武啦。我惱怒已極，喝問他為何出手這麼狠，高閔，高閔這奸賊，竟然笑著回答：刀劍原本不生眼睛，要怪就怪他自己學藝不精！又說什麼出劍不狠，就會像你們長青派一樣，愈來愈沒出息！我……我怎能讓長青派丟這個臉？」

第七十六章 重排名序

他雖說得結結巴巴，眾人也都聽出了所以然。華山和長青兩派一直是排名在少林、峨嵋、武當三大派之後最強大的門派，向來為了誰第四誰第五而爭奪不休，今次起了衝突，顯然仍是因著這個老過節。

鞏千帆說道：「不論誰是誰非，欠債還錢，殺人償命。高閔雖傷了你師弟，畢竟是公平對決，敗者受傷，那是天經地義的事，但他究竟沒要了你師弟的命！你自己說吧，你無端殺死我的徒弟，這條人命該怎樣算法？」他說話咄咄逼人，朱邦更加恚怒，大聲道：「我殺了他又如何？就憑他那張胡說八道的嘴，就是該死！」

鞏千帆冷笑道：「胡說八道？他說的句句是實，怎能說是胡說八道？我也說同樣的話：幾十年前華山便蓋過長青，現在更加將長青遠遠拋在後面！怎樣？朱少掌門，我也該死麼？」

朱邦狠狠地瞪著他，不再開口，伸手再次拔出了長刀，將刀鞘一扔，顯示此番是再也不肯收刀了。

忽聽清顯開口道：「阿彌陀佛！我們六大派之間之所以會生起這許多爭端，全因沒有秩序。依老衲淺見，六大派確實該重新排一下順序才是。華山和長青兩派之間的爭端，也可在比試中解決。敗的一方自動認錯；勝的一方也勿要欺人太甚。如此解決，豈不甚好？」他說話溫和，文質彬彬，極爲客氣有禮，鞏千帆、朱邦、正印、清海、清法聽他這麼說，正中下懷，都出聲表示贊同。

許飛忽然站起身，說道：「你們要比武排序，點蒼這就告辭。」一拱手，便向臺下走去。鞏千帆冷笑道：「點蒼許觀主不敢出手麼？那也不用勉強了。」忽覺眼前寒光一閃，但見許飛回頭看了自己一眼，冷笑一聲，回身走下臺去。

鞏千帆不自由主伸手去摸衣襟，驚覺領口多出了兩道劍痕，這才知道剛才那一刹那間許飛已回身、拔劍、出劍、收劍，出手之快，自己竟全然未曾看清。他額頭出汗，知道若不是許飛手下留情，自己早已屍橫就地了，一時愣然說不出話來。

臺上眾人眼望許飛的背影，都不作聲，心中自忖沒有勝過他的把握，但見點蒼自行退出六大派重新排列順序之爭，都暗自噓了一口氣。

清召卻跳下臺，追上前去，叫道：「許觀主，請留步！」許飛回過頭來，說道：「清召大師，我勸你也不要淌這渾水了。」清召歎了口氣，黯然搖頭，說道：「人在江湖，身不由己啊。」

許飛微微一笑，拍了拍他的肩膀，說道：「大師是出家人，難道也身不由己麼？」清召笑了，拍頭說道：「是，是貧僧糊塗了。許觀主，你走得好！清召佩服你。」

許飛向他一拱手，二人都明白對方的心思，相視一笑，許飛便率領點蒼弟子下山而去。

臺上五大派各自望望，對許飛的拂袖離去都感到有些尷尬。清顯看了清聖的臉色，開口道：「許觀主性子高傲不群，如此離去，顯然是不屑與我等爲伍了。慚愧啊慚愧。古來人心不同，各有取捨，各有輕重，本是定理。這也不打緊，掌門師兄，在座各位若都贊成重排順序，共襄盛舉，又何必在乎點蒼派的一意孤行？」眾人聽他出言圓滑，顧及眾人的面子，都點頭稱是。

朱邦卻道：「慢著！點蒼和我長青本出一門，許師叔的劍術爐火純青，只因他老人家無心爭奪虛名，才先行離去。但他點蒼一派的排名，依我說，至少也要在長青之上。」少林、武當、峨嵋的首領都點頭贊同。鞏千帆雖不願，但想起許飛對自己出的那一劍，心有餘悸，也只好同意。

清聖歎了口氣，說道：「阿彌陀佛！既然大家都是此意，我們這五派便各派三人出來，以三場比試定勝負，重排順序吧。」

清召此時已走回臺上，聽到掌門人這麼說，皺眉說道：「掌門師兄，大家難得聚會，難道定要刀劍相見，大動干戈麼？」

清顯道：「阿彌陀佛！師弟慈悲爲懷，所言甚是。大家比武只是爲了分出高低，切不可眞傷了人命。只要大家事先訂下比武的規則，眼下又有這許多前輩高手在此，誰敢輕率大意，誤傷對手？」

李乘風道：「清顯大師說得是。刀劍雖然無眼，這裡大家都是有眼睛的。一旦分出了高下勝負便算數，能避免傷亡就盡量避免，如此各派之間並不會生起仇恨嫌隙，反而能互相激勵，讓彼此的武藝更上一層樓。」

清召聽李乘風也贊成重排順序的主張，心知武當和峨嵋兩派向來爲第二、第三大派的名頭爭論多年，只因一方是釋流，一方是道流，都能各自克制退讓，才沒有眞的動過手。此番有了機會，李乘風自要向峨嵋挑戰，意圖取得天下第二大派的寶座了。清召忍不住道：「眼下幾件大事情尚未解決，如何就急著比武？今日武林中出了不少大事，門派衰弱不振，勢力日漸遜於幫派；朝廷腐敗，東廠爪牙時時羅織罪名，冤枉打殺正直之士；江湖上又出了修羅會這般作惡多端的門會，這都是要請大家共同商討，共同出力討伐的。若是彼此先打一架，還有什麼可談的？」

清海大聲道：「清召師兄，這幾件事和排列武林門派順序相比，都是小事了。大家排完順序再一起商談一下，也就是了，何必急於一時？」清聖道：「阿彌陀佛，清召師弟，你先過來坐下。有我在此，比武之後，定要請大家坐下好好談談，你且不用擔憂。」

清召便不再說話，皺起眉頭，心中又如何能不擔憂？

其餘各門派的領袖已各自下臺召集門人，準備推選出戰的人選。五大派要比武重新排序的消息，臺下自然早已聽聞，眾江湖豪客議論紛紛，興致高昂，心想總算能看到一場好戲。

臺上臺下正一片緊張期待時，忽聽一人怪聲笑道：「這武林九大派，今日只剩五大派了。我看再過幾年，只會剩下三大派、一大派，還排個鳥名？不如排排天下武功第一的人物，才有點意思。」

李乘風雙眉軒起，站起身向臺下望去，冷冷地道：「什麼人大言不慚，是何居心？我看閣下是唯恐天下不亂！今日各路英雄聚集在嵩山之巔，乃爲討論武林大事，閣下想挑撥離間，引起公憤，可該爲閣下項上人頭著想。」

那人笑道：「武當李乘風，一縷幽魂，乘風而去！」李乘風臉色一變，臺下一名小道士忽然越眾而出，直闖人群，從背後拔出長劍，向一個黃眼老頭斬去。那老頭不閃不避，只抬頭望了那小道士一眼，冷笑道：「你來送死麼？」

李乘風急叫道：「元兒快退！」小道士元兒微一遲疑，那黃眼老頭已然出手，快如閃電地奪下了小道士的長劍，手指抓上他的喉頭。李乘風躍下臺欲待相救，人還在半空，忽見灰影一閃，一個灰衣青年已衝上前，長劍出鞘，刺向老頭的手腕。老頭只得收手避過，那青年順手抱住了元兒，向旁一滾。老頭變招極快，手爪向旁抓出，向青年的頭頂落下。

李乘風大叫：「不可！」卻見那青年危急中低頭避開，這爪便抓上了他的肩頭，登時鮮血淋漓。李乘風長劍出鞘，指向老頭胸口，怒道：「對小孩兒下這般重手，好不要臉！」

出手救人的灰衣青年此時已站起身來，他還劍入鞘，右手按住了左肩的傷口，鮮血已染滿了半邊衣衫；但他傲然挺立，絲毫不顯半點痛楚慌張之色，抬頭向李乘風道：「我師父有句話，要我轉告各位掌門人。」

眾人這才看清，這灰衣少年正是點蒼小劍客張潔，剛剛才隨許飛和眾點蒼弟子下山，不知怎地又回到此地？

清聖、正印等都已走下臺來，清聖問道：「請問令師許觀主有何指教？」張潔道：「我隨師父下山不久，便見到一群身穿紅衣的喇嘛向山上走來，不知有何意圖，請各位留心。」清召聽了，忙派遣弟子前去查看。

張潔吸了一口氣，轉過身，指著那黃眼老頭道：「這人是修羅會中的，叫作鷹爪鄒七老，想是專門來此搗亂的，可能還有不少同黨也已到了山上。李掌門，你看著處置吧。」說完便回身向山下走去。

眾人眼見這血濺當場的一幕，都急於知道李乘風將如何處置鄒七老，交頭接耳，簇擁爭看，臺下又是亂成一片，竟然沒人留心張潔的去處。他走出幾步，便覺傷口疼痛難忍，頭暈眼花，險些跪倒在地。便在此時，兩個青年從人叢中搶出，一個扶住了他，一個便動手替他包紮傷口。

張潔抬頭看去，卻見這二人都是在銀瓶山莊闖關求親時會過的老相識，扶著自己的是天龍小劍客石珽，替自己包紮傷口的卻是凌昊天。

張潔一笑，向石珽道：「今日原想與你一爭高低的，可惜無此機緣。」石珽笑道：「改日我定要上點蒼拜山，到時咱們再放手一戰。」張潔點頭道：「張潔恭候大駕！」

這二人都是後一輩中的劍術高手，互相慕名已久，雖在銀瓶山莊各自經過測試，卻未曾有機會交手，便在此時訂下了約會。張潔轉向凌昊天道：「銀瓶山莊一晤，蒙閣下相救，張某好生感激敬服，虎山傳人果然不同凡響！蕭姑娘可好？兩位好事可近了麼？」

凌昊天搖頭道：「這事說來話長。蕭姑娘都好，但我沒福氣娶她。」

此時三人身周亂哄哄地，臺前許多人大聲叫嚣，似是爲了如何處置鄒七老起了爭執。張潔見時機不對，便不再問。凌石二人扶著他脫出人群，兩個點蒼弟子在山道上等候接應，見張潔受傷甚重，都大驚失色。

凌昊天道：「張師兄，今日場面混亂，龍蛇混雜，未能親自拜見令師，還請張師兄代我向令師致意。」張潔道：「多謝凌三公子的傷藥。我定當稟告家師。」便在師兄弟的攙扶下去了。

凌昊天自幼頑皮胡鬧，除了母親之外，就是害怕這位許叔叔。許飛嚴謹冷肅，又是極爲聰明之人，凌昊天在他面前什麼花樣都玩不出，只得乖乖聽話。好在許飛遠在四川，很少來虎山，凌昊天年幼時只見過他幾次，但印象深刻之極；此時年紀大了，對這位許叔叔的敬畏卻絲毫不減。

凌昊天和石斑望著張潔去遠後，相偕走回。凌昊天道：「銀瓶山莊一別，我常掛念石兄當時傷勢如何，看來你已恢復完全，好讓人欣喜。」石斑道：「多虧你捨命相救。我見你安好無恙，心中才眞是安慰呢。我那時只是頭上撞了一下，回家休養一陣就沒事了。」又道：「這次嵩山大會，爹爹聽說大家要爭奪天下第一劍客的名號，就帶了我和其他師兄弟來看看。凌三兄，你怎會也來到這山上？」

凌昊天正要說話，卻見文綽約從人群中鑽了出來，快步迎上來道：「小三，那人的傷沒事麼？」

石斑看到她，整個人立時傻了，結結巴巴地道：「文……文姑娘。妳……妳好。」文綽約大眼睛向他一瞪，臉色一沉，說道：「是你！你也在這兒。」

石斑道：「是、是。我……我也在這兒。」

凌昊天始終不知道文綽約便是石斑的夢中情人，看他二人神色奇怪，只道他們以往有過節，便向文綽約道：「這是我的好朋友，天龍少主石斑石公子。綽約姑娘，怎不叫一聲石大哥？」

文綽約臉色一變，頓足道：「小三，你又來了，上次是那大劍客，這次又是這小子！你總要……總要我怎樣才甘心？」說完便轉身奔去。

凌昊天完全不明白她爲何生氣，吐了吐舌頭，向石斑道：「她脾氣急了些，你別放在心上。」石斑臉色蒼白，搖頭道：「我不要緊。你……你怎不快追上去安慰她？」

便在此時，一個天龍劍派的師叔跑過來道：「少主，掌門人叫你快去！」石斑一驚，向凌昊天告罪，趕忙跟著師叔去了。

凌昊天掛心臺上的局勢，跳到一株大樹上，向臺前望去，但見李乘風已將鄒七老押了起來，讓弟子守住。人叢中原有不少修羅會會眾，震於武當掌門的威勢，都不敢輕舉妄動。眾正派掌門又都回到了臺上，各自選出比試的三人，開始討論比武的順序。眾人正準備開始比試，忽聽臺下一人朗聲道：「排列天下門派，我天龍劍派也要參與！」

卻見那是個長鬚中年人，一身白衣，旁邊站了一個少年，正是石斑和他父親天龍城主石昭然。東首又有一人朗聲道：「天龍城主說得好！我閃刀門也要加入！」接著呼叫聲此起彼落，都是想要躋身天下九大派行列的各門各派。

李乘風皺眉道：「要參與比試的人這麼多，每派派出三個人就太多了。」清聖轉頭向清顯道：「清顯師弟，你有什麼主意麼？」

清顯道：「師弟有個主意，只不知使不使得。」清聖道：「師弟請說。」清顯道：「我們可在臺上擺九個座位，分別爲武林第一到第九大派；任何門派有意挑戰的，便去向坐在那張椅上的門派中人挑戰。敗者退下，勝者坐上該位。如此比武便有個規矩秩序，不致成爲一場混戰了。」

眾人聽這主意甚好，都點頭贊成。清海當下興沖沖地讓弟子搬來九張椅子，分別擺在臺上的八方，一張居中，是給武林第一大派的座位；少林在武林中威望素著，眾人一致恭請清聖坐上居中之位。

清法道：「清顯師兄，這是你出的主意，便請你說說比試的規矩。」清顯道：「不敢，不敢。既然大家讓老僧拿主意，便請各位掌門先依照原先的排序坐定。」四派掌門便照著原先的順序坐定了，留下一張椅子空著給點蒼派，還剩三張椅子沒有人坐。天龍城主石昭然一躍上臺，坐上了第七張椅子。旁人見了，立時搶著跳上臺來坐了第八第九張椅子。

清顯續道：「各位請先坐定了，待老衲說來。已經名列六大派的各位，可向前一座次的門派挑戰；尚未列名的門派，須向第七、八、九位挑戰，都勝出後，方能向第六位的門派挑戰。任何時候，只能有一個門派挑戰某門派；迎戰的門派可以派出不同人出戰，一戰定勝負，挑戰過的不可重複。連續出戰兩場的門派可要求休息一場。規矩便是如此，各位請出手吧！」

清召揮手道：「慢來、慢來！我們剛才說過的，只分勝負，避免殺傷，如何不在你的規矩之中？」

清法大聲道：「清顯師兄說的規矩就已足夠了，何須更多規矩？大家各自有所警惕，也就是了。」

清召聽他說得容易，卻是毫不負責，皺起眉頭，回頭見掌門人清聖並不說話，心知掌門人向來信任清顯，此番看來仍要聽從清顯的意思；清德憨厚糊塗，自也沒有話說；清心閉目靜修，全然置身事外；清海清法兩個年輕好事，更是不想多添什麼規矩。清召心下甚是不快，大步走到臺前，朗聲道：「各位聽好了！貧僧清召，率領少林降龍堂弟子負責監督各場比試，訂下三條規矩：一，不可爲報仇而出手；二，不可使出不正當的手段；三，不可蓄意殺傷。誰觸犯了這三條規矩，我等定將出手阻止，並立時取消資格！大家武林一脈，原該合作互助，彼此親近。請各位切記，這是比武切磋，不是你死我活，也不是爲了讓大家彼此結下深仇大恨！」

眾人聽他說得有理，都肅然聽受。

接下來便是一場古今少見的大擂臺；長青朱邦向華山鞏千帆叫陣，武當李乘風向峨嵋正印大師請教，其餘各派紛紛向坐上第七八九位的門派挑戰。

凌昊天坐在樹梢上望著臺前的比武，但見臺上打得精采，臺下一片叫好，熱鬧已極，有如唱戲雜耍一般，不由得皺起眉頭，暗自思索：「這山上發生的事情，擺明了是有人故意安排的。先是在武林中廣布流言，傳說這是爭天下武功第一的盛會，好事的武林中人自然都搶著跑上山來一睹好戲，躍躍欲試。這些人情緒高昂，容易受煽動，幾句話間，便將正派大會轉成了個大擂臺。主使人是誰？清聖大師年衰老邁，或許容易受人蒙蔽，卻不會主動搞這等玩意兒，而且少林本就是天下第一，並不能從中得益。李乘風雖然爭強好勝，卻不是會使詭計的小人。許叔叔看出有問題，老早走了。難道會是峨嵋正印？但他在臺上並沒有說什麼話，不像是他鼓動的。朱邦年輕直率，大約想不出這麼複雜的計策。正派中似乎以鞏千帆最可疑。」

他望向鞏千帆和朱邦的對敵，但見一刀一劍打得極爲激烈，一時分不出上下，心想：「這對華山又有什麼好處？鞏千帆的華山派早就是武林第四大派，他怎會想給長青挑戰他的機會？常老爺爺還在世，諒這鞏千帆不敢太過亂來。江家兄弟也在山上，華山若是玩什麼伎倆，他兄弟定會阻止。那會是誰？」

他向臺上眾人一個個望去，心中疑惑愈來愈深。他知道清召爲籌辦這次正派大會花了許多心血，而結果卻成了一場大混戰，心中不禁甚是爲他難過，暗想：「豺狼虎豹、熊羆鷹隼，又怎能拍手拉肩、稱兄道弟？湊在一起定要打得頭破血流，你死我活。爹爹媽媽老早知道正派這些人門戶之見極深，爭強好勝之心又重，要讓他們合作是不可能的，因此長年來都盡量迴避，不與正派中人有何深交。清召大師想讓大家團結，這是知其不可爲而爲之，我該佩服他的勇氣。等這大會結束了，我定要好好陪他喝個痛快，勸他莫再爲這等俗事煩心勞神了。」

他正想著要去何處買酒，忽然注意到清顯站在臺上，臉上顯得憂心忡忡，手中數著念珠，猛然想起他在調解武當和丐幫衝突時的言行，心想：「這老僧看來恭敬謙卑，說話溫文有禮，但說出來的話往往不是那麼一回事。促成今日大擂臺的他絕對有一份，現在卻裝得很慈悲的模樣。他又爲何要這樣作？只是爲了讓大家打上一架，還是爲了一己的私利？」

他一時想不明白，便凝神觀看臺前的打鬥。他此時武功已非昔日能比，觀看這幾位當世高手出招，體會領略得更加深刻。他細看朱邦和鞏千帆的拚鬥，但見朱邦一柄長刀使得極快極順，一片刀光將對手全身罩住，攻勢凌厲中夾雜著陰柔內勁，讓人難以防範；鞏千帆卻以逸待勞，不爲所動，手中薄而軟的一柄長劍在刀光間穿梭，劍光倏忽吞吐，好似一條靈蛇般伺機攻向敵人，正是華山嫡傳的「以退爲進、以守代攻、以靜御動」的對敵要訣。凌昊天心想：「朱邦性子一板一眼，將長青派的長刀招式學得一絲不苟，但略嫌生硬，不知變通，是以無法取勝。鞏千帆劍法精湛，不過三十多歲，已稱得上是華山派的第一人，江聲雷將掌門之位傳給他，確是很有先見之明。江晉、江明夷哥兒倆聯手起來可以和他一比，單打獨鬥就不行了。這場比鬥，怕是鞏千帆要贏。」

他又轉頭去看武當李乘風和正印的比試，這對用的都是長劍，李乘風使的是武當四象劍法，凌昊天凝神看他出了十多招，不由得暗暗點頭：「這劍法陰陽共用，剛柔並濟，虛實莫定，眞不愧是數十年來號稱武林第一的高妙劍術！天風堡的七星劍法練到精深之處，應可與之一鬥。」但見正印和尚手持峨嵋重劍，招招穩重，將李乘風的攻勢一一擋了去，心想：「峨嵋派久居天下第二大派，果然極有本事。正印憑著深厚內力，竟能將四象劍的招術盡數擋住，著實不易。」

他看了一陣，腦中自然而然地冒出了無數新招以破解正印和李乘風的招術，愈想愈興奮，知道自己要在二十招內奪下這二人的長劍，並非不可能之事，心中忽想：「我們凌家若創個虎山派，定要將這些掌門人都比下去了。大哥、二哥的武功足以和李掌門和正印對敵，爹媽就更不用說啦。」又想：「爹媽都是出世的人物，如何會創什麼門派？咦，嵩山發生這等大事，大哥二哥怎都沒有來瞧瞧熱鬧？是了，二哥身屬幫派中人，自不會來參與門派間的爭鬥。大哥流浪逍遙慣了，又怎會來插手這等俗事？嘿，只有我小三兒閒極無聊，無所事事，才會來山上湊這熱鬧。」想著不由得有些百無聊賴，對自己沒來由地感到一陣輕視自嘲。

正胡思亂想時，忽聽朱邦低吼一聲，果然輸了一招，肩頭被鞏千帆砍了一劍，長青派排名究竟仍在華山之後。正印和李乘風的比試也已結束，卻是李乘風小勝一籌，刺傷了正印和尚的左腿，從此武當便排名在峨嵋之上了。李乘風得意已極，昂然環望，顧盼自得，正印卻垂頭喪氣，臉色灰敗。

眾正派首領當下換了座位，仍是少林居中，其後的順序便是武當、峨嵋、點蒼、華山、長青五派。至於第七第八第九的名次卻始終沒能排出，天龍劍派暫時穩居第七，無人能勝過，其餘第八、第九派則勝勝負負，上上落落，轉眼已換了七八個門派，眼下坐在椅上的是崑崙劍派和長白劍派，上來挑戰的門派仍舊絡繹不絕。

第七十七章　大喜法王

正教五大派的掌門見己身的順次已定，都各自安坐，悠然觀望臺下的各場比武，指點議論。便在此時，山道上忽然鑼鼓喇叭聲大作，響徹雲霄，眾人抬頭望去，卻見一列紅衣喇嘛大步走上山來，當先八人高聲叫道：「薩迦派大喜法王率領手下五十弟子，前來爭奪天下第一派、天下第一武功高手之位！」

此言一出，場上眾人都面面相覷，眾人從未聽過薩迦一派，更沒聽過什麼大喜法王，但聽這群人口氣好大，難道眞有偌大本領？

正教五派的首領都微微皺眉，互相望望。但見爲首的是個全身血紅僧服的中年喇嘛，身形巨大，直比場中所有人都高出一個頭，一張福泰圓臉極爲慈和，手中數著一串極長的牛骨念珠，望上去便是位得道高僧、尊貴法王。

清聖走下臺去，合十道：「阿彌陀佛，恕老衲眼拙，這位想來就是薩迦派大喜法王。未曾遠迎，還請見諒。」

那巨大喇嘛微微一笑，說道：「你果然眼拙得很。天下第一大派的掌門人，天下第一武功高手，便是本人大喜法王。你竟當面不識，少林派眞是無人啊，無人！」

眾人聽他竟對少林掌門說出這等話來，狂妄得無以復加，都不由得驚得呆了，全場一片肅靜，觀看少林如何應付。

清聖還未開口，清海首先沉不住氣，走上一步，大聲道：「這位是武林第一大派少林派掌門人清聖大師，武林中無人不敬仰，你是什麼東西了，給我放尊重些！」

大喜法王側眼向他望去，忽然揮出左掌，印在清海的胸口。清海哼也沒哼，便仰天倒下，再也不動了。

這一出手，旁觀眾人都大驚失色，大喜這一掌看來隨隨便便、輕輕鬆鬆，清海身為少林七大神僧之一，竟然毫無招架之能，一招間便中掌受傷，這大喜法王的武功實是深不可測。

清召奔上前，俯身查看清海的傷勢，但見他面無血色，鼻中出氣多入氣少，怕是難以保住一條性命，又驚又怒，喝道：「降龍堂弟子，擺降龍陣！」六十四名武僧手持戒刀奔出，將大喜法王一行人團團圍住。

大喜法王身後一個金衣喇嘛仰天大笑，聲音鏗鏘刺耳，朗聲說道：「少林枉稱天下第一派，竟然只知以多勝少！這算什麼第一大派的風度？哼，你號稱第一大派，如何在剛才的比試中連一次都未曾出手？你們中原武人盲目尊崇少林，不敢向之挑戰，便讓我西藏薩迦派來幫你們破除迷信！我金吾仁波切在此代表薩迦派向少林派挑戰，請問哪位要出手賜教？」說著走上前來，從身後翻出兩面金鈸，在空中一擊，發出嗡嗡聲響。

凌昊天見金吾竟然大膽來此耀武揚威，當眾向少林叫陣，不由得又是驚詫，又是疑惑，他知道金吾武功雖高強怪異，畢竟未到一流境界，自己才能在虎山外一掌將他打傷。難道他是靠了大喜法王的撐腰才敢如此大膽？

清召走上前，向清聖道：「清召向掌門人請旨，讓師弟去為清海報仇！」

清聖擺了擺手，舉目向大喜凝視，說道：「我們在此嵩山絕頂比武排序，以一場定勝負。我少林若有人打敗了這位金吾師父，便就此算數麼？」

大喜法王神態自若，說道：「你們少林高手眾多，只打一場便分勝負，只怕你們自己人都要不服。這樣吧，我們薩迦派要連敗你們三人，才算打敗了少林派。這樣可行了吧？」

清聖聽他口氣狂妄至此，與其他師弟相望，都不由得生起戒心。清召朗聲道：「掌門師兄，薩迦派既然有膽量向本門挑戰，師弟請旨出迎第一戰！」

清聖和清顯商量了幾句，搖頭說道：「不，降龍堂主押陣。清顯師弟，請你當先出手。清德師弟，請你居第二。」清顯、清德、清召一齊躬身領旨。

凌昊天在樹上觀看，心想：「清聖大師處決得當。少林寺中武功最強的便是這三人，他自己年老體衰，清心更加老邁，清海受傷，清法武功略弱。他讓清顯先去試試對方的武功，再讓伏虎、降龍堂主出手，少林已立於不敗之地。」

想到此處，他移目望向薩迦派的陣營，想看看這些人打算如何打敗少林。但見薩迦派中都是紅衣喇嘛，一個黑臉大個子站在前頭，正是大黑天，其餘十三刀僧等都在其中，心想：「看來除了這大喜之外，並沒有一等一的高手。」

正想時，清顯已緩步走到場中，躬身向金吾行禮。金吾舉起兩片金鈸在空中一揮，金鈸在日頭下閃出片片金光，他喝道：「出手吧！」

清顯合十道：「阿彌陀佛，師兄戾氣好重。」忽然跨步上前，雙手成龍爪，向金吾攻去。金吾揮出金鈸抵擋，兩人翻翻滾滾，瞬間過了十多招。清顯招招中規合矩，使的是少林正宗龍爪神功，凌厲威猛；金吾的金鈸卻更加鋒利，在清顯的雙掌間橫攻直削，銳不可當。這兩人使的都是極爲險狠的攻招，以快打快，情勢驚險已極，旁觀上千人都目不轉睛地注目於這場比試，屏息而觀。

三十餘招過後，金吾忽然雙鈸脫手，向清顯旋轉著飛去。清顯仰天使個鐵板橋恰恰避開，金吾看準時機，雙掌齊出，向清顯的胸口打去。

清顯站定之後，揮雙掌相迎，但聽砰的一聲悶響，清顯的身子向後飛去，重重地跌在臺下。眾人都沒想到金吾的掌力竟能深厚至此，將清顯震飛出去，喧譁議論、驚呼惋歎之聲不絕於耳。

凌昊天看到此處，心中頓時醒悟：「是他！他就是內奸！金吾的掌力絕對沒有到此地步，他是假裝落敗的！」心中激動，就想跑去跟清召說明，又想：「就算如此，他輸都輸了，現下已來不及了。不知清德是否也是奸細？且看第二場再說。」

清德和清召搶上去扶起了清顯，清召伸手去搭他的脈搏，感覺他內息微弱不振，連忙伸掌抵在他背心，替他運氣。清顯抓著清德的手，臉色蒼白，說道：「慚愧！愚弟輸了這場，師兄請務必爲我雪恥，爲少林爭回顏面！」又低聲道：「對頭內力深厚，遠遠勝過愚弟，師兄千萬小心，切勿跟對手硬拚。」

清德點了點頭，走上臺去，卻見薩迦派出來迎戰的是個跟自己一般矮小的喇嘛，長髮盤在頭上，作成一個大髻，皮膚深黝，尖鼻細眼，面貌甚是古怪。清德合十行禮，說道：「貧僧清德，代表少林出戰。」矮喇嘛朗聲道：「貧僧大梵天，代表薩迦派挑戰少林！」話聲未落，身子已欺上前，雙手如鉤，向清德臉面抓去。

清德見他手指微微閃光，指甲上似乎戴了什麼尖銳的武器，忙側身避開，伸手砍向大梵天的手腕。大梵天陡地一個倒翻筋頭，雙腿踢出，接著又就地一滾，伸手去抓清德的腳踝。他姿勢醜怪，但動作快捷，出招匪夷所思，清德從未見過這般詭異的功夫，連連後退躲避。二人交了十多招後，清德見到一個破綻，出掌打向大梵天的後腰。大梵天轉過身來，哈哈一笑，出掌相迎。清德心中一動：「我的內力和清顯師兄不相上下，此人內力一定遠勝於我，才故意逼我跟他對掌！」言念及此，急忙收掌後退，卻沒料到一步後已是臺邊，他腳下一空，連忙打樁站穩，但已無法挽回劣勢，大梵天急攻三招，又滾地過去踢向清德的左胯，清德再也站立不穩，跌下臺去。

清德懊惱已極，正想跳回臺上，大喜法王已朗聲道：「大梵天，既然已打敗了對手，便不可欺人太甚。我不是教過你麼，得饒人處且饒人啊！」

少林眾人見清德竟然不明不白地輸了這一場，都是驚怒交集，清聖望向清召，但見他仍在替清顯運氣，便說道：「清召師弟，請上場吧。」清召撤掌道：「清召遵命。」忽覺胸口一痛，似乎被清顯體內傳回來的內力所震，他一時未能想清，只道是自己替他療傷時岔了氣，連忙運氣在心脈間走了一圈，緩緩站起，一躍上臺，卻見大喜法王已站在臺心，便合十道：「少林清召，向法王請教！」

大喜法王微笑道：「降龍堂主好大的名聲，貴派掌門人自己不出手，卻派你押陣，你的武功想來是比掌門人還要高了？哈哈，哈哈！」

清召道：「掌門師兄才德武功皆在我之上，天下誰人不知？你不必在此挑撥離間。出手吧！」

大喜法王雙手合十，閉眼念了一段咒語，張開眼睛，一張臉忽然變成了紫紅色。清召心中一凜：「這人內力修為甚高，竟能讓自己的臉色霎時變幻。莫非便是藏傳的拙火無上定神功？」

但聽大喜法王低喝一聲，揮掌攻向清召的肩頭，這掌看來輕易平淡，好似伸手去拍落對手肩頭的灰塵般，清召卻看出其中厲害，側身避開，使出少林絕技金剛降魔掌，凝神應敵。大喜法王一掌收回，一掌又攻出，每掌都輕飄飄地，好似全無力道。清召的出掌卻虎虎生風，每掌都蘊含強大內力，兩人瞬間交換了七八掌。臺下眾人看得親切，都知二人勢均力敵，這場比武實是場硬戰。但見兩個僧人一個身披藏紅僧袍，一個穿著黃色袈裟，一個出掌輕柔軟綿，一個出掌剛硬威猛，袍袖揮灑，在臺上進退翻飛，煞是好看。

凌昊天看在眼中，不由得皺起眉頭，心想：「清召這樣打法大大吃虧。大喜每出掌不必用全力，他卻掌掌剛猛，如何能撐得持久？」

他卻不知清召之所以一出手就使盡全力，乃是因爲他發現自己已受了內傷，無法持久，才想速戰速決。又過了七八招，淩昊天看出清召氣力開始減弱，心中焦急，一躍下樹，從人群中鑽過，往臺前奔去。大喜法王和清召雙掌揮舞，拚鬥不絕，清召逐漸感到內力不濟，一口氣提不上來，竟被大喜法王的若虛若實的掌風帶動，向旁讓了一步。大喜法王看出機會，陡然從輕飄飄的掌法轉爲沉重厚實的掌力，一掌掌向清召打去。清召眉頭皺緊，不斷後退，將近退到臺邊時，大喜法王暴吼一聲：「嗡啊吽！」一掌按上清召的肩頭，將他推得跌下臺去。清召雙足落地，伸手撫胸，咳嗽幾聲，吐出一口鮮血。

大喜滿面笑容，合十道：「我贏了！」

臺下轟然響起一片驚呼叫囂之聲，誰都料想不到清召竟會就此落敗。少林弟子更是群情聳動，紛紛衝向臺前，向清聖跪下叫道：「掌門人，讓我們去爲降龍堂主報仇！」「掌門人！請下令拿下這幾個妖僧！」清聖舉起手，大聲道：「靜下！」

其餘薩迦派僧人已搶到臺前，拔出刀劍，金吾和大黑天、大梵天三個則跳上臺去，站在大喜法王身前守衛。金吾朗聲道：「薩迦派連贏三場，勝過中原第一大派少林，此後便是武林中的第一門派了。清聖大師，你還不肯服輸麼？」

清聖眉頭緊皺，臉色蒼白，良久不語。少林開山立派數百年，經歷過無數挑戰波折，卻從未遭此慘敗。眼前這三個喇嘛武功不見得眞的勝過少林，但怪異難辨，出其不意，少林竟然就此栽了，在武林中丟盡臉面，他身爲少林掌門，這個責任如何能不落在他頭上？

他還未出聲，便聽大梵天朗聲道：「薩迦派大喜法王奪得武功天下第一名號，薩迦派奪得武林第一門派！哪位想上來挑戰的？這就請上！」

臺下武林豪傑俱都憤憤不平，互相望望，卻無人敢出頭上臺挑戰。李乘風和正印對望一眼，都緩緩搖頭，二人在剛才的對決中大耗內力，非要休息兩三日才能恢復，此時無論如何都無法上場和薩迦派中人比拚，眼前雖放著一個壓過少林派的大好機會，這兩大派的掌門人卻都無法出手。

忽聽一人哈哈大笑，叫道：「放屁、放屁！我說你是天下第一大渾蛋，天下第一大騙子，這個封號你要不要？」

眾人都是一驚，不知什麼人敢對大喜法王這般直言斥罵，一齊轉頭看去，卻見一個布衣青年從人群中搶出，一躍上臺。大黑天和金吾臉色乍變，認出正是在去往虎山道上會過的青年高手淩昊天。臺下眾中原武人認得淩昊天的不多，紛紛互相詢問，探聽這大膽青年究竟是何來頭。

淩昊天向站在高臺左右的大黑天和金吾瞪了一眼，冷冷地道：「給我滾下去！」大黑天和金吾都曾傷在他手下，對他恐懼敬畏已極，二話不說，一起跳下臺去。

淩昊天走到臺中心，向大喜法王道：「你打贏了別人，卻還沒打贏我小三兒！」

大喜法王凝望著淩昊天，但見這青年貌不驚人，又不似發了瘋，怎有膽子來向自己挑戰？大梵天已沉不住氣，喝道：「什麼人，竟敢對天下第一門派的掌門人如此說話？」

淩昊天笑道：「這叫作以其人之道，還治其人之身。你們向少林挑戰時，不也是這般趾高氣揚，目中無人？我小三兒爲什麼不能學上一學？」

大梵天跨上兩步，揮掌抓去，喝道：「大膽小子，給我滾下臺去！」凌昊天更不閃避，飛腿踢出，大梵天原本身矮，這腿正中他的臉頰，直將他踢得他飛下臺去。

凌昊天這一出腿，臺下眾人都極爲驚詫，剛才明明眼見這大梵天一舉擊敗了少林伏虎堂主清德大師，這青年怎能如此輕易就將他踢飛？正交頭接耳間，凌昊天轉頭望向大喜，冷冷地道：「渾蛋派掌門人，在這兒過夠癮了吧？難道非要等我把你也踢下去才甘心？」

大喜臉色一變，一張圓臉登時變得陰沉可怖，森然道：「小孩子，你惹惱了佛爺，佛爺可是不會對你客氣的！」

凌昊天哈哈一笑，說道：「我原本就沒指望你對我客氣。爲什麼呢？因爲我是專門來拆穿你們的把戲的。剛才這三場，你們渾蛋派全是靠了作弊才贏的！」

此言一出，臺下眾人都大聲喧譁，有的叫好，有的質疑，有的贊同，有的斥責，亂成一片。

大喜怒道：「胡說八道，隨口誣陷！中原武林竟無恥到此地步，派個小孩兒出來胡言亂語，輸了不認，豈不丟光了中原武林臉面？」

凌昊天指著金吾，說道：「我胡說八道？大家聽好了！這使金鈸的喇嘛，幾個月前曾在虎山下被我小三兒一掌打傷。此人內力平平，如何能一掌擊飛威名赫赫的般若堂主清顯大師？金吾，我說得沒錯吧？我若說錯了，你上臺來再讓我打一掌試試！」

金吾想開口爭辯，卻不敢出頭跟他較量，只能閉口不答。眾人見他並不反駁，都鼓譟起來，叫道：「小子說話有些道理，快繼續說下去！」「他們究竟如何作弊？快快說來！」

第七十八章 人高招忌

凌昊天轉頭望向清顯，微笑道：「這其中的奧妙，就在於清顯大師很夠朋友，很夠義氣，早先便和金吾串通好了，假裝受傷，似模似樣，將這裡的人都騙倒了，讓金吾在天下英雄前出盡風頭，這種朋友哪裡去找？清顯大師，你說是不是？」

清聖聽凌昊天說穿清顯的計謀，心中疑惑，欺上前去，伸手去扣清顯的手腕。清顯向後躍出避開，身形敏捷，與方才身受重傷的模樣判若兩人。旁觀眾人見了，都大叫起來：「果然是假裝受傷的！」「少林內奸，自叛師門！」「果然有奸謀，果然是作弊！」

清聖伸手攔住清顯，叫道：「好叛賊！你……你爲什麼要勾結外人，自毀我少林家門？」

清顯搖頭道：「就算我一時失手，敗在他人手下，少林也不能因此治我的罪！難道清德和清召就沒有輸招麼？難道他們輸招也是事先串通好了的麼？」清聖語塞，不禁轉頭向凌昊天望去。

凌昊天接口道：「不然，不然。清德和清召兩位沒有蓄意輸招，但也是上了當才輸的。這位剛才被我踢下去的大梵天，毫無內力，只會得一些古怪的拳腳功夫，只因清德大師聽信了清顯的話，留心不和大梵天比拚內力，才致一時疏忽輸了給他。至於這位相貌莊嚴、慈眉善目的大喜，連我小三兒都打不過，怎配稱什麼天下第一？」

大喜冷然道：「小孩子，我若不在十招內將你打死，我就自廢武功，退出江湖！」

凌昊天笑道：「出家人首戒殺生，你若在眾目睽睽下將我打死，不怕死後下阿鼻地獄麼？再說，你自稱法王，不乖乖的待在寺院裡講經收徒、灌頂傳法，卻要跑到江湖上來鬼混，爭奪什麼武功天下第一，什麼武林第一門派，這不是自己跟自己過不去麼？老早就該自廢武功，退出江湖啦！」

大喜怒吼一聲，閃身上前，揮掌向凌昊天打去。他身形高大，足足比凌昊天高出兩個頭，出掌虎虎生風，連三丈外都能感覺到他的掌風，旁觀正教領袖心中都想：「這人掌力驚人，內功深厚，他說要在十招內殺死這少年，絕非虛言！」

清召擔心已極，抱傷守在臺邊，凝神觀望，準備隨時出手相救。

卻見凌昊天站在臺心，穩穩站定，雙足更不移動，沉穩接招。大喜原本想以掌力逼得凌昊天退到臺邊，不料連打三掌之後，自己的掌風竟然絲毫無法帶動對手，他立即變招，施展輕功，繞著凌昊天轉動，一掌接一掌地從四面八方向他攻去。這一著極爲高明，他看準了凌昊天已立定腳跟，不會移動，才能如此繞著他快奔，掌掌相連，每出八掌便繞一圈，掌風在他身邊組成一道氣網，有如八個高手同時圍攻一般。凌昊天也已看出自己處於危境，此時想要脫出圈子已然太遲，圈外之人便想出手相救，也不容易，他吸了口氣，凝神應對，雙掌翻飛，勉力接下大喜一掌重過一掌的攻招。

站在臺旁的眾正派首領都看得目眩神馳，冷汗直流，設想若是自己處於圈心，不知能撐上多久，才會吐血而敗？如何才能活著脫出這個圈子？清聖、清德、清法、李乘風四人不約而同躍上平臺的四角，準備隨時出手相救，但覺大喜的掌風強勁已極，即使在臺邊都難以站穩，心中都不禁驚疑：凌昊天這小孩兒如何能在這狂風巨浪中屹立不搖？

凌昊天全身汗水淋漓，濕透的衣衫緊貼在身上，額角汗水劃過面頰，又從頦下滴落，腳邊已滴出一圈汗痕。大喜頭頂冒出白煙，腳步卻仍極快，掌風毫無減弱之勢，一張福泰的圓臉上早已爬滿汗水，眉目猙獰，滿面殺氣，剛上山時的慈悲莊嚴之相早已消失無蹤。清召心跳加快，知道兩人間的決鬥就將分出勝負，就算分出勝負，也多半是兩敗俱傷之勢，或是一死一傷之勢，雙手握成拳又鬆開，眼睛直直地盯著場中的拚鬥，不敢稍瞬。

臺下眾人眼看大喜神乎其技的輕功和排山倒海的掌力，都不由得咋舌，原本對薩迦派的輕視責備之心全數收起，都想：「這樣的武功內力，就算不是天下第一，也足以傲視江湖了！」眾人又都不由自主盼望凌昊天能夠撐下去，甚至將大喜打敗，為中原武人爭回一口氣。但凌昊天不過是個二十歲不到的孩子，就算他出身武林世家，盡得醫俠龍頭的眞傳，又怎麼可能贏得過這個番僧？

但見凌昊天忽然閉上了眼睛。眾人心中都是一跳：他要認輸了麼？他要放棄了麼？再看之下，卻見凌昊天嘴角露出微笑，雙掌在身前緩緩移動，好似在獨自練功一般，對身周強大的掌風似乎全無知覺。旁觀眾人中只有清聖、清召、清德等內家高手才隱約看出，凌昊天似乎已掌握住了大喜出掌的力道和方位，能在他出掌前便將他的掌力化解或帶偏，不致直接打到自己身上。他雙掌撥弄推移身周的氣流，揮灑自若，彷彿毫不費力。

凌昊天閉目微笑的神情，大喜早已看在眼中，不由得愈來愈心急，暗想：「這小孩內力渾厚如此，實是始料未及。我若打不死他，此後還有面目見人麼？」又繞了兩圈後，忽然停步，雙掌一齊向凌昊天的背心打去。

眾人驚呼聲中，凌昊天倏然轉身，雙掌迎上，和大喜對掌。這場比拚已經歷了一杜香的時間，兩人都已大耗內力，再如此對掌，直要到兩敗俱傷才能有個了結。凌昊天睜開眼睛凝望著大喜，忽然微微一笑。大喜臉色一變，陡然低吼一聲，撤掌後退，伸手撫胸，喃喃道：「你……你……好！」

凌昊天笑道：「大喇嘛還是保留了些許慈悲心，沒想要了我的小命。我也大發慈悲，留下你一條老命。」臉色一沉，說道：「快給我回寺廟裡去，將你的四加行好好作完了再出山來！」

原來凌昊天在這場持久的內力拚鬥之中，漸漸摸清了大喜法王拙火內功的底細。須知大喜所習拙火內功源自體內各輪，必得配合觀想才能升起，而大喜在激鬥之下，不免急躁生瞋，更不可能專注於七輪觀想。觀想一散，拙火便弱，他自己卻並無知覺。凌昊天自他從四面八方擊來的掌力得知他內力無法持久，掌風無法長強。凌昊天自己的內力為父親親傳的天罡內功，以吐納為本，無關觀想，只教呼吸順暢，內息便源源不絕，因此較大喜的內力更能持久不衰。凌昊天看清了這一層，知道只要撐過一陣，時間一久，敵消我長，自己已立於不敗之地，因而露出微笑。待得與大喜對掌，凌昊天確知自己已穩占上風，引動狠猛集中的無無神功，對手的內力果然一擊便潰，令大喜頓受沉重內傷。

此時大喜面色蒼白，強自忍著不吐出血來，低聲道：「我們走！」牽領手下弟子倉皇離去。

臺下眾人都看得呆了，還未弄清凌昊天究竟是怎麼贏的，忽見一個人影飛上臺去，揮掌攻向凌昊天的背心。

凌昊天回身接掌，卻見出掌的是個高瘦老僧，赫然便是少林清顯。雙掌一交之下，凌昊天和清顯各退數步，二人臉上神色都驚訝萬分。凌昊天感到胸口暗痛，一膝跪倒，知道自己與大喜一場拚鬥內力消耗過重，此時又硬接清顯的一掌，雖然擋住了，卻已受了不輕的內傷。但令他驚奇的卻是在二人雙掌相交的那一剎那，他察覺清顯的內力狠霸集中，竟非少林正宗氣功，而是和自己相同的無無神功，心下又驚又疑：「他怎麼可能也會無無神功？」

清聖斥道：「奸賊！」與清德、清召同時出手，向清顯攻去。清顯卻早已有備，一擊之後立時跳下臺去，竄入人群。眾少林僧人呼喝著追上，但當時山上人多混雜，人叢中又早伏有清顯的幫手，護衛著他逃下山去了。

一場重排天下大派順序的比試竟然如此收場，眾武林豪傑都感大出乎意料之外。

清召擔心凌昊天的傷勢，奔上前來，拉著他的手急問：「小三兒，你身上如何？」

凌昊天搖了搖頭，說道：「我沒事，受了點內傷罷了。你怎地這麼容易便受傷落敗？定是清顯這賊子事先暗算了你，是也不是？」清召歎了口氣，說道：「你猜得不錯。」

臺下李乘風、正印、鞏千帆等正派領袖聽見了，心中都好生驚悔：「原來清召事先中了暗算，才會落敗，如此說來，這大喜法王並沒有我想像中那麼厲害。早知如此，我便該上臺放手一搏，不論輸贏，都爲中原武林立了功，勝過讓這小娃子搶足了風頭！」

其餘武林中人眼見凌昊天出手打敗薩迦派大喜法王，隱然取得了武功天下第一的名號，許多人衷心讚歎，連稱英雄出少年；大多數人卻暗暗不忿：「這小孩不過十多歲，就算武功不錯，仗著他父母的名聲，在天下英雄前如此放肆張揚，這算什麼？」

峨嵋正印最先忍耐不住，走上臺去，說道：「凌昊天，你好啊！一舉揚名天下，此後便不可一世了，好了不起啊！」

凌昊天丹田中氣血猶自翻湧，勉強站起身來，向正印望去，冷笑道：「是啊，至少好過你們峨嵋派，當著天下英雄的面輸給了武當，好風光麼？從今後你便排名在武當之後，嘿，也算排在我小三兒之後了！」這話一說，眾人原本可以假裝不知的事情便似忽然被點破了一般，凌昊天今日一出手便將所有門派都比了下去，各大門派的掌門人無不極重名頭面子，聽在耳中，不禁臉上變色。

正印聽他直指自己的痛處，加上口氣狂妄，竟然自居於峨嵋之上，忍不住喝道：「凌昊天，我們正派大會可邀請了你麼？你無端上山來搗亂，逞血氣之勇，還將前輩們放在眼中了麼？」

凌昊天大聲道：「我小三兒就是喜歡搗亂，你待怎地？」正印臉色一變，正要發話，李乘風與凌霄頗有交情，見凌昊天出言狂妄，不禁微微皺眉，走上前來，止住了正印，向凌昊天好言勸道：「凌三姪，我好歹是你的長輩，說句不中聽的話，但盼你能聽入。少年人不該太狂妄了。你今日出手打退奸人，自是為中原武林立下了大功，我等都衷心感激。但你莫要以為自己武功過人，便可憑此傲慢待人，要在武林中立足，還須得尊重他人才是。」

凌昊天知道李乘風身為武當掌門，這麼說已是給足了自己面子，也是出於好心，便向他點了點頭，不料華山掌門鞏千帆接口道：「你既知錯認錯，那就好了，我們也不會加以追究。我看你這身武功非正非邪，雜亂無章，遇上眞正的高手，便不能應付了。我勸你還是專精一門，將功夫練純熟了，再出山炫耀不遲。」

凌昊天仰天大笑，說道：「好，好！李道長要我懂得尊重前輩，我恭敬不如從命。各位正派前輩當眞了不起，不但武功蓋世，而且眼光獨到。小三兒簡直佩服得五體投地，再多跟你們說幾句話，只怕就要立刻佩服得暈倒在地了！」

各人聽他公然出言譏刺，都不由得暗生怒意。清召朗聲道：「各位請聽我一言。凌三俠代大家出手打退奸人，維護中原武林的臉面，實是大功一件，大家怎地不思感激，卻要為難於他？」

鞏千帆冷笑道：「降龍堂主，你和凌三公子交情好，一力幫他說話，原也無可厚非。但現在是什麼場合，你該要放下私交，說句公道話，才符合你降龍堂主的身分！清聖方丈，凌三公子指稱七大神僧之一的清顯是個奸細，大損少林臉面，你們少林竟還要護著他麼？」

清聖站起身，說道：「阿彌陀佛！凌三公子勇氣過人，武功深不可測，今日仗義出手擊退外教邪徒，爲我中原武林爭光，又代老衲找出我少林派中的奸細，我少林上下無不敬佩感激。」說著走上前，向凌昊天合十行禮。清聖在武林中位望何等尊崇，眾人聽他這麼說，才都不再說話，心中卻不免更加憤憤不平。

鞏千帆道：「你少林是此地主人，竟然如此偏袒，有失公道，我們華山派雖不才，卻也不須在此淌這渾水了！」

凌昊天冷笑道：「難道我便須在此待下去，欣賞諸位的大義凜然、高風亮節麼？」說完便大步往山下走去。清召叫道：「小三！」凌昊天卻頭也不回地去了。

凌昊天離開嵩山後，知道自己現身出手，破壞了清顯的計謀，眾喇嘛現在知道自己是誰，絕不會輕易放過，自己內傷不輕，若被喇嘛們找上了，自是難以抵擋。正派中人對自己大出風頭極爲不滿，嫉恨交加，更不會相助保護。他也不在乎，心想：「我原本不想來嵩山參加這什麼大會，現今正好省得跟這些人打交道！不如便去杭州找趙觀喝酒，共謀一醉，倒也痛快。」

他大步往山下走去，走出十多里路，便感到體力不支，在山腰的一間小廟住下了。到得半夜，忽聽有人輕輕敲門。凌昊天胸口內傷疼痛，難以入眠，正望著桌上的油燈發呆，聽得門響，便翻身坐起，問道：「誰？」門外那人卻不回答。凌昊天去開了門，卻見一個白衣少女悄然站在門口，正是文綽約。

凌昊天沒想到她在自己成爲武林眾矢之的時，還會冒險追將上來，說道：「綽約姑娘，是妳。」文綽約走進屋來，關上了房門，神情憂急，問道：「你傷得如何？我……我眞擔心死了。」

凌昊天笑道：「我好端端的，擔心什麼？怎地每當我中毒、受傷、遇上各種災難禍事，妳總要來找我？是不是嫌自己的生活太過平淡無趣，想跟著我這搗蛋鬼多經歷些驚險？好啦，今年份的精采熱鬧都表演完啦，我勸妳還是早早回家爲妙。」

文綽約一咬牙，抬起頭，直接了當地道：「小三兒，你不能丟下我。我要跟你去。」凌昊天一呆，說道：「跟我去哪裡？」文綽約道：「天涯海角，我都跟你去。」凌昊天搖頭道：「誰要去天涯海角？我要回家了。妳要跟我回去，在我家裡坐著麼？」文綽約臉上一紅，咬著嘴唇道：「那也可以。」

凌昊天一愕，條然明白了她的意思，臉上笑容頓時收斂。

文綽約低下頭，臉頰泛紅，但神色堅決，說道：「小三兒，我這輩子是跟定了你！」凌昊天聽她呼喚「小三兒」三個字時，語氣是那麼的嬌柔動人，又是那麼的熟悉，心中一陣莫名的激動，內心對寶安深藏壓抑的情感像是突然潰堤了一般，忽然伸手緊緊抱住了文綽約，吻向她的眉心。文綽約心跳加快，滿面通紅，低聲喘息。凌昊天摟著她退後兩步，撞上桌子，桌上油燈陡然熄滅。

房中一片漆黑，凌昊天頓時清醒過來，連忙伸手將她推開，低聲道：「綽約姑娘，對不住、對不住！」正要推門出屋，文綽約卻伸手拉住了他的手臂，叫道：「慢著！」

凌昊天冷靜下來，靠牆而立，低聲喘息，感到胸口疼痛難忍，也分不清究竟是因爲內傷，還是因爲心傷？

文綽約點燃了桌上的油燈，凌昊天轉過頭去，不敢與她目光相接。文綽約凝望著他，問道：「你在想什麼？」凌昊天不答。

文綽約走到他身前，說道：「你剛才吻我，其實心裡將我當成了另一個姑娘，是麼？」凌昊天搖頭道：「我一時衝動，對妳無禮，請妳原諒。」

文綽約輕歎一聲，說道：「我知道。你在想鄭寶安！」

凌昊天全身一震，抬頭道：「妳胡說什麼？」

文綽約望著他，說道：「你大哥要和寶安成婚，你就是爲了這事才跑下山的。你爲何還不承認？」

凌昊天再也無法克制，坐倒在地，抱頭大哭起來。文綽約蹲在他身旁，伸臂摟著他，低聲安慰道：「這原是沒有辦法的事情。小三兒，你爲什麼不回家去，向她說出你的心意？」

凌昊天搖頭哭道：「我說了又有什麼用？我哪一點比得上大哥？我怎能阻擾他們的好事？我怎能對不起大哥？」

文綽約默然，過了良久，才歎道：「我去了虎山一趟，大家都很擔心你，很盼你早日回去。寶安問起你好幾次，我聽他們說婚期已定在十月十八日，你哥哥……你哥哥很希望你能回去。」凌昊天哭得更加傷心，搖頭道：「我不敢回去。」

文綽約長歎一聲，不知該說什麼，只低聲道：「你盡情哭吧。」

第七十九章 悲愴之鼓

次日清晨，文綽約醒來時，凌昊天已不在房中了。她怔然一陣，起身望著空曠的房間，心中感到一陣難言的空虛。她耳中似乎還能聽到凌昊天哀淒欲絕的哭聲，心下又是傷感，又是酸楚：「他這一輩子是再也忘不了她了。他傷心的時候，有我在他身邊；我傷心的時候，卻有誰在我身邊？」

凌昊天離開文綽約，心中又是疼痛，又是慚愧，不知道自己作了什麼，也不知道以後要作什麼。他信步亂行，向山上走去，忽有兩個僧人走了過來，喝道：「什麼人，竟敢大膽擅闖本寺？」

凌昊天全不理睬，直往山上走去。那兩個僧人原是少林中人，但職位甚低，並未參與嵩山大會，因此不識得凌昊天。但見他雙目紅腫，神態有異，對望一眼，執起木棍攔住了他。凌昊天雙手一伸，奪下棍子扔在地下，頭也不回地走上山。那兩個僧人見他出手奇快，極爲驚詫，忙傳訊上山。路上又有七八批僧人出來阻攔，凌昊天一言不發，將擋路的人全打退了，逕自來到山門口。

卻見門口站了十八名武僧，各持齊眉棍，向他怒目而視。凌昊天大喝一聲，衝上前就打，十八人齊聲呼喝，結成陣勢，將他圍住。凌昊天此時就是需要跟人打上一架，盡情發洩一番，便瘋了似的胡打猛踢，那十八人竟然奈何他不得。如此打了不知多久，凌昊天內傷發作，胸口疼痛，一個不留神，腿上中了一棍，痛徹骨髓，摔倒在地。三名僧人趁隙跳上前用棍壓住他，一名武僧喝道：「小子是誰，存心上山來搗亂麼？」

凌昊天閉目不答。另一名武僧道：「你到底有何企圖，快快說出，免得受皮肉之苦。」凌昊天睜眼道：「你幹麼不殺了我？」那武僧一怔，凌昊天忽然一挺腰，翻身站起，左腿掃出，將身邊兩個僧人掃倒了，低頭避開迎面打來的棍影，伸手奪過兩枝齊眉棍，左右揮舞，將眾僧逼得無法近前。

凌昊天見眾僧不是自己對手，將兩棍往地上一扔，大步向山門走去。那十八名武僧齊聲怒喝，又圍了上來。忽聽山門口一人叫道：「快快住手！」

十八名武僧立時退開，凌昊天抬起頭，卻見一個中年僧人快步奔上前來，叫道：「小三，是你！你沒事麼？」正是清召大師。清召回頭向那十八棍僧道：「這位便是凌昊天凌三施主，是我少林恩人，你們還不快快賠罪？」

凌昊天一怔，這才知道自己又回到了少林寺。清召見他神色有異，上前拉住了他的手，極爲關懷，問道：「小三兄弟，你內傷如何？不礙事麼？」凌昊天搖了搖頭。

清召歎了口氣，說道：「正派中有些人心胸狹窄，出言偏激，你別放在心上。我們少林一寺都很承你的情。正派中人此時都已下山去啦，大會也已結束了。你放心吧，少林寺永遠歡迎你。」

凌昊天道：「誰說過些什麼話，我半句也沒記著。清召大師，我可否在貴寺借間空房，住上幾日？」清召點了點頭，見他似乎別有不願說出的心事，便不多問，親自領他去寺後的單房休息。

凌昊天在少林寺住了數日，便已到了九月中旬，離十月十八愈來愈近。他知道自己決沒有勇氣站在喜堂上觀禮，便始終沒有回家。清召當時奉命下山辦事，清聖方丈擔心凌昊天的內傷，派寺中高僧日日前來探望，替他運氣療傷。凌昊天意興闌珊，對自己的內傷毫不關心，卻也不拒卻幾位高僧助他療傷。

他的內傷好些之後，便整日獨坐在寺後的古松下，望著少室山發呆，直至日暮。通寶過來問道：「凌三公子，要用藥石麼？」凌昊天搖了搖頭。通寶十分擔心，問道：「你早齋、午齋都沒吃，不餓麼？」凌昊天又搖了搖頭。

通寶勸不動他，只好歎口氣，說道：「你隨時餓了，就出聲叫我。」

通寶離開不久，凌昊天聽得前殿傳來鐘磬木魚之聲，知道僧眾正在作晚課，便起身走向大殿。他站在殿外傾聽五百僧眾同聲誦念晚課經文，各般咒語、祝禱文、圓覺經文、楞嚴經文，忽然聽到一句圓覺經中的偈語：「汝愛我心，我憐汝色。以是因緣，經百千劫，常在纏縛。」心中一震，感到一股難言的酸楚和覺悟，閉上眼睛，雙掌合十靜聽，但聽眾僧已開始誦念楞嚴經的偈語，聲震廳堂：

「妙湛總持不動尊，首楞嚴王世希有。銷我億劫顛倒想，不歷僧祇獲法身。願今得果成寶王，還度如是恆沙眾。將此深心奉塵剎，是則名爲報佛恩。伏請世尊爲證明，五濁惡世誓先入。如一眾生未成佛，終不於此取泥洹。令我早登無上覺，於十方界坐道場！」

凌昊天全副身心都沉浸於偈語之中，一時竟癡了。

晚課結束，已近子時，僧人魚貫走出大殿，各自散去，有的往禪房靜坐，有的至後院練功，有的忙於操作雜務。

凌昊天腦中似乎仍回響著眾僧的誦念之聲，恍惚來到大廊西側的鼓樓，抬頭見僧人圓定正準備擊鼓。他心中一動，忽然躍上鼓樓，向圓定道：「讓我來。」

圓定一呆，便將手中木槌交了給他。凌昊天端立於鼓前，息心凝神，深深吸一口氣，雙槌在鼓周一劃，便開始擊鼓。始緩而沉，漸重而急，重時如驚濤駭浪，春雷破空；急時如狂風捲地，驟雨突侵；沉時如訴盡人間悲辛，道盡世間酸楚；緩時如寂心觀照，反心自省。前後反復多次，聲聲扣人心弦。

一寺五百僧眾皆停下手中工作，怔然靜聽，有的心神受其震懾，隨鼓聲入定；有的內力為其激蕩，充斥體內；有的悲從中來，痛哭流涕。凌昊天的鼓聲中貫入了渾厚沛然的內力，傾注了悲傷無奈的心境，隱含著苦盡甘來、出世昇華、看破紅塵的覺悟。

少林僧眾以武功禪修聞名天下，竟皆為凌昊天的鼓聲癡狂，整個少林寺好似全融入了鼓聲之中，全寺僧人只剩下了一個脈動，一個聲響。遠近數十里的寺廟人家聽聞鼓聲，也皆為之震動，聞者莫不肅然呆立，凝神靜聽，如癡如醉。

凌昊天擊了半個時辰，才在一陣急鼓之後，劃然而止。他全身已為汗水濕透，閉目調息，眼前似乎看見了鳳冠霞披，花燭高照。

他從臺階步下鼓樓，只覺雙腿酸軟，心痛如錐。他長歎一聲，走回單房。寺中眾僧紛紛相詢擊鼓者誰，圓定告知乃是凌昊天，各人無不驚歎拜服。

那夜凌昊天無法入眠，癡望窗外明月，腦中一片渾然。寅時天尚未亮，少林僧眾已開始鳴鐘。他一日未食，一夜未眠，恍惚來到東廊，見一高瘦老僧一手持鐘繩，一手成掌豎於胸前，敲一聲鐘，口中念唱一句〈叩鐘偈〉：

願此鐘聲超法界，鐵圍幽暗悉皆聞。聞塵清淨證圓通，一切眾生成正覺！
洪鐘初扣，寶偈高吟。上徹天堂，下通地府。
上祝當今皇帝，大統乾坤；下資文武百官，高增福慧。
三界四生之內，各免輪迴；九幽十類之中，悉離苦海。
五風十雨，免遭饑饉之年；南畝東郊，俱瞻堯舜之日。
干戈永息，甲馬休征，陣敗傷亡，俱生淨土。
飛禽走獸，羅網不逢，浪子孤商，早還鄉井。
無邊世界，地久天長。遠近檀那，增延福壽。
三門鎮靖，佛法常興。土地龍神，安僧護法。
父母師長，六親眷屬，歷代先亡，同登彼岸！

凌昊天聽到「浪子孤商，早還鄉井」兩句時，心神動搖，忍不住伏地大哭。
當日他來到清聖方丈的丈室，請求方丈為他剃度。
清聖閉目思慮一陣，說道：「凌三公子，老衲昨夜聽聞你的鼓聲，深覺你慧根深重，佛緣深厚。然你心底情義二字根深蒂固，乃是性情中人，老衲以爲你不適宜出家。江湖上大有可爲之事，還待你去成就。」

凌昊天默然自思，知清聖所言不錯，便向方丈拜別，獨自離開了少林寺。

（天觀雙俠・卷三　待續）

天觀雙俠・卷二（俠意縱橫書衣版）

國家圖書館出版品預行編目資料

天觀雙俠・卷二／鄭丰（陳宇慧）作 - 初版 - 台北市：奇幻基地，城邦文化出版；家庭傳媒城邦分公司發行；2007（民96）
面：公分. -（境外之城）

ISBN 978-986-7131-91-1（卷2：平裝）

857.9　　96012742

ISBN　978-986-7131-91-1
EAN　471-770-290-436-4

Printed in Taiwan.

奇幻基地官網及臉書粉絲團
http://www.ffoundation.com.tw/
http://www.facebook.com/ffoundation

鄭丰臉書專頁
http://www.facebook.com/zhengfengwuxia

作　　者／鄭丰
企劃選書人／王雪莉
責任編輯／王雪莉

版權行政暨數位業務專員／陳玉鈴
資深版權專員／許儀盈
資深行銷企劃／周丹蘋
業務主任／范光杰
行銷業務經理／李振東
副總編輯／王雪莉
發行人／何飛鵬
法律顧問／台英國際商務法律事務所　羅明通律師
出版／奇幻基地出版
城邦文化事業股份有限公司
台北市 104 民生東路二段 141 號 8 樓
電話：(02)25007008　　傳真：(02)25027676
網址：www.ffoundation.com.tw
e-mail：ffoundation@cite.com.tw
發行／英屬蓋曼群島商家庭傳媒股份有限公司城邦分公司
台北市 104 民生東路二段 141 號 11 樓
書虫客服服務專線：(02)25007718・(02)25007719
24 小時傳真服務：(02)25170999・(02)25001991
服務時間：週一至週五09:30-12:00・13:30-17:00
郵撥帳號：19863813　　戶名：書虫股份有限公司
讀者服務信箱 e-mail：service@readingclub.com.tw
歡迎光臨城邦讀書花園　網址：www.cite.com.tw
香港發行所／城邦（香港）出版集團有限公司
香港灣仔駱克道 193 號東超商業中心 1 樓
電話：(852) 2508-6231　　傳真：(852) 2578-9337
e-mail : hkcite@biznetvigator.com
馬新發行所／城邦（馬新）出版集團
【Cite(M)Sdn. Bhd.】
41, Jalan Radin Anum, Bandar Baru Sri Petaling,
57000 Kuala Lumpur, Malaysia.
電話：603-90578822　　傳真：603-90576622
e-mail：cite@cite.com.my

封面設計／黃聖文
排　　版／浩瀚電腦排版股份有限公司
印　　刷／高典印刷有限公司
■2007 年（民 96）7 月 16 日初版一刷
■2022 年（民 111）12月 7 日二版3刷

售價／300元

廣　告　回　函
北區郵政管理登記證
台北廣字第000791號
郵資已付，免貼郵票

104台北市民生東路二段141號11樓

英屬蓋曼群島商家庭傳媒股份有限公司城邦分公司 收

請沿虛線對摺，謝謝

奇幻基地

每個人都有一本奇幻文學的啓蒙書

奇幻基地官網：http://www.ffoundation.com.tw
奇幻基地粉絲團：http://www.facebook.com/ffoundation

書號：**1HO004Z**　　書名：天觀雙俠．卷二（俠意縱橫書衣版）

請於此處用膠水黏貼

奇幻基地

讀者回函卡

謝謝您購買我們出版的書籍！請費心填寫此回函卡，我們將不定期寄上城邦集團最新的出版訊息。

姓名：________________________ 性別：□男 □女

生日：西元__________年__________月__________日

地址：________________________

聯絡電話：__________________傳真：__________________

E-mail：________________________

學歷：□1.小學 □2.國中 □3.高中 □4.大專 □5.研究所以上

職業：□1.學生 □2.軍公教 □3.服務 □4.金融 □5.製造 □6.資訊

□7.傳播 □8.自由業 □9.農漁牧 □10.家管 □11.退休

□12.其他________________________

您從何種方式得知本書消息？

□1.書店 □2.網路 □3.報紙 □4.雜誌 □5.廣播 □6.電視

□7.親友推薦 □8.其他________________________

您通常以何種方式購書？

□1.書店 □2.網路 □3.傳真訂購 □4.郵局劃撥 □5.其他

您購買本書的原因是（單選）

□1.封面吸引人 □2.內容豐富 □3.價格合理

您喜歡以下哪一種類型的書籍？（可複選）

□1.科幻 □2.魔法奇幻 □3.恐怖 □4.偵探推理

□5.實用類型工具書籍

您是否為奇幻基地網站會員？

□1.是□2.否（若您非奇幻基地會員，歡迎您上網免費加入，可享有奇幻基地網站線上購書75 折，以及不定時優惠活動：http://www.ffoundation.com.tw/）

對我們的建議：________________________

____

____

請於此處用膠水黏貼